有爱的青春陪伴者

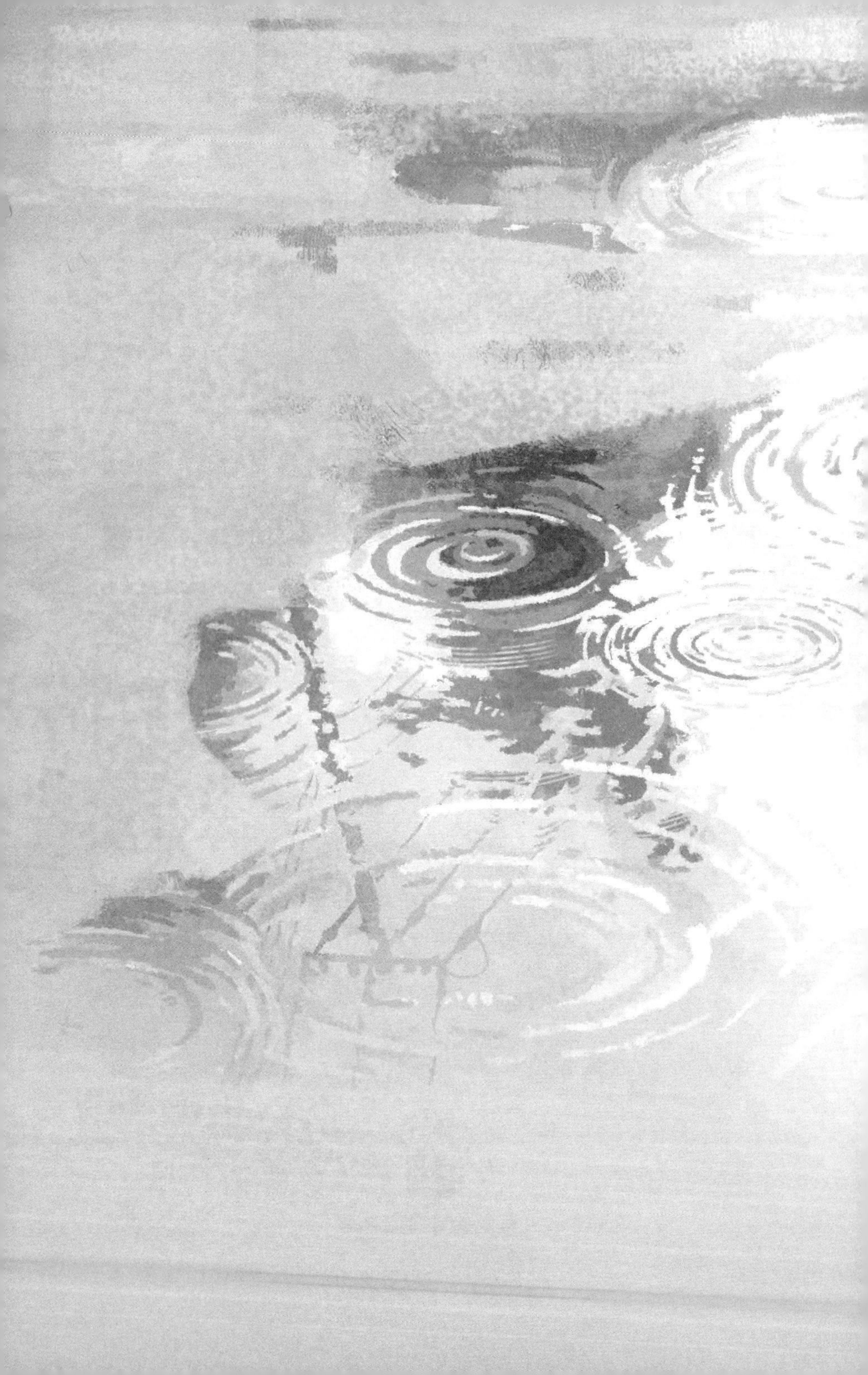

山水别相逢

殊晚 著

江苏凤凰文艺出版社

图书在版编目（CIP）数据

山水别相逢 / 殊晚著. -- 南京：江苏凤凰文艺出版社，2024.7
ISBN 978-7-5594-8517-5

Ⅰ.①山… Ⅱ.①殊… Ⅲ.①长篇小说-中国-当代 Ⅳ.①I247.5

中国国家版本馆CIP数据核字(2024)第053904号

山水别相逢
殊晚 著

责任编辑	王昕宁
特约编辑	廖唯佳　雪　人
出版发行	江苏凤凰文艺出版社
	南京市中央路165号，邮编：210009
网　　址	http://www.jswenyi.com
印　　刷	长沙鸿发印务实业有限公司
开　　本	880mm×1230mm　1/32
印　　张	11
字　　数	431千字
版　　次	2024年7月第1版
印　　次	2024年7月第1次印刷
书　　号	ISBN 978-7-5594-8517-5
定　　价	42.80元

江苏凤凰文艺版图书凡印刷、装订错误，可向出版社调换，联系电话025-83280257

目录 CONTENTS

001/ 第一章·大雪
同学,你迟到了

021/ 第二章·酸糖
你这姑娘怎么这么爱哭

049/ 第三章·青春
只为了远远看一眼他的背影

071/ 第四章·生日
我陪你去疯

098/ 第五章·新年
我能不能给你打个电话

117/ 第六章·纠结
我很愿意做你的朋友

150/ 第七章·争执
她有自己的光

174/ 第八章·疏远
我们以后还是别再联系了

目录
CONTENTS

204/ 第九章·过客
学着忘记，学着释怀

313/ 番外二
匆匆那年

231/ 第十章·释然
伤口总会结痂

327/ 番外三
山水别相逢

259/ 第十一章·后来
她终究没能等到春天

332/ 番外四
如果有来生

309/ 番外一
未说的话

341/ 后记

第一章·大雪
同学，你迟到了

1

安尧连续下了三天的暴雪。

许释是被家里的嘈杂吵醒的。

"这都六点了，老陈你不去给你闺女准备早饭啊？"

"管她干什么？自己又不是没长手，一天天矫情得要命，看着就碍眼。"

陈月琴的咒骂声大剌剌地传进许释的耳朵里，紧接着是其他人的说笑声，混杂着搓麻将的声音。许释被吵得神经突突地跳着，不由得开始头痛。

许释坐在床上，用手抓了下发尾，扭头将窗帘拨开一条缝隙，窗外的雪下得比昨晚小了一点，但雪粒子还在簌簌往下落。楼前那棵不知道活了多少年的榆树被压断了两根树枝，晨练的老大爷穿着厚厚的棉服，精气神比年轻人还要足，稳步向前走着，在纯白的雪地上留下一排脚印。

呆愣了几秒，许释掀开被子从床上下来。她身上只穿了件单薄的白色睡衣，冷不丁地离开被窝，凉气顺着毛孔往身体里钻，冷得她不受控制地打了个哆嗦。

今年安尧的暖气供得特别不足，家里堪堪 18℃，说话的时候甚至冒着白色哈气，陈月琴他们找供暖公司闹了几次，但最后也没个解决方案。

许释白净的皮肤被冻得有些发红，她用力搓了搓，让自己没那么冷了，然后快速拿了件针织衫套在身上，这才感到一点温暖。

打开卧室门，扑面而来的烟味呛得她不受控制地咳了两声，这帮人估计是打了个通宵，蓄起来的烟雾几乎模糊了她大半视线，不知道的人还以为是闯入了什么仙境。

他们都还沉浸在麻将局里，压根儿没人注意到她。许释刚好也不想应付这帮人，捂着鼻子快步钻进了洗手间里。

她家这栋楼有些年头了，是附近一个包工头用来抵债的，没有正式的房照手续，里面装修也很破旧，当时许释家正被上一个房东催着搬出去，陈月琴不知道从哪个朋友那里知道了这个房子要卖，就贪便宜买了回来，也没请人重新收拾，直接拎着行李住了进来。

房间里常年弥漫着浓重的潮湿气味，最近恰逢雪天，墙皮稀稀落落地渗着水珠，在长年累月的浸泡下，地板已经失去了原本的形状，变得坑洼不平，踩起来还会发出"咯吱咯吱"的声音。

许释站在洗手间的镜子前，头顶只有一个老式灯泡散发着昏暗的黄色光线，偶尔还会有"嗞嗞"电流声。

她拿着水杯刚准备往里面放水，就看见一只黑色甲虫在自己面前大摇大摆地爬了过去。她眉头微皱了下，转身在洗衣机上摸到纸抽，抽出一张纸，眼疾手快地将甲虫了结，又面无表情地扔到垃圾桶里。

这种场景几乎每天都会发生，一开始许释还不太敢弄，后来就算是面前飞过一只蟑螂，她也能毫无波澜地将其拍死。

许释把嘴里的泡沫吐掉，不知道是不是最近天气不好有些上火，她嘴里面起了好几个水泡，漱口的时候隐约有些痛。

冷水拍在脸上，昏昏沉沉的脑子终于清醒了一点，她一边用毛巾擦干脸，一边看向镜子里的自己。

头发已经很久没剪过了，长得快要到腰际，微微带着些弧度，扑扇的长睫毛上挂着水珠，她昨晚被这帮人吵得没怎么睡着，眼下一圈乌青，落在白皙的皮肤上，倒像是调皮的孩子在宣纸上渲染了两笔。

她随手扎了个高马尾，露出饱满圆润的额头，再往下看，肩颈线条很漂亮，两根锁骨像是深陷下去的月牙。她牵了牵嘴角，露出一个浅笑，看起来终于多了几分生气。

额前有缕不太听话的碎发翘着，许释用手刚拨弄了没两下，耳边就传来暴躁的敲门声。

许康安一大早心情就不顺，骂骂咧咧地大吼："许释！你是不是在里面呢？赶紧滚出来，老子要用厕所！"

听这声音就知道他是输了钱，心里正窝着火，刚好往她身上撒。

许释抿了下嘴唇，过去拉开木门。许康安半靠在门框上，瞪了她一眼："磨磨蹭蹭在里面干什么呢！"

"洗漱。"她下意识又碰了下额前的头发。

"小小年纪就知道臭美！"

他嗓门放得大，这么一吼，客厅里那帮牌友都齐刷刷地往这个方向看，那目光让许释产生了一种生理上的不适。

大部分人是家里的常客，许释并不陌生。

坐在陈月琴身边的李姊披着件貂皮大衣，这大衣是她那在外地打工的老公送的。这几年安尧的各行各业都算不上景气，陆续有人外出务工，李婶老公就是其中一个，据说挣了不少钱。

这就导致李婶走到哪儿都要和人说上几句。

果不其然，李婶摸着麻将抬头看了许释一眼，皱了下眉："小释啊，这件毛衣你穿了好几年了吧？样式都旧了。

"下次让李叔给你捎件羊羔毛外套回来，你们小年轻不都流行穿这个吗？"

许释还没来得及开口，陈月琴从桌上抓了把瓜子，语气里是藏不住的嫌弃："要我说现在的孩子就是被惯坏了，哪儿来那么多臭毛病啊，有的穿就不错了，我们小时候不都是穿哥哥姐姐剩下来的旧衣服？"

陈月琴的音调又拔高几个度，像是在说给谁听："不爱穿就给我光着！"

许释有些无语，自己明明一句话都没说。

她指甲在掌心上掐了掐，想了半天觉得还是算了，反正都习惯了，也没必要计较这些。

她扫了眼墙上的时钟，今天起得比平时晚了一点，现在已经快六点二十分了。陈月琴还在和那帮人研究上局打错的那个七万，估计是不会给她准备早饭了，她昨晚就没吃什么东西，现在饿得几乎前胸贴后背。

她暗自叹了口气，转身回房间收拾好书包，把校服套在身上，准备一会儿去学校对面的早餐店买点东西填肚子，但摸了下口袋，空的，连个硬币都没翻着。

口袋里明明有钱的，估计是周末洗衣服的时候被陈月琴拿走了……许释心里憋了口气，拉开门，探头喊了声："妈。"

陈月琴没理，估计是没听到。

她又拔高了音量："妈！"

陈月琴瞪她一眼："一大清早要死啊！喊什么喊！"

许释深吸一口气："给我点零花钱可以吗？"

"钱钱钱，开口闭口就是钱，我看你就是个不折不扣的吞金兽！"陈月琴一边嘟囔一边抽了张纸币出来，语气带着火，"五十够不够？"

不等许释接过来，旁边的许康安一把抢了去："吃个早饭要这么多钱，难不成吃的是金子啊？"说罢，他从口袋里换了张二十块的出来，不情不愿地拍在桌子上，"给给给。"

许释懒得和他们在这种事上计较，将钱收好，到玄关处换鞋。

那帮牌友不知怎的又把话题转到了她身上。

"老许你们俩就知足吧，许释从小到大成绩那么好，中考直接保送进了重点高中，给你们省了多少心。"

"是啊，哪像我家那臭小子，天天就知道给我惹祸！"

"还有我家那个，成绩吊车尾，吵着要去补习班，那地方简直烧钱啊！"

许释中考那年，县里破天荒地推出了保送政策，安尧一中得到了十个名额，根据前五次大型考试的总成绩排名,许释最后以全校第三名的成绩被保送到安尧高中。

"也就那样吧。"陈月琴哼哼道,脸上明明已经挂上了得意的笑,但还是习惯性贬低许释几句,"在你们面前装得人模狗样的。再说了,我可没少给她操心,升初中那会儿,就为了给她找个好点的环境,我和老许……"

许释换好鞋,迅速从这个让她窒息的环境中逃了出去。

门砰的一声被关上,那些纷扰和吵闹终于从她的世界中隔离出去。

安尧高中跟她家隔了三条街,步行十几分钟就能到。

这会儿雪下得更小了一点,雪花落在外套上很快就融化了,冬日的清晨总给人一种特殊的宁静与纯洁,道路两边的积雪还没有被完全清理掉。许释裹着厚厚的校服,撒欢似的踩在上面,留下一长串整齐的脚印。

她柔软的发丝被北风吹得凌乱,遮住小半张清秀的脸,她用手往耳后捋了捋,回头看着自己留下的"杰作",心情不由得好了一点,露出一个明媚的笑容。阳光穿云而出,衬得她唇红齿白,皮肤也更加光滑莹润,仿佛上好的羊脂玉,高挺的鼻梁与嘴角下颌连成漂亮的弧度。

她一路小跑着进了早餐店,热气扑面而来,睫毛上很快就氤了一层水汽,她搓了搓手:"张姨,还有没有油炸糕呀?"

油炸糕是安尧当地的小吃,油炸糯米酥皮包着红豆沙,许释平时倒没有很喜欢,今天却莫名想吃。

"来晚喽。"被叫作张姨的女人掀开帘子从后面出来,因为许释经常过来买早饭,两个人已经很熟悉了,她朝许释笑了笑,"五分钟前都被你们楼下晨练的李大爷买走了。"

"好吧。"许释鼓了鼓腮帮子,"那给我拿一个豆沙包吧。"

张姨麻利地往塑料袋里装了个豆沙包,在许释付钱的时候,又眼疾手快地往她兜里塞了个茶叶蛋:"你现在正是长身体的时候,得多吃点,这就当阿姨送你的了。"

许释有点不好意思,抬手搓了搓鼻尖,想把茶叶蛋的钱一起付了。

张姨说什么也没要,推着她往外走:"快去上学吧,没看你们主任在外面查岗吗?可别迟到了。"

六点四十分,正是校门口最热闹的时候,少男少女们穿着统一的校服一窝蜂往里面走。

今天是周四,年级主任按照惯例站在外面,手里拎着个菜市场大妈同款大喇叭,扯着嗓子给大家灌心灵鸡汤——

"一日之计在于晨!一个个都给我精神点!"

"脚步都快点!有这闲聊的时间不如多背几首古诗,多拿一分超越千人懂不懂？"

....

  许释好不容易跟着人群进了校园，把豆沙包从口袋里拿出来，准备在进教室之前解决掉。

  吃了几大口后，突然有人在后面拍了她肩膀一下。

  "许释！"

  许释把最后一小块面团塞进嘴巴里，上面沾着的豆沙很甜，她转过头，看见是好友赵思萱。

  两个人是初三时认识的，那个时候关系就不错，进入高中又分到了一个班，在陌生的新环境里，大家都愿意和熟人待在一起，关系自然比别人更亲。

  赵思萱钩着她脖子，心有余悸地道："吓死我了，倪魔头刚才盯着我看了好半天，还以为他要喊我过去训话。"

  "倪魔头"就是她们这届的年级主任。

  "对了。"赵思萱把书包拿下来，在里面翻了好一会儿，拿出一个包装精致的小盒子，"我姑姑从云南带回来的鲜花饼，分你一盒。"

  "不许不要啊。"赵思萱知道她要说什么，直接把盒子塞到她手里，然后挽上她的胳膊，朝她弯眼，"和我不用这么客气。"

  赵思萱家境好性格也好，经常会给许释塞些小零食吃。

  "那谢谢你啦。"

  两个人一起进了教学楼，这栋楼是高一高二合用，高一（2）班在四楼。

  教室里已经到了不少同学，大部分在埋头补作业，许释刚在自己的座位上坐下，前面的男同学就转过来问："学霸！化学作业写没写？"

  男同学叫沈浩，一米八的大高个却被安排在第一排座位，性格大大咧咧的，和许释相处得还不错。

  "写了的。"

  "快快。"沈浩摆出一副可怜巴巴的样子，双手抱拳，"江湖救急啊！"

  许释被他这副模样逗得笑了下，拉开书包在里面找到化学卷子："给。"

  "多谢许女神救命之恩！"

  许释本想先整理几道错题的，但抬头看了下时间，她连忙从桌膛里摸出值周牌，挂在胸前，匆匆往教室外面跑。

  她是这周的纪律值周长。

  这职位听起来挺厉害的，直白点说，就是查迟到管纪律的，碰见违规的就送他一张扣分单，要多得罪人就有多得罪人。

  据小道消息说，扣分单和班主任的年终奖有着直接关系，所以每个倒霉被扣分的同学都少不了在老师那儿挨顿骂，最后那些同学又把火撒在值周长身上，嫌这些人不讲人情。

·005·

这个值周长不是许释主动报名的,当时实在没人愿意揽这破差事,班主任最后把这工作强加给了她。

她手下一共有四个组员,两男两女,四个人好像是初中同学,自动结成一个帮派,把许释孤立到一旁。他们早就摸清她性子软好说话,站了没几分钟就支支吾吾地说自己班级还有事情,得先回去一会儿。

许释抿紧了嘴角,确实说不出什么拒绝的话,只能点头说好。

这会儿天上又飘起了雪,安尧冬天的风像是把利刃,每吹一下都在脸上刮得生疼。许释孤零零地站在外面,怀里抱着值周本,没几分钟,下巴鼻尖就变得通红一片,手指好像也有点僵硬,吸进去的空气是凉的,血液好像也跟着变凉。

早上出门的时候走得太急,忘记把围巾戴出来,许释只能拼命把脖子缩到衣领里面,手也收到袖子里面,像是只畏寒的小动物。

过了十多分钟,校园里面已经没什么人了,许释在原地轻轻跺了跺脚,看时间差不多,刚准备转身,视线里多了个男生的身影。

他和其他同学不一样,好像不太怕冷,身上只穿了蓝白色的秋季校服,拉链松垮地拉了一半,露出里面的黑色卫衣,任由着寒风灌进去,甚至能看见他肩胛处突出的骨头。

许释眨了眨眼,看着那人一步一步朝自己走来,两个人之间的距离也越来越近。

少年个子很高,身形瘦削落拓,他半垂着头,漆黑的短发遮住了一点眉眼,被风吹得有些乱,灰色书包随意挂在左肩上,整个人有种说不出来的懒散感。

许释心口莫名颤了下,她眼睫低垂,薄薄的眼皮也跟着颤了起来,下意识掐了下手心。再抬眼的时候,两个人之间的距离已经很近了,她甚至闻到了他身上若有似无的雪松气味。

很淡,带着几分清冽,就和这雪天一样。

她的思绪好像不受控制地停了几秒,轻柔的声线散落在北风中。

"同学?"

那人脚步顿了下,但没停,许释捏了下衣角,又尝试着朝他开口。

"同学,你迟到了。"

2
许释微低着脖颈,看见视线里的那双白色球鞋在她面前停下。

她眼睛眨了下,顺着裤脚一点一点向上看,第一反应是他好高好瘦。

平时总听沈浩在班级里嚷嚷说自己有一米八三,站起来比她足足高了一个头,可眼前这人比沈浩还要再高一点。

或许有一米八七吗?许释用眼睛当尺子估算。

好像是有的,或许会更高。

许释仰起头,在这样近的距离下,他原本藏在碎发下的面孔一点点展露了出来,她终于能看清他的样子。

他五官生得很漂亮,轮廓硬朗分明,虽然是单眼皮,但眉骨锋挺,瞳仁是纯黑色,卧蚕饱满,狭长的眼微微上挑,鼻梁高挺,鼻翼旁有被日光投射出的淡淡阴影,下颌线条流畅且凌厉。不过最引人注目的还是他的嘴唇,薄唇,淡淡的绯红色,唇形漂亮,就连嘴角的弧度都刚刚好。

刚才他身上那种懒散的气质减淡了许多,反而被阴沉代替,就像是暴风雨即将袭来之前,乌云密布天空的那种暗淡。

他的肤色冷且白,在黑色连帽卫衣的反衬下更是给他添了几分蔽不见日的寒。

许释紧张地吞咽了下,柔软的掌心被她掐出一个小小的月牙形,她磕磕巴巴地重复:"同、同学,你迟到了。"

那人垂下眼,浓墨般漆黑的睫毛压下来,眼下的阴影便重了几分,眸光里也多了几分让人猜不透的情绪。

"要扣分吗?"他问。

许释觉得自己的思绪变得好慢,心跳却在不知不觉间加快,脸上不知怎么就烧了起来。时间好像停了几秒,她终于点头:"对啊。"

"那放我走行不行?"男生的声线很低,不知道是不是因为被风吹过,还混杂着几分哑。

许释感觉好像有电流从自己的耳膜中穿过,又顺着神经中枢传遍全身。

她的心变得乱糟糟的,就好像被小花猫抓乱的线团那样找不到头绪,她不知道自己这是怎么了。

北风还在呼呼吹着,她刚捋好的发丝又不听话地掉下来,外面的温度明明低得不行,她却觉得身上热了起来,就好像有一团小小的火苗在她身体里燃烧、跳动,又冲动着向外叫嚣。

好像是看出了她的为难,男生勾唇笑了下:"其实我早上给老师发消息请过假的。"

他笑起来的样子莫名有些蛊,弄得许释手足无措,她嘴角抿得很紧,掌心泛起潮凉的汗,手中的本子也被捏变了形。

突然——

"现在能放我走了吗?"男生又问了一遍。

和之前不同,这次他的语调带了些恳求的意味,听着就让人心软的那种。

许释有些受不了,只好点点头,艰难地找回自己的声音:"你走吧。"

男生没再多说话,越过她往教学楼的方向走,被他带动的风里也有淡淡的雪松气味。

许释下意识地回过头,看着男生瘦削的身影。

他是真的很瘦，肩胛那里的两块骨头微微凸着，背有些驼，照下来的光线因为被教学楼前的屋檐遮挡了一点，也将他整个人分成两半，一半黑暗一半明亮。
　　但怎么看，都觉得他有些孤独。
　　许释的脸颊还烫着，连带着脖颈的温度也很高。这会儿的风比刚才又大了一点，终于带去些燥热，她在原地呆站了好几秒，直到那个身影完全消失在视线当中，她才回过神来，低头整理好手中的几张扣分单，准备回到班级。
　　各班已经做过值日工作了，教学楼前的雪被推到两边，露出光秃秃的冰面。
　　许释小时候在冰面上摔过，所以一直怕滑，每到冬天走路都会非常小心，她的眼睛直勾勾地盯在地面上，每迈出一步心脏都要小题大做地跟着收缩一下。
　　终于挨过这短短几十米的距离，她长长地吐出一口气，白雾在空中飘荡。
　　他们这栋教学楼设计得有些奇怪，靠近门口的位置有一小块拐角，从外面进来的人看不见那里，就经常有男生躲在这里吓人。更倒霉的是，半个月前这里的声控灯坏掉了，学校一直没派人来修，光线昏昏暗暗。
　　许释攥了攥指尖，刚走进去没几步，视线里却又出现了那双白色球鞋。
　　几分钟前刚刚见过的那双。
　　许释心一紧，下意识地往后退了一步，拉开一点距离，视线慢吞吞往上移，那件黑色卫衣的领口好像比刚才更松了一点，深陷的锁骨露出一半，再往上是颀长的脖颈、突出的喉结，还能看见淡青色的血管隐约在跳动，蓬勃又鲜活。
　　她有些好奇，却只敢在心里发问。
　　这人为什么要站在这里呢？不去上课吗？
　　心跳又开始变得剧烈，许释用手轻轻压了两下，将这些乱七八糟的想法抛到脑后，想着快点回到班级。
　　脚步还没迈出去，那道清冷的声线突然在她头顶响起——
　　"同学？"
　　许释心一惊，悄悄瞟了一圈，在这逼仄狭小的空间里好像只有他和她。
　　她停下脚步，手指在身侧蜷了蜷，转过身，和他四目相对。
　　早读时间已经结束，走廊里一片安静，连微弱的脚步声都没有。
　　就在许释觉得两人之间的气氛有些莫名其妙的时候，对方却在一片昏暗中开了口，嗓音混杂着笑意："想了想，还是不要撒谎比较好。"
　　许释轻轻皱了下眉头。
　　男生倾身的幅度大了一点，两个人之间的距离更近了，她在他眼中看见自己小小的倒影，又听见他问："如果就这么放我走了，被倪魔头他们知道，你会不会受到惩罚？"
　　许释脑袋有些沉，迷迷糊糊地点了下头："好像会。"
　　其实她也不清楚。
　　然后，他就又笑了下："那可不能拖累了你。"

他直起身子，将两人之间的距离拉开，声音懒懒散散的："我没和班主任请假，把扣分单给我吧。"

许释盯着他看了几秒。在这种环境下，他的眸光更加深邃了一点，眼皮漫不经心地耷拉着，极其有耐心地等她下一步动作。

以为她没听懂，他叹了口气："刚才是骗你的。"

"我知道。"

"知道还放我走啊？"这次他笑得有点坏。

许释没说什么，牙齿在唇内细肉上轻轻咬了下。她低头抽出一张空白的扣分单，把本子垫在下面，刚才在外面站的时间好像有些久，她的手指还有点僵，费了点力气才把水笔的盖子打开，笔尖停留在姓名那栏，两道声线碰撞在一起。

"你叫——"

"魏宴然。"

许释下意识地"啊"了一声，他以为她是没听清，又不紧不慢地重复了一遍："魏宴然，我的名字。宴会的宴，当然的然。"

许释点点头，一笔一画把名字写在上面，字迹工整干净，就像她这个人一样。

"班级呢？"许释问。

"高一（9）班。"

她的笔尖不受控制地顿了下，因为有两个年级挤在这栋楼里，所以教室排列非常紧凑，走廊两侧都有班级，而九班就在他们二班的正对面。

"怎么了？"好像是注意到了她的异常，魏宴然出声问。

"没事。"许释有些支支吾吾。她收回不该有的思绪，把该填的地方都填好，快速在值周长那一栏签了自己的名字，然后将扣分单递了出去。

魏宴然伸手来接。许释这才注意到，他不仅样貌出众，手也是好看得过分，指节修长又分明，带着很强的骨骼感，手背上有青筋凸起，像是山脊一样起起伏伏，右手虎口处还有一颗小小的黑痣。

他低垂着眼睑，神情又藏在了黑发之下，过了两三秒，许释听见他的声音飘进耳朵。

"许释。"

他的指腹在她的名字那里轻轻摩挲着，好像只是不小心叫了出来。

但许释的心脏却猛然缩了下。

以至于后来过了很多年，她都能记得魏宴然第一次叫自己名字的这个场景。

低低的笑声从他喉间冒出来，扣分单被折叠起来，夹在他指节当中："很好听的名字。"

许释不知道该说些什么，沉默两秒，早自习的铃声响起，于是她匆匆丢下"谢谢"两个字，转身朝着楼上的班级跑去。

她跑得好快，甚至路过倪魔头的时候都忘记了和他打招呼，直到在座位上坐下,她加速的心跳都还没平静下来。

赵思萱和她的座位隔了一条过道,压低声音提醒她:"今天早上要默写古诗。"

许释把值周牌塞进书桌里,拿出默写纸,往赵思萱那边偏头:"写哪首啊?"

"《氓》。"

许释没再说话,朝她悄悄比了个"OK"的手势。

教室里一片静谧,只有笔尖在纸上摩擦过的"沙沙"声。写到某句的时候,许释的笔尖停了下,熟悉的心悸感又蔓延上来。

"总角之宴,言笑晏晏。"

她的脑中不受控制地跑出来三个字。

默写结束后,许释盯着桌面上的草稿纸发呆,还在回想早上发生的一切。

好像有股神秘的力量控制了她,她扭头从书包里拿出上个周末新买的日记本,翻开第一页,提笔在上面写了几行字。

2017 年 12 月 7 日
总角之宴,言笑晏晏。

笔尖停顿片刻,一直在她脑海里徘徊的那三个字也被写在了下面——

魏宴然

当时的许释并没有意识到,当她在诗句里想到他名字的那个瞬间,命运已经给足了她暗示。

3

第一节是英语课。

二班的英语老师非常温柔,许释很喜欢她,每次上她的课都会格外专注。

今天许释却有些不在状态,每隔几分钟思绪就要发散一次。她拿着水笔在卷子上瞎画,老师突然点到她:"许释,这道题你来讲。"

许释匆忙回神,笔尖不小心扎在指腹上,传来细细密密的痛意,但她来不及管,拿着卷子站起来,根本不知道老师在讲哪道题。就在她准备开口承认自己错误的时候,沈浩往后靠了靠,声音压得极低:"完形填空第二题。"

许释如获大救,快速过了下题目:"Take up doing sth.是固定搭配,开始从事某事的意思。"

老师朝她温和地笑了下,善意提醒:"要专心听讲。"

许释面子薄,脸噌地红了,她心虚地点点头,然后坐下。

隔壁的赵思萱给她扔了个字条过来，许释悄悄打开：你怎么啦？从早上值周回来就见你心不在焉的，是遇见什么事了吗？

许释脑海中快速闪过几个画面，她揉了下眼尾，在上面写字：没事啦。

后半节课都在随堂小测，许释终于找回了点状态，把心思都放在题目上，时间倒是过得很快。

下课铃刚响，沈浩迫不及待地转过头："学霸，最后一个单选是不是C？"

没等许释开口，赵思萱咬着半块鲜花饼，抢先一步："不是B吗？"

沈浩："不可能！B一看就是错的！"

赵思萱："C才是错的呢！傻子才选C。"

活脱脱是小学生拌嘴现场。

吵来吵去，两个人谁都不肯让步，最后齐刷刷地转向许释："你说！"

许释舔了下嘴唇："其实那道题选A。suggest用作建议的时候后面要用虚拟语气，老师上节课才讲过的。"

"啊啊……烦死了！"沈浩的肩膀猛塌下去，整个人像泄了气的皮球，"本来蒙的就是A，我为什么要在最后一分钟改掉啊！"

赵思萱冷笑："你手欠呗。"

"你还好意思说我？你不也错了。"

许释莫名觉得这场景幼稚又好笑，不受控制地弯了下嘴角，然后又把自己埋进题海里，和之前没写完的英语阅读作斗争。

她的座位刚好靠近窗边，这会儿外面的天色亮了一点，光线照在她侧脸上，细密的绒毛清晰可见，睫毛在眼睑下落出淡淡一层阴影。这篇文章实在有点难，她不自觉地鼓了鼓腮帮子。

赵思萱懒得理沈浩，转过头就看见这幅场景，忍不住就想去逗逗她，上手在她脸上捏了一把，发出一声感慨："啧，手感真好。"

沈浩回头刚好看见这一幕，不自觉露出点嫌弃的神色："赵思萱，你这是在吃学霸豆腐。"

"我这就吃豆腐了？"赵思萱手上的动作没停，"我还有更过分的呢。"

沈浩连"啧"三下，嘴里嘟囔着"没眼看没眼看"，然后就转过去找其他男生聊昨天晚上输掉的游戏了。

赵思萱还在逗许释，手不小心碰到了她腰侧的敏感地带。许释天生怕痒，连忙丢盔弃甲般地放下笔，一边笑一边去拍赵思萱的胳膊："你好烦啊。"

"哟——"赵思萱找到了许释的小把柄，开始得寸进尺地进攻，"原来你怕痒啊。"

许释被赵思萱弄得一直在笑，整个人贴在桌面上和她求饶，让她放过自己。

两人正嬉闹着，有人重重推了下桌子，桌脚与地面摩擦发出刺耳的声音，桌上的水笔滚了几圈，笔尖扎在许释的手背上，她有些吃痛地"嘶"了一声。

· 011 ·

旁边插进来一道冷冷的女声，夹杂着些许不耐烦："能不能让一下啊。"

"抱歉。"许释连忙整理好自己的衣服，起身给站在旁边的曲惠腾地方。

赵思萱显然没有许释那么好脾气，下意识地为她打抱不平："你撞桌子干什么啊？有话不能好好说？"

但曲惠连眼皮都没抬一下，完全把她们当作空气一样过滤掉。

赵思萱还想说什么，许释扯了下她的衣角："算了。"

"真晦气。"赵思萱嘟囔了一句，随后钩上许释的脖子，"走吧，陪我去卫生间。"

"好。"

两个人从班级出来，赵思萱忍不住吐槽："她脾气真的好大啊，无缘无故就发火，你又不是欠她的。她一直这么对你吗？要不你和班主任说说，让他把你们调开。"

"算了。"许释不愿意去惹这个麻烦，"其实她平时还可以，也许只是今天心情不好吧。"

许释没说谎，她和曲惠当了小半年同桌，关系一直不冷不淡，偶尔曲惠会来问她老师布置了什么作业，其余时间不会说闲话，更别说起冲突了。

赵思萱："她早上为什么又没来学校啊？这个月都第几次了？"

许释摇头："不知道，也许是家里有事吧。"

"她身边好像又换了一群人跟着。"赵思萱声线压低了点，"听说好多人都想认识她，你说她怎么那么受欢迎？"

许释想了下："也许是长得漂亮？"

"她？还好吧。"赵思萱撇嘴，又往许释身旁凑了凑，近距离打量，"可我还是觉得你好看一点哦。"

"不要打趣我啦。"

"哪有，我是真心话。"赵思萱刚洗了手，掌心湿漉漉的，调皮地往许释脸颊上蹭了下，"你应该自信一点。"

走到隔壁三班门口的时候，有道男声在后面喊："喂。"

许释回了下头，看见是梁远森，下意识地扭头去看旁边的赵思萱，但她仿佛没听见一般，继续往前面走。

根据赵思萱的表情，许释判断，这两个人应该是吵架了。

梁远森也是她们的初中同学，梁家和赵家世代交好，买房子都是特意挑对门的位置买，梁远森和赵思萱也就成了青梅竹马。虽然他比赵思萱大一岁，但因为上学时间晚，所以和她们同一年级。

见赵思萱没反应，梁远森又开口："大小姐。"

赵思萱终于停了下来，但没转身看他，语气不情不愿的："干什么？"

"我妈昨天从苏州带了莲花酥回来，你不是喜欢吃嘛，要不要？"

少年五官立体分明，身形瘦削高挑，单手插兜靠着门框站着，语气有点践："你不要我扔了。"

赵思萱安静了会儿，鼓着腮帮子，磨磨蹭蹭地转过身："好歹也是阿姨的一片心意，我总不能辜负。"

她伸手："拿来。"

"在这儿等着。"梁远森进了班级。

两人是典型的口是心非，许释决定给他们留点单独相处的空间，她把赵思萱往前推了推："有什么矛盾就好好说，我先回班了哦。"

走廊里来来往往不少人，隔壁班的几个男生在追着打闹，许释往墙根那边贴了贴，慢慢吞吞地往前走。

她没想到能和魏宴然再碰上。

她原本已经要走到班级后门了，突然一道男声从头顶传来，尾音有些拖，听起来懒洋洋的。

"许值周长——"

从来没有人这样叫过她，许释先是愣了两秒，然后感觉外套的领子被人很轻地拎了下，布料蹭在皮肤上，有些痒。

许释回过头。

他身上那件校服已经脱掉了，只剩下黑色卫衣，帽子的抽绳被打了两个小小的结，整个人看起来有些没精神，眼皮有浅浅的红印，好像是指腹蹭过留下的痕迹。

许释正盯着那块痕迹出神，猝不及防地对上了他沉黑的眸子，心一跳，有种被抓包的心虚感，虽然她什么都没干。

周围挺吵的，都是同学们追逐打闹的声音，但是许释觉得空气变得稀薄了起来，连带着那些杂音也被抽走。

突然的一声低笑让这空气更加微弱了，连带着她的呼吸都不受控制地慢了下来。

"干什么坏事去了，脸这么红？"

魏宴然的目光还放在她身上，语气里带着些游刃有余的坏，但又因为声线低沉，让人讨厌不起来。

许释觉得耳后根的皮肤变得有些烫，她没回答这个问题，而是问："你怎么在这儿？"

"好霸道哦。"他又笑，胸腔都跟着微微震动，"下课还不允许我来走廊吗？"

"我、我不是这个意思。"

"我知道。"

知道还这么说。许释在心中腹诽一句。

魏宴然抬手点了点班级外侧的阳台，许释的目光跟过去，看见上面放了几本书，旁边散落着黑色的百乐水笔。

"被班主任发配'边疆'了。"

许释眨了眨眼睛，指甲在掌心上挠了下："为什么罚站啊？"

魏宴然突然弯下腰，头也低了一点，卫衣领口塌下去一块，隐约能看见藏在布料下的锁骨。

许释立马别开了视线。

然而他好像浑然没有发觉一般，声音带着星星点点的颗粒感，继续问："猜猜看？"

许释用牙齿轻轻咬了下唇肉："是因为迟到的事情吗？"

魏宴然还保持着刚才的动作，语气很轻："是啊。"

两个人的目光又交缠在一起。

许释紧张地吞咽了下，这是她第一次和异性这样对视。

最后还是魏宴然先轻笑了声："还不是因为你。"

"什么？"

"因为你啊。"

许释觉得那种心跳失控的感觉又蹦了出来，所有的感知在这一刻被无限放大，脑子昏昏沉沉的，全被魏宴然占据着。

他身上的雪松味淡了点，变成了另一种干净又清新的味道，好像是某种洗衣液的味道。

是哪种呢？

她迟钝了好几秒才想起两人正在讨论的话题，紧张地舔了下嘴唇："什么因为我？"

"不是你给我开的扣分单吗？"他往后退了点，靠在墙上。

"是你让我开的呀。"

"也对。"魏宴然煞有介事地点点头，就在许释以为这件事就要这么过去了的时候，他又开口，"但如果值周的人不是你，我也许就不会心软了。"

许释被他搞得迷迷糊糊："心软什么？"

"心软不对你撒谎啊。"

"所以——"他又重新压下来，下巴几乎要蹭在她的额头上，她稍稍抬头就能看见他凸起的喉结。

她心跳慢了两拍，听见他说：

"你是不是得补偿我一下？"

4

许释在心中悄悄倒计时，她猜测还有不到两分钟预备铃就会响起，身后的人也越来越多了，大家都在加快脚步往班级的方向走，赵思萱在梁远森那里待了有一会儿了,是不是也要回来了?要是被看见了,问起来自己该怎么解释呢?

她攥了攥袖口处的布料,明显有些应付不了魏宴然的问题。

在心里默数到一百的时候,那道声线又传进耳朵,多了几分懒散:"怎么不说话啊?"

许释开口:"你不讲理。"

魏宴然扬了下眉梢:"哦?"

"你迟到也不是我的错。"

这句话不知道怎么就戳到了他的笑点,他半靠不靠地倚在墙上,下颌角的弧度松了点,肩膀小幅度地抖着,卫衣上的抽绳都跟着晃动。

许释咬了咬嘴唇,这人在笑什么呢。她好想伸手捂住他嘴巴,让他别再笑了。

但很快,她就把自己这个有点大胆的想法丢到了一旁,两人前后才认识了几个小时,她这是在想什么呢,羞不羞啊。

"看不出来。"魏宴然抬了抬下巴,"还挺厉害。"

许释抿唇,没出声。

走廊里的人在一点点减少,气氛变得安静,许释已经在心里数到二十了,她掐了下掌心,抬眼对上魏宴然的目光,又连忙躲开。

五,四,三,二,一——

不知道是不是她数得有点快,走廊里仍然是一片静谧。许释心脏又紧了紧,胆子大了一点:"我说得也没错。"

"好好好。"他又低低笑了下,"是我的错。"

就在这时,救命般的铃声终于响起,许释转身匆匆逃跑,扬起的发尾不小心蹭到了魏宴然的衣袖,留下一阵很淡的茉莉花香。

那天许释回到班级的时候,生物老师已经拿着课本对细胞器官大讲特讲了。她快速跑到自己的座位上,桌上有张粉色的小字条,不用看都知道是赵思萱扔过来的。

赵思萱:刚刚在走廊里和你说话的人是谁?我可都看见了。

果然还是被看见了啊。

两个人之间明明什么关系都没有,甚至连朋友都算不上,但许释还是有一点心虚的感觉。

笔尖不小心戳到了指腹上,她才回神,欲盖弥彰般地在上面写字:没谁,就一个不太熟悉的同学。

但赵思萱后半节课还是在用那种八卦的目光悄悄打量着她,眼角眉梢都写着"我才不相信"。

安尧高中的时间表是上午结束两节课后要到操场上进行课间活动,春夏秋都是广播体操,冬天是长跑。

许释刚把冬季校服棉衣套上,拉链还没来得及拉,赵思萱从旁边过来,胳膊圈在她脖子上:"老实交代。"

"你和梁远森不闹别扭啦?"许释眨了眨眼,开始转移话题。

"别装傻。"赵思萱在她脸上捏了把,"快说。"

"说什么呀?"

"刚才那到底是谁啊,我看还挺帅的呢。"

"真没谁。"

"不告诉我是不是?"赵思萱又开始碰许释身上的痒痒肉。许释直往旁边躲,最后选择投降。

"我说我说,就早上值周遇见的。"

许释把早上发生的事情简单重复了下,不过隐去了一些细节,只告诉她魏宴然迟到被自己抓到了,两个人多说了几句话。

"就这啊?"赵思萱肩膀塌下来,长长地叹了口气,"我还以为你要走桃花运了呢。"

"你不要瞎说呀。"

走廊里这会儿都是往操场上走的学生,脚步声很嘈杂,肩膀几乎撞着肩膀。不知道是谁不小心踩到了许释的脚,许释皱了下眉头,又往旁边靠了靠,紧紧攥着扶手,生怕踩空摔倒。

好不容易跟着人群从教学楼里面挤出来,许释松了口气,抬起头后却是一怔。

她看见了魏宴然的身影。

他和早上一样没穿冬季校服棉衣,只穿着秋季校服外套,身边几个男生似乎和他关系不错,勾肩搭背地说说笑笑什么。

寒风顺着衣领往身体里面钻,许释缩了下脖子,感觉掌心出了一层冷汗。

好奇怪啊。

她其实是有一点近视的,度数不高,因为觉得镜框架在鼻梁上有点丑,所以就一直没有配眼镜。幸好她在班级的座位比较靠前,黑板上的字是能看清的,近一点的东西也可以,但是一旦超出承受范围,她的视线就变得模糊了。

她现在和魏宴然中间隔着挺远一段距离,甚至连他的侧脸都没看见,她到底是怎么辨认出这人就是他的呢?

许释有点想不明白。

她怕别人发现自己的异常,只盯着看了几下就收回了视线,但心头好像被缠上了什么东西,丝丝缕缕的,说不清道不明。

好不容易停下来的雪现在又飘了下来,比早上还要大了点,赵思萱怕弄湿头发,把帽子扣了起来,又搓了搓手:"今年的雪好像格外大。"

许释"嗯"了声。

"早上出门的时候听我妈念叨,今天刚好是大雪。"赵思萱把手从袖子里伸出来，接了几片雪花在掌心，很快融化成水珠，"所以才下了这么大的雪吗？"

"是吗？"许释没接她的话，而是喃喃自语，"已经大雪了。"

积雪浮云端，至此而雪盛矣。

仲冬时节正式开始了。

2017年大雪，她和魏宴然相识。

安尧高中分为走读生和住宿生，中午十一点五十分下课后，住宿生们纷纷往食堂走，走读生则需要在十五分钟内离开学校，否则就出不去了。

很人性化的一点是，学校开放了专门用来给走读生午睡的宿舍，如果家离学校太远，可以到班主任那里填个申请表，中午直接歇在学校，晚上还可以照常回家。

许释一开始是想留在学校休息的，这样就可以节省很多在路上的时间，下午还能早点去教室预习功课，但陈月琴不同意。

陈月琴当时正和那帮牌友搓着麻将，因为连输了三把，心情差到极点，对许释的态度更差："放着好好的家不回非要在学校住是吧？你是钱多烧的还是看你妈赚钱太容易了？"

"我一个人把你拉扯大容易吗？别人家的爷爷奶奶都知道帮忙带一带孩子，谁帮过我！还不是我一个人一把屎一把尿伺候大的？"

许康安是许家唯一的男丁，所以许释的爷爷奶奶一直盼望着能早点抱孙子，刚知道陈月琴怀孕的时候，老两口非常高兴，甚至还搬过来照顾了好长时间。他们那一辈都迷信酸儿辣女这种说法，碰巧陈月琴怀孕期间非常喜欢吃酸的，这无疑给他们带来了更多的希望，到处和别人说她肚子里怀的是个男孩。

直到九个月过后，产房里面传来女婴的哭闹声——

老两口的态度简直急转直下，在产房门口拉着护士的手反复确认了几次是不是抱错了。

也正是因为这个，许释从小就没有得到过爷爷奶奶的一点关爱，就算是新年赶回去拜年，得到的也只有白眼和忽视。

小时候的许释还会反思是不是自己哪里做得不好，但她想了很多年也没能想通，最后只能告诉自己，可能有些人的存在本身就是一种错吧。

那天的情况越演越烈，陈月琴说了不少难听的话，甚至还过来动手打了她几下，旁边几个牌友见情况不对，起身帮着劝架，陈月琴这才消停下来。

从那以后，许释也没再提过这件事。

…………

校门口进进出出的人很多，许释缩着胳膊往前走。平时她都会习惯性地低着头走路，今天却破天荒地抬起了头，目光下意识地在人群中搜索。过了两秒，她被自己这反常的举动吓了一跳，又赶快收回视线，还不小心撞到了走在前面的一个女生。

她连着说了几句"不好意思",对方笑着说了句"没事"。

学校对面是一整条小吃街,什么店都有,还有不少推着三轮车出来叫卖的小贩。许释穿梭在小街中,鼻腔里都是食物的香味,她很喜欢在这里闲逛,总觉得有种别样的生活气息。

最后,她在烤红薯的小车旁边停下。她其实不太饿,就只挑了个和手掌差不多大的红薯:"多少钱?"

老板将红薯放在电子秤上,扫了眼上面的数字:"五块。"

许释抽出一张纸币给他,热腾腾的红薯冒着白气,打着旋儿向四周飘。

她有体寒的毛病,冬天手脚冰凉是常事,这红薯像个小烤炉一样,把她掌心都烘出了一层薄汗,身上也跟着暖和了起来。

这阵风大,许释怕红薯凉掉,像揣宝贝一样把红薯塞进口袋里,手放在外面焐着,回家的脚步都快了一点。

安尧冬天的风总是很凉,街边堆着的雪粒子被吹得漫天飞舞,有几粒落进脖颈里,冰得许释缩了下。

为了早点回去,她抄了条近一点的巷子。不知道是不是地形问题,这条巷子的光线非常不好,白天的时候也有点暗,即便她走过很多次了,还是有些不适应,目光总是四下扫着,哪怕只是远远的一个人影都足够她警惕好半天。

穿过巷口,许释终于看见了自家的那栋红色小楼。她干脆小跑着进了楼道,楼门被风吹得直响,但也抵挡了不少严寒。

她跺了跺脚,又把肩头上的积雪清理掉,手往口袋里伸了下,摸了摸她的宝贝红薯。

幸好,还温热着。

这栋楼的隔音有些差,住在楼下的一对年轻夫妇正在教育孩子,女人崩溃地大喊:"上次数学考试就考了十二分?你在学校到底干什么了?这学能上你就上,不能上就滚回来,别浪费我的钱!"

许释心脏紧了紧,不由得漫出些许窒息感,开始同情那家的小孩。

伴随着争吵声,她一直走到了四楼,从口袋里摸了好一会儿才找到钥匙。

她推开门,却发现陈月琴也在家。

陈月琴初中读了一半就辍学了,没什么文化,只能找点零工,前年开始在附近的一家商场里做售货员,按理说这个点应该还在上班。

许释蹬掉脚上的鞋子,探头问:"妈,你怎么回来了?"

"我自己家还不能回?"陈月琴哼了口气,"商场停电了,下午放假。"

许释"哦"了声,没再多说。

"洗手过来吃饭。"

许释把外套换下来放在一旁的衣架上,又顺手把口袋里的烤红薯拿了出来,想着买都买回来了，总不能浪费。

陈月琴端着菜从厨房里出来，刚好看见她手中的东西，脾气一下就上来了："放着家里的饭不吃，非要花钱买外面的是吧？"

许释愣了下，下意识地解释："我不知道今天你在家，所以才——"

话说了一半就被陈月琴打断："学会顶嘴了是吧？我看你就是零花钱太多日子过得太安稳了，明天把你扔工地里搬几天砖就老实了。"

许释心口一室，觉得有些呼吸不畅，但什么都没说。

"爱吃就吃，不吃就滚。"

许释还是在餐桌旁边坐下来了，因为她知道，要是自己现在真的转身就走，恐怕又是一场风暴。

桌上只摆了一盘番茄炒蛋，许释拿起筷子往嘴里送了一口，但不知怎的，尝不出什么滋味，嘴里只有苦涩感。

她逼着自己吃了几口，旁边的陈月琴似乎还是不满："拉个脸给谁看呢？我说错了？"

许释摇头："没错，是我的错。"

陈月琴还想说点什么，旁边的手机响了几下，她扫了眼屏幕，不耐烦地摁了挂断键。

但对方有些执着，又打过来一次。

陈月琴接起来，说话还是没个好气："大中午打电话过来干什么？"

许释侧耳听了听，分辨出听筒里的那个声音是她姥姥，好像在问周末她有没有时间，想过来看看。

"她现在都高中了，高中你懂不懂啊？少学一秒都可能会被别人甩下很远的距离，哪有时间浪费在你这个老太太身上？没空！"

在那个还没有计划生育的年代，许释姥姥生了两个孩子，许释外公生病走得早，一家子都靠着姥姥采野菜和接一些刺绣活的收入生存，糊口都是问题，更别说让孩子顺利完成学业了。

那几年姥姥也很拼命，常常挑灯挑菜到深夜，眼睛和脊椎都熬出不少问题，但攒出来的钱也只能供一个人上大学。

最后这个名额落到了成绩更好的大儿子身上，也就是许释的舅舅，陈月琴则辍学了。

听说陈月琴当时成绩也不错，坚持下去有上大学的希望，但因为没能读完，小小年纪就开始外出打工，这么多年心中一直憋着口气，总觉得是他们害得她落到今天这种潦倒落魄的下场。

所以她对待许释舅舅的态度很差，就连对亲妈也一样，说话总是带着刺，有时候他们过来看她，也会被她骂走。

许释捏了下筷子，她前后有半年没见过姥姥了，而且姥姥身体一直算不上好，她心里挂念着。

犹豫片刻，她还是选择开口："妈，周末我有时间的，让姥姥过来吧。"

陈月琴已经挂了电话，闻言直接在她肩膀上打了一巴掌："和谁都亲，就和我这个妈不亲是吧？

"许释你到底有没有良心，是谁把你拉扯大的？是我！

"他们任何一个人都没来帮过忙！"

许释觉得眼前黑了下。

又开始了。

每次都是这样，她甚至能想象到陈月琴接下来要说什么。

"你知道养大一个孩子有多难吗？你六岁那年生病发烧，半夜打不到车，是谁把你背到医院的？"

"是你老娘我！那些七大姑八大姨哪个管过你？"陈月琴一巴掌打在她后背上，"为你做了这么多都看不见吗？白眼狼！"

陈月琴用的力气不小，疼得许释直皱眉头。

换作平常，许释可能忍忍就过去了，但今天不知道怎么回事，她委屈的情绪达到顶峰，泪水在眼眶里面直打转："又不是我逼你们做这些的。"

"行啊！是我贱呗，天天为这个家操心操肺的，最后都喂狗了！"

陈月琴："别吃了。"她抬脚踹在桌腿上，杯子碗筷瞬间滑落下去。

许释觉得好像有什么东西在自己耳边炸开了，连血液都冒着凉意，但陈月琴还在继续："你要是这么厉害，以后别吃家里的饭啊，干脆自己搬出去过吧。"

许释觉得眼眶酸得厉害，但她不想在这种情况下哭，她努力憋着情绪，直到嘴里多了点铁锈味儿——唇肉被她生生咬破了。

"滚滚滚，喜欢谁你就找谁去。"陈月琴拎着她的衣领，把人往门外推，连带着把那个红薯也丢了出来，"别在这儿让我碍眼！"

门砰的一声被关上了。

有颗滚烫的液体砸在地上。

第二章 · 酸糖
你这姑娘怎么这么爱哭

1

外面又开始下雪了。

陈月琴没把冬季校服棉衣给她一起扔出来,许释用力把单层的秋季校服外套往身上裹了裹,但还是冷,风一吹好像直接吹到了骨子里面,冰得她感觉血液几乎都要停止流动。

学校的大门要下午一点才开,还剩半个多小时,许释就这么漫无目的地在大街上瞎晃。

她也不知道自己要去哪儿。

或者说,她根本无处可去。

柳河路这边有不少卖服装的店铺,外面的小招牌上写着"清仓处理全场八折",打扮精致的女孩子手挽着手进去,在货架中穿梭挑选。

与此同时,许释在玻璃窗上看见了自己的身影。

刚才出门的时候,她的头发被陈月琴扯得很乱,也没来得及整理,被风吹了一路,现在好像更乱了。

像个狼狈不堪的疯子。

她嘴角向上勾出一个自嘲的笑,干脆将皮筋扯了下来,用手随便抓了两下,由着发丝在脑后胡乱地飘。

耳边传来塑料袋的簌簌响声,许释才意识到烤红薯还被自己拎在手里,于是她转身往后走了段距离,找了个背风的小巷子,在台阶上蹲下。

旁边还有个穿着橘黄色制服的环卫工人,手里正拿着半个面包在吃,看见许释过来,他似乎是怕她介意自己身上的衣服脏,下意识地起身离开。许释喊住他:"没事的。"

身上脏有什么可怕的,可怕的是心脏了。

老人固执地摇摇头,还是走了。

许释朝那个背影眨了下眼睛,在心里问了句为什么。

生活对他们已经够苦了,为什么还要小心翼翼地活着啊。

那个身影在视线里越来越小,最后变成微不可见的圆点,许释眼睛有些干涩,低头将红薯袋子打开,里面已经完完全全凉掉了,但她还是咬了一口。

苦的。

许释从没吃过这么苦的红薯,但她还是逼着自己全部咽下去了。

脚腕上有些湿凉的黏腻感,她伸手碰了下,入目是一片让人反胃的红色,黏在她白皙的指腹上。

应该是刚才陈月琴掀桌子的时候,被水杯的玻璃碎片划到了。

许释低头看了下,血珠子还在断断续续向外冒,一滴一滴,有些已经凝成暗红色,绽开的皮肉被冻得发紫,看着有些可怕。

但是她什么表情都没有,疼痛顺着神经中枢向上蔓延到全身,她的意识好像模糊了片刻……等再清醒的时候,学校开门的时间已经快到了,她缓缓站起身,用纸擦干手指上的血迹,没管脚踝上血肉模糊的伤口,朝着熟悉的方向一步一步地挪动着。

这个点来学校的人不多,街上很冷清,连来往的车辆都少,雪雾飞扬,像是在眼前蒙上一层薄纱。

一阵对话跟着风传入她耳朵里,让她不由自主地转身去看。

女孩身上穿着和她一样的校服,身旁站了个干瘦矮小的老人,手里拿着一顶白色绒线帽子,正踮脚努力往女孩头上戴,而后又慈爱地拍了拍女孩的脸颊。

许释有些恍惚,她死死盯着那道身影,眼前却浮现出另一个人。

大概天下老人都有几分相似。

她的眼眶酸胀得难受,身体里好像有一只猛兽,让她不受控制地冲进一旁的商店,对着柜台里的女人问:"阿姨,能把电话借给我用一下吗?我可以付钱的。"

2017年,就算是安尧这种小县城,街上也早就没有公共电话了,就连商店里五角钱打一次的座机也被撤销。许释自己是有一部小手机的,但陈月琴一般不允许她带着上学。

女人似乎被她这种激动的情绪惊了下,愣了几秒才点头:"可以。"

"谢谢。"

许释接过女人的电话,输入一串数字,她记忆力好,电话号码这种东西基本看几次就能记住。

听筒里传来冰冷的机械音,等待的时间总是难熬,似乎每一分每一秒都被拉得很长,姥姥在的那个村子位置很偏,信号并不是很好,有时候根本接不到电话。

许释握着电话的掌心渗出冷汗，不安的情绪仿佛外面的大雪将她深深吞没。

在电话自动挂断的前一秒，听筒里面终于传出那个熟悉又苍老的声音："喂？"

许释僵硬的身体松弛下来，颤抖着开口："姥姥，是我。"

"小释？"老人喜出望外，"这是你的新号码吗？那姥姥存上——"

"没。"许释打断她，"这不是我的电话，是、是我借同学电话打的……我就是好长时间没见你了，有点想你。你最近怎么样？还好吗？"

"我？"老人笑了两声，声音干瘪，像是陈年的枯木，"哎哟，姥姥可好着呢，身体倍棒吃嘛嘛香！你就不要操心啦……高中生活很累吧？前段时间听你妈说你学业可忙了，老家这段时间事情也多，姥姥都没时间去看你，你可要照顾好身体啊！"

许释不由得想哭，掌心被指甲掐出深深一道月牙，牙关咬得有些发痛，外面的天又阴沉下来，像是团浓墨，散都散不开。

察觉到她的沉默，老人又说："怎么啦？是不是遇见什么烦心事儿了？和姥姥说说，姥姥给你排解排解。"

许释下意识地摇了摇头，她怎么可能说，怎么舍得让姥姥再担心自己呢？

意识到姥姥看不到自己的动作，她吸了下鼻子，故作轻松道："没事呀姥姥，我都挺好的，在学校大家也都对我很好，你不要担心我啦！"

"那就好，那就好。"老人似乎还是有点不放心，又补充几句，"你妈平时脾气可能是差了点，要是说了什么不该说的，你别放在心上，蒙上被子睡一觉，醒来就都忘了。"

是吗，真能忘得掉吗？

许释的手指在电话后壳上划了两圈，视线不知聚焦在哪一处。

"再过两年你就考大学了，我们小释可是要去大城市的人，到时候一切就都好起来了，日子也会一天比一天有盼头的。"

可这种日子真的会有尽头吗？

这种话她从小听了太多，小时候人们教导她说长大就好了，等到读高中就好了，但现实呢？

是不是上了大学，大家又要告诉她："嘿，别担心，等你成家立业就都好啦！"

但还是应该相信一下吧，苦难已经够多了，再不给自己编织一点希望，那才是真正的绝境。

许释垂下双眸，嗓音有点哑："姥姥，我知道了。"

会好起来的。

周三下午第一节是体育课，安尧高中有个小体育馆，就在操场旁边，冬天的体育课都是在那里上。

因为和姥姥打了通电话,许释进校的时间有些迟,没顾得上回教室,直接往体育馆那边走。

他们年级的体育老师人手不够,所以是四个班合并在一起上课。许释进去的时候,体委已经组织大家站队了。乌泱乌泱的人群挡在眼前让她有些头晕,她在人群中转了好一会儿才找到自己的班级。

许释站在女生第二排,后面是另一个班级的男生,几个人热火朝天地讨论着前天晚上输掉的那场篮球赛。

赵思萱在她侧前方,偏头看了她一眼:"你怎么来得这么晚啊?还以为你要翘课呢。"

许释尽量让自己看起来和平时一样:"睡过头了。"

"你的校服棉衣呢?"

"落在家里了。"

赵思萱皱了下眉头:"棉衣你也能忘,这么冷的天不怕冻感冒啊?"

许释笑:"没事。"

鼻腔里突然钻进一阵淡淡的香味,她扭过头,猝不及防对上曲惠的视线,两人对视几秒,又不约而同地别开头。

体育老师拿着喇叭开始讲话:"一个个都听不见上课铃是吧?体育课不是课啊?能不能有点规矩?

"那个穿白色卫衣的男生,还嘟囔什么呢?要不让你上来讲?"

被点名的男生就是沈浩,他懒洋洋地接茬:"行啊,大家想听我讲什么,给个主题。"

人群里传来阵阵哄笑声。

体育老师气不过,罚他绕着体育馆跑三圈。沈浩把校服棉衣脱了,活动了下四肢,不在意道:"老师,三圈有点少,要不五圈吧?"

笑声更大了。

体育老师:"嫌少是吧?那跑十圈!"

"得嘞!"沈浩打了个响指,绕着场地开始慢跑,路过二班的时候还要贱唆唆地朝他们打招呼。

大家都忍不住笑,起哄让他跑快点,别给班级丢脸。

许释眉眼间也多了几分笑意。

她在他们身上看见了自己没有的青春,张扬又热烈的青春。

体育老师又啰唆几句就让大家自由活动了,男生们成群结队地往篮球场走。赵思萱回头挽住许释的胳膊,说是文委她们要玩游戏,问她要不要加入。

许释揉了下眼角,她现在只想找个安静的地方自己待一会儿,于是摇摇头:"你们去吧,我不太会这些。"

"来凑个热闹呗,我也不怎么会玩,反正也没有其他事可做。"

"真不去了。"

赵思萱盯着她看了会儿,感觉她脸色不太好:"你是不是出什么事了?"

许释抿了下嘴唇,不太敢看赵思萱的眼睛:"没事儿,就是中午没吃好,胃有点不舒服。"

这话也算不上假,不知道是不是那个红薯太凉,她现在隐隐有点胃痛。

"需要我带你去医务室吗?"赵思萱在她额头上试了下,温度正常,没有发烧。

"不用了,我找个地方坐会儿就好。"

"那好吧。"赵思萱皱了下眉头,"有事过来叫我啊。"

"知道啦。"文委她们已经在喊赵思萱了,许释推了推她的肩膀,"你快过去吧。"

体育馆东南角有个不起眼的小楼梯,角落的光线暗沉沉的,去那边的人少,很清静。许释吹了吹台阶上面的尘土,慢慢坐下。

她觉得自己好累,肩膀上的重量大概有千斤重,压得她胸口喘不上气,体育馆里没有空调暖气,吸进来的每一口气都是凉的,寒意一点一点吞噬着她的知觉。

她用胳膊环抱着膝盖,脑袋埋在臂弯里,好像只有这样,才能勉强找到一点安全感。

不知道这么坐了多久,耳边传来窸窸窣窣的脚步声,许释以为是有人路过,没多理会。

过了没几秒,脚步声消失。

然后取代那脚步声的是一道低沉的声线,带着颗粒感。

"哭了吗?"那人问。

2

许释一时没有反应过来这道声线属于谁,但无论是谁,她都不想让别人看见自己的狼狈。于是,她慌慌张张地在眼皮上揉了几下,抬起头才发现是魏宴然。

几天不见,他额前的头发好像剪短了点,英挺的眉骨露出来,眉心不自觉皱着,有细碎的光从旁边打过来,又在他高挺的鼻梁旁边投下淡淡的阴影。

许释呆滞了几秒,磕磕巴巴地问:"怎、怎么是你?"

魏宴然没答,而是半弯下腰,将两个人之间的距离缩短了一点,和她视线平齐,眼尾耷拉下,盯着她发红的眼睛,声音很轻:"你怎么了?"

许释摇头:"我没事。"

她还记得自己小时候有一次在学校里受了委屈,新买的自动铅笔被男同学故意弄坏,回到家后委屈巴巴地和陈月琴抱怨,得到的不是安慰和理解,而是一顿打骂。

无缘无故的打骂。

这种事情在她的成长过程中不知道发生过多少次,所以她渐渐学会把所有心事掩藏起来,就好像给自己套上一个保护壳,这样就没人能看见壳子里面的那些伤疤,也不会有机会向她施加二次伤害。

魏宴然皱了下眉,漆黑的瞳仁在她身上盯了好一会儿。许释被他看得莫名有些发慌,心口跟着发悸,手指不太明显地在衣袖上捏了几下,像是怕他追问,又欲盖弥彰地重复:"真没事。"

女孩子声音很小,几乎要被体育馆里的杂音淹没掉。

魏宴然"嗯"了声,空气沉默了几秒,许释轻咬了下唇,正思考着接下来该说点什么的时候——

他却转身走掉了。

许释眼帘艰涩地颤了下,思绪有些散。

沉下心想想,两个人确实没有很熟,最多算是萍水相逢的交情。估计他就是刚好路过,看见她在这儿,便过来随口关心一下。可偏偏她什么都不肯说,他也就没有留下来继续自讨无趣的必要。

凉风扫过,隐约卷来一阵玫瑰花气味,本该是甜美清新的,但许释只能感到酸和涩。

于是,她直起的脖颈一点点塌陷下去,又恢复成之前的姿势,下巴搭在手臂上,视线低落在两级台阶之下,有一只小蚂蚁在慢慢吞吞地爬,前行的路被碎石子挡住,它又掉头换到另一个方向。

散落的发丝蹭在脖颈里有些痒,许释伸手碰了下,一只骨节分明的手却捏着一包绿色的面巾纸出现在她的目光当中,那只手的虎口处长着一颗黑痣,指节修长漂亮,手背上的青筋脉络像起伏的丘陵那样凹凸深陷,肤色冷白,仿佛一件浑然天成的艺术品。

"给。"

许释反应了几秒,意识到这人是谁,猛然仰起头。

少年额前的碎发比刚刚湿了一点,鼻尖上有细小的汗珠,反射着零散的光,下颌线条紧绷,校服的领口半开着,里面是一件深蓝色的卫衣。

所以说他刚才离开是为了给自己找纸巾吗?

是跑着去的对吗?

还有——他是不是很怕自己哭啊?

许释的心口不太明显地颤了下。她抿了抿嘴唇,没有再拒绝他的好意,伸手接过那包纸。

她的动作有些仓促,指腹不小心擦到了他的掌心。

他的手心干燥且温暖,不像她那般冰冷,一凉一热的触感交融,好似两种不同的化学物质发生反应,惹得许释连忙撤回手。

她脸上的温度一点点烧了起来,视线也无处安放,过了好一会儿,她才小声说了一句"谢谢"。

"这么客气啊。"魏宴然牵了下嘴角,语气有些散漫,但许释觉得里面还带着点其他意思。

至于是什么意思,她没敢多想,只是觉得心情好了一点。

"要是真不开心就哭出来,不要憋着。"

其实许释已经把情绪自我消化得差不多了,她摇摇头,发尾轻晃:"我没事。"

魏宴然盯着她看了会儿,看她情绪还可以,也没揪着这个话题不放,抬手抓了下头发:"自己一个人在这儿待着?"

"嗯。"

"你同学呢?都不陪你?"

"她们在玩游戏,邀请过我的。"许释解释,"是我说要一个人过来坐会儿。"

"那是我打扰到你了?"

许释被他这脑回路搞得有点晕,笑了下:"没有。"

不远处有人在喊魏宴然的名字,许释绕过他看了下,是几个抱着篮球的男生,估计是他的朋友,正暗戳戳地用好奇的目光打量着他们二人。

许释有些不好意思,对他说:"你朋友在叫你呢,你去玩你的吧。"

魏宴然没多说什么,点了下头:"好。"

许释看着他转身往那群男生的方向走。他人缘好像还不错,他刚过去,那几个人就抬手搭上他肩膀,嬉皮笑脸地说着什么,还有几个人回头往许释这个方向看了几眼,不过被他拎着脖子转了回去。

她之前一直没注意到,原来九班也和自己班一起上体育课。

他们一直走到对面的篮球场地,魏宴然把外套脱了扔在一边,只留那件卫衣,少年身形颀长,从同伴手里接过球,向前跑几步,轻轻一跳,抬手投出了一个完美的三分球。

这是许释第一次正儿八经地看男生打球,之前在初中的时候,班上的男生也会打,学校还组织过几场篮球赛,男生们穿着球衣在场上尽情挥洒汗水,女孩子则围在场边卖力加油喝彩,也许手里还会攥着瓶矿泉水,只为找到合适的机会上场送给在意的那个人。但她一直都是兴致缺缺,甚至觉得有些无聊,所以每次比赛都会偷偷找借口溜回班级,用这个时间多做几套卷子。

球场上,魏宴然正在带着球跑,好几个男生围在身边,但他丝毫不在意,肆意又张扬地向前,额前黑发有些散乱,衣角随着他的动作时起时落,隐约露出精瘦紧实的腰腹肌肉。又一个三分球后,有个男生过来撞了下他的肩膀,像是在庆祝,其他人也喊着"宴哥厉害",他勾了下嘴唇,食指与中指合拢在额

· 027 ·

头上轻点一下，朝那人回笑。

是真的很帅，带着少年感的那种帅。

那天是许释生平第一次觉得，看男生打篮球好像没那么无趣。

虽然她没有摇旗呐喊，也没有欢呼雀跃，但眼神早就出卖了她，她已经被场上的氛围感染，琥珀色的瞳孔中仿佛有两簇跳动的火苗。

半场比赛结束，所有人到旁边的长椅上坐着休息，许释怕自己的目光太过直白，悄无声息地收回。

窗外雾雪渐停，偌大的体育馆被同学们的欢笑声填满，校园里永远这么热闹。

在台阶上坐的时间有些久，许释觉得腿有些僵，于是撑着身侧的扶手站了起来，在原地小幅度活动了几下，再然后，她的视线又不受控制地朝着那个方向看过去。

估计是打球打得太热，魏宴然把袖口翻上去半截，露出的小臂线条流畅而紧实，领口好像被打湿了一块，布料颜色比其他地方要深。

一眨眼的工夫，不知道从哪里跑出来一个女生，她规规矩矩地穿着校服，扎着高马尾，手里攥着一瓶矿泉水，犹犹豫豫地站在他旁边，看起来有些手足无措。

是球场上很熟悉的场景……就算听不见他们的对话内容，许释也能脑补出女生要说什么。

女生喊了魏宴然一声，嘴角扯出一个有些羞涩的笑容，魏宴然没什么情绪地抬了下头，看了女生一眼，又收回视线，但女生并没有就此退缩，继续和他搭话。

许释不知怎的觉得身上有些僵，手指在袖口上揪了下，心脏好像也跟着揪起来，目光还直直地看着那两人，等待着魏宴然的下一步反应。

虽然，他是什么反应都和她没有关系。

魏宴然一副不太想理人的样子，双眸懒散地垂着，头微低，颈后有两撮碎发翘着，他时不时会抬手在后颈上捏几下。

这样的他看起来有些冷漠，不好接近，又带着几分让人猜不透的漫不经心。

许释正胡思乱想着，忽然感觉到他的视线往这个方向看了过来。

不知道是不是她的错觉，两人对视了一下。

心脏跳动的速度瞬间变快，掌心也出了层潮凉的汗，许释连忙转身，在心里告诉自己，隔着这么远的距离，他肯定不是在看自己，不要脑补，也不要自作多情。

胸口起伏，许释深吸几口气，抬脚往上面的台阶走。

体育馆二楼是一个小平台，没什么运动设施，只有几个破旧的储物室。

许释漫无目的地在小平台上瞎走，忽然视线里出现了一双白色球鞋，凛冽的气息也随之钻进鼻腔，她下意识地往后退一步，那人却前进一步，于是她又往后退了一步。

"心虚什么呢？"

魏宴然在她衣领上轻轻拎了下，很快松开，声音有些含混不清，带着隐隐约约的笑意。

许释身后就是栏杆，退无可退。

"没心虚。"她声音很小。

魏宴然俯了下身子，往她这个方向靠了靠，手臂顺势搭在后面的栏杆上。

许释思绪停了两秒，感觉心口跟着滞了下，手指关节微微用力，指尖发白。

太近了。

近到能听见他的喘息声、心跳声，隐约还能看见他脖颈上微微跳动的动脉。

"没心虚你躲什么？"

周遭喧嚣声不断，许释脑海中不自觉浮现出刚才女生搭讪他的那一幕，下意识地往他的手上看去，但他什么都没拿，他没收那女生送的水。

她这点小心思全被魏宴然看了去，他低笑一声："找什么呢？"又自问自答，"找水啊？"

心思就这么被人戳中，许释耳根发烫，连忙否认："我才没有，也没有躲。我就是想上来走走。"

后来许释已经记不清自己是怎么跟着他走下楼的了，只知道自己耳根下的那股燥热感一直没褪下去。

她一直跟着他走到球场边，他从地上捞了个球，朝她抬下巴："想不想玩会儿？"

"篮球吗？"许释眨了下眼，"但我不太会。"

何止不太会，在这节体育课之前，她对这个完全不感兴趣。

魏宴然懒散地笑："我教你啊。"

他拉住身边的男生和对方说了什么，男生们意味深长地打量着许释，紧接着"哎哟哎哟"地哄。

"够了啊。"魏宴然掀起眼皮扫了他们一眼，笑骂一句，"都滚一边去。"

"得。"为首的男生做了个给嘴巴上拉链的动作，然后识趣地离开，把场地留给他们。

魏宴然再回过头，看见许释乖乖站在那儿，两只手贴在裤缝旁，脊背绷得很紧很直，像个小学生。

"离我这么远。"他朝她勾了下手，"我怎么教？"

许释只好向他走近几步，又规规矩矩地停下。她这模样把魏宴然逗得笑了下，他声音很轻地道："我这个老师看起来很凶吗？"

"……没有。"

魏宴然在许释身后站定，他个子好高，手臂越过她的肩膀把篮球放到她怀里。两个人之间的距离比之前任何一次都近，许释稍一偏头甚至能碰到他下巴，她有些紧张地舔了下嘴唇,喉咙好像也有些干涩,指腹在篮球上轻轻蹭了下。

魏宴然躬腰的弧度大了一点,手掌搭在她肩膀上,力度不重。

"首先调整好站姿啊,让身体朝着篮框的方向,两脚分开与肩同宽……"

他的声线很低,也有磁性,伴随着不急不缓的喘气声,许释没忍住偏了下头,余光瞥见他手背和手腕处的青筋,在这样近的距离下,显得越发清晰生动。

他身上的味道好像又换了一种,是淡淡的草木香气,闻着就让人感到心安和宁静。

她还没来得及收回目光,肩膀上那只手在她马尾辫上轻轻扯了下:"好学生上课也走神?"

许释勉强让自己收回心思:"……听着呢。"

"那我说什么了?重复一遍我听听。"

这人怎么这样。

魏宴然又打趣她:"不仅走神,还学会说谎了啊。"

许释只好拼命在脑子里搜索魏宴然刚才说的话,然后磕磕巴巴地重复了一遍,魏宴然才放过她。

他教起人来挺有耐心的,不像外表那么冷漠,把要说的东西都说完,就往旁边撤了一步,抬手在后颈上捏了把,视线松松地落在她的身上:"试试?"

许释低头盯着手里的球,其实她根本没学到什么,但又不想自己刚才那些杂七杂八的心思被魏宴然察觉出来,只好下定决心似的点点头:"好。"

她上前几步,凭着自己刚才看他们打球时候的几个画面,闭上眼睛,胡乱把球扔了出去——

果然,球在篮圈上擦了个边,又完美地飞到别的地方。

魏宴然扬了下眉,语气有点戏谑:"刚才教你的都忘了?还是说——"他故意拖了下,"根本没好好听?"

许释的心怦怦跳了几下,她跑过去把球捡回来,对他说:"我再试一次。"

得到的是同样的结果。

魏宴然轻笑了下,几步又回到她身后的位置,很自然地在她脑袋上轻敲了下:"再教你一次?"

他一靠近,许释就有点手足无措,注意力根本集中不起来,于是她摇摇头:"还是算了。"

"这么快就放弃了啊?"

许释苦着一张脸:"可能这个不适合我。"

突然,她感觉到一双手抓住了她的手腕,然后举起她的胳膊,朝着篮圈的方向轻松一掷。

很漂亮的三分球。

许释下意识地抬头,即便在这种死亡角度下,魏宴然的五官依然立体好看。

他歪了下头，嘴角往上扬了扬，勾出一个漫不经心的笑容："我看挺适合的啊。"

下课铃声就是在这个时候响起来的。

"那今天先到这儿。"魏宴然垂眼看她，"送你回班级？"

他们所在的位置离出口很近，听见铃声，大家都往这个方向走，魏宴然个子高挑，在哪儿都显眼，所以有不少人在悄悄打量他们。

许释不太喜欢这种被人关注的感觉，她摇了摇头："我自己回去就好。"

魏宴然也没坚持，从一旁捞起自己的外套，看样子是准备去找那帮男生。

许释站在原地盯着他的背影看了几秒，突然开口："魏宴然。"

声音很小，尾音有些颤，几乎要淹没在嘈杂人声中。

那人却停了下来，怕她听不见自己说话，又折回来几步："嗯？"

许释掐了下掌心，鼓起勇气："谢谢你。"

魏宴然双眸垂下，顿了两秒反应过来她在表达什么，扯了下嘴角："客气了。"

等许释回过神，体育馆已经空了一小半，她抱着胳膊从里面走出去，外面的天色阴沉，雾蒙蒙的，温度也比里面低好多，寒风顺着衣领往身体里面钻，将刚才积攒出来的燥热吹得一干二净。

许释缩着胳膊慢吞吞地往前走，突然，一只手掌覆盖在她的眼睛上，那人故意压低了嗓音："猜猜我是谁？"

"思萱。"

"什么啊。"赵思萱泄了口气，"每次都被你认出来。"

许释笑着捏她的鼻子："因为只有你会和我玩这种游戏。"

"先别说这个。"赵思萱伸手去钩许释的脖子，脸上带着意味不明的笑，"今天可被我抓个正着了。"

许释一怔："什么？"

"某人嘴上说着想自己待一会儿，背地里却偷偷跑去和帅哥打篮球。"赵思萱慢慢悠悠地摇头，"我可看得清清楚楚，别想糊弄我。"

"哎呀。"许释下意识地解释，"不是你想的那样。"

"那是什么？"赵思萱盯着她的眼睛，似乎想要找出她的破绽，"你之前不是对篮球一点兴趣都没有吗？今天太阳从西边出来了？"

许释抠了下掌心："突然觉得也挺有意思的。"

"看你嘴硬到哪天。"赵思萱用手肘抵了下她的胳膊，搓了搓手，"这破天气，简直冻死个人，陪我去商店买杯奶茶好不好？"

"好。"

体育馆斜对面就有个小商店，虽然面积不大，但卖的东西很多，且还开辟出一小块地方制作奶茶出售，所以这里每到下课都会挤得水泄不通。

许释看着乌泱泱的人就发怵，所幸她没什么想买的东西，就干脆站在商店门口等赵思萱出来。

有几个女生在门口打闹,许释往旁边躲了躲,站在角落,目光随意地往商店里扫了眼,又看见了魏宴然。

他半倚在玻璃柜台上,一手插在裤兜,另一只手拎了一瓶橘子汽水,那橘子汽水是冰的。许释隐约看见有水珠顺着玻璃瓶壁向下流,最后沾在他的指节上,反射着细细碎碎的光。

有个胖胖的男生从旁边过来拽魏宴然的衣服,魏宴然跟跄了下,领口也被拽得大了几分,锁骨露出一半,男生挑眉对他说着什么,他就懒懒散散地听,时不时敷衍地点点头。

和许释前几次见到的他都不一样,现在的他身上多了几分放浪不羁,嘴角若有似无地勾着,模样足够吸引人。

许释没敢多看,收回视线垂下眼睛。

这时,沈浩从商店里出来,看见她跟个受气包一样在角落里罚站,不禁乐了下,凑过来搭话:"学霸,你怎么一个人在这儿站着啊?"

"等思萱呢。"

"她把你一人扔这儿不怕你被坏人拐跑啊?"沈浩打趣一句,又发现点异常,"哎?你的校服棉衣呢?"

许释讪笑:"落家里了。"

"正好。"他把自己胳膊上的棉衣递出去,"给你。"

许释愣了下,安尧男女生冬季校服棉衣的颜色是不一样的,女生的是红色,男生的是蓝色。

她觉得这样不合适,刚要将棉衣推回去,沈浩无所谓地耸耸肩,把棉衣往她身上一搭,温暖瞬间将她包围。

"我刚和体委他们打了一节课的球,穿着怪热的,一会儿还要去帮体育老师搬东西,棉衣没地方放,你正好帮我拿到教室去。"

说完,他就转身走了,没给许释拒绝的机会。

他的棉衣比许释的大了三个尺码,又肥又长,下摆已经遮到她大腿那里了,但不得不承认,确实抵挡了严寒。

没过几分钟,赵思萱终于跟着人群挤了出来,往她身上一靠:"气死了,刚才不知道谁踩了我一脚,这可是我今天新换的鞋啊!"

许释低头看了下,赵思萱白色的鞋面上有一道不轻不重的脚印。她抬手给赵思萱顺毛:"我书包里有湿纸巾,回去擦擦补救一下吧。"

赵思萱长长叹了口气,好在她振作的速度很快,下一秒就把一杯热奶茶塞到许释手里:"你最喜欢的茉莉奶绿。"

许释下意识地要拒绝,赵思萱已经抢先一步替她插好吸管:"不要有负担啊,今天商店搞活动,买一送一,我自己又喝不完两杯。"

许释心头不由得有些酸,她知道赵思萱这是在骗自己收下,这蹩脚的借口不知道被用过多少次了,但她还是不忍心揭穿。

于是,她点点头:"那就帮你分担一点吧。"

看许释喝了一口奶茶,赵思萱终于露出满意的笑容,在她脸上轻轻拍了下:"好喝吧?"

"好喝。"

"哎?你身上这棉衣哪儿来的?"赵思萱往她身边凑,"是不是——"

"你不要瞎想啦。"许释连忙打断赵思萱,"刚才碰见沈浩了,让我帮他把衣服带回去。"

赵思萱"啧"了声,挽上她的胳膊:"行吧。"

许释捧着热奶茶,丝丝缕缕的热气在她面前散开,在眼睫上氤氲出一层水雾。她的指腹不自觉地在杯壁上摩挲着,脑子里闪过好几个问题,刚刚打球的时候,魏宴然叫她"好学生",好像对她的成绩和一切都很了解。可是他们才认识一周不到,她对他除了名字和班级,其他信息完全不清楚,他是怎么知道她的?是早就注意过她吗?

应该不会吧。

她就像深秋的枯叶,不起眼,风一吹,就能消失得无影无踪,怎么会有人注意到她啊。

但不知道是不是错觉,她觉得他对自己的态度有些特殊……

心乱,思绪更乱,许释心烦意乱地往班级走,脑海里突然又蹦出一个新的问题——

她对魏宴然的态度是什么呢?

3

那天赶回教室的时候,距离上课只剩下不到三分钟。

下一节是数学课,二班的数学老师叫马志国,同时也是他们的班主任,在纪律这方面抓得很严。大家回到座位的第一件事就是把教材和辅导书拿出来,低着头复习上一节课的内容。

但上课铃已经响了五分钟还不见马志国的身影,有些人坐不住了,开始和周围的同学交头接耳,教室里显得有些骚乱。

"大家静一下。"数学课代表突然从外面进来,"老师这节课有事,要晚一点到,让我们先把《高中必刷题》拿出来,写完第26页和第27页上面的题,一会儿他回来要讲。"

大家象征性地抱怨了几声,不情不愿地从桌膛里掏出《高中必刷题》开始写。

这两页是有关立体几何的题目,不是很难,许释写得很顺畅,写完后又主动找了一套卷子做。

写到一半的时候,有人在她桌面上敲了两下。许释抬头,看见是前半节课一直没出现的曲惠。曲惠的头发没扎起来,有些凌乱地垂在身后,脸色看起来不太好,唇色淡白,身上还披着一件蓝色的校服棉衣。

许释站起来给曲惠腾地方,曲惠进去,把棉衣扔在了一旁。

见周围的人都在埋头做题,曲惠碰了碰许释的胳膊:"他留什么作业了?"

"《高中必刷题》第26页和第27页的题,说是一会儿回来要讲。"

曲惠点了下头,语气和脸色一样淡:"谢了。"

"没事。"

忽然,教室后门传出一道雄浑的男声:"许释,我这数学课是用来给你聊天的?"

许释怔了几秒,马志国已经走到她的座位旁,他低头看了下她的《高中必刷题》,声音更加严厉:"就算你把该写的题目都写完了,就能随意讲话吗?成绩好就是你为所欲为的理由?"

"不、不是。"许释下意识地往曲惠那个方向看了眼,希望她能说什么解释一下。

但是她没有。

曲惠用黑色水笔不紧不慢地写下一个"C",仿佛发生的这一切和她没有关系。

"那是什么?"马志国显然不是个有耐心的主儿,皱眉看着许释,"像你这种爱找借口的学生我见得多了,既然在这儿学不下去,那这节课你就到走廊站着听。"

前面的沈浩听不下去了,回头打断他:"老师,是曲惠先去问许释要写什么题目,许释好心告诉她而已。"

"你作业写完了吗,就过来管闲事?我只看见了许释一个人在说话。"

沈浩冷笑一声:"那建议您有时间去医院看看眼睛。"

"沈浩!不想待在教室里你就和她一起出去!"

"行啊。"沈浩两条腿往前一伸,桌腿和地面摩擦出刺啦一声,他的语气也吊儿郎当,"正好我还嫌这教室地方太小伸展不开呢。"

马志国抬手指着沈浩:"你给我等着,过几天的月考考不好,看我怎么收拾你。"

"行啊。"沈浩打了个哈欠,说话带着些安尧本地的方言腔,"要杀要剐随便。"

话音刚落,班上发出阵阵窃笑。

"笑什么笑!"马志国憋了一肚子气,"题都写完了是吧!有看热闹的工夫不如把知识点好好背背!"

说完,他又转向许释:"磨磨蹭蹭干什么呢,出去站着!"

许释知道和他解释也没用,她收拾好桌上的纸和笔,临走的时候看了曲惠

· 034 ·

一眼,那人还是刚才那个样子,一点反应都没有。

出了教室,沈浩懒懒散散地靠在墙上,朝她吹了个口哨,又有点欠地挑了挑眉。

"对不起啊。"许释走到他旁边,眼睫压得很低,指尖攥在掌心里,声音不大,"连累你和我一起出来。"

"嗐。"沈浩无所谓地摆摆手,"我本来就看不惯他,你也不是不知道。真不用有负担,他这数学课我早就上够了。"

马志国已经开始在里面讲题了,这栋楼走廊这侧的窗口设计得有点高,许释要踮着脚才能勉强够到,她伏在窗台上边听讲边记笔记很是辛苦。

沈浩注意到她的动作,不太明显地皱了下眉,然后走到教室门口,装模作样地在门上敲了几下:"报告。"

半截粉笔头朝他这个方向飞过来,马志国朝他吼:"又有什么事?"

"进来拿书。"

"刚才去干什么了?赶紧拿!"

沈浩大摇大摆地进了班级,半蹲在座位前,他记得桌膛里应该有本很厚的《英汉词典》,但翻了半天也没翻到。最后,他索性把能找到的比较厚的书全拿了出来,摞在一起算了下高度,差不多够用。

他刚准备往教室外面走,又被马志国一嗓子喊住:"上数学课,你拿化学练习册出去干什么?"

"我当演算纸还不行吗?"沈浩脚步没停,好心提醒,"老师,距离下课可只剩下二十分钟了,您还是抓紧时间多讲几道题吧。"

马志国瞪了他几眼,倒没再浪费时间,掐了半根粉笔继续讲题。

沈浩把那摞书放在许释脚边,在她肩膀上拍了下:"来,踩着这个听。"

许释"啊"了声,摇摇头:"不用了,我这姿势就是看着奇怪,其实不累。"

"你和我逞什么强。"沈浩勾唇笑了下,"这堆书本来也准备扔了的,给学霸垫脚是它们的福气。"

许释被这话逗得笑了下,但还是没同意:"真不用。"

沈浩挑眉,用半开玩笑的口吻说:"你再拒绝我可抱你上去了啊。"

许释的脸"嗖"地红了,过了几秒才点头:"那……好吧。"

她伸手把那摞书拖到自己脚底下,扶着墙踩上去,视野瞬间开阔了不少。

"谢谢你啦。"她朝沈浩笑了下。

"没事儿。"沈浩还是那副无所谓的样子,但没人注意到他眼中转瞬即逝的情绪。

数学课下课后,马志国喊上曲惠一起去了办公室。

许释终于回到座位上坐下,她揉了揉酸痛的肩膀和胳膊,又拿纸巾把自己刚才踩过的书认认真真擦了一遍,才还给沈浩。

赵思萱坐在沈浩的位置上,扭头替她打抱不平:"什么啊,我看他就是故意为难你,明明曲惠也说话了,他怎么就惩罚你啊。"

许释苦笑:"可能我倒霉吧。"

"你说……"赵思萱往她旁边凑近了一点,声音压低,"之前班里那个传言该不会是真的吧?"

马志国虽然每天把"这么做都是为学生好"挂在嘴边,实则是个非常势利的人。在他眼里,区分学生好坏的标准并不是成绩,而是家庭条件。

家庭条件好的,他的态度就会非常好,犯了错误也不会严厉责罚;而那些条件一般的学生,就会经常被他用各种理由找麻烦。

许释就是个例子,即便她成绩好,每次考试都在年级前十,也仍然换不来马志国的好脸色,其他成绩差的同学更惨一点,受了气也只能忍着,只有个别人敢和他对着干,比如沈浩。

但曲惠和所有人都不一样,她性子冷喜欢特立独行,没什么交心朋友,却敢和马志国正面冲突。

更奇怪的是,马志国从不和她计较。

许释打断赵思萱的话:"算了,还是别瞎说这些了。"

放学铃声响彻整个校园,不知道是不是从内心生出来的对那个家的抵触,许释没急着收拾东西,先去了趟洗手间,等班级里面的人都走空了才拿上书包慢慢吞吞地往外走。

临走前,她扫了眼班级前面的挂钟:21:40。

此刻的校园有些冷清,树上的叶子都掉光了,树枝在寒风中瑟缩着,只有高三教学楼的灯还亮着。

安尧高中虽然是重点高中,但教育资源和省会城市差得不是一星半点,只能靠延长学习时间和做更多的卷子来找回平衡,所以这里的学生也会戏称自己是"小镇做题家"。

高三的晚自习比他们长一个半小时,一直上到十一点。

许释看看窗口里一个个埋头苦学的身影发了会儿呆,在心里思考着高三的生活和现在会有什么不同,到底更难熬还是更轻松?

她也不知道。

但她心里对高三隐隐是有些期待的。

那意味着高考结束,她就能逃离这个让她窒息的地方了。

回到小区的时候已经是晚上十点了,开门前,许释深吸了好几口气,想到中午发生的事情,她就觉得心里堵着一口气,连带着周围的气氛都变得压抑。

果然,刚拧开门把手,迎接她的就是一阵狂风暴雨。

"干什么去了？"陈月琴正在打扫卫生，拎着扫把朝她走过来，"为什么今天回来得比平时晚？"

许释其实没什么兴趣回答她，但还是开了口，随便找了个理由："老师拖了会儿堂。"

"是不是和哪个不学好的鬼混去了？"陈月琴在她身上抽了下，痛意顺着脊背蔓延开，"许释我告诉你，我花钱送你去学校是让你读书考大学的！不是让你和那些不三不四的人在一起堕落的！"

那种铺天盖地的无力感再次席卷过来，许释声音很哑："我没有。"

"放学就赶紧给我回家，要是让我发现你在外面做什么不该做的，就给我滚出去。"

许释面无表情："知道了。"

她把自己关进房间，陈月琴的骂声并没停，像是索命的亡灵一样，吞噬着她的灵魂。

许释觉得眼前黑了几秒，大脑不受控制地晕了下，险些摔倒。脚踝上的伤口好像又裂开了，黏腻又冰凉的血液像是一条蛇，吐着芯子缓缓向下流淌，最后滴在地面上，发出细微的滴答声。

时针走过了一格又一格，凌晨一点，对面居民楼的灯已经全部熄灭，只有她房间里这盏灯还散发着淡淡的暖光。

写完最后一张卷子的时候，许释握着笔发了好久的呆，又想起了中午姥姥说的话。

真的会好起来吗？她又开始怀疑起来。

那些不堪入耳的话好像在耳边自动播放了起来，许释抬手用力捂住耳朵，但是怎么都隔绝不掉，污言秽语好像已经在她的大脑中扎了根。

在一片嘈杂中，她听到了来自内心深处的某种渴望。

对于被救赎的渴望。

凌晨两点的时候，那盏灯还没有熄灭。

月光好像温柔了一点，透过窗帘的缝隙洒在桌面上，洒在那张没有被收起来的英语试卷上，也洒在女孩瘦削的脊背上。

许释本来打算写完卷子就去洗漱休息的，没想到会在桌子上睡着。

她做了个梦，梦中一片兵荒马乱，她好像被关进了一座牢笼里，周遭一片黑暗，她只能无助地抱着膝盖蹲在墙角。

陈月琴和许康安的打骂声不绝于耳，像是洪水一样把她淹没。

不知道骂了多久，"砰"的一声，牢笼被什么东西砸破，连带着那些黑暗和冰冷一起退散，光明和温暖将她包围起来。

然后，她看见了一个篮球滚落到自己面前，那个人带着光朝她走来。

再然后,她猝不及防地从梦中醒来。
但当时的她不明白,梦终究不是现实。
梦醒了,就该把里面的一切都忘了。

4
往后几天就是月考,安尧高中批卷子的效率很高,周四下午才考完最后一科英语,周五上午所有成绩就都出来了。
第一节是数学课,马志国提前十分钟拿成绩单进了教室,脸色不怎么好看,甚至说是有点臭,他对着下面乱哄哄的人群骂:"还有心思在这儿闲扯?一个个考那点分,我都替你们臊得慌!"
班上瞬间静了下来,大家都跟霜打的茄子一样灰溜溜地往座位里逃。
马志国把成绩单往讲桌上一拍:"你们自己说,哪个知识点我没给你们讲过,最后两道大题不就是送分题吗?还那么多错的?
"行了,我也懒得多说你们,考什么样心里都有数吧,就不读出来让你们丢人了,下课班长过来把成绩单贴前面的公告栏里。
"上课!"
本来大家心情还没这么复杂,让马志国这么一说,更是没有听课的心思了,全在忐忑地惦记自己的成绩,甚至有好几个人因为上课走神吃了马志国一记粉笔头。
四十五分钟好像能有一个世纪那么漫长。
终于熬到下课,马志国前脚出了教室,班长还没来得及张贴成绩单,下面的人就一窝蜂冲了上去,把讲台围得水泄不通。
赵思萱怕自己的小白鞋受到迫害,没跟着过去,朝沈浩打了个响指使唤他:"小沈子,帮我去看看呗。"
沈浩正在座位上跷着二郎腿吃干脆面,扭头白她一眼:"自己去。"
"你看我这小身板怎么能挤得过他们啊。"赵思萱无辜地眨眨眼睛,夹着嗓子朝他撒娇,"你就帮人家去看看吧。"
沈浩扔了手中的零食,做了个干呕的表情,不情不愿道:"去去去,您先把嘴闭上。"
"这还差不多。"赵思萱哼哼。
许释全程没有掺和前边的事,安安静静地坐在座位上整理错题,沈浩回头问她:"学霸,用我帮你看一眼不?"
"好啊。"许释笑,"那谢谢你啦。"
"小事儿。"
沈浩仗着身高和体型优势,很快就在人群中挤了进去,看清楚最上面的那个名字后,他一下蹦高往下跑:"学霸!"

那架势，不知道的以为他是中了彩票。

赵思萱满脸嫌弃地看着他："你被成绩刺激疯了？"

"你别打岔。"沈浩双手撑在许释桌边，朝她竖起大拇指，"学霸牛啊，年级第一！总分682，恭喜你啊！"

"啊？"许释愣了一秒，很快又恢复平常，"谢啦。"

"哎，你怎么一点都不激动啊？"

"排名而已，考完就过去了。"许释认认真真道，"在错题中吸取经验，好好迎接下次考试才是最重要的。"

"牛。"沈浩佩服得五体投地，"不愧是学霸。"

赵思萱在他后背上来了一巴掌："我的成绩呢？"

"啊，我忘了。"沈浩又重新挤到讲台上，扯着嗓子喊，"657分，年级第十五。"

"英语多少分？"两人隔空交流。

"123分。"

"完了完了。"赵思萱往椅背上一靠，"上次老李就警告过我，说这次英语上不了125分，就要请我到办公室喝茶。"

她仰天长叹："第三节就是英语课，这下死定了。"

和许释这种埋头苦学的不一样，赵思萱是完完全全的天赋型选手，用二班物理老师的话说就是她长了个理科脑子，天生就是学理的料，稍微花点心思在学习上就能获得不错的成绩。但是她偏科有些严重，英语成绩总是拖后腿，因此老李没少给她做思想教育。

考试成绩公布，有人欢喜有人愁，不过大家谈论最多的还是许释这个年级第一。

进高中的前几次考试她都在年级十名左右徘徊，突然拿了第一，难免会被议论几句。好在大多都是在羡慕和佩服她，偶尔有几句嫉妒的酸话，也没什么放在心上的必要。

大课间的跑操结束后，许释还没来得及进班，就被英语老师派来的人叫走了。

"这次考得不错啊。"老李朝她笑了笑，"不仅年级第一，英语单科成绩也是第一，再接再厉。"

"谢谢老师。"

"一会儿上课要讲卷子，你把咱班同学的都挑出来，一起拿回去。"老李朝放试卷的桌子那个方向抬了抬下巴，"对了，你的卷子被抽走做模范试卷了，一时半会儿发不下来，等会儿上课和同桌看一张吧。"

许释点点头："好。"

她在试卷桌旁边站定，半弯着腰挑卷子，听见里面的老师在训学生——

"我说你这态度能不能认真点？作文就一百个词你也不好好写，还有这改错题，十处错误你一处都改不出来？"

对方声音有点拖："改不出来。"

"那完形填空呢？蒙也能蒙对几个吧？"

"懒得蒙。"

语气践得不行。

许释下意识地往那个方向看了眼，中间有两个书架挡着，她没看清里面说话的是谁，只得收回视线，挑完自己班级的卷子后就离开了办公室。

门"啪"一声被关上，与此同时，里面的女老师气得翻了个白眼："我真是倒了八辈子霉才摊上你这样的学生！"

魏宴然没皮没脸地笑了下："摊上您做我老师是我上辈子求来的福气。"

"这福气谁爱要谁要！"九班英语老师叫周冉，是国内顶级外语院校毕业的高才生，为了爱情回到安尧这个小县城，满怀一腔热情踏入教育行业，结果被现实折磨得天天骂人。

周冉端起桌上的枸杞茶喝了口，在心里一遍又一遍地重复着冷静，认命般地叹了口气，朝老李那个方向喊："李姐，你们班第一的卷子是不是在你那儿？"

"是啊。"

"能不能借我们班这几个不上进的学习学习？"

"可以啊。"

老李把卷子送到周冉手里，她又塞给魏宴然："算了，那些话我自己都说烦了，这是年级第一的卷子，你回去看看人家怎么做的，明天送回来。"

魏宴然本来是不想拿的，但他无意间扫到试卷左上角姓名那一栏的时候，目光顿了下，临时改口接过卷子："知道了。"

"行了，回去吧。"周冉不耐烦地摆摆手，"看见你我就堵得慌。"

魏宴然笑："老师再见。"

他从办公室出来后，刚好碰上从商店回来的李奇。

李奇笑道："哟，宴哥，今儿这么爱学习啊？"

魏宴然笑骂："滚蛋，能不能好好说话。"

李奇伸手去抢魏宴然手里那张卷子："这次多少分啊？又让周姐骂了吧。"

"142分？"李奇嘴巴惊得能有鸡蛋那么大，难以置信道，"我瞎了吗？"

魏宴然无语地看着他："确实瞎了，你自己看看姓名那一栏写的什么。"

李奇把卷子翻了个面，看见左上角写着"许释"两个字，松了口气："我就说，就你那英语水平，42分还差不多。"

魏宴然无语。

"许释。"李奇又开始自言自语起来，"这名字有点耳熟啊。"

李奇："哦，我想起来了！是不是那天在体育馆和你打篮球的那个女生？"

"老实交代。"他用八卦的眼神看着魏宴然，"什么情况？"

"关你什么事。"魏宴然白他一眼，把卷子抽回来，"管好你自己。"

魏宴然转身往班级走，低头看着那个名字，眼中多了些意味不明的情绪。

许释这个第一名拿得挺争气，除了马志国，所有老师来上课的第一件事就是先把她夸一顿，让大家好好向她学习。

午休回家的时候，许释买了个饭团，陈月琴和许康安昨晚因为一点鸡毛蒜皮的小事大吵了一架，客厅里被弄得一团糟也没人收拾，她看着心烦，直接回了自己房间。解决完午饭后，她觉得脑袋昏昏沉沉的，便蒙上被子睡了一觉。

再醒来的时候，时间已经过了下午一点，许释重新扎了下头发，抓起外套往学校走。

走到校门口的时候，一道声音喊住了她。

"小释！"

许释愣了下，回过头，看见一个瘦瘦小小的身影站在几十米之外的栏杆旁，脖子上那条红围巾在风中胡乱飘着。

她连忙跑过去，眼睛上上下下盯着对方打量了好半天，嗓子好像被什么东西糊住了一样，好半天才找回自己的声音："姥姥，你怎么来了？"

姥姥想要伸手摸摸她的脸，但又怕把身上的寒气带给她，最后只是笑笑："这不是来看看你嘛。"

"什么时候来的？"

"才到才到。"

许释用力咬着唇肉，生怕眼泪掉下来。

姥姥明显说了谎。

从老家到县城的大巴车每天只有两趟，一趟在早上八点半，另一趟在下午三点四十五分。姥姥平时一向节省，一件十几块的衣服都能当宝似的穿八九年，怎么可能舍得花几十块钱打车过来。

分明就是一早赶过来的。

许释伸手握上她的手，因为年轻时做了太多苦力活，她的皮肤已经干瘪得像树皮一样，掌心也冰凉一片，指头僵硬得像冰块。

许释皱着眉头，声音发颤："姥姥，你冷不冷呀？"

"不冷不冷。"姥姥笑眯眯地看着许释，"前段时间你舅舅托人捎回来好几件棉服呢，特别暖和。"

"你呢？最近怎么样？没和你妈他们吵架吧？"

"没有。"

"上学累不累？和同学相处得怎么样？"

"不累。"许释不想让她操心自己，"同学都挺好的。"

· 041 ·

"你这孩子。"姥姥叹气,"从小就懂事,受了苦也不说,小脸都瘦成什么样了,还说不累。"

许释软乎乎地笑了下,腮肉鼓起来:"我没瘦呀,前几天称还重了好几斤呢。"

"对了。"姥姥从怀里拿出来一个四四方方的小盒子,外面用旧报纸包了好几层,献宝似的递给许释,"这是姥姥包的饺子,是你最喜欢的芹菜猪肉馅。今天是冬至,按照我们北方的习俗,必须得吃饺子。"

许释托着手中这一盒沉甸甸的饺子,眼眶又开始发酸,连带着心头也酸酸胀胀。

陈月琴从不记得她的喜好,不记得她不喜欢吃葱和香菜,不记得她不能吃辣,也不记得她对海鲜过敏,从来都是有什么许释就跟着吃什么。碰上陈月琴心情不好的时候,她甚至吃不上饭。

但这个年近八十的小老太太却还记得她最喜欢吃芹菜猪肉馅的饺子。

许释压着心中翻涌的情绪:"我在学校食堂也能吃到饺子呀,下次别跑过来了,这天太冷了。"

"哎哟喂,食堂里面的饺子能和姥姥亲手包的比?"

"肯定不能呀,姥姥包的饺子最好吃了。"

"那不就得啦。"姥姥笑得眼睛都睁不开,"一路拿过来估计也凉了,晚上拿回去热一热再吃啊,省得肚子疼。"

姥姥:"行了,一会儿是不是还得上课呢?快进学校吧,姥姥没别的事,就是想过来看看你,又怕你妈知道了不让过来,所以就想着在学校门口等等。"

姥姥在她小脸蛋上捏了把:"看你都挺好的,我也就不惦记着了,下次见面也不知道是什么时候,照顾好自己啊。"

是啊,姥姥年纪确实大了,身体也一天不如一天了,禁不起这么来回折腾。

还能见多少次呢?

"姥姥你也要照顾好自己啊。"许释说,"很快就能再看见我的,等放假了我就回去看你。"

"放心吧。"姥姥朝许释摆手,"放假了就在家好好休息,来看我这个老婆子做什么。"

说完,她又嘟囔一句:"被你妈知道了又要挨骂,还是别来了。"

许释把装着饺子的盒子裹进棉服里,一边走一边恋恋不舍地回头看,那个矮小瘦弱的身影还在不停朝她挥手,脸上带着让人心安的笑。

记得小时候姥姥的身体还没那么差,腰弯得也没这么厉害,每次回去的时候都要抱着她到前山的那条小河里捉小螃蟹玩。

时间在推着她长大的同时,也在催着姥姥变老。

许释把那个盒子搂得更紧了一点,上面的余温隔着衣服布料和体温交融在一起，她的眼泪不争气地开始往下掉。

她在心里默默祈求。

时间啊，请善待姥姥一点吧。

让她平平安安，让她长命百岁。

5

安尧高中一共有两个食堂，大食堂就在许释他们那栋教学楼旁边，不过是那种端着铁盘子去打的大锅菜，去的大部分都是高三生，为了节省时间。

小食堂在体育馆对面，里面卖的都是年轻人喜欢的小吃，和外面的小吃街差不多，就是人多，排队的时间也比较长。

下课铃刚响，赵思萱就把许释拐去了小食堂，直奔二楼卖水饺的窗口，赵思萱要了白菜猪肉馅的，许释则拜托窗口的阿姨帮忙把姥姥送来的水饺热了下。

她们来得早，前面还没排几个人，等她们端着饺子找座位的时候，队伍已经乌泱泱地排到楼梯口了，红蓝校服交替排列在一起，碰撞出一种诡异却和谐的色调。

两个人刚在角落里坐下，沈浩就单手端着碗面条在她们面前吊儿郎当地停下，手指在桌面上敲了几下："两位美女，拼个桌不？"

赵思萱皱皱眉，有点嫌弃："那么多空桌你不坐，非来我们这儿挤什么？"

"这不是增进一下同学之间的感情。"沈浩一屁股坐在许释旁边的位置上，看了看两个人面前的东西，随口问了句，"今天什么日子啊？怎么齐刷刷地都吃起饺子了？"

"冬至啊。"赵思萱不紧不慢道，"冬至不吃饺子可是要被冻掉耳朵的。"

"呸，你这是迷信！"沈浩嘴上这么说着，但还是扭头往卖饺子的窗口那边看了一眼，奈何生意太火爆，起码要排二十分钟队才能轮到，于是他收回目光，继续吃着碗里的面。

"哎，释释，你这饺子是从家里面带来的吗？"

"嗯。"许释弯眼，"我姥姥包的，你要不要尝尝？"

"好啊。"赵思萱没太和她客气，食堂卖的都是从农贸市场批发回来的速冻饺子，味道实在算不上多好，大家也都是凑个节日气氛。

许释给她拨了几个到碗里，又问沈浩："你要吗？"

"要要要。"沈浩直接把自己的面条碗推了过去，朝她笑，"谢谢学霸！"

赵思萱塞了一个到嘴里，竖起大拇指："好吃！"

许释弯了弯眼睛。

"唉，我也想姥姥了。"赵思萱用筷子戳着碗底，"好久没见她了。"

许释在她头发上摸了摸："快到元旦假期了，到时候你可以去看她呀。"

"对哦。"赵思萱来了精神，后背绷得老直，"今天是冬至，马上就要到圣诞节和元旦了！"

三人正埋头吃着饭，几个高二的男生从楼梯口上来，勾肩搭背地说笑着什么，一个不注意，最左边那个穿着灰色外套的男生直接朝着他们桌角的方向撞了上来。

许释没反应过来，手中的筷子猛然戳向饭盒，然后"啪"的一声——

那半盒还冒着热气的饺子全部掉在了地上。

好像有什么东西在脑袋里面炸开，许释怔了好几秒，突然有些呼吸不畅，指甲一点点陷进掌心里，嘴唇被咬出一道血印。

那几个男生丝毫没察觉出什么，仍然在疯闹。

沈浩撂了筷子，过去一把拽住那个灰外套男生。

虽然沈浩已经很高了，但对方比他还要高一点，身材也更壮，沈浩却完全没在怕的，扯着男生的衣领强迫男生转身，语气不怎么友善，眉眼间压着戾气："撞到人了不知道吗？"

几个男生回头才意识到发生了什么，但他们显然也不是那种讲理的主，轻哼了一声："还以为什么呢？不就撞翻了一盘饺子吗？"

男生从口袋里掏出二十块钱，扔到桌上："赔你们一份就是了。"

"你们什么态度啊？"沈浩揪着他衣服没放，"起码得好好道个歉吧？"

"钱都给你们了，没完了是吧？"

食堂的窗户没关严，冷风肆虐地灌进来，呼啸在耳边。人群的嘈杂骚乱声、沈浩和男生的吵架声，还有食堂阿姨的吆喝声混杂在一起，但许释什么也听不见，耳边仿佛被人装上了消音器。

她像个木偶娃娃一样，缓缓蹲下身子，手指抖得很厉害，开始将地上的饺子一个一个捡回饭盒里。

有几个饺子刚好滚到了灰外套男生脚边，许释强撑着过去，打断他们的对话："你让一下可以吗？"

见男生没动，她又重复，声音高了几个度，带着些爆发前的隐忍："我说你让一下可以吗？"

她的脸色惨白，眼角也憋得通红，滚烫的液体就在眼眶里面打转。

几个人都被吓了一跳，男生挪了个位置，许释伸手把他脚边的那个饺子捡到盒子里。

她长得虽然没什么攻击性，性子也软，但现在这副模样实在有点可怕，那几个男生只想着快点离开，奈何沈浩死死拽着，说什么都不让他走。

"到底想怎样啊？要打一架？"灰外套男生不耐烦地道。

"道、歉。"

两双眸子在空气中对峙几秒，灰外套男生不情不愿地看向许释，语气很敷衍:"不好意思,刚才撞到你了。"

他又去看沈浩:"现在能让我们走了吗?"

沈浩还想说些什么,赵思萱出声打断了他:"沈浩。"

她朝他使了个眼神,沈浩这才不情不愿地把手松了。

男生用手理了理自己被扯乱的衣领,一边走一边嘟囔:"不就一盘破饺子嘛,至于吗?"

"不会是穷惯了,平时连饺子都吃不起吧?"

"哈哈,还真有可能。"

沈浩还想过去和他们理论什么,赵思萱一把拽住他,朝他摇了摇头。

一旁的许释像是游离在另一个世界里面,就那么固执地蹲在地上,连破掉的饺子也没有放弃。

赵思萱过去晃了晃她的胳膊,轻声问:"释释,你怎么啦?"

许释张了张嘴,发现自己什么都说不出来,眼泪不受控制地一颗接着一颗往下掉。

她把掉出去的十二个饺子全部捡了起来,小心翼翼地放回去,然后将饭盒紧紧搂在怀里,甚至连站起来的力气都没有,像是溺进了深不见底的海水里,窒息感将她一点点吞噬,眼前的景象也一点一点被黑白代替。

一片模糊中,她又看见了那个瘦瘦小小的身影。

姥姥半佝偻着腰,站在昏暗狭小的厨房里,一边弯着眼睛一边自言自语:"小释最喜欢吃这个了。"

紧接着画面一转,空中涌动着凉气,姥姥站在拥挤的大巴车上,小心翼翼地护着怀里的东西,生怕出了什么差错。

再然后,姥姥向行人四处打听安尧高中的位置,因为年纪大记性不好,走错好几次才找到,脚步焦急地在学校门口徘徊,时不时向周围张望,在人群中寻找那个熟悉的身影。

她哑着嗓子:"姥姥……"

"许释?"赵思萱的声音将她强行拉回来,赵思萱抱着她,用自己身上的体温将她周围的寒冷驱逐掉,"还能听见我说话吗?"

许释深吸了口气,缓缓闭上眼睛:"能的。"

赵思萱对她家里的情况有一点了解,大概也猜到了她为什么这么激动,轻轻在她后背上抚摸着:"没事啊,就一份饺子,下次再让姥姥给咱们包。"

许释艰难地点点头:"好。"

可是下一次见到姥姥,又是什么时候呢?

那天晚上,许释没有再吃其他东西,回教室上晚自习的时候,精神状态还是有些差。

赵思萱在旁边盯着她看了半天，扔过来一张字条：用不用给你请个假？

许释没回，朝她摇了摇头，赵思萱便没再说其他。

课间的时候，赵思萱问许释想不想出去走走，许释放下手中的笔说"好"。

冬夜的校园里很安静，只有风静静地吹着，地上树影轻晃，偶尔有几个不怕冷的男生穿着单衣往商店跑。

许释抬头看了看天空，没找到月亮的影子，估计明天不会是个好天气。

"今年冬天真冷啊。"她没头没脑地说了句。

赵思萱不懂她话里面的深意，还是往积极的方面引导："但总会暖和起来的啊。"

"是吗？"许释喃喃自语，"也许吧。"

"行啦，别瞎想了。"两个人不知不觉走到了小商店门口，赵思萱戳戳她的脸颊，"去买点好吃的开心一下？"

许释点头："好。"

商店里面人不多，许释拿了袋果冻，赵思萱挑了两包黄瓜味的薯片。

付过款后，两个人挽着胳膊往教学楼走，迎面碰上了梁远森和其他几个男生，梁远森喊了赵思萱一声。

"正好。"梁远森朝许释点了下头，算是和她打招呼，又转过头和赵思萱说，"找你有点事。"

"干什么？"赵思萱现在只想陪着许释，没心情搭理他，"有事回家发消息说不行吗？"

"不行。"

"有这么急？"

"嗯，我赶着去投胎。"

"思萱你去吧。"许释推了推赵思萱的胳膊，"我没什么事，自己回班可以的。"

赵思萱犹豫着看了她几眼，许释笑了下："真没事。"

"那……好吧。"

天色好像比刚才更浓了，连星星都见不到一颗，看样子明天势必会有一场风雪，许释把下巴往衣领里面藏了藏，深冬的风总是冰得可怕。

走到教学楼前的时候，她突然停了下脚，仰头看向面前这栋有些陈旧的教学楼，看向那一个个四方的窗口。

外面的世界仍然一片漆黑，那些窗口却散发着温暖而柔和的光，有人在追逐打闹，有人在争分夺秒地埋头苦读。

楼前的电子屏幕显示现在已经是"18:47"，距离下一节晚自习还有三分钟。

许释收回目光，快步往楼上走，走廊里面的人明显少了很多，在进班级前，她下意识往对面教室看了眼,九班后门那两个女孩子正在玩翻花绳游戏,再往里的人低着头在看书桌里的小说。

她匆匆收回视线,怕别人发现自己的异常,可还没来得及走,身后传来一道懒洋洋的声音:"在这儿干什么呢?"

许释的心脏下意识地跟着缩了下,大脑短暂空白几秒,心跳毫无征兆地加快,明明身上还带着寒气,周遭的温度却好像升了起来。

走廊的光线有些昏暗,她的掌心贴在身后冰冷的墙面上,上面凹凸不平的颗粒硌着指腹。她眼睫轻颤,不自然地别开视线:"正准备回班。"

魏宴然低下头,盯着她看了几秒,突然问:"哭了?"

"啊?"

"我说你是不是哭过了?"

许释不知道他是怎么看出来的,怕被别人发现,回班之前她再三问过赵思萱自己的眼睛还红不红,赵思萱信誓旦旦地说什么异样都没有。

确实也没有同学发现她状态不对。

魏宴然轻轻"啧"了声:"你这姑娘怎么这么爱哭啊?"

他说的应该还有体育馆那次。

许释抠了抠掌心,还是没看他,小声咕哝:"才没有。"

魏宴然没接话,只是轻笑了声。

许释后知后觉,刚才自己那句话的语调好像有点像在撒娇。

她以前可从不这样。

俗话说讲得多错得也多,许释觉得放在现在这个场景就挺合适。

预备铃在这个时候响起,她在心里松了口气,抬起眼睫,强迫自己声音变得正常:"我要回班了。"

也不等他回答,许释转身就要走,却被人叫住:"等会儿。"

心脏又是一缩,许释紧张地吞咽了下,转过身:"怎么了?"

"伸手。"

"啊?"

许释迷迷糊糊地将手掌摊开在他面前,魏宴然在她掌心放了一颗玻璃纸包装的糖果。许释一时没反应过来,怔怔地看着他的动作,看着他骨节分明的手指,还有虎口那颗黑痣。

"行了。"魏宴然靠在墙上看她,"回去吧。"

许释捏着那颗糖回到班级,心跳过了好久才平息下来,教室上面的灯照在玻璃纸上,反射出五彩斑斓的光。

她将那颗柠檬味的糖拆开吃了,把糖纸铺平夹在课本里面。

但这糖并不甜,很酸,酸得她眉头紧皱,牙齿打战。

可是她没吐,硬撑着吃完了。

后来过了很多年,许释总能想起这个夜晚,想起他送给自己的第一颗糖。也是那个时候,她才终于意识到——
连糖都是酸的。
还有什么会是甜的。

第三章·青春
只为了远远看一眼他的背影

1

晚上的气温总是很低,天空零零散散地又飘起了雪花,许释到家的时候,鼻子被冻得几乎没了知觉,手指完全是僵硬的,差点连钥匙都拿不住。

锁孔有些轴,许释用力拧了好几下才打开门。

陈月琴正坐在沙发上看电视,是她最喜欢的晚十点家庭伦理剧,你爱我我不爱你,还要附赠堕胎车祸失忆狗血一条龙服务,许释光是听台词都觉得无聊。

"回来了?"陈月琴抬头看了她一眼。

自从上次吵架过后,这是陈月琴第一次用这么平和的语气和她讲话,多半是看她这次月考成绩不错,传到外人耳朵里能长脸。

许释点点头,没接话。

"外面还下雪吗?"

"还在下。"许释打了个喷嚏,手指在鼻尖上搓了搓,声音发闷,"但下得很小。"

电视剧刚好在这个时候结束,屏幕上开始播放广告,陈月琴"哦"了声,顿了两秒,又说:"茶几上有糖炒栗子,要吃自己过来拿。"

许释抿了下嘴唇:"好。"

她心里明白,这是陈月琴和她服软的一种办法。

这个台阶她现在要是不下,以后可就彻底下不来了,说不定还会引出更大的乱子。她从来都不是那种被爸妈捧在手里、可以随意撒娇耍小脾气的人。

许释过去抓了一把栗子,余温还残留在上面,应该刚买回来不久。

陈月琴抬头看着她问:"今天冬至了,吃饺子没?"

好像是想起了某些画面,许释指尖无故抖了下,险些把栗子掉在地上。

她用指甲狠狠掐了下掌心,撒了个谎:"在食堂吃过了。"

"老师在家长群里发了你们这次月考的成绩。"陈月琴兜兜转转还是聊到了这个话题,"考得还行吧,这次也就是你运气好才拿了个第一。现在才高一,离高考还有两年呢,学校里那么多比你聪明的,可别骄傲得太早。

"别以为这书是读给我和你爸的,我们天天操心是为了谁啊!还不是为了你能考个好大学,以后找个好工作?"

许释麻木地回答:"知道了。"

她拎着书包回了自己房间,关门开了灯,听见外面电视机的声音被调小了一点。

就像陈月琴说的,他们现在才高一,升学压力还没那么大,留的作业也不是很多,晚自习差不多就能写完。但许释不是能闲下来的性格,她从书架上拿了两套崭新的卷子,摊在桌上开始写。

写完的时候已经是晚上十一点,陈月琴早就回房间睡下了,对面那栋楼的灯陆陆续续熄灭,被雪覆盖的小镇陷入沉寂。

许释对着窗外发了会儿呆,觉得有些口渴,起身给自己倒了杯热水,腾起的白雾氤氲在她眉眼上,凝成一个个小小的水滴。

她收拾好书包,忽然想起临放学的时候,沈浩让她把期中考试的数学卷子拍给他,说是要对着订正错题。

许释连忙到抽屉里面翻手机。

这手机是陈月琴淘汰下来给她的,已经是四五年前的机型,各方面性能都不太行,她摁了好几下才勉强开机解锁,往上划拉点开流量。

是的,在互联网已经高度发达的2017年,许释家却没有安装宽带网络,甚至连台电脑都没有,只有一个她表姐不要的学习机,连扫雷都玩不了的那种。

每次提起这件事,陈月琴都会在她身上拍一巴掌大骂:"装那玩意儿干什么?方便你天天抱着手机不务正业是吗?高考前你想都别想!"

而且陈月琴每个月只给她交二十块钱的话费,许释只好背着他们偷偷买了1G流量包,为了节省一点流量留着必要的时候救急,她好几天才会上QQ看一眼。

小企鹅转了好几圈才成功登上去,许释从书包里找出数学卷子,把拍好的照片发给沈浩。

他回复得倒是快。

沈浩:谢谢学霸!

Sun:没事呀。

沈浩:这么晚了还不睡啊?熬夜对身体不好。

Sun:这就要去睡了。

沈浩:晚安。

许释回了个月亮的表情,然后退出了聊天框。

她往下划了划,简单看了下列表里面的未读消息,她好友不多,常联系的也不多,很大一部分都是班级群里的同学在聊,有人在讨论今晚留的那几道几何题该怎么做,有人在聊年级里面的八卦,气氛异常和谐。

许释觉得没什么意思,指腹不小心按到了下面,直接退了出去。

她思绪有些空,不知道是在发什么呆。

屏幕一点点变暗,在即将黑掉的前一秒,她突然用手指点了两下,让它重新亮起来。

迟缓了几秒,许释点开了最右边的好友动态。

大家都挺活跃的,沈浩在炫耀自己刚刚打下的五连胜战绩,梁远森发了个有点搞怪的表情包,赵思萱则晒了一张白色手表的照片,是个国外牌子,前几周才推出的新品,官网售价要四位数。

下面的评论区热热闹闹。

沈浩:哟,赵大小姐又换手表了?

赵思萱:你懂什么,这是人家的月考奖励。

梁远森:退步两名还有奖励?赵姨这是被气糊涂了?

赵思萱:不会说话你就把嘴捐了。

赵思萱:我妈说了,这次只是个小失误啦,她相信我下次一定能发挥好的。

[跳跳.jpg]

梁远森:嗯,赵姨很会安慰人。

赵思萱:什么意思?不相信我?

梁远森:哪敢啊大小姐。

许释看着他们一唱一和,眼睫抖了下,她点开评论框想要说点什么,酝酿半天,一个字也没打出来。

最后她只是点了个赞,目光瞥见桌角上放着的那几颗栗子,随手剥开一颗塞进嘴里。焦苦的味道在舌尖上蔓延,她连忙偏头吐到了旁边的垃圾桶里。

坏的。

许释没有再吃下去的心情,把剩下的栗子都放进了抽屉,退出空间准备下线。

就在这个时候,她注意到旁边"联系人"那栏上忽然多了个小小的红色气泡。以为是某个群的群通知,她没多想便点了进去,看到的却是一条新的好友申请:街请求添加你为好友。

视线再往下,移动到备注那一栏,她的心猛地一跳——

备注:我是魏宴然。

许释大脑空白了几秒,像是没反应过来一样,就那么握着手机呆愣愣地盯着看,屏幕由亮到暗反复了好几次,她都没回过神来。

心跳不受控制地开始变快,燥意顺着脊背向上蔓延,掌心出了层潮凉的汗,许释抬手将窗户打开一条小缝隙,冷风肆虐地向里面灌,被卷进来的雪粒落在脖颈里,凉得她一个激灵。

不知过了多久，她的视线终于找到了焦点，她看见远方路人裹着羽绒服脚步匆匆，看见县城中心大楼上面时钟的分针缓缓移动着，也看见了窗前的树枝即将要被积雪压弯。

她鸦黑的睫毛轻颤，掌心无意识地被掐出一道道月牙形的紫印，她不知道自己为什么会是这种反应，明明只是加个好友而已。

但这一系列的反应又不是她所能控制的。

许释将手掌压在胸口上，深呼吸了几次，才勉强平静下来，视线重新回到手机屏幕上。

魏宴然的头像和昵称很搭，是张风景照，总体光线很昏暗，许释放大看了下，应该是在安尧的某条小街道上拍摄出来的。

她垂眸看了好一会儿，思考这头像和昵称的意义。

分针在不知不觉中走了两格，眼眶都盯得有些发酸，她才反应过来这种行为有多蠢。网络世界，大家取名换头像都是图个新鲜，哪需要那么多理由啊？

就好比自己头像是只小橘猫，是因为看见这张照片的第一眼她就觉得很喜欢，觉得小猫很可爱，便随手换成了头像，根本没想太多。

她的网名是 Sun，是太阳，是因为她从小怕冷又怕黑，所以希望自己能够向阳生长，也希望能做个如太阳那般温暖的人。

换作其他人她也从来都没多想过，但到魏宴然这里，一切好像都变得不一样了。

至于为什么不一样，她自己也说不出来。

许释揉了下眼角，好不容易将这个问题甩到了一旁，又开始琢磨起其他的。

魏宴然为什么要来加自己啊？

是有什么事吗？

还是说他加错人了呢？

加上后她又该说些什么啊……

大脑就好像被人灌上了水泥一样，每思考一个字都变得很艰难，等许释回过神的时候，拇指已经颤抖着按在了"同意"上面。

紧接着，一个新的页面蹦出来——

2017 年 12 月 22 日 23:15
我通过了你的好友请求，现在我们可以开始聊天了。

2

许释还没想好该说些什么，手机冷不丁振动了两下，她深吸一口气，划开聊天框。

街：许释？

许释在这一刻觉得自己的名字是有魔法的。

仅是看见这两个字,她就脑补出魏宴然平时叫自己名字那种吊儿郎当的模样,甚至能听见他那懒散的语气。

她摁了摁眉心,打字的手指有些抖。

Sun:是我。

等待他回复的每一分每一秒似乎都变得很漫长,许释盯着界面看了会儿,然后点进了自己的资料卡。

那个时候还流行写个性签名,她的签名只有一句话:蒹葭已不在,白露难成霜。

这句话是她在网上摘抄下来的,当时语文课刚好学到了《诗经·蒹葭》,她在浏览器网页上无意刷到这句话,觉得挺文艺,也没太深究是什么意思,就随手发上去了,还有不少人给她点了赞。

现在却越看越觉得有股"中二"非主流的气息。

许释脸上隐隐烧了起来,有一种做糗事被发现的尴尬,她连忙将这句话删了,个性签名那一栏变成了空白。

两人加好友才不过几分钟,他应该还没看见吧?

许释又点进自己的空间,好在她平时没有发动态的习惯,零星几条动态也是在除夕时祝大家新年快乐、万事如意。

她一翻到底,确认没什么奇怪的内容,终于松了口气,攥得发白的指节缓缓攀上血色。

然后她才反应过来,魏宴然还没有回她。

是没话要和她说吗?

那为什么来加她啊。

最开始的紧张和不安悉数褪去,失望像是碳酸气泡一样一点点地盈满心头,周遭的温度好像比先前还低,唇齿有一下没一下地咬在细肉上,细细密密的痛意刺激着她的神经。

窗外的雪粒还在簌簌向下落,夜色浓重得像是一团墨,许释脑子很乱,指尖不小心点开了魏宴然的资料卡。

他的个性签名那栏并不是空的,是一个字母"Q"。

为什么会是Q呢?有什么特殊含义吗?

换作旁人她可能只是一扫而过,但到了魏宴然这里,不知道为什么,她就忍不住想要无限地探索下去。

她又点开他的空间,那个年纪的小姑娘心思都细,总是喜欢在空间里寻找有关对方的蛛丝马迹,还要打开访客记录,看看对方有没有在暗暗地关注自己。

魏宴然的空间很干净,从头到尾也不超过十条状态,最后一条停留在2017年1月27日凌晨,发了一条"新年快乐"。

从那以后快一年的时间里,他什么动态都没有发过。

留言板那一栏显示他有五十一条留言记录,许释好奇地点进去,却什么都没看见,因为魏宴然只对外开放了2017年1月27日之后的内容。

2017年1月27日。

许释有种预感,这是个对他很重要的日子。

没来得及继续想下去,魏宴然的消息发了进来。

街:不好意思啊,刚刚临时有事。

街:睡了吗?

沉下去的心脏又被提起来,许释连忙回复。

Sun:还没有。

街:这么晚还不睡啊?熬夜学习?

Sun:不是。

但许释发完这句话就后悔了,要是魏宴然继续追问她在做什么该怎么办?难道要告诉他自己一直在等他的消息吗?

这样未免太蠢了。

好在魏宴然没有继续这个话题,而是发了张照片过来。

许释点开,瞳孔不受控制地放大,攥着手机的指尖用力,指腹压得发麻。

魏宴然发来的是自己期中考试的英语卷子。

怎么会在他那儿?

另一边的魏宴然好像知道她在想什么,紧接着发了两条消息过来。

街:模范试卷。

街:老师让我拿回来学习一下。

原来是这样。

街:有几道题不太明白,能帮我讲一下吗?许值周长。

许释盯着最后四个字看,想起来上一次,他也是这样在走廊叫自己。

有一种说不出来的感受在她心头缓缓涌动着,许释抿了下嘴唇,回道:你叫我许释就好。

街:好的,许值周长。

这人怎么……这样坏。

许释知道再和他纠正也是白费力气,索性不管,低头抽了一张新的草稿纸出来,在上面把那几道题的知识点写了下来。

写完后,她摆在桌子上看了好几眼,怎么看怎么觉得有几个字写得丑,又用修正带把不满意的地方都涂掉,重新写了一遍。

最后,她看着满意了,才给魏宴然拍照发过去。

Sun:要是有什么不懂的地方再和我说。

许释做题思路一向清晰,细小的知识点也不放过,还在下面写了例句和译文,就算是没基础的人也能看懂她的讲解。

没过几分钟，熟悉的振动声响起，微弱的屏幕荧光照在脸上。

街：能看懂。

街：谢谢许值周长。

许释盯着那个昵称，心跳声在房间里被无限放大。

她觉得他肯定是故意的。

她越不让他这么叫，他偏要和自己对着来，也摸准了自己没办法。

许释正胡思乱想着，又有新消息进来。

街：等半天了啊。

Sun：等什么？

街：等你和我说不客气啊。

许释不禁有些心悸，胸口起伏更加明显起来，缓了几秒才打字。

Sun：不客气。

街：这么听话啊？

街：行了不早了，就不打扰你了，早点休息。

街：晚安。

他这一连串消息让许释有些不知所措，她回了句晚安后就匆匆下了线，像是落荒而逃。

也是那一晚，许释辗转反侧了很久都没有睡着，房间里一片漆黑，她躺在自己那张小床上盯着天花板发呆，耳边是窗外呼啸的风声，很重地拍打在窗户上，她的心脏也跟着一起一伏。

她其实还有好多问题没来得及问，比如他是怎么找到自己的QQ号，又比如他加自己只是为了问英语题吗？

想着想着，许释猛地从床上坐起来，掀开被子下床，光着脚走到书桌旁边。房间里的气温低，她身上只有一件睡衣，冻得她牙齿打战，摸到手机后又赶快钻回被窝里。

幽暗的荧光填满整个房间，许释开了流量重新登上QQ，魏宴然没再回复，那几条消息就静静地躺在聊天框里。

她点进资料卡，规规矩矩地给他备注好"魏"，又莫名其妙，给他设置了一个新的分组。

然后，一夜好眠。

第二天上午一直在下雪，第二节下课的时候，广播通知课间长跑暂停，所有同学休息十分钟后回到班级上自习。

许释送完作业从英语组出来，远远就在走廊里看见了魏宴然。

他单穿一件黑色卫衣，倚在走廊的墙壁上，有一搭没一搭地和旁边的李奇聊天，嘴角微微扬起，模样特别勾人。

许释还是不太敢明目张胆地看他，只用余光扫了几眼，他们聊得挺专心，没有注意到她这边，不知道李奇说了什么，魏宴然突然懒散地笑了下。

她平时都是从后门回班级的，今天悄悄使了个小心机，绕了点远路准备从前门进去。

有同学刚好从班级里面出来，许释和对方打了个招呼，下一秒就感到自己的衣领被人轻轻扯了下，力气不大，但她好像被定在了原地，一步也走不了。

回过头，果然是魏宴然。

许释下意识地抓了下衣角，心口发紧。

他看起来很困，眉眼间带着很浓的倦意，垂下眼看她的时候，睫毛在下眼睑上拓出淡淡一层阴影。

"没休息好吗？"许释几乎是条件反射般说出了这句话。

但说完她就开始后悔，休息得好不好和她有什么关系啊。

臊意一点点地爬上她的脸颊。

她想开口说些什么补救的话，但想了半天都没想到，只见魏宴然抬手揉了揉后颈，自顾自地点点头："是有点。"

怕再说错什么，许释没接这个话茬，眨了下眼睛："有什么事吗？"

魏宴然"嗯"了声，手伸到裤兜里面摸了半天，然后朝她勾了勾唇："把手拿出来。"

"啊？"许释愣了下，乖乖伸手。

"这么乖啊？"魏宴然笑着打趣，"就不怕我往你手里放什么唬人的东西？"

许释刚准备把手扯回来，手腕却突然被人捉住，只有短短的几秒，但那种触感还是让她浑身一僵。

再回神的时候，她的掌心多了一条草莓巧克力。

许释睫毛轻轻颤了下，有点蒙："怎么突然给我这个？"

"昨晚不是给我补课了吗。"魏宴然往旁边移了点，靠在墙上看她，还是那副散漫的样子，"补课费。"

许释又"啊"了下。

"嫌少啊？"

"不是。"

魏宴然没头没脑地笑了声："你怎么这么呆啊。"

"你才呆。"许释不甘示弱。

"嗯，我呆。"他慢悠悠地道，"你傻。"

许释不说话，像条金鱼一样鼓了鼓腮帮子，眉心微微皱着，看着可爱又好玩。

魏宴然就看着她的反应笑，这次他笑的幅度很大，身子半向前躬，胸腔跟着微微震动，好像得了多大的乐趣。

· 056 ·

"你笑什么啊？"许释问。

"不逗你了。"他说，"回去自习吧。"

许释干巴巴地"哦"了声，停了几秒才转身往班级走，但脚步挪动得很慢。

其实她想回头看一眼，但又怕和他对视上，只能极力克制着自己。

回了座位没几分钟，马志国进来让大家拿出前天的作业，说是刚好用大课间加节数学课。

后排传来几声抱怨，他在黑板上敲了下："给你们加课你们还不乐意？真是皇上不急太监急，我有这时间在办公室歇会儿不好吗？还不是为了你们，我又不用参加高考！"然后就顺理成章变成了一节思想教育课。

许释低头发了会儿呆，视线扫到那条被她放在桌膛里面的巧克力，明明还没有尝到它的滋味，甚至连包装都没有拆开，但许释却感觉到甜蜜的滋味在心头散开，随着血液缓缓流动到全身上下的每一处。

时间好像过得格外快，下课铃声猝不及防地响起来，许释刚刚回神，赵思萱从旁边过来："许释，你这儿有什么能吃的东西吗？早上没来得及吃饭，要饿死了。"

她边说，视线边跟着许释手的方向看过去，弯了下唇："巧克力？"

她说着就要伸手去够："是新出的口味吗？"

但她还没有碰到，许释却条件反射般地抽走了，让她扑了个空。

赵思萱一愣。

许释反应过来自己在做什么，尴尬慢慢爬上脸颊，磕磕巴巴地解释："对、对不起啊思萱，刚才我有点走神。"

赵思萱察觉出她情绪不太好，也没生气，笑着打哈哈："怎么，难不成是特别的人送的？这么护着。"

许释瞳孔一缩，摇头："不是。"

她把那条巧克力推到赵思萱面前："给你，吃吧。"

"不用啦。"赵思萱在沈浩背上拍了一巴掌，招呼他帮自己去商店跑腿买零食。

沈浩向她索要跑腿费，两人你一言我一语地拌起了嘴，周围人津津乐道地凑热闹。

许释却游离在状况之外，她握着那条巧克力，手心里全是冷汗，羞耻感一点点将她吞没，唇肉被咬得发痛。

她刚才的反应太奇怪了。

一块巧克力而已，不是什么稀奇的东西，而且平时赵思萱待她那样好，不应该这样的。

但她真的是不经思考地做出了那一连串的反应，就像一种自我防卫机制一样，下意识地不想让人碰到。

所以——

是因为这巧克力是魏宴然给她的吗？

他给的又怎样，自己为什么要这样护着。

过了一节课，许释还是觉得有点不好意思，找到赵思萱，笨拙地和她解释自己之前那种奇怪的反应是无心的，让她不要生气。

"真没事。"赵思萱在她脸上捏了捏，"我哪有那么小心眼。"

许释这才松了口气，回到座位上，指腹轻轻地在巧克力包装袋上摩擦，她舍不得吃，最后把它小心翼翼地放在了书包夹层里，好像在藏宝。

身旁的曲惠本来在写数学卷子，注意到她的小动作后，发出很轻的一声讪笑。

下午有体育课，虽然外面还下着雪，天气也冷到骨子里，但这都不能浇灭高中生们出去玩的热情。

老师刚宣布解散，赵思萱过来抱着许释的胳膊，说玩狼人杀少一个人，让她过去帮忙当下上帝。

许释拗不过她，被迫加入。

一大帮人来到体育馆的东北角，赵思萱扯了几个做仰卧起坐用的垫子过来，大家围成一个圆圈，许释在最中间。

上帝是个不太需要动脑的角色，许释按部就班地把自己该说的台词说完，其余时间全在走神。

她的目光在体育馆里来回晃，尤其是篮球架那边，来来回回地看了好多次。

还是没有找到那个身影。

他是身体不舒服没来上课吗？还是说他单纯不想过来？

许释心不在焉地玩了一节课，下课的时候，她和赵思萱一起往教学楼走，刚出体育馆，就在人群中捕捉到了那个让她找了好久的身影。

人潮涌动，他们之间虽然隔着半个操场的距离，但是许释能肯定，那就是魏宴然。

他身边好像总有男生围着，聚在一起说说笑笑，然后一起进了小商店。

许释不太自然地吞咽了下，迟疑了几秒，转过身对赵思萱说："思萱，你先回班吧，我想去趟商店。"

"啊？我和你一起去吧，刚好想去买包薯片。"

许释有点慌，她怕赵思萱察觉自己的异常，余光一边往商店那边瞟，一边遮遮掩掩地说："我记得你不是说要去趟生物组吗？你先去吧，要买什么我帮你带回去。"

"哦，对。"赵思萱轻拍了下脑门，"我怎么把这事忘了。那就拜托你了，薯片要黄瓜味的，爱你。"

"嗯嗯，我知道了。"

· 058 ·

两个人分别后，许释的目光重新聚焦在商店门口，那个熟悉的身影已经消失不见了，她深吸了几口气，加快脚步往台阶上面跑。
　　人群依旧非常拥挤，许释一边往里挪动，一边观察着周围的每一张面孔，生怕错过什么。
　　挤进去的时候，她额头上出了层薄薄的汗，目光仍然在到处搜寻着，不知道找了几次，终于看见了他。
　　魏宴然站在冷饮柜前，午后的阳光从窗外照射进来，显得他身形格外挺拔利落，他半弯下腰，从下层货架上拿了一瓶橘子汽水，又抬手将柜门关上。
　　穿着红蓝校服的学生不停拥簇在周围，但许释什么都看不见，她的世界只剩下魏宴然一人。光线明暗变换，少年的动作也跟着放慢，轮廓被勾勒得温柔又清晰。
　　他拿完饮料后就到柜台那边付款了，许释不想他看见自己的狼狈，忙躲进角落里，半低下头。
　　想让他发现，却又怕他发现。
　　等人全部散尽了，她才回过神来，然后像中了邪一般，鬼使神差地走到冷饮柜前，拿了一瓶和他一样的汽水。

3
　　许释握着那瓶冰汽水从商店里出来，安尧冬天的室外气温差不多有零下二十多度，水珠顺着瓶身淌进她的掌心里，被寒风一吹，冰得她皮肤变得通红一片，痛得发麻。
　　但她好像失去了知觉一样，什么都感受不到，只觉得这样握着有一种异常的满足感。
　　记得上一次在商店遇见他，他同样拿着这个汽水。
　　他很喜欢喝吗？
　　好奇心一点点发酵膨胀，许释没忍住，直接在雪地里拧开瓶盖，仰头喝下去一小口，然后……她漂亮的五官像包子一样皱成了一团，肩膀都跟着向上用力。
　　太冰了。
　　仿佛有人在捏着她下巴往喉咙里面灌冰块，除了冰，她什么味道都尝不出来。
　　为什么会有人喜欢在冬天喝这个啊，许释想不明白。
　　她拎着那瓶只喝了一口的汽水晃悠回班级，沈浩和体委他们打了一节课的球，嗓子渴得要裂开，拿起桌上的保温杯仰头就往下灌。
　　喝到一半的时候，他余光扫到了什么，一口气呛了上来，咳得惊天动地。
　　许释吓了一跳："你怎么了？"
　　"学霸。"沈浩抓着她桌角，神情严肃，"要是遇见什么烦心事了，一定要和我们说啊。"

许释："啊？"

沈浩："世界这么美好，没什么是过不去的。"

许释小心翼翼地试探："你是不是受什么刺激了？"

"这话应该我问你啊！"沈浩音量拔高一个度，抓着她桌上那瓶饮料，"大冬天喝冰水，不是自残是什么？"

许释哭笑不得："你想多了，单纯是我喜欢这么喝。"

恰好这个时候赵思萱从办公室回来，看见桌上的东西也很惊讶："橘子味汽水？你买的？"

沈浩替许释抢答："对啊，还是冰的。"

赵思萱又看向许释，嘴巴噘成"○"形："太阳从西边出来了？你不是最讨厌橘子味的饮料了吗？"

"……人的口味总是会变的。"强烈的心虚涌上心头，许释目光有些不自然，连眨眼的频率都高了很多，说话磕磕巴巴，"就、就突然想试试这个口味，就买了。"

她欲盖弥彰地补充："还挺好喝。"

"那你这口味……还真是独特。"沈浩撇了下嘴，放下她的冰水，抱着亲妈给他泡的养生茶喝了几口。

下一节是自习课，上课铃响前两分钟，马志国进来组织他们出去站队，说是有个高年级的学姐回母校来做宣讲，让全体同学到礼堂那边的多功能厅集合。

学生时代，只要是能逃离教室的活动都是有趣的，大家把课本往书桌里面一塞，披上棉服兴高采烈地往外走。

许释和赵思萱坐在二班最后一排，后面就是三班，梁远森就在她们的斜后方。他看起来有点倦，半合着眼靠在红色椅背上，睫毛被头顶的吊灯晕出淡淡一层阴影。

赵思萱回头，微微站起点身子，伸手像摸小狗那样在他的黑发上抓了把，小声喊他："梁远森？"

梁远森没出声，眼皮子动了下。

"梁远森！梁远森！"赵思萱又喊了两声。

那人终于给了点反应，大概是青梅竹马培养出的默契，他还没睁开眼，长臂已经准确无误地搭在她后脑勺上，修长指节穿过她的发丝，像是逗猫那样揉了揉，声音有点哑："大小姐，又干什么？"

"和你说了多少次了。"赵思萱把被他弄乱的几撮呆毛压好，"不要随随便便摸女孩子的头发。"

梁远森眯着眼看她，发出很轻一声笑。

"你有没有零食？"赵思萱问。

梁远森打了个哈欠，手伸进衣服口袋里摸了好半天，翻出来两根阿尔卑斯棒棒糖："只有这个了。"

"也行吧。"赵思萱抿了下嘴，笑嘻嘻地从他掌心里把那两根糖捞走，又在他脑袋上拍了下，"睡吧。"

她转过身，往自己嘴里塞了一根牛奶味的，把另一根草莓味的递给了许释。

学姐宣讲的是南方一所医科大学，许释对这个专业不太感兴趣，有一搭没一搭地听着，棒棒糖被她咬碎，浓郁的草莓味在口腔里散开。

从开始到现在还不到二十分钟，她就觉得困意缠身，眼皮子像被灌了铅，重得不行。

赵思萱和许释情况差不多，三分钟内打了十几个哈欠，多亏梁远森眼疾手快地拎住了赵思萱的衣领，才没让她的额头磕到扶手上。

他在她脑门上敲了敲，低声提醒："困了就出去转转。"

又是一个哈欠，赵思萱捅了捅许释的胳膊："我想去洗手间透个气，你去吗？"

许释："去。"

两个人猫着腰，小心翼翼地从座位里面离开，出来才发现洗手间那边的人特别多，估计大家都觉得这宣讲会太无聊了，还不如外面有意思。

排了十多分钟，女厕这边的队伍压根儿没怎么动，反观男生那边，排队的人已经换了一批又一批。

赵思萱叹气："算了，我们还是换一层吧。"

多功能厅在礼堂的最顶层，赵思萱扯着许释的衣袖往楼下走。

下一层没什么人，两个人洗完手从卫生间出来，赵思萱指了指旁边的长廊："去那边看看？"

上个月安尧高中刚举行了书画比赛，获奖作品刚好在这里展览。

赵思萱虽然小时候被亲妈送去学了半年的国画，但奈何她这人实在没什么艺术细胞，对着这些让人眼花缭乱的作品，能给出的最高评价就是——

"嗯，画得真不错！"

她走马观花地从头走到尾，一直到走廊的拐角，不经意地往里面瞟了眼，然后脸上慢慢地多了些八卦的表情，好像看见了什么有趣的东西，朝许释招手："许释，快来。"

许释扭头，疑惑地走过去，和她一起趴在墙角上。

拐角尽头站着两个人，一男一女，都没穿校服，女生从口袋里掏出一个信封，递到男生面前。

赵思萱趴在许释耳边，呼出的热气弄得她有点痒，语气里是藏不住的八卦："你说这男生会不会答应？"

许释摇头："不知道。"

赵思萱狡黠地笑了笑："我猜他不会答应。"

· 061 ·

果然，下一秒，男生嗤笑一声，拒绝得很干脆。

他转身就要走，许释和赵思萱怕被发现，也连忙往楼梯口的方向跑。

上楼的时候，许释抬眼，看见魏宴然和李奇站在另一侧的窗边。蓝色校服衬出男生挺拔落拓的身影，魏宴然半靠在窗台上，抬手捏了下后颈，皮肤白得晃眼，手背上的青色筋络鲜活清晰，眉眼懒散而倦怠。

许释没忍住多看了几眼。

宣讲会一共持续了两个多小时，结束后大家就都去吃饭了，不知道是不是喝了凉汽水的缘故，许释觉得肚子有点疼，就没和赵思萱一起去食堂，随便到商店买了个面包就回了教室。

她趴在桌子上，面前摊着一张英语卷子，熟悉的字母单词在这一刻却变得格外陌生，她什么都看不进去。

窗外的风雪停了，阳光透过窗棂照进来，落在桌角那瓶橘子味汽水上，橙黄色液体上浮着一层小小的气泡，许释用手指轻敲一下玻璃瓶身，发出清脆的声音。

她盯着看了很久，在想自己到底为什么要买这个回来。

直到走廊里传来脚步声，这个时候教学楼里没什么人，声音在空旷的教室里放大回荡。

她听见有人喊："宴哥，今天不去打球了？"

那人答："不去了，先回班。"

许释猛然回神，急急忙忙从座位上站起来，起身的时候大腿还不小心撞到了桌沿，强烈的痛意顺着神经散开，但她顾不上这些，加快脚步往班级门口去。

北方教学楼都是封闭式走廊，傍晚五点的夕阳从带着白霜的窗户照进来，将整个长廊都染上霞色，地上的人影被拉得很长，在这片金灿灿的光辉中，好像什么都是美好的。

许释站在班级门口，看着那个隽秀的少年，身穿蓝白校服，额前的碎发遮住一半眉眼，迎着光，从远处一步一步朝着她走过来。

像是一部色调温馨的陈旧电影，每一帧都被放慢。

她是观影人，而他是唯一的男主角。

许释曾经在网上看过一句话，说人生里有些时刻是需要暂停的，她思考了下，就在这一刻，她需要。

等她回过神的时候，魏宴然已经走到她旁边了。

他的声音里带了些惊讶的意味："没去吃饭？"

许释咬了下唇肉，心跳不受控制地加速，不太敢看他的眼睛："没有。"

"身体不舒服？"

"是有点。"

"那在这儿傻站着干什么呢？"魏宴然笑了下，"快回班歇着去。"

许释愣愣地"啊"了声,没急着走,而是问:"你吃过饭了吗?"

"吃过了。"

"……哦。"

魏宴然垂下眼看她的反应:"怎么,不信啊?"

"没。"许释摇摇头,实在找不到在这里继续待下去的理由,只能转身进了班级。

她踮脚站在走廊那侧的窗边,看着那个挺拔的身影进了对面的教室,跟着光一起消失在她的视线里。

就像一个偷窥者。

再次回到座位,那种心悸的感觉还没有消失,她闭上眼睛,眼前都是魏宴然的身影,擦不去也抹不掉,脑袋像是被塞了团麻布那样乱,心跳也是。

她心烦地直起身子,视线又落在那瓶汽水上,脑海里浮现出下午和赵思萱在走廊对话的场景——

赵思萱一边向上走一边回顾着刚刚看见的情景:"我觉得那个学姐态度好散漫,怪不得人家不肯答应她……"

"思萱。"许释突然打断她。

赵思萱回头:"怎么了?"

"我能问你个问题吗?"

"问啊。"

许释不太自然地抿了下嘴唇,手在脸颊上揉了揉,犹豫半天才开口:"就是……你说什么是喜欢啊?"

怕赵思萱追问,她又欲盖弥彰地补充:"我就是有点好奇,随便问问。"

"我还以为什么呢。"赵思萱抱着胳膊,一副经验颇多的样子,"这还不简单。

"喜欢就是情不自禁地想要接近他,好奇他在干什么,在想什么,目光总是追随在他身上,他的一个眼神都能让你高兴很久。

"无论是日出还是日落,哪怕只是放学路上遇见的一只小花猫,你都想要和他分享。"

赵思萱说得头头是道:"而且喜欢一个人啊,还总是会做一些别人不能理解的傻事,就算你今天哭着发誓说再也不要喜欢了,可到了第二天,还是忍不住想多看他一眼。"

许释眼帘抖了下,心事重重地点头:"我知道了。"

…………

许释将日记本从书包里拿出来,上一次记录是在昨天。

2017 年 12 月 22 日

街。

为什么是字母 Q？

翻开新的一页，她在上面写了今天的日期。

2017 年 12 月 23 日
巧克力和汽水。
我好像有了一个秘密。

4

转天就是平安夜，虽然安尧高中已经明确规定不许学生大肆庆祝，但大家还是会偷偷准备些小礼物带到学校来，趁马志国不在的时候送出去。

节日的气氛从一大清早就在校园里面涌动着，许释到教室的时候，已经有不少同学在交换礼物了，她桌上也堆了许多，贺卡、糖果、小发卡什么的应有尽有，还有几个包着荧光纸的苹果。

赵思萱抱着书包从外面进来，边走边求救："啊啊啊，重死了！释释快来帮我一下！都怪梁远森那个狗！说什么都不肯帮我拎书包，我胳膊都要断了！"

许释和她一起把书包抬到座位上，有点好奇："你装什么东西了，怎么这么沉啊？"

"当然是你们的圣诞礼物啦！"少女语气里带着几分狡黠，马尾辫在脑后轻晃，散出淡淡的清香。

赵思萱把书包拉开，从里面拽出来一大盒费列罗巧克力，递给许释："来，这是你的，圣诞节快乐啊！"

"快乐呀。"许释嘴上这么说着，手上却没有接过来的动作，表情有些为难，"思萱，你这礼物太贵重了。"

"一盒巧克力而已，想这么多干什么。"赵思萱直接把盒子塞到了她书包里，"说了多少次了，不要和我客气。"

沈浩在一旁跷着二郎腿，也过来凑热闹："有我的份吗？"

"少不了你的。"赵思萱扫了他一眼，"而且，你的礼物可是我精心挑选的。"

沈浩："什么啊？"

"噔噔噔噔！"赵思萱自带 BGM（背景音乐）出场，神秘兮兮地从书包里掏出来个东西，"一套最新的《高考必刷题》！喜欢吗！"

沈浩咬牙切齿地看着她："我谢谢您了。"

赵思萱笑眯眯地答："不用客气。"

第一节课课间，许释到商店里去买礼物，学校商店很会做生意，应景地新进了不少带有节日气氛的东西，甚至还在门口放了一棵小小的圣诞树。

许释挑了一大捧糖果，又想着得给赵思萱回一个比较贵重的礼物，挑了一圈，目光最后定格在柜台的水晶球上。

看了下价格,几乎要花掉她一周的零花钱。

但她咬咬牙,还是买了下来。

脚步刚踏出商店,许释突然想起了什么,又转身重新进去,在货架面前犹豫了好半天,最后舔了舔嘴唇,拿了一张贺卡下来。

回到班级,她将买回来的礼物全部分出去,做贼心虚地在周围看了一圈,确认没人注意到她,才把那张贺卡拿出来放在桌上。

捏着笔的指腹被压得有些发白,许释咬了下唇肉,思考着该写点什么,刚刚写下"魏宴然"三个字,余光里晃过一个身影,抬起头,看见曲惠抱着一大堆礼物站在身旁。

她慌了下神,连忙把贺卡往桌角的书堆下面塞,手肘却不小心把笔袋撞到了地上,里面的文具散了一地。

许释蹲在地上收拾那片狼藉,余光一直往桌面上瞟,刚才藏贺卡的时候太慌忙,也不知道有没有藏好,会不会被曲惠看见。

好在,她藏得很严实。

许释老老实实地在贺卡上面写了句"平安夜快乐",抬眼看了下时间,距离上课还有五分钟,刚才回来的时候撞见魏宴然和李奇往卫生间那个方向走,现在出去应该刚好能碰见。

她把贺卡藏进袖管里,出去的时候又左顾右盼地看了两眼,像是要去干什么惊天动地的大事一样,心脏好像要从喉咙里面蹦出来,手指紧紧抓着衣角。

刚走到班级门口,她忽然听见李奇的喊声:"快!又一个来找你的!"

她心口滞了一秒,看向九班门口。

一个扎着高马尾的女生站在那里,手里拿了一个包装精致的礼盒,脸上的笑容像是盛夏的阳光那样明媚,大大方方地跑到魏宴然面前:"魏宴然!"

两个人似乎很熟,魏宴然看见她后扯唇笑了下,自然地在她身边停下脚步。

李奇在旁边起哄,魏宴然在他肩膀上打了下:"闭嘴。"

李奇识趣地进了班,魏宴然看向女生:"什么事?"

"你说呢?"女生把手里的礼盒递给他,语气熟捻,"这次你可欠我个大人情啊。"

"谢了啊。"魏宴然拿着礼物进班,丢下一句话,"改天请你吃饭。"

许释手指死死抓在门框上,好像有一只手掐住了她的喉咙,让她喘不上气,胸口拼命地起伏着,脸色还是惨白。

袖管里的贺卡不自觉被捏变了形,许释落荒而逃般地回了座位,把脸埋在臂弯当中。

太狼狈了,今天大概是她的水逆日吧。

眼眶一点点变得酸涩,前排的沈浩突然转过身来,往她桌上放了个平安果,笑嘻嘻道:"学霸,平安夜快乐!"

注意到她的神态,他眉头又皱紧:"怎么了?谁欺负你了?"

"没有。"许释觉得声音都不是自己的了,摇头,"我没事。"

沈浩盯着她又看了好半天才回头。

后来的大半节课,老师讲了什么,许释没太听清,拿着笔在演算纸上瞎写。

等她反应过来,才发现那上面密密麻麻写了一个名字,她连忙将纸揉皱扔进书桌里,尽管没人注意到,脸还是蒙了一层绯色。

原来在意一个人是这种感觉啊——

心悸,不甘,难过,又自卑。

圣诞节那天刚好是周末,社区的供暖系统出了问题,家里的温度和外面没差多少,许释裹了两层棉服还是觉得冷,整个人头昏脑涨没什么精神,写完作业就到床上躺着了。

下午五点多的时候,客厅里突然传来一阵喧闹声,是陈月琴把那帮牌友带回了家,听那架势,估计是又要通宵。

许释被他们吵得心烦,撑着床坐起来,因为起得太急眼前还黑了一下,她从抽屉里把手机拿出来,打开流量登上QQ,看见一个多小时前赵思萱给自己发了消息。

萱:这位美女,这么好的日子,要不要和我一起出去逛逛?

许释看了眼窗外,今天难得没有下雪,她在家闷了一天,刚好也想出去透透气,便低下头打字。

Sun:好呀。

萱:那等我吃完饭,晚上六点,我们怡和门口见?

Sun:OK!

萱:今晚可能要降温,你多穿点哦。

Sun:知道啦。

从聊天框里退出来后,许释往下划了下列表,在那个有些暗的头像旁停下。

他设置了隐身状态,根本无法判断在不在,他们上一次聊天还停留在两天前,从那之后他再没说过话,许释甚至还翻了自己的空间访客,也没有看见他。

所以,他真的只是为了问题才来加自己的吗?

看来之前都是她想多了啊。

…………

五点四十的时候,天完全黑了。

许释换上棉服,又在脖子上围了一条围巾,开门从卧室里面出去。陈月琴正和牌友们兴高采烈地搓着麻将。

想了半天,她还是决定过去报备一下,省得惹出什么事端。

"妈。"

陈月琴的目光仍放在手中的牌上，语气爱理不理："又干什么？"

"我出去一趟。"

"和谁？上哪儿去？"

"去怡和商场，和思萱一起。"

"说了多少次了。"陈月琴语调拔高一个度，顺势在她胳膊上拍了一巴掌，"少和那丫头来往，你妈我是能害你还是怎么的。"

许释蹙了下眉："思萱她人很好，对我也很好。"

"对你好？"陈月琴好像听见什么笑话一般，"她那哪是真心对你好啊，就是看咱们家穷，所以才假惺惺地凑过来，其实就是在炫耀。有钱怎么了？有钱了不起啊？"

许释攥了攥手心，她其实不太明白，为什么总要怀着恶意去猜测别人。

知道再解释下去也是徒劳，她轻轻叹了口气，没说话。

"行了，赶紧滚吧。"陈月琴白了她一眼，"天天哭丧着一张脸，看着就觉得晦气，可别影响了我今天的好手气。

"八点半之前回来，晚一分钟，你就别进这个家门。"

许释没什么表情："知道了。"

安尧这个小县城实在没什么可玩的地方，怡和商场是最近几年才建成的，从超市到服装店，再到健身房、电玩城，应有尽有，四楼还有个电影院。

于是这就成了学生们假期最爱来的地方，只不过离许释家有点远，步行过去要二十多分钟，怕时间来不及，她上了一辆公交车。

车内开了暖风，车窗上蒙了一层白雾，将外面的街景都模糊掉，许释用指腹在上面胡乱蹭了几下，然后画了只小猫出来。

她故意把胡须画得很长，看着很滑稽，惹人发笑。

这时，她口袋里的手机冷不丁地振动了下。

是赵思萱。

萱：救命，梁远森非要和我一起过来。

萱：你说他一个大男生，怎么喜欢和女生一起逛街啊？

萱：严重怀疑他有什么问题。

萱：一会儿找个什么理由把他甩了比较好呢？

许释盯着屏幕，弯了下嘴唇，打字回她：没事啊，多一个人也热闹一点。

回完消息，许释从口袋里拿出耳机，打开音乐播放器。她最近迷上了古风音乐，放的是那首很火的《我的一个道姑朋友》。

歌词唱："若你早与他人两心同，何苦惹我错付了情衷，难道看我失魂落魄，你竟然心动。"

十分钟后，公交车在怡和商场门口停下。

刚一下车，刺骨的风穿透布料吞噬着她的体温，许释加快脚步往大楼里面走。

推开门的一刹那，暖气帮她找回了一点知觉，赵思萱正坐在门口的秋千上玩手机，她打扮得很漂亮，外面穿着一件驼色大衣，里面搭配白色针织衫和黑色百褶裙，将少女纤细的腰线完美勾勒出来，头顶戴着贝雷帽，黑发自然垂在脑后，一双桃花眼清澈通透，眼底像是藏着一汪水。

许释又低头看了看自己——

面包服搭配牛仔裤，最简单的打扮。

"许释你来啦！"赵思萱抬头看见她，弯唇笑了下，"快来。"

许释走过去："梁远森呢？"

"打发他去给我买奶茶了。"赵思萱挽上她的胳膊，看见电梯口的人影，"啧"了声，"说曹操曹操就到。"

许释顺着她的目光看过去，梁远森穿着宽大的黑色外套，身形利落挺拔，神情有点散漫，还带着一副生人勿近的气质。

偏偏赵思萱不怕——

"梁远森！你一个大男生怎么这么能磨蹭啊！"她不满地皱皱眉头，"我都在这儿等你十分钟了！"

梁远森丝毫没有加快脚步的意思，仍然优哉游哉的："再抱怨，下次你自己去买。"

赵思萱生平最讨厌排队，想想要和一大帮人挤在一起她就犯愁，立马服了软，眉毛耷下来，一双大眼睛眨巴了几下："我错了。"

梁远森轻嗤了声，把奶茶挂在她手指上："您要的豆乳米麻薯，全糖去冰加芋泥。"

"谢谢大哥！"

"也不知道是谁天天吵着说减肥，还喝这么甜的东西。"

赵思萱瞪他一眼："美女的事你少管！"

梁远森没和她拌嘴，把另一杯奶茶递给许释："不知道你爱喝什么，就买了和她一样的。"

许释接过："谢谢。"

三人乘电梯上了二楼电玩城，赵思萱到前台换了五十块钱的游戏币，兴冲冲地拉着许释往跳舞机前面跑。

梁远森嫌这东西太无聊，捞了几个币到旁边打拳皇格斗机。

跳舞机有联网PK模式，赵思萱上前鼓捣了几下，匹配到了泰国曼谷的朋友，激动地跳起来和人家挥手打招呼，大喊着"撒由那拉"。

许释呛了下，然后提醒："思萱，你串台了。"

赵思萱："啊？"

许释："应该是'萨瓦迪卡'。"

赵思萱:"没事,都差不多。"

....

几轮跳下来,许释体力有些跟不上,两人只好转移到抓娃娃战场,奈何技术太差,一连试了十几次,两人连娃娃的边都没碰到,正泄气呢,身后传来一声不轻不重的嘲讽——

"'菜'死了。"

梁远森不知道什么时候过来了,懒散地靠在一旁的机器上:"用不用我帮帮你。"

赵思萱翻了个白眼,非常有志气:"不用!"

最后所有游戏币被用完,她也没能抓上来娃娃,和许释在一旁的长椅上坐着休息,无聊地刷着QQ动态。

"今晚河滨园那边是有什么活动吗?怎么这么多人过去。"

"是吗?"许释闻言开了流量,刷新了好久才看见新动态,不少同学晒出了自己在河滨园拍到的照片。

瞳孔在看见沈浩发的照片那一刻缩了下,许释不自觉咽了下口水,点开照片,放到最大,照片的角落里有一个非常模糊的身影,模糊到只有半个身子,穿着一件黑色大衣,被人群拥簇着站在台阶之上。

许释盯着那张照片挪不开眼,指腹被压到发麻才回过神来。

她将照片悄悄保存下来,脑中闪过一个荒诞的念头。

赵思萱这会儿已经满血复活了,扭头问她一会儿去玩什么。许释用手掐了下掌心,转过头却不敢对视:"思萱。"

"啊?怎么了?"

"我妈让我现在回家。"

她一向不擅长撒谎,这会儿耳根有些烫,心脏"怦怦"跳个不停。

"这么早啊?现在才七点多。"

许释紧张地咬了下嘴唇:"嗯,她说……让我马上回去。"

"那好吧。"赵思萱没多说什么,"要我叫辆车送你吗?这个点已经没有公交车了。"

安尧的最后一班公交车七点收车。

"不用了。"许释摇头,"我走回去就好。"

"那你注意安全。"

"知道了。"

夜色如同墨色一样浓重,就连从云层中倾泻出来的月光都好像被镀上一层白霜,风一吹,散出寒凉。

许释听着耳边呼啸的风声,心中渐渐浮出一个想法——

太荒唐了。

荒唐到，她思考自己是不是疯了。

河滨园在安尧县内的浑河河畔，离这里有大半个县城的距离，她知道自己就算跑着赶过去，也不一定能在人群中找到他，大概率会扑个空，说不定还会把自己搞得满身狼狈。

但万一呢。

万一真被自己找到了呢。

那大概是她青春中最奋不顾身的一次。

那年她喘着粗气，跑了大半个县城，只为了远远看一眼他的背影。

仅此而已。

第四章 · 生日
我陪你去疯

1

许释气喘吁吁地跑到河滨园已经是二十分钟之后了，公园里的人比之前还要多，唯一的入口已经被堵得水泄不通。

她咬了咬牙，跟着人潮挤进去，衣服布料摩擦出"簌簌"的声音，大家肩撞着肩，脚挨着脚。

许释踮着脚向四周看，奈何前面几个中年男人把她的视线挡得严严实实，她额头上急出了一层汗，还是什么都没看见。

她在旁边找了个能落脚的地方，从口袋里面掏出手机，打开流量，一气呵成地登上 QQ，然后给沈浩发消息。

Sun：在吗？

公园信号不好，等了快五分钟，许释才收到回复。

沈浩：怎么了学霸？

许释迟疑了几秒，把他空间那张照片发了过去。

Sun：我就是想问问，这张照片你是在哪里拍的呀？

沈浩：就河滨园。

Sun：我知道是在河滨园。

Sun：……具体一点的位置呢？

大概是目的不够单纯，等待沈浩消息的时候，她掌心出了层潮凉的汗，目光只敢放在手机上，好像一抬头，别人就会看穿她那点小心思一样。

她心思正涣散着，手机的振动吓了她一跳。

她连忙划开屏幕。

沈浩：好像是在公园的甜品屋旁边？我当时就是随手拍的，有点记不清了。

许释心脏沉了沉，漆黑的眼睫缓缓垂下，唇色被她咬得有些泛白，寒风又

· 071 ·

将她的脸颊吹成嫣色，形成鲜明的反差。

过了好半晌，她才缓缓打字。

Sun：知道啦，谢谢你。

沈浩：没事儿。

沈浩：学霸你也在河滨园吗？要不要过来和我们一起玩？

许释几乎是立刻回复。

Sun：没有没有，我不在。

Sun：我就是随便问问。

Sun：你们玩得开心。

许释关了流量，重新挤进人群中，向前一直走到沈浩说的那个甜品屋附近。

她比对着那张照片，每一处细节都没放过，终于依着上面一个歪脖子树的方位，找到了那台阶的大概位置。

魏宴然并不在那里。

虽是意料之内的事，但许释心头还是划过了一瞬的失落。

她几步登上台阶，仰头盯着天空，脖颈与下颌连成一片紧绷的弧度。

身边人来人往，她却一直没动。

风里带着淡淡的雪的气息，天空是如墨般的深蓝色，淡黄色的星星如同散落其中的棋子，平白给它蒙上一层雾色。

散落的发丝被吹起，胡乱拍在她的脸上。

许释眨了下眼，放在口袋里的手指轻轻蜷了下，在心里想。

和他呼吸过同一片空气，看过同一片天空。

也算见过面了吧。

那天回家后，许释就感冒了。

她迷迷糊糊醒来的时候是下半夜，浑身像是被拆卸了一样疼，鼻子也堵着喘不上气来。她抬手一摸，额头温度烫得吓人。

陈月琴和那帮牌友还在外面吵，许释甚至怀疑下一秒邻居就要大刀阔斧地冲过来举报他们这种扰民行为。

要真能这样，反倒是清静。

她抬手开了灯，到抽屉里翻了盒感冒药出来，先是看了眼保质期，没过期，还能吃。

她抠了两粒下来，吃过药后又钻进了被子里，不知道是太难受还是外面太吵，过了好久她才勉强睡着。

第二天，许释还是不太舒服，脑子昏昏沉沉，说话也瓮声瓮气的。

沈浩一下课就跑英语组去给她打热水，赵思萱贡献了一大堆零食，两人还主动承包了给她带晚饭的任务。

生了病总是不爱动,许释在教室里闷了三四天,情况总算好了一点。

转眼就到了十二月三十一日。

学校只在元旦当天给他们放了一天的假,但老师们留作业还按照三天小长假来留,洋洋洒洒地发了五六张卷子,像盆冷水似的,把大家出去快活的热情无情浇灭。

晚自习的时候,沈浩瘫在桌子上,仰天长啸:"这作业是人能写完的吗?"

许释一边看书一边接话:"不是。"

沈浩扭头向她投来一个意味深长的眼神,肯定道:"英雄所见略同。"

赵思萱翻了个白眼:"你少往自己脸上贴金。"

这晚学校的气氛格外躁动,第二节晚自习的时候外面突然下起了大雪,下课铃刚响,整个高一年级不约而同地冲了出去打雪仗。

虽然都是北方长大的孩子,对雪已经司空见惯,但每次遇见雪天,还是要跑出去玩个痛快。

许释站在一旁的台阶上,她感冒还没好全,没过去跟赵思萱一行人疯,只是站在边上看热闹。

沈浩使坏往赵思萱身上扔了把雪,没过多久就被赵思萱带着几个小姐妹埋进了雪堆里。等他爬起来的时候,脸上和头发上都糊了厚厚一层雪,像是个真人版雪人。

他这模样把一圈人逗得哈哈大笑,就连隔壁班正在混战的男生都停了下来,跟着一起笑。

许释往旁边走了几步,踢着地上的雪块玩,再一抬头,怔住了。

魏宴然就在不远处的雪地上和李奇那几个男生相互追逐着打雪仗,他跑的速度很快,就好像一道幻影。

许释有几天没见到他了,不知道是不是命运喜欢捉弄人,刚认识的时候没想法,几乎天天都能见,后来看清自己的内心了,想尽可能地多看几眼,但偏偏不如她的愿。

就算两个班正对着,路过的时候她余光用力往里面看,还是连个人影都看不见。

她也登了几次 QQ,同样也没看见他的消息,访客记录那一栏也没出现他的名字。

没想到在这儿遇见了。

魏宴然半弯着腰在地上滚雪球,没注意到她。许释干脆往旁边又躲了躲,让他彻底看不见自己。

这样,她就能光明正大地偷看他了。

许释安安静静地看着他,看他张扬肆意地奔跑,眼角眉梢都带着几分意气风发,恍惚中,她觉得他身上好像是带着光的。

在寒冬黑夜，这束光格外耀眼。

那这束光会照到她身上吗？

直到赵思萱跑过来，才把她的思绪拽了回来。

"要不要下去和我们玩会儿？自己在这儿多没意思。"

许释收回目光："还是不了。"

"哎呀，去吧。"赵思萱弯腰趴在她肩头撒娇，"你站在我身后，我保护你，没人敢打你的。"

许释拗不过她，两个人一起从台阶上下来。

远处突然升起一簇火光，划破原本宁静的夜幕，不知道是哪个商场在放烟花，夺目的光芒在空中炸开，留下绚烂的烟雾，在转瞬即逝的灿烂过后，又坠落消陨在人间。

交替往复。

嘈杂的人群忽然安静下来，大家都不约而同仰头盯着天空看，像是要守护住这短暂的美好。一张张青涩的面孔被烟火映亮，每个人脸上都带着对新年的憧憬和幻想。

多年以后，再想起这个夜晚，整个年级的同学聚在一起看烟花，大概是校园回忆中最浓墨重彩的一笔。

但许释没有抬头。

她盯着不远处的那个身影，发了会儿没人知道的呆。

如今他们共同沐浴在这场灿烂盛大当中，她无心在意身边的那些喧哗，只在意他。

不知道是谁先起了头，从地上抓起一捧雪扬在天上，然后朝着身边的同学大喊："新年快乐啊！"

紧接着大家都跟着喊："新年快乐！"

"新的一年要顺顺利利！"

"祝大家都心想事成！"

"逢考必过！"

…………

少年人总带着几分真挚与单纯，不管身边的人是否相识，这一刻，他们都愿意向对方送上最简单却赤诚的祝福。

许释盯着那个背影，也跟着呢喃。

新年快乐啊，魏宴然。

晚上回到家后，陈月琴和许康安正在客厅里看跨年晚会，茶几上摆着刚买回来的橘子，招呼她来吃。

家里难得有这样和谐的气氛，许释刚好今晚不太想写作业，她把书包放回卧室里，在沙发上坐下。

橘子有些酸，她吃了两个就没再吃了。

她一直看到半夜才回房间。

房间里的灯没开，许释从抽屉里摸出手机，打开流量。

陆陆续续有同学发祝福消息过来，许释上了QQ，先是到空间逛了会儿，给同学们点了一圈赞，又回到那个聊天框里。

犹豫了很久，她的指腹一下一下地抠着被角，其实发个消息根本没什么，但她就是别扭。

那句"新年快乐"最后还是被删掉。

她点进了QQ的群发功能，从那里复制了一句祝福语下来，粘贴到对话框里，反复检查了三遍才点击发送：辞旧迎新之时，愿朋友在新的一年里：事业欣欣向荣蒸蒸日上，日子兴旺红红火火，家庭幸福和和美美，生活如意开开心心。祝新年快乐，"新"想事成。

这样就不会发现了吧？

也就在她消息发送成功的前一秒，魏宴然的消息却先发了进来。

魏：新年快乐。

许释一时没反应过来。

他这是在主动和自己说话吗？

还没来得及多想，一条新的消息进来。

魏：你这祝福语……

魏：群发的？

许释呛了下，有些心虚地打字：大家不都这么发吗^-^

看着平静，却不知道她心慌成了什么样。

谁知，魏宴然却回复：谁说的？我这不是群发。

不是群发。

也就是说，他是专门来和自己说新年快乐的。

零点已过，窗外烟花声不断，许释心里好像也有一小簇烟花在悄悄绽放。

她连忙把之前那条消息撤了回来，重新编辑了一条。

Sun：新年快乐呀魏宴然。

Sun：^-^这次不是群发啦。

魏：傻不傻啊。

魏：最近很忙吗？

Sun：还好。

魏：我以为你们这种好学生会忙得没时间玩手机。

Sun：没那么夸张啦，也会玩玩的。

魏：那要是我和你聊天的话，会耽误你学习吗？

一片黑暗中，许释听见自己的心跳声无限放大着，脚指头跟着蜷缩了下，手机屏幕自动黑掉，她在上面看见自己上扬的嘴唇。

时间慢了几秒。

Sun：不会啊。

不知道是哪儿来的勇气，她又继续打字。

Sun：我能问你个问题吗？

魏：什么？

Sun：你怎么知道我是好学生？

这次等待的时间明显变长了很多，许释咬了下嘴唇，反思自己是不是不该问这个。

"不想说也没关系"还没来得及发出去，魏宴然的消息弹了出来。

魏：都被老师当成模范试卷了，还不是好学生？

许释不太自然地摸了下鼻尖，怎么把这事忘了。

魏宴然又发：而且坏学生也是会看成绩单的好吗？许同学。

魏：还没来得及祝贺你上次考了第一名。

Sun：谢谢。

时间流逝得好像格外快，他们聊的内容很随意，大部分是学校里面的事情，等到魏宴然提醒她早点休息的时候，她才反应过来，已经十二点半了。

怕自己的急切和不舍暴露出来，许释没再找话题，而是提醒他也早点休息。

刚准备关掉流量，手机又弹了一条消息出来，许释下意识点开，却愣了几秒。

是条语音消息。

她连忙把枕头下的耳机翻出来插上，做贼心虚地把声音调小，然后才点开那条语音。

语音很短，只有两秒。

"晚安。"

那一晚，许释已经记不清自己是怎么睡着的了，只知道自己嘴角的弧度一直没有放下来。

她把那条语音来来回回听了四五遍，又将刚才的聊天内容全部截图，最后还小心翼翼地放进了收藏夹里。

好像那个时候她就已经料到，终究有一天，她会听不到他的声音，也收不到他的消息。

元旦一过，期末季也随之而来，除了主科之外的课程全部暂停，各科老师纷纷开始赶进度，铆足了劲儿留作业，整个年级被压榨得苦不堪言。

终于到了一月十九日，高一年级迎来期末考，期末和平时的月考不一样，安尧高中要和市里面其他重点高中联考，那边教育资源好，题目自然也会难一点。

六科一共要考两天，但这并不意味着解脱和松懈，考完试放三天假后，还要回到学校补课。

假期的最后一天，一月二十三日，许释迎来了自己的十六岁生日。

自她有记忆起，陈月琴和许康安就没给她庆祝过生日，连个像样的蛋糕都没给她买过，今天也一样，一大清早他们就被牌友招呼出门了，连早饭都没给她留。

家里的温度还是低，许释趴在被窝里赖了会儿床，然后从枕头下面摸出手机，登上QQ，第一反应是点开置顶聊天框。

上一次聊天停留在两天前，期末考结束的那个晚上，两人一起抱怨着学校的无情，假期还要让他们补课。

许释往上翻了几下，把聊天记录重新看了一遍，又一张一张地去截图。

有不少同学发了生日祝福过来，她每一条都非常认真地回复道谢。

光线顺着窗帘缝隙一点一点地溜进来，等到八点多的时候，许释去厨房给自己煮了碗面。

白色雾气在空中飘散，许释坐在餐桌面前，双手合十做了个许愿的动作，然后弯了下嘴角，轻柔的声线响起，她对自己说："十六岁生日快乐呀！"

其实生日对她来说没什么特别的，吃完饭后她就回房间写作业了，又把下学期要讲的课本提前预习了下，等她合上书的时候，已经是下午四点。

赵思萱发了短信过来，问她晚上有没有时间，说是想和她一起吃个饭，顺便把准备好的生日礼物一起带过来。

到了腊月，安尧的天气冷得可怕，吸进来的每一口气都又凉又燥，许释开窗试了下温度，往身上多加了一件打底衫。

出门之前，她给陈月琴打了个电话，但是没人接，估计是牌局太吵了听不见。于是她改发短信，告诉陈月琴自己要出去一趟。

外面的天彻底黑了，夜色像浓雾一样浓重。

许释和赵思萱约好在学校门口见面，到的时候赵思萱正在出租车后座上抱怨安尧这小破县城居然也会堵车，晚了快十分钟才来。

两人本来打算去西边那家新开的火锅店，但路过街角陈记烧烤的时候，赵思萱被里面传出来的香气勾得心痒，立马改了主意，把火锅抛在脑后，拉着许释进去。

两个人在最里面的包厢坐下，头顶的油烟机发出"轰轰"的响声，许释抽了两张纸巾，在蓝色塑料凳上擦了一通才坐下。

戴着紫色围裙的服务员过来送菜单，非常热情地问她们要吃什么。

赵思萱把自己想吃的东西都点了个遍，然后将菜单推到许释面前："看看你还有什么想吃的吗？"

"加份烤鸡架和千子吧。"

烤鸡架和千子是安尧县烧烤的特色小吃,也是大家出去放松聚餐必不可少的两样。

服务员送上来两瓶汽水,说是今天店里搞活动,来吃饭的顾客都免费赠送饮品。

等着上菜的工夫,赵思萱把生日礼物拿出来给她,是一个保温杯,上面印的图案非常有少女心。

这顿饭吃了很长时间,吃完后赵思萱又拉着许释拍照,两人拍了二十多张才罢休。

出来的时候天上又开始飘雪,雪粒落到脖颈里面,冰得人一个哆嗦。

两人分别后,街道上空荡荡的,昏黄的路灯将许释的影子拉得很长,许释裹紧了外套,从口袋里翻出耳机,一路听着歌回到家里。

一直到晚上九点多,陈月琴和许康安还没有回来,之前那条短信也没有回复。

楼上的那对夫妻又开始吵架,这周已经是第三次了,一次比一次吵得凶,男人的辱骂声还有女人的哭声源源不断地传进耳朵里,听得许释心惊肉跳。

她拿出手机给陈月琴打了个电话,想问问他们今晚还要不要回来。

冰冷的机械音一下接一下地从听筒里面传出,每一声都像是砸在她的心脏上,她的手指无意识地在手机壳后面的凸起上碰了几下。

就在她准备挂断的时候,电话里突然传出一声:"什么事?"

陈月琴的语气实在算不上好,甚至有些不耐烦,她那边好吵,男男女女的说笑声混在一起。

许释咽了下口水,声音里带着几分小心翼翼:"妈妈,你们今晚还回来吗?"

"不回。"

"可是——"

许释话还没有说完,听见那边有人在喊:"老陈快过来啊,马上开始了。"

"还有别的事吗?"陈月琴问,"没事我挂了。"

机械音再一次传来,许释把那句"可是今天是我的生日"咽回了肚子里。

楼上又开始砸东西,瓷器噼里啪啦的碎裂声就在头顶,许释抿了抿嘴角,心思还在刚才那通电话上。

难过与委屈一点点从心底里蔓延出来,她没有开灯,房间里面黑漆漆的,她缓缓抬起头,看见自己瘦弱的身影被映在玻璃窗上,头发散乱在肩头,两块肩胛骨格外突出,身上只有一件白色睡衣,单薄得好像风一吹就能倒。

她其实很想知道,是不是只有她一个人,连生日都得不到父母的一句祝福。

洗过澡后,她缩在被窝里面玩手机,赵思萱把吃饭拍的照片都发了过来,又跟了一条消息,告诉她今天过生日,可别忘了许愿。

许释眨了眨眼睛,该许什么愿比较好呢。

她对着窗外皎洁的月光,双手合十,表情严肃而虔诚,睫毛在眼睑下拓出淡淡的阴影,她有些贪心,在心里默念了三个愿望。

"一愿姥姥身体健康,二愿自己学业顺利。"

最后一个愿望——

"我希望今晚能和魏宴然说上一句话。

"要是能收到他的祝福就更好了。"

静了三秒,她睁开眼睛,房间内却还是一片沉默。

许释叹了口气,心想是不是因为没吃蛋糕也没吹蜡烛,所以愿望没那么灵验。

她捏了捏被角,脑海中闪过一个有些大胆的念头。

犹豫片刻,许释划开手机屏幕,在赵思萱发过来的照片里面挑了两张出来,发到了空间,配了一个蛋糕的表情。

这样他应该能看见吧。

每隔几分钟她就要刷新一次,不少同学给她点赞评论,祝她生日快乐,但就是没有她想看见的那个人。

最后一丝希望也要破灭,许释有点泄气,刚准备关上手机,状态栏里突然跳出来一条新消息。

魏:睡了吗?

心脏跳动的速度猛然加快,好像有一头小鹿在里面乱撞,许释下意识地揉了揉眼睛,反复确认自己有没有看错。

真的不是幻觉。

是魏宴然发来的消息。

她用手在胸口上按了几下,告诉自己要淡定,不要因为一条消息就乱了阵脚。

Sun:还没有。

魏:这么晚了还不睡?明天不是还要上学吗?

魏:不怕上课没精神?

许释本想说不困,但又怕这样显得自己目的不够单纯,聊天框里的内容删了又删,过了五分钟她才回复。

Sun:马上就要睡了。

魏:嗯,早点休息,总熬夜的小朋友容易长不高。

许释盯着后半句话看了好一会儿,嘴角不知怎么就扬了起来。

Sun:你是在说我矮吗?

魏:我可没有。

许释发了个小猫的表情过去,告诉他自己要去睡觉了,嘱咐他也早点睡。

魏:恐怕不行。

Sun:还有事情要忙吗?

魏:是啊。

Sun：很重要的事情吗？留到明天不可以吗？
魏：嗯，很重要，今天晚上一定要完成。
许释正在思考着说些什么比较好，他却又发了消息过来。
魏：不问问我是什么事情吗？
Sun：你方便说吗？
她不是那种喜欢窥探别人隐私的人。
魏：有什么不方便的。
Sun：所以是什么事呀？

许释握着手机，眼睛紧紧盯在屏幕上，有缕碎发搭在眼皮上，她用手轻轻勾到一旁，心口和脑袋乱到不行。

两分钟的时间好像一个世纪那么漫长，魏宴然终于发来了新消息。

是一条语音。

虽然家里没有其他人，但许释还是翻出耳机戴上，因为这样，他说的每一句话就是属于她一个人的。

她发现自己变得好奇怪，不想让任何人听见他的声音。

包括窗台上放着的花花草草都不可以。

许释小心翼翼地点开语音，不知道是不是深夜太过安静，他的声音比任何一刻都要清晰，就好像，他正贴在她耳边和她说着悄悄话。

脸没来由地烫了起来，许释听见他说——

"还要和某个小女生说生日快乐啊。"

他尾音咬得很轻，带着些含糊的笑意。

许释觉得自己的呼吸都跟着停了一瞬。

好像有一大束烟花在脑海中绽开，她把被子拉到头顶，在里面撒欢地滚了几圈，头发都被弄得乱糟糟的。

魏宴然很快又发来第二条语音，许释点开，果然听见了他的祝福——

"生日快乐，许释。"

2

因为魏宴然的语音，许释这晚彻底失眠，像是打了兴奋剂，在床上翻来覆去好久，还是一点困意都没有。

她的愿望真的实现了。

魏宴然和她说了生日快乐。

一直到凌晨三点，许释终于稀里糊涂地睡了过去，梦里她又见到了魏宴然，他靠在班级外面的走廊上，身上那件黑色卫衣松松垮垮地套在身上，低垂着眼，模样很是吸引人。

走廊的光线很昏暗，许释抱着书从教室里面出来，用余光偷打量着他，下一秒却被他懒洋洋地喊了句"许值周长"。

许释刚想听听他要对自己说什么,下一秒却猝不及防地醒了过来。

房间里一片幽黑,许释茫然地对着这冰冷的一切,失落感顺着心底蔓延出来。怎么偏偏就这个时候醒了。

书桌上的闹钟发出声响,提醒她现在已经六点了,该起床收拾去学校了。

因为昨夜睡得不好,今天一整天许释脑子都是昏昏沉沉的,还被赵思萱打趣了一番,问她昨晚是不是背着大家干什么坏事了,居然累成这样。

补课的两个星期很快过去。

正式放寒假那天是二月八日中午,农历腊月二十三,也是北方小年。

许释从小就有个坏习惯,每次碰见假期都要带很多东西回家,她好像天生就有选择纠结症,哪本书都觉得是有用的,怎么都割舍不掉。

最后书包被塞得又重又满,肩膀要疼上好几天。

这次也不例外,书桌里的东西基本都被她掏空了。

沈浩是这周的值日生,拿着扫帚吊儿郎当地从她身边经过,看见桌上的书包后扶了下额:"学霸,咱们一共就十几天的假期,你带这么多书,真的都能看完吗?"

许释讪笑:"总觉得能用上。"

"这么多书你能拿得动吗?要不一会儿我送你?"

"不用。"许释在书包上拍了拍,"我可以的。"

但命运偏偏和她开了一个很大的玩笑,许释刚从教学楼里面出来,身后突然传来"刺啦"一声,书包的拉链不知怎么坏掉了。

许释叹了口气,把书包抱在身前,连走路的速度都慢了许多。

到校门口的时候,刚好有一群高年级的男生拍着篮球往外面走,许释的注意力全在怀里的书包上,压根儿没注意到他们,被人从身后结结实实地撞了下。

脚下的地面结了厚厚一层冰,许释不受控制地向前滑了一段距离,最后重重摔倒在地上,发出"砰"的一声,书包则被甩到很远的地方,拉链被撞开,里面的书散了一地。

许释半边身子摔得发麻,刺痛感顺着手肘向周围蔓延,她倒吸了一口凉气,手指蜷缩着陷进掌心里。

要多狼狈就有多狼狈。

这下闹出来的动静很大,不少人都往这个方向看过来。

许释缓了几秒,用另一只手撑着地面勉强直起身子,还没来得及站起来,一只手出现在她的视线里,指节干净而分明,手背上的血管呈现淡青色,虎口处有一颗黑痣。

一股若有似无的雪松气息钻进鼻腔里,许释抬起头,对上了魏宴然深邃又漆黑的双眸。

　　他半弯着腰站在她的面前，温柔的眸光落在她的身上，身后刚好有一束光打下来，衬得他整个人柔和又明亮。

　　就像是从天而降的救世主。

　　许释心跳明显地慢了几拍，目光不自然了起来，她其实不太想在这个时候看见他，不想让他看见自己现在这副狼狈的模样。

　　她总是想在他面前留下一个好印象。

　　"你还好吗？"魏宴然先开了口。

　　许释别开目光，脸上的温度莫名有些烫，她垂着眼点了点头。

　　魏宴然伸手把她扶了起来："摔到哪儿了？"

　　"就胳膊这里。"许释整理了下衣摆，含糊其词，"不是很严重。"

　　那帮男生跑过来和她道歉："不好意思啊学妹，你没事吧？要不要去看看医生？"

　　许释摇头："不用。"

　　"那我们帮你把书捡起来吧。"

　　几个人开始分头去捡地上的书，许释下意识地揉了揉胳膊，也跟着蹲下来，手还没碰到书皮，另一只手先捡了起来。

　　"你别乱动。"魏宴然的神色不再似从前那样散漫，多了几分认真，声线被风吹得又低又哑。

　　许释很听他的话，真就乖乖地站在那儿不动了，两条胳膊规规矩矩地垂在身侧，手指轻轻地捏着校服袖口的线头，像个小学生。

　　男生们很快就把地上的书都捡了起来，魏宴然替她接过，一本一本地重新装到书包里，但没有把书包还给她。

　　"真的很对不起啊。"他们又来道歉。

　　许释牵了下嘴角："没事。"

　　"还是去看看医生吧？好像摔得还挺严重的。"

　　许释没来得及开口，旁边的魏宴然抢先了一步："我带她去。"

　　男生们的目光在两个人之间徘徊几下，冲魏宴然笑了下："那麻烦你了啊。"

　　"没事。"

　　周围的人群渐渐散去，校园也变得安静起来。

　　许释抿了下唇，她脑子里乱糟糟的，一直在想魏宴然刚才说的那句话是什么意思。

　　有风吹过，耳后的几缕碎发垂下来拂在脸颊上，磨得人很痒，她没忍住抬手想去抓，下一秒胳膊却被人捉住。

　　许释看着他将自己额前的碎发轻轻勾开，然后有一个温热的触感抵在了她的额头上。

是魏宴然的食指。

他粗糙的指腹来回轻蹭着,许释没忍住抬头去看,看到他突起的喉结、凌厉的下颌、漆黑的眼。

"疼吗?"魏宴然突然问。

"啊?"

许释没反应过来他在说什么。

"这里。"他又在她额头上点了下,指腹上沾了些血迹,"都擦破皮了,你没感觉吗?"

被他这么一说,许释才后知后觉有些疼。

"去处理下。"

许释抿了抿嘴唇,抬眼又对上他的视线,他的目光挺平静的,看不出什么情绪,但她却什么拒绝的话都说不出来。

学校斜对面有一个小诊所,两个人一前一后往那个方向走。

那天安尧的阳光出奇的温暖明媚,街道两旁已经挂上了红色的灯笼,小商贩们穿着厚厚的棉服走街串巷,蓝色手推车前面的喇叭循环播放着"糖葫芦两块钱一串",烤红薯和炒栗子的热气飘散在空中,到处都弥漫着很浓的新年气息。

许释看向前面的男生,他的身形挺拔,发丝也被日光染成栗色,手里拿着自己的那个紫色书包,眼角眉梢都有让人心跳加速的魔法。

心跳和思绪实在太乱了,许释垂下眼,头顶却传来一道懒洋洋的声音——

"看路啊。"

"啊……"

许释这才反应过来自己的胳膊不知什么时候被魏宴然扯住,他把她往后拉了一点,下一秒就有一辆面包车从他们面前擦过。

魏宴然低头看着她:"不然要我牵你过去吗?"

他说话的时候带着含糊的笑意,好像真的在询问她的意见一样。

时间好像停了几秒。

许释不受控制地吞咽了下,身上的每一寸都变得紧绷,一抹红晕爬上她的脸颊,她连忙摇了摇头。

"那你自己好好看路啊。"

"……知道了。"

小诊所里面没有开暖气,房间里弥漫着浓重的消毒水味。

许释乖乖坐在病床上,她额头上的伤口虽然不深,但里面混了些不太干净的碎沙,必须得挑出来,不然可能会感染。

女医生拿着镊子给她清理,刺痛顺着神经向内蔓延,许释不自觉"嘶"了一声,眉心微皱,衣袖被她抓得皱巴巴一团。

魏宴然站在她旁边，突然开口："能轻一点吗？"

"哎哟，我这下手一点都不重。"女医生低头扫了眼许释，"小姑娘你忍着点啊。"

许释下唇被咬出一道血色，艰难地点了点头。

但再怎么忍，也还是疼。

许释也顾不上魏宴然还在旁边看着，眉心紧紧皱着，好像五官都在跟着用力。

忽然，一片温热覆上了她的掌心。

魏宴然半蹲在她身旁，身上带着清新的雪松气息，声音和模样都变得无比温柔："痛就握紧我。"

心跳好像暂停了几秒，周围的环境瞬间变得微妙又安静，许释紧绷的神经在不知不觉中放松下来，连带着额头上的痛意都被另一种感觉取代。

所有异物终于被清理干净，医生开始给她擦碘伏，魏宴然抬眸看了眼："这个我来行吗？"

"怎么？"医生笑了下，这诊所毕竟就开在学校附近，来往学生很多，她好像对他们这种关系见怪不怪了，"这么心疼啊，那给你吧。"

说完，她把手里的棉签交给魏宴然，许释脑袋有些蒙，女医生说的那句话……他怎么没有否认呀？

因为要涂药，魏宴然松开了她的手。

许释攥了攥掌心，不知是因为紧张还是什么，皮肤上泛起一层潮凉的汗。

"要是疼就和我说。"

魏宴然的话打断了她的思绪，许释回过神，看见他半弯着腰站在自己面前，两个人之间的距离很近，他的衣服几乎蹭在她的鼻尖上，上面带着他的体温、他的气味。

入目的是他修长的脖颈，他肤色太白，显得喉结旁边的黑痣更加显眼，淡青色的血管蓬勃地跳动着，许释盯着看了几眼，又做贼心虚般别开视线。

但他的呼吸声打在她耳畔，一起一伏像是勾结出一张缠绵的网，将她牢牢地圈在里面，无处可逃。

她有种坐立难安的感觉，最后干脆放弃，闭上眼睛什么也不去想。

但过了没几秒，魏宴然突然问："疼？"

许释摇头，发丝跟着晃："不疼。"

是真的不疼。

魏宴然的动作放得极轻，棉签好像刚刚碰到皮肤就被拿开了，许释几乎没什么感觉。

"那你闭眼干什么啊？"

他的声线总是很低，混杂着若有似无的笑意，这笑声总让许释有一种被他看穿了心思的心虚。

许释不知道该怎么回答，两个人之间再次恢复沉默。

几分钟的时间好像有一个世纪那么漫长，等到他的呼吸声变淡，许释才睁开眼。

两个人一起从诊所里面出来，许释在门口站定，抬头看着他："那个……我要回家了。"

魏宴然垂眸"嗯"了声。

许释眨了眨眼睛："我的书包还在你手里。"

"我知道啊。"

"啊？"

知道怎么不还给她啊。

他又笑："不是要回家吗？带路啊。"

许释怔了几秒，他这是要送自己回家吗？

"嗯，送你回家。"

虽然她什么都没说，但魏宴然却能准确读出她的心思。

"又发什么呆呢？"魏宴然扭头看她，"走啊。"

"……哦。"

距离放学已经过去半个小时了，街上渐渐变得安静。

魏宴然今天难得穿了校服，蓝色外套松松垮垮地套在他身上，衬得他整个人干净又挺拔，多了几分少年气息。

许释用余光悄悄打量着他，又低头看了看自己身上那件红色校服，嘴角扬起一个不太明显的弧度。

她把手背贴在脸颊上降温，声音有些小："今天的事谢谢你。"

魏宴然扯了下嘴角，低低笑了声，模样有些坏："那你怎么谢啊？"

3

许释大脑空白了几秒，脸上的温度比原来还要烫了。

她不太自然地咬了下嘴唇，好半天才开口："你想让我……怎么谢？"

魏宴然突然停下脚步，低垂着双眸看她。

他今天才注意到，原来她的右侧眼睑下面有一颗小小的、棕色的痣。

许释手指不安地捏着衣袖，耐心等待着他的回答。

魏宴然愣了几秒，风顺着衣领钻进他的身体里，刺骨般的寒凉，不知怎么，他居然有一瞬间的心慌。

他抬手往上扯了扯她的衣领，把她小半个下巴都遮住后，又掩饰般地笑笑："我也没想好。"

许释松了口气，笑了下："那等你想好再告诉我吧。"

"好。"

后来的路上两个人并没有说太多的话。许释本就不是一个擅长找话题的人，大部分时间她都在放空，偶尔会偷看几眼身边的人。但不知道是不是错觉，自从刚才那段对话后，魏宴然的心思突然变得有些重，眼帘一直耷着，好像思考什么问题。

是她说错了什么话吗？

这种沉默最后被一段突如其来的铃声打破，那个时候他们马上就要走到小区门口了，魏宴然口袋里的手机突然响了起来。

他看了眼屏幕上的号码，眉头皱了下，然后接通。

许释并没听清对面说了什么，只知道挂断电话后，他的脸色不是很好看，眉心微微皱着，神情里多了几分焦急的意味。

"是出什么事了吗？"她问。

"嗯。"

"那就送到这里吧。"许释弯了下嘴角。

其实就算没有这通电话，她也不会让魏宴然真的把自己送到家里。

小区里面认识她的人不少，要是被看见了，传到陈月琴那里，肯定会用各种方法逼问她两个人之间是什么关系，想想就让人头疼。

许释并不想应付这些。

魏宴然没多说什么，把书包还给她，又嘱咐了一句："注意安全，到家给我发个消息。"

许释点点头："好。"

那件事好像真的很急，魏宴然的脚步都加快了很多。

许释盯着他的背影，不知道是哪里生出来的勇气，突然朝着他喊："魏宴然。"

男生停下脚步，回头看她："怎么了？"

许释几步跑到他面前，手指无意识地攥紧书包上的带子，顾不上被吹乱的发丝，她仰头对上他的眼睛。

"假期快乐啊。"

那天回家后，许释第一时间给魏宴然发了消息，但迟迟没有收到回复。

后面几天，魏宴然也没再发来消息。

许释每天早上醒来的第一件事就是打开手机去查看那个置顶的聊天框，好像成为了一种习惯。

也是那个时候，她意识到，原来养成习惯是这样简单的事情。

腊月二十六那天许释醒来的时候已经快要十点，陈月琴和许康安前晚是在牌友家过的夜，现在还没回来，她也就没着急起床。

到了中午，她觉得肚子有些饿，进厨房搜罗了一大圈，最后只找到一袋还有三天过期的方便面。她插上电磁炉准备烧水，没等到水开，放在旁边的手机突然响了起来，是表姐陈嘉秾打过来的。

陈嘉秾是她舅舅家的孩子，比许释大三岁，现在在沈城的农业大学读书，上个礼拜才回的安尧。

房间里的温度还是低，许释打了个喷嚏，嗓音也有点闷，问表姐打电话过来有什么事。

陈嘉秾："姑姑他们在家吗？电话一直打不通。"

"不在。"许释说，"他们昨晚在别家过的夜。"

那边沉默了一会儿，许释察觉出什么不对劲，心口跟着颤了下："姐，怎么了？"

空气又凝结了几秒，陈嘉秾叹了口气："奶奶进医院了。"

她的奶奶，也就是许释的姥姥。

许释大脑一瞬间变得空白，腿也不受控制地软了起来，多亏她眼疾手快地扶住了旁边的灶台，不然准会摔倒。

电磁炉上的水壶发出"呜呜"声响，热气不断冲顶着壶盖，水蒸气溅到她的手背上，许释被疼得"嘶"了声，反射般地缩回手，终于反应过来。

她将电源插头一把扯了下来，冲进房间一边换衣服，一边问表姐到底是怎么回事。

表姐说他们一大清早接到了老太太的电话，说是她从昨天半夜开始头疼得非常厉害，吃了药也不见效果。

舅舅立马开车往回赶，但雪天山路难行，等他们赶到已经是一个多小时之后了。

他们在外面敲了五分钟的门都没人回应，舅舅干脆把门撞开，进去却发现老太太晕倒在了地上，连忙开车把人往医院送，现在还在等检查结果。

许释匆忙出门叫了一辆出租车，临近年关，街上出来买年货的人格外多，私家车把又窄又小的街道堵得水泄不通，一个十字路口堵了整整十多分钟才开过去。

许释掐着手机，不停地和表姐发消息询问那边的情况。车内虽然没有开空调，但她额头上还是出了层冷汗，眉心也皱成一个川字。

她忍不住催促："师傅，麻烦您能再快点吗？我真的很急。"

"小姑娘。"司机操着一口很重的安尧方言，"你也看见了，这路上堵成这样，不是我不想快啊。"

一种强烈的不安感从心底迸发出来，许释攥着手机的指腹已经泛白，无力和焦虑像是洪水猛兽一样将她包围，她有些喘不上气。

过了半个多小时，出租车终于在医院门口停下。

许释一路跑着上了急诊室三楼，深吸两口气冲进病房里，姥姥还没有醒过来，安安静静地躺在床上打吊瓶。

只是她太安静了,安静得让许释发慌。

陈嘉秒听见声音回过头,她眼眶有些红,情绪也很低落:"小释,你来了。"

"怎么样了?"

"检查结果还要等一会儿才能出来。"到底是做姐姐的,陈嘉秒站起来把椅子让给她,安抚似的按了按她肩膀,"你先别急,奶奶肯定不会出事的。"

许释就么么在病床旁守着老太太,紧紧握着她的手,憋了一路的酸涩在这一刻爆发出来,视线一点点变得模糊,白色床单上多了几滴濡湿的痕迹。

许释用衣袖抹去眼泪,目光紧紧盯着老太太,一个多月不见,她好像更瘦更憔悴了一点,两颊深深凹陷进去,枯树皮似的皮肤上有很多棕色的斑点,头发也变得花白凌乱。她身上那件衣服还是四五年前买的,深蓝色的布料被洗得褪色发白,口袋处的线头絮出来长长一截,垂在半空中,饶是这样,她也不舍得扔掉。

窗外又开始飘雪,玻璃窗被拍得"咯吱"作响。

许释说不出话来,只能在心里一遍又一遍地重复:姥姥,你可千万不能有事。

过了十多分钟,许释舅舅带着化验单进了病房,说是县医院这边技术水平太落后,没检查出什么问题,说她只是太过操劳,多休息休息就好了。

但他还是放心不下,想起自己刚好有个高中同学在市医大二院的神经内科做主治医师,便打电话说了下情况,对方建议他们先过去做个全方位的检查。

"是要转院吗?"许释问。

"嗯。"舅舅说,"已经打电话让你舅妈回去帮着收拾东西了,一会儿我们就开车过去。"

许释回头看了看病床上的老人,嘴角抿得很紧:"舅舅,我和你们一起去行吗?我会照顾好自己,不会让你们操心的。"

"小释。"舅舅在她肩膀上拍了拍,"舅舅知道你牵挂着姥姥,但你就这么跟着我们过去,你妈妈他们肯定会担心的,我也没法和她交代。"

许释皱了皱眉头,听懂了他话中的为难。

"你放心,有什么情况我都会让嘉秒第一时间告诉你的,而且我相信姥姥不会有大事,过不了多久我们就回来了。"

许释只能说好,一直陪到舅妈带着换洗衣服过来才离开。

她忘记自己是怎么回到家里的了,只知道一路都魂不守舍,中途还闯了几个红灯,差点被车撞到。

司机从车里探出头,朝着她咒骂:"年纪轻轻怎么不长眼啊?"

许释麻木地道歉,然后继续像个幽灵一样朝着家里走。

刚打开门,陈月琴一巴掌甩在了她胳膊上,咬牙切齿地质问:"去哪儿了?许释你越来越出息了啊,出门也不知道和爹妈说一声?"

许释的思绪还停留在姥姥身上,压根儿没反应过来是怎么回事。

陈月琴手劲一向大,这一巴掌打得她整条胳膊又麻又痛,许释皱了皱眉头,声音很轻:"我有给你打过电话,是你没接。"

"你少在这儿给自己找借口。"陈月琴瞪着她,又在她胳膊上拧了一把,"说!到底去了哪儿?什么时候出去的?和谁待在一起?你要是敢撒谎,信不信我扒了你的皮!"

许释淡淡地回答:"去医院了。"

"你去医院干什么!"

"妈。"许释顿了几秒,"姥姥她一大早在家里晕倒了,现在情况不是很好,舅舅要带着她到沈城的医院做进一步检查。"

那句"我们要不要也过去看看"还没来得及说出口,陈月琴的唾沫星子便溅在了她脸上:"她生病关我什么事!想让我给她拿钱治病还是让我去当护工伺候她啊!想都别想!没门!"

许释忍不住抬头看陈月琴,脸上写满了震惊和不可思议,她有一瞬间甚至觉得是不是自己听错了,怎么会有人对自己的亲生父母说出这种话。

"你这么看着我干什么!"陈月琴又抽了她一巴掌,"是不是在心里偷着骂我冷血呢?我怎么就生了你这么个白眼狼!你既然能可怜他们,为什么就不知道心疼心疼你亲妈!"

"我从十六岁就出来打工了,这么多年谁管过我谁帮过我?这个家的一砖一瓦都是我挣出来的,你今天的一切都是我给的!"

许释没说话,就那么怔怔地看着陈月琴,这张无比熟悉的面孔,在这一刻却变得有些陌生和模糊。

"你别以为你舅舅他们家是什么好心的人,他们欠我的这辈子都还不清!要不是他,我怎么可能落得今天这种下场。"

许释忍无可忍:"妈!"

"嫌我啰唆了是吧?"陈月琴冷哼一声,"你要不是我生的你看我愿不愿意管你!等我死了就没人啰唆你了,到时候你就如愿了是吧!"

许释瞪大了眼睛:"你在说什么!"

"我看你就是胳膊肘往外拐的主!"陈月琴越说越激动,直接把巴掌拍在了她脸上,"既然你这么担心,干脆跟着他们过算了!"

许释僵站在原地,她并不觉得刚才那一巴掌有多疼,只是觉得喘不上来气。

太压抑了,这里太压抑了,仿佛是一座冰冷的牢笼。

记得小学,语文老师讲到比喻句的时候,不止一次地说过,家就像是温暖的港湾。

为什么她却觉得这样窒息呢?

是她的问题吗?这一切都是她错了吗?

许释觉得自己需要冷静地想想这个问题，转身要走。

陈月琴朝着她的背影大吼："长本事了是吧？许释今天你要是走了，就别再回这个家！"

许释脚步一下都没停。

她只想快点从这个地方逃出去。

她的脚步越来越快，最后干脆跑了起来，顾不上散乱下来的头发，一直跑到小区外面才终于感到片刻宁静。

她蹲在原地缓了好一会儿，从口袋里拿出手机，给表姐发了个消息，问他们那边情况怎么样了。

等了好半天也不见回复，许释有些担心，拨了通电话过去，表姐说已经到医院了，正在安排住院检查，让她先别急。

电话那头的声音消失了，只剩下一些机械音，许释握着手机，看着屏幕一点点变暗。

就在即将熄灭的时候，她手指在上面划了下，屏幕又重新亮起。但她却没了下一步的动作，由着屏幕继续暗下去，然后再被她重新弄亮。

循环往复。

她不知道自己在想什么，手指已经被冻得有点僵，她低头哈了口气，用力搓了几下，等到知觉一点点恢复的时候，点开流量，登上QQ。

手机反应有点迟钝，刷新了好几次才显示出新消息。

许释的指尖停留在最上方的聊天框旁，眼帘跟着抖了几下。

不知道为什么，在这种极端迷茫又无助的情况下，她脑海中第一个想起来的人居然是魏宴然。

时间流逝了很久，她最后还是关了手机，漫无目的地在街上游荡。

天色一点点暗了下来，雪已经停了，街道两旁的路灯上挂着大红色的灯笼，路人手里拿着刚买好的对联和年货，又牵着自家孩子到旁边的小摊去买糖葫芦。

好像每一个人都沉浸在新年的喜悦当中，只有她与这一切格格不入。

风似乎更凉了一点，许释把下巴往衣领里面藏了藏，边走边在心里祈祷姥姥不要有事。

路过一家便利店的时候，许释脚步停了下，偏过头，看着外面的电子钟显示时间是"17:18"，门口的关东煮飘散着热气。

隔壁的小发廊在用蓝牙音箱放着歌。

许释听着听着鼻间一酸，眼泪不受控制地往下掉，在雪地上砸出一个又一个的印记。

她又往前走了一段距离，前面是一个分岔路口，她顿了几秒，拐进右边那条小巷子。

傍晚五点二十分，雪雾弥漫，白气缭绕，被雪粒覆盖的小镇一片沉寂。

许释一直走向巷口深处，隐约看见不远处有一个模糊却熟悉的身影。

她心口滞了一瞬，不受控制地向那人靠近，雪地里留下一长串脚印，琥珀色双眸中的那个倒影越来越清晰。

昏暗晕沉的光线里，男生半倚在潮湿的石墙上，几乎要和身后的雪幕融为一体，下颌线条流畅凌厉，修长分明的指节在墙上轻叩。

像是听见什么动静，他朝着她的方向看过来，头发被吹得凌乱，皮肤冷白得却有些瘆人，好似有种病态。

他个子很高，人也瘦，身上那件黑色外套衬得他更加挺拔落拓，漆黑的眸子里有微弱的光。

许释眨了眨眼睛，有一片雪花落在了她的眼皮上，凉丝丝的。

逼仄狭窄的街巷里，两人安安静静地对视着，像是上个世纪的老电影，风和雪好像都静止了，时间被定格在这一帧。

魏宴然的眸光变得深邃，盯着她发红的眼眶，忽然叹了口气，声音像在寒夜中浸了冰雾。

"怎么看着可怜兮兮的？被人欺负了？"

许释呆了几秒，下意识地摇摇头。

"那就是和家里吵架跑出来了？"

好像他总能猜透她的心思。

许释觉得自己瞒不过他，认命般地点点头。

魏宴然几步走到她的面前，呼吸声变得很重，身上的雪松气息也很重，从四面八方将许释包围起来。

许释仰起头，发丝轻轻擦过他的下巴，勾出一阵很淡的茉莉花香，她眸光紧紧盯着他，从眼睛看到鼻子，到嘴唇，再到下巴。

看到脸颊微微发烫，心悸感到处蔓延，她的视线还是不肯移开，眼角眉梢都是柔情与渴望。

他扯唇笑了下，微微挑眉，朝她伸出手，声音被北风吹得更哑了一点。

"那要跟我走吗？"

昏黄的街灯在这一刻亮起，刚好有一束落在他的身上。

那一刻，许释以为见到了自己的救赎。

4

"你走路的时候都这么不专心吗？"

魏宴然忽然停了脚步，回头看着许释。

她反应慢了几拍，额头猝不及防地撞在他胳膊上，她下意识地抬手揉了揉，嗓子眼里溢出"嘶"的一声，仰头对上一双带着坏笑的眸子。

魏宴然低低地笑，把人拽到自己前面："看来真是不专心。"

"才没有。"许释鼓了鼓腮帮子,小声嘟囔着。

两个人一起去了怡和商场,魏宴然本想带着她去二楼电玩城玩会儿,但碰巧老板家里有事,门口贴了张告示,说是年后再开张。

路过跳舞机的时候,他抬手指了下,嘴角若有似无地勾着,声音里带着些打趣的意味:"可惜了,还想看你玩这个呢。"

许释愣了几秒,呆呆地"啊"了声。

"不是跳得挺好吗?"他说,"就上次。"

许释想了半天,自己上次来玩这个,是圣诞节那天晚上和赵思萱一起,可是那天魏宴然不在河滨园吗?

她猛然抬起头:"那天你看见我了?"

她从小四肢就不协调,玩这个也是瞎跳,要是真被他看见了——

许释想象了一下那个画面,痛苦地皱紧了眉头,恨不得现在就找个地缝钻进去。

"是啊。"魏宴然漫不经心地勾着嘴角,"还录了视频呢。"

许释:"什么?"

她仰头看着他,一双杏眼瞪得老大,两颊微微鼓起,像只受了惊的兔子。

空气安静了三秒,魏宴然没忍住笑了出来,在她头顶揉了一把:"逗你的,没录。"

"那天刚好和朋友路过,碰见你和同学在这儿玩。"他不紧不慢地解释,"不过后来有点事,我们急着走,就没过去打扰你。"

许释低头"哦"了声,想起那晚自己后来的举动,没来由地有些心虚。

但下一秒,她又是一愣,魏宴然刚才是摸了她的头吗?

这动作太亲昵,她忍不住伸手在头顶碰了下,好像那上面还残留着他的体温。

"所以我们现在要去哪儿?"她迟了几秒才问。

"四楼有电影院,看电影吗?"

许释摇摇头:"最近好像没有什么想看的片子。"

魏宴然点了点头,靠在一旁的栏杆上,从口袋里面拿出手机,手指随意在上面划了几下。

许释以为他有什么事情要处理,规规矩矩地站在一旁等。

过了三四分钟,她有些好奇,没忍住问了句:"你现在在干什么?"

魏宴然收了手机,抬头朝她扯出一个散漫的笑,声音也带着含糊的笑意:"这不是在想带你去哪儿玩嘛。"

心口有一瞬间的悸动,许释目光都变得不自然了起来,磕磕巴巴地问:"那、那你想好了吗?"

"想好了,走吧。"

她迷迷糊糊地跟在魏宴然身旁,由着他带自己在小县城中穿梭。

冬日的晚上总是很静,街上的行人也很少,许释站在路口的台阶上,看着对面的红灯读秒从"50"跳到"49",又小幅度地偏了下头,偷偷看着身边的人。

街边的路灯照在二人身上,少年的身形被黑色冲锋衣衬托得挺拔而落拓,垂在身侧的手指修长而富有骨干,淡青色的脉络凸起。

只是这件衣服看起来有些单薄,他不觉得冷吗?

忽然——

"偷看什么呢?"

懒散的声线从头顶传来,许释做贼心虚般立马收回了视线,连忙摇头:"没有偷看。"

魏宴然"啧"了声,嘟囔着说了句"小骗子"。

红灯终于到了最后一秒,两个人继续往前走。

"我们到底要去哪里啊?"

"现在才想起来问?"魏宴然垂眸看她,"不怕我把你拐卖了?"

许释顿住。

"一会儿到了你就知道了。"

后来不知道拐了多少个弯,穿过多少条小巷,最后绕到了北山下面的一条小路。

"山上没有灯,会很黑。"魏宴然说,"害怕吗?"

许释其实很怕黑,每次走夜路都要提心吊胆很久。

但现在不一样,现在有魏宴然在。

她仰着头看他,双眸很亮:"不怕。"

"好。"

山野间的风声呼啸而过,两个人顺着小路向上,魏宴然突然握住了许释的手腕,宽大的手掌严丝合缝地贴在她的皮肤上。

许释没忍住低头去看,下意识地想要挣开,却被他攥得更紧。

"上面的路不好走,怕你摔了。"

像是想起来什么,他突然俯下身子,耳畔的呼吸声灼热,许释在他的瞳孔里,看见了自己带着红晕的面孔。

她的思绪被搅得很乱,又听见他轻笑一声:"不然摔倒了哭鼻子可怎么办。"

…………

山上的温度要比下面低很多,风声也更大,所见之处都被白雪覆盖着,小路窄而崎岖,还有不少地方结了冰。

但许释真的一点也不害怕,因为魏宴然一直攥着她的手。

今晚的月光比任何一天都要柔和,从光秃秃的枯木中洒下,笼罩在他们的身上。

走了十多分钟,小路变得开阔平缓起来,许释眼前出现一座四方的小亭子。

"就是这儿了。"魏宴然松了她的手,回头看她,"冷吗?"

"还好。"

他上下打量了一遍,将自己的外套脱了下来,递给许释。

许释看了眼他里面剩下的那件卫衣,摇摇头:"我不冷。"

"穿着。"

魏宴然没等她同意,直接把外套披到她身上,熟悉的气息立刻将许释包围。

"抬手。"

他拉起她的胳膊,将衣服弄好,拉链拉到最上面后,还不忘整理好被他弄乱的头发。

但他的衣服实在太大了,许释穿着下摆快要垂到膝盖,袖子也长了一截,像是偷穿大人衣服的调皮孩子。

魏宴然被逗得笑了下。

"这样你会冻感冒的。"许释还是有点抗拒。

"不会。"魏宴然顿了下,有点坏地问,"怎么,心疼我?"

许释才不会回答这个问题。

魏宴然在亭子里面的木椅上坐下,许释咬了下唇,也在他身边坐下。

"所以带我来这是干什么?"

"看星星。"

在数九寒冬的夜晚跑到山上看星星,手指脸颊都被冻得通红,在其他人眼中也许是不可理喻,但在十六岁的许释眼中,却没有比这更浪漫的事了。

但她从来不知道这份浪漫背后藏着什么,也无暇顾及,只是一头热地沉溺在其中。

那晚的夜空很漂亮,云层稀薄,棋子似的星星散落在其中,淡黄色的光映在双眸当中。他们就这么肩并肩地坐着,地上两道身影紧贴在一起,凉风吹起许释的发丝,剐蹭在脸上有些痒。

她看向身边的魏宴然,不知怎的,她总觉得他今晚的心情不是很好。

许释掐了掐掌心,鼓起勇气问:"是有心事吗?"

沉默了几秒,魏宴然开口,却没有直接回答,而是把这个问题抛了回来。

"你呢?为什么和家里吵架了?"

许释抿了下嘴唇,慢吞吞地回答:"姥姥生病了,我想过去看看,但我妈他们不让。"

魏宴然似乎没想到她会说这个,愣了几秒:"很严重吗?"

"还好,但要住一段时间院。"

刚刚在路上的时候陈嘉秽给她发了消息,说是检查结果出来了,轻微脑出血,要在医院观察一段时间。

"他们为什么不让你过去看啊?"

许释表情僵了下,她不知道自己该怎么把那些不堪的事情说给他听,是告诉他自己有个蛮横无情的母亲,还是告诉他自己的原生家庭有多糟糕?

　　像是察觉到她的犹豫,魏宴然拍了拍她肩膀,主动转移了话题:"不过你别太担心,会好起来的。"

　　许释点点头。

　　"那你呢?"许释有些执着,"我的心事都讲给你听了,现在轮到你了。"

　　魏宴然笑了下:"我没有心事啊。"

　　他笑得坦荡又纯粹,让人找不出一点破绽。

　　"真的吗?"

　　"真的。"魏宴然笑,"别瞎想。"

　　"你经常来这里吗?"

　　"还好。"魏宴然看着远处的天空,语调缓缓,"偶尔觉得烦躁的时候会上来走走,心情会好不少。"

　　许释紧张地咽了下口水,思考半天还是有些犹豫地开了口:"要是下次你心情不好的话,和我说说也可以。"

　　像是在欲盖弥彰,她急着解释:"我很会开导人的!平时朋友遇见烦心事,都是让我做他们的心灵导师。"

　　说完后,她不自然地眨了眨眼睛,手指缠着衣袖,山风在这一刻变得缄默,周遭的世界一片洁白,只剩下他们俩的呼吸声和心跳声。

　　魏宴然扭头看她,眉眼间带着懒散的笑意:"好啊。"

　　"那……就这么说定了。"

　　"好。"

　　许释低下头,在他看不见的地方悄悄翘了下嘴角。

　　"要听歌吗?"魏宴然忽然问。

　　"可以。"

　　他从口袋里面翻出耳机,很自然地塞了一个到许释的左耳里,只是指腹不小心擦到了她的耳骨,带着冰凉的触感,许释整个人瞬间紧绷了起来,藏在袖管里面的手指都有些无措。

　　"有什么喜欢听的歌吗?"

　　"我都可以。"

　　其实她想听听魏宴然的歌单,趁机了解一下他的喜好。

　　魏宴然没再说什么,手指在音乐列表上划了几下,点开了最上面那首歌曲,是林俊杰的《那些你很冒险的梦》。

　　　　那些你很冒险的梦 我陪你去疯
　　　　折纸飞机 碰到雨天 终究会坠落

太残忍的话我直说 因为爱很重
你却不想懂 只往反方向走
…………

他们安安静静地听完了这首歌，魏宴然看了下时间："不早了，回去吗？"
"好。"
就算出门的时候放了狠话，但要是她真不回去，陈月琴估计会闹得整个县城都不得安宁。
魏宴然把她送到小区外面，临别的时候，忽然叫住了她："许释。"
"怎么了？"
他从口袋里掏出一个东西塞到她手里。
许释垂下眼，发现是一个宇航员造型的钥匙扣，做工很精巧。
"这是？"
"补给你的生日礼物。"
许释愣了几秒，紧接着，好像有一束烟花在她的心里炸开，到处都蔓延着欣喜。
她弯了弯眼睛，笑起来的模样很乖："谢谢你。"
"外面冷。"魏宴然也笑了下，"快回去吧。"
"好。"她转身进了小区，回过头，看见魏宴然还站在那里，身影被路灯拉得很长。
心动了一下，许释几步跑回去，隔着栏杆朝他摇了摇那个钥匙扣，然后喊道："我很喜欢。"
很喜欢这个礼物。

回到家的时候已经是晚上九点半，楼道里面的灯坏了，只有月光透进来，人影被映在墙上，像道鬼魅。
许释找钥匙的时候，心里还是有点没底的。
打开门，家中一片寂静。
陈月琴不在家。
悬着的心终于落了下来，许释松了口气，换下外套回了自己的房间。
她给魏宴然发了条消息，告诉他自己安全到家了。
估计是路上太冷不方便看手机，魏宴然没回。
许释抱着手机，点开自己的资料卡，在个性签名那栏打下一句新的话：那些你很冒险的梦，我陪你去疯。
那晚她反反复复地听着这首歌，不知不觉进入了梦乡。
夜半时分，她做了个噩梦，在梦中惊醒的时候，额头上一片冷汗，耳机刚好播放到那句——
"我输了累了,当你再也不回头……"
只是当时的她没有想到,她真的会输得一败涂地。

第五章·新年
我能不能给你打个电话

1

第二天，许释醒过来的时候是早上八点，她从房间里出来，刚好碰见陈月琴和许康安打牌回来，身上带着很重的烟酒气。

陈月琴看了她几眼，什么都没说，直接回了卧室。

许康安去厨房倒了杯水，紧接着也回去补觉。

许释伏在书桌前写了两套数学卷，时针在不知不觉中指向"10"。

窗外的风雪停了，阳光透过窗户落在她的笔尖上，许释伸了个懒腰，准备出门去趟书店。语文老师这次留的寒假作业很特殊，让他们去看张爱玲的小说集，然后交一份读后感。

外面还是白茫茫一片，小区里随处可见堆好的雪人，小孩子们的想象力总是很丰富，雪人的样子也千奇百怪。支在空中的天线上也落了雪，偶尔有鸟停留上去，惊得雪粒子簌簌往下落。

记得小时候，每次看到这种场景，许释都要停下来盯着看很久，然后傻傻问一句："小鸟落在上面不会被电死吗？"

想到这儿，许释不受控制地勾了勾嘴角，像是在感慨那时自己的天真。

还有三天就是除夕夜，街上的人一天比一天多了，尤其菜市场那边，被围得水泄不通，每个人手上都提着大鱼大肉，恨不得把整个摊位都搬空。

出来贩卖的小贩也多了起来，烤红薯和炸鸡柳的香气混合在一起，馋得人直流口水。另一旁，花花绿绿的春联窗花摆了一溜儿，这几年春联的样式越来越多，不再拘泥于简单的红底黑字，让人看得眼花缭乱。

但陈月琴从来都不买这些，家里每年贴的对联都是她从商场银行这种地方要来的，不用花钱。

菜市场前面是个老年活动中心，一帮爷爷奶奶不怕冷似的拿着塑料凳坐在外面打牌，中午这会儿的阳光很明媚，带着盎然的暖意，旁边一条大黄狗乖巧又安静地趴在阳光下睡觉，空气中的尘埃在丁达尔效应中飞舞着。

许释莫名觉得这场景很温馨，从口袋里掏出手机，找好角度"咔嚓"一声拍了下来。

她满意地看着自己的作品，弯了下嘴角，将照片保存到相册之后，习惯性地登上了QQ，手指停留在置顶的头像旁边。昨晚魏宴然回她消息的时候已经很晚了，她半梦半醒间脑子不清楚，没说几句话就下线了……

有人不小心撞到了她的肩膀，许释不受控制地跄跄了一下，对方慌慌张张地和她道歉，她摇摇头说没事。

视线再次聚焦到手机屏幕上的时候，许释神经重重一跳。

应该是刚才误触到了什么，她居然拨通了魏宴然的语音电话。

慌乱和无措一爬上她的面孔，听筒里传来嘟嘟的提示音，许释迟了几秒，手忙脚乱地摁掉。

魏宴然假期一向起得晚，电话不过才拨过去三四秒，他应该没有看见。如果问起来，她就坦诚地告诉他是自己不小心摁错了。

许释正这么想着，手机突然振动，她垂眸去看，大脑瞬间宕机：魏邀请你进行语音通话

许释难以置信地揉了揉眼睛，确认自己没有看错。

他怎么给自己打回来了？

装不在线未免太假，许释深吸几口气，点下接通键，她不知道该说什么，指腹压在手机边侧，泛出一圈白。

魏宴然那边好静，静得只能听见淡淡的呼吸声。

凉风习习擦过耳畔，将她耳后的发丝拂起，缠在脸颊和脖颈上，许释用手将长发重新拢好，呼吸声变得有些快。

"许释？"最后还是魏宴然先开的口。

他的声音听起来比平时要低一点，带着些懒洋洋的哑，还有些含混不清。

"是我刚刚吵醒你了吗？"许释有些忐忑地问。

"不是，早醒了。"

"打电话过来有事？"

许释咬了下嘴唇，半天才磕磕巴巴地回答，声音却越来越小，像是在承认错误的小孩儿："其实是我刚才不小心按错了……"

说完，她就陷入了沉默，握着手机的手指更用力，不知道魏宴然会不会信她的话。

身后的几个小孩子在玩摔炮，许释下意识地往旁边躲了躲，又听见听筒里那道懒散的声音说："你在外面？"

许释不自觉点了点头，意识到对面看不见自己的动作，又小小地"嗯"

· 099 ·

了下。

"出去玩了？"

"不是，去书店买点东西。"

"和谁啊？"他故意把尾音拉得很长。

"我自己一个人啊。"

气氛再次安静下来，许释不明显地抠了抠掌心，似沉不住气般地问他："你在干什么呀？"

"在床上躺着，一会儿出去买点东西。"

"和朋友一起吗？"

"不是。"魏宴然说，"和我妈。"

听筒里隐约传来一道女声，好像是在叫他，但许释没有完全听清，只听见魏宴然说了句"在忙"，然后女人走得好像近了一点，声音也变得清晰："和谁打电话呢？"

"你猜？"魏宴然声音多了些笑意。

"笑得一脸春心荡漾。"女人哼了声，听着有些不满，"男生女生？"

"你都有答案了还问我干什么。"

"一天天没个正经，给你五分钟，快点给我出来。"

"知道了。"魏宴然还在笑，"能先出去吗？我想我需要一点私密空间。"

女人嘟嚷着骂了些什么，声音越来越淡，最后完全消失。

这段对话被许释完完全全听了个遍，她的脸也隐隐约约烫了起来，眼前不知怎么就自动浮现出了一个画面：魏宴然半倚在床上，脉络分明的手紧紧握着电话，脸上还带着漫不经心的笑意，说出来的话却带着几分让人心跳加速的纵容和保护。

…………

"你在和谁说话呀？"许释用手背在脸颊上贴了贴，尽量让自己保持冷静。

"我妈。"魏宴然说，"催我给她当苦力呢。"

"啊？"

许释愣了好几秒。

居然是和他妈妈吗？

但是他刚才的语气，轻松得仿佛在和一个熟悉的朋友闲聊。

"你和你妈妈关系很好吗？"

"挺好的。"

"她知道你和女生打电话……不会生气吗？"

"为什么要生气啊？"魏宴然有些疑惑。

许释心里凭空生出些许羡慕，苦笑般地扯了下嘴角。

要是换作陈月琴发现她和异性打电话，肯定会将她的手机抢走摔在地上，然后大喊大叫地问她对方是谁。

"那个……"她喉咙不知怎么有些发涩,说出来的话有些颤,连忙岔开话题,"你不是还要和你妈妈出门吗?我就先挂了。"

"等会儿。"魏宴然笑着打断她,"你到书店了吗?"

许释抬头看了眼:"还没,不过快了。"

"等你进去再挂。"

"啊?"

"不然不放心。"

"……哦。"

许释其实不太明白他在不放心什么,但她也有私心,想多听听他的声音。

"外面冷吗?"魏宴然问。

"还好,不是很冷。"

"穿的什么?"

"白色面包服,里面是件毛衣。"她像个小学生一样和他汇报。

"把手缩到袖子里面,不然这样举着电话,一会儿手指该冻僵了。"

许释很乖地把手缩回去,嘴角不自觉往上扬了下:"知道啦。"

书店就在眼前,许释几步上了台阶,推门进去,暖气迎面扑来,在她眼前蒙上一层水雾,身体的寒气被驱散,她的心也跟着暖了起来。

"我到啦。"她的声音不知怎么就变得很软,像小孩子撒娇。

"好。"魏宴然的语气也温柔,"回家的时候注意安全,可别被哪个坏人拐跑了。"

"才不会。"许释咕哝着,"我这么聪明。"

"是是是,我们大学霸最聪明。"

"不说了,我妈又来叫我了。"

"好。"许释忍不住多说了几句,"那你出来的时候记得多穿一点,然后也要注意安全。"

像是注意到自己的话多,她突然停了下来,脸"嗖"一下红了,抿着嘴唇不说话,低低一声轻笑传进耳朵里,像是电流般弄得她浑身发软。

"好好好,遵命。"

电话挂断后,许释握着手机,脚步都轻快了很多。

那个时候的她觉得他的心思肯定也跟自己一样。

你看啊,他这么关心自己,怎么不是呢?

一定是的。

但那天晚上许释的心情却并不像白天那么好,她熬夜看完了张爱玲的《半生缘》,一边看一边掉眼泪,垃圾桶里蓄满了卫生纸团。

· 101 ·

她也说不清自己为什么要哭，是在哭他们明明相爱最后却错过，在恨祝鸿才的阴狠禽兽，还是在哭顾曼桢那跌宕起伏的悲惨人生？总之她的心口像是被干棉花堵住了一样闷着上不来气，只剩下心酸与难过。

　　其中有一句话给她留下了很深的印象，她写在了摘抄本上：你像风来了又走，我心满了又空。

　　几年之后，《半生缘》剧版翻拍，许释却选择重读原著。

　　读到顾曼桢的那句"世钧，我们回不去了，回不去了，回不去了"的时候，她泪流满面。

2

　　除夕前后那几天是一年中许释为数不多喜欢的日子，倒没什么特殊的原因，单纯是这几天陈月琴不会和她吵架。

　　安尧老一辈中流传下来一个迷信的说法，说是新年吵架会影响一整年的财运。陈月琴爱财爱打牌，不敢不信这个，许释也难得能跟着过几天清静日子。

　　上次在书店买的那几本书她很快就看完了，这也彻底把她看小说的瘾勾了起来，前天晚上她熬夜看到凌晨一点半，今天早上醒来的时候已经快要十点了。

　　许康安一大早就到牌友家打牌去了，陈月琴一个人在外面忙着贴春联，听见她这屋的动静，白了她一眼，嗓门拔高几个度："睡睡睡就知道睡，也不知道过来帮我一把，和你那个爹一个德行，懒得要死。等哪天我累死了，看谁管你们爷俩。"

　　许释艰难地从暖烘烘的被窝出来，随便抓了几下头发，披上外套过去帮陈月琴。

　　春联贴完后，陈月琴换衣服准备出门买年货，现在距离菜市场关门还有一个小时，商贩们急着在回家前把手里的菜卖掉，讲起价来很容易，能用最便宜的价钱买到东西。

　　许释抿了抿嘴唇，问她要不要自己一起过去帮忙。

　　"你老实在家待着，少去给我添乱。"

　　陈月琴丢下这句话就走了，门被她摔得一声响。

　　许释这几天刚好是生理期，小腹坠着有些难受，她在门口站了会儿，又回到自己床上窝着。

　　除夕这几天她没给自己制订什么明确的学习计划，毕竟到了新年，总要放松一下。她拿出手机，给陈嘉秒打了个视频电话过去。

　　姥姥这几天的状况已经好了不少，但暂时还不能出院，这个新年不得不在医院里面度过。

　　画面上出现一张苍老的面孔，许释冲她笑了笑，甜甜地叫了声："姥姥。"

　　"哎，小释。"老人看见她也很开心，"过年有没有吃点好吃的？"

"有呀。"许释说,"都吃胖了。"

"长胖点好,太瘦了爱生病。"

"你也要早点好起来啊。"许释又说,"我还等着去给你拜年,吃你最拿手的芹菜饺子呢。"

"好好好。"姥姥极有耐心地回复,"到时候姥姥给你做一整桌好吃的。"

许释和陈嘉秒多聊了会儿,确认姥姥一切都好才挂断电话。

干躺着实在无聊,许释索性上了QQ。

魏宴然一早给她发了句"早安"。

最近两个人聊得挺多的,许释上线的时候基本都在和他聊天,聊的内容大多是日常琐事,从今天吃了什么到看了什么电视节目,虽然都是没有营养的内容,但许释却觉得异常满足。

在她眼里,这些平淡的分享比那些山盟海誓浪漫得多。

许释窝在被子里,抬手搓了搓鼻子,回复他的消息。

Sun:早安呀。

Sun:……不过好像已经中午了。

Sun:[囧.jpg]

魏宴然过了好一会儿才回。

魏:才起床?

魏:小懒猫。

许释不服气地皱了皱鼻子,手指在键盘上飞快地打字。

Sun:才没有!我早就醒了。

魏:嗯?

Sun:刚才帮我妈贴对联来着。

今天他回消息的速度好像比平时都要慢,许释看完了三章小说,特别关心的提示音才响起来。

魏:这么能干啊?值得表扬。

许释嘴角几乎要扬到天上去,耳根和脸颊都是烫的,手机屏幕这时候暗了下去,上面映出一张正傻笑着的面孔。

她翻了个身,打字问他:你在干什么呢?

魏:家里今天有客人,几个弟弟妹妹过来,在招待他们。

Sun:你还有弟弟妹妹呀?

魏:小姨家的,才五六岁。

Sun:他们和你关系好吗?

魏:还可以,一个缠着我打游戏,另一个要我陪着看动画片,谁都不肯退一步,搞得我头都大了。

许释在脑海中想象魏宴然被两个小孩搞得一脸无奈的样子,莫名觉得有趣,

· 103 ·

甚至还有些幸灾乐祸，"扑哧"一声笑了出来。

　　魏：要命，这两个小鬼又开始哭闹耍脾气了，真不想管了。

　　Sun：小孩子就是这样啊，你得有点耐心。

　　魏：小孩子都这样？

　　Sun：对啊，怎么了？

　　魏：我看你就不这样啊。

　　许释又开始对着手机痴笑，心里面像是打翻了一碗巧克力酱，到处都渗着蜜似的甜，但她还是故作迷茫。

　　Sun：什么啊？好端端怎么扯到我身上了？

　　魏：爱哭鼻子还长不高，不是小孩子是什么？

　　Sun：我才没有！你这是污蔑我！

　　Sun：长不高怎么了？我矮我骄傲，我为国家省布料。

　　许释把自己之前在网上看见的段子发了过去。

　　魏：没说小个子不好啊，小个子可爱。

　　许释还在思考回些什么，又有新消息进来。

　　魏：都哭了五分钟还不停，看来我真得去哄哄。

　　Sun：嗯嗯嗯，你快去吧。

　　Sun：好好哄，别太凶了哦。

　　魏：我尽量。

　　魏：晚点聊。

　　那一整天许释的心情都极好，就连陈月琴的训斥都变得无足轻重起来。

　　下午五点的时候，外面陆陆续续传来鞭炮的声音，陈月琴做好饭给许康安打了个电话，让他赶紧回来吃饭。

　　十多分钟后，许康安带着一身烟气进来，从茶几旁边的抽屉里拿出鞭炮准备下楼去放，许释正蹲在厨房的垃圾桶旁帮着剥蒜，许康安过去找打火机的时候，问她要不要跟着自己一起下去放几个炮仗玩玩。

　　许释摇头，说自己不敢。

　　许康安轻哼一声转身走了，边走还边抱怨说生女儿就是没用，整天就知道窝在家里，什么也不敢做，将来肯定是赔本生意。

　　这种话许释从小不知道听过多少次，她抿了抿唇，只当作没有听见。

　　这顿饭吃得还算和谐，虽然陈月琴平时做饭次数不多，但厨艺还是很好的，许释吃了不少东西，还喝了两杯可乐。

　　刚吃完饭，那帮牌友就登门造访，狭小的客厅变得更加拥挤了一点。

　　陈月琴和许康安被拉着过去打牌，洗碗的工作就落到了许释的身上。厨房的水龙头只有冷水，等许释把所有碗都洗好，一双手已经被冰得又红又僵。

　　她给自己弄了个热水袋焐着，窝在沙发上看春晚，不知道是不是长大了，她总觉得春晚没有小时候有趣,把前面几个小品看完就溜回了自己房间。

她拿着手机登上 QQ,今晚的班级群格外热闹,男生们在聊游戏聊球赛,女孩子们聊八卦聊最近追的小说和电视剧。

那段时间《致我们单纯的小美好》火遍全网,班里一大半女生都成了男主角的迷妹,就连许释都被"安利"了好几次。

后来不知是谁起的头,大家玩起了抢红包游戏,规则挺简单的,每轮五个红包,运气王接着发。

赵思萱出手相当阔绰,上来就发了个一百的红包,下面跟了一连串的"谢谢老板"。

许释手机的网速跟不上,等红包加载出来的时候,早被人领完了,最后只是跟着大家在下面发了个"新年快乐"。

消息刚发出去,手机突然振动了下,是沈浩过来找她私聊,给她发了个红包。

Sun:怎么突然给我发红包?

沈浩:刚才群里的你不是没抢到吗?给你发个专属的。

Sun:心意我收到啦,不过红包就不用了。

沈浩:里面的钱不多,就是图个吉利,收了吧。

沈浩:你要是不收的话,今晚我可就一直来骚扰你了啊。

许释有时候拿沈浩是真的没办法,被他软磨硬泡,最后还是领了红包。

"8.88",确实是很吉利的数字。

空间里大家都在晒自家年夜饭的照片,班长一家去了三亚度假村过年,桌子上全是各种各样的高档海鲜,看着就价格不菲。

许释一个个赞过去,又回到了那个置顶的聊天框,想了半天,还是决定给他发条消息。

Sun:吃饭了吗?

魏宴然隔了几分钟才回。

魏:吃过了,刚把弟弟妹妹们送走。

Sun:你现在自由啦?

魏:算是吧。

许释绞尽脑汁地想着话题:那你在看春晚吗?

魏:不看,觉得没意思。

Sun:我也这么觉得。

魏:英雄所见略同。

许释盯着这几条消息,心里无端冒出了一点满足感,这算是他们俩之间的共同点吗?

Sun:你除夕夜一般都干些什么呢?

魏:其实挺无聊的,真想听?

Sun：想。

魏：打游戏听音乐睡觉。

许释还想在两个人身上挖掘出更多的相似点：你玩什么游戏啊？

魏：《王者荣耀》或者是《英雄联盟》。

魏：会玩吗？

许释搓了搓鼻子：只玩过《王者荣耀》……但是我太"菜"了，总被人骂。

魏：想玩吗？想玩的话我带你。

许释其实是想和他一起玩的，但中考结束的那个假期，她在游戏里被队友骂了太多次，给她留下了太深的心理阴影。

Sun：……还是算了吧。

魏：也好，游戏里人杂，说的话也难听，还是少接触点吧，可别把你带坏了。

许释本来还在因为自己放弃和他打游戏的机会而别扭着，但看见他这句话，心情突然就好了起来。

Sun：那你平时都听什么歌呢？

魏：听民谣比较多吧，都是一些小众歌手，你要是也喜欢的话，我可以推给你。

许释不受控制地吞咽了下，压在手机侧边的指腹微微泛白，其实她从来没听过民谣，但还是想撒个谎——

Sun：好巧啊，我也喜欢民谣。

魏：真的？那你等一下。

过了五分钟，魏宴然发过来几个链接：这个歌手的歌我还挺喜欢的，你有时间可以去听听。

Sun：好。

魏：我妈他们叫我过去，回消息可能有点慢。

Sun：那你先去吧，我去看会小说。

魏：好。

退了QQ，许释并没有打开阅读软件，而是从抽屉里找出耳机插上，然后点开了魏宴然发过来的链接。

是七修远的《读者》。

许释点了关注，然后新建了一个歌单，命名为"W"，把他的所有歌曲都收藏进去。

窗外烟火声不断，客厅里打牌的人一直在说说笑笑，许释坐在窗边看着外面的烟花，耳机里一直在单曲循环这首歌曲。

她打开空间，更新了一条仅自己可见的动态。

是《读者》里面的最后一句：我当你读者，真挚而沉默的。

3

零点渐渐逼近,外面的烟火声更大,原本漆黑的夜空被照亮成橘黄色。

手机突然振动了下,许释直觉是魏宴然发来的消息,她按亮屏幕,心口忽然一颤。

魏宴然居然发来了视频通话请求。

许释连忙从床上跳下来跑到门边,见陈月琴他们在专心打牌,压根儿没人注意到她,心里松了一口气。

她悄悄把房间门关严,用屏幕当镜子整理了下自己的头发,又懊悔在家里穿得太随意,身上只套了件宽松肥大的睡衣。

但现在去换衣服肯定是来不及了,许释只能插上耳机,硬着头皮接通视频电话。

画面那边漆黑一片,只能听见接连不断的爆竹声,许释以为是自己手机出了问题,试探着开口:"魏宴然?"

下一秒——

少年穿着一身黑色的冲锋衣出现在屏幕面前,手机拿着几根烟花,银质打火机啪的一声被打开,猩红的火光蹿出来,映亮他分明又立体的五官。

魏宴然将烟花放到地上点燃,许释刚准备提醒他注意安全,画面却突然抖动起来,紧接着一道低哑的声音从耳机里传出来:"许释,快看。"

画面又是一转,一束亮光出现在屏幕上,烟花在天空中绽放开,坠落的烟雾拖着两道长长的尾巴,映在许释琥珀色的双眸中。

当最后一束烟花消失在空中的那一秒,远处传来象征零点的钟声,雪花从空中洋洋洒洒地飘落下来,好像也在庆祝新一年的到来。

魏宴然站在昏黄的路灯下面,睫毛上起了一层白霜,声音也被吹得有些哑:"许释,新年快乐。"

许释盯着屏幕上那个身影,莫名地觉得嗓子有些堵,心口也是,很久才说出话来:"魏宴然,新年快乐。"

"你快回去。"魏宴然的嘴唇被冻得发白,许释有些着急,"外面冷。"

"不冷。"魏宴然漫不经心地扯了下嘴角,"刚才的烟花好看吗?"

"好看。"许释心里酸酸胀胀的,"怎么突然想起来给我看这个?"

"没什么理由。"魏宴然听她的话朝着家的方向走,声音有些不稳,但还是让许释听得面红心跳——

"就是想这么做。"

后来他们分开的几年里,许释看过很多次烟花。

却再没有一场烟花,比那一年的盛大。

初一一大早,许释跟着许康安坐大巴车回乡下的奶奶家拜年。

因为没能给许家生出儿子,陈月琴这么多年都不受他们的待见,她性子要强,也懒得回去找气受,每年回去的都只有许释和许康安两个人。

初六之前每天只有一趟大巴通行,早上八点发车,许释前一夜三点才睡觉,站在路边等车的时候头脑还很不清醒。

等车的人很多,车还没停稳,大家就一窝蜂地开始往上挤,许释不知道自己被踩了多少下,脚趾都有些发麻。

等人上齐,大巴发动,车上开了一点暖气,许释刚才被冻僵的手指一点点恢复了知觉。她从小就有晕车的毛病,山路本就颠簸难行,再加上后排几个男人一边谈论着自己家那不争气的孩子,一边抽烟,不知道是谁又带了早餐上来吃,肉包子的味道和烟味混合在一起发酵蔓延,弄得许释胃里一阵阵地泛着恶心,嘴唇颜色发紫,脸色则是灰白一片。

她实在是难受,推了推身旁的许康安,声音虚弱:"爸,我有点晕车,你有没有带晕车药啊?"

"没有公主命,一身的公主病。"许康安啐了一口,"大家都好好的,怎么就你事多?"

"我看你就是不想回去。"许康安瞪了她一眼,"在这儿装病是吧。许释我告诉你,那可是你亲爷爷奶奶,过年不回去给他们拜年,等着别人看你老子笑话是不是?"

许释没再说话,从口袋里翻出耳机开始循环那首《读者》,半合着眼靠在车窗上,让自己尽量好受一点。

过了一个多小时,大巴车终于停了下来。

许释下车后立马跑到路边的电线杆子旁边,手撑在上面弯腰干呕了好一会儿才缓过来。

村落中炊烟袅袅,各家各户门口都码着很高一摞柴火,小孩子们你追我赶地玩着摔炮,不知是谁家的狗兴奋地叫着。

老人正在院子里喂鸡,许释过去乖巧地叫了句"奶奶",但没人理她。老太太直接越过她朝着许康安走过去,脸上终于有了笑:"儿子你回来了?路上累吗?"

"还行,就是车上人有点多。"

"下次回来提前说一声,让你大哥开车去接你们。"

许家一共有四个孩子,许康安是最小的,也是混得最差的。

"快进屋吧,知道你今天要回来,我们一大早就开始准备了,房间早就烧得很暖和了。"

两个人并肩往里面走,完全没人回头看许释一眼,就好像她是空气一般。

许释抿了抿唇,跟上他们的脚步掀帘子进去。

两个伯父都在,许释规规矩矩地和他们问了声好。

许宁薇端着一盒桃酥从厨房里面出来,看见许释干巴巴地在边上站着,往她嘴里塞了一块:"小释回来了?"

许宁薇是大伯家的姐姐,也是奶奶家这边唯一一个对她不错的亲人,比许释大了整整十岁,大学读的是韩语专业,现在在沈城一家韩企当翻译。

前几年她工作很忙,一直没回来过年,今天见到她,许释倒是有些开心。

两个人在偏房里坐下,房间里只有她们姐妹俩,许释放松了许多,不再像刚进来那样拘束和小心翼翼。

许宁薇在她脸上捏了把:"高中累不累?"

"还好。"

"听说你这几次考得都不错,还考了年级第一呢。"许宁薇摸摸她的头,"我们小释真厉害。

"不过也别给自己太大压力了,要学会适当放松,明白吗?"

许释点点头,甜甜地笑了下:"明白。"

许宁薇剥了个橘子放到她手里,随口问了句:"谈恋爱没?"

"啊?"许释愣了下,顿了几秒,她摇摇头,"没谈。"

"也没有喜欢的人?"

许释正在往嘴里塞橘子,听见这话不禁呛了下。

"你这么紧张干什么。"许宁薇好笑地帮她顺了顺背,"我又不是小叔他们派来的卧底,不会和他们告状的,这是咱们姐妹俩的小秘密。到底有没有?"

许释脑海中浮现出一张面孔,心虚地摇了摇头:"也没有。"

"也是。"许宁薇看着自家妹妹这副乖巧的模样笑了笑,"我们小释这么乖,心思肯定都放在学习上了。"

许释咽了下口水:"那姐姐你呢?"

虽然已经二十七岁了,但许宁薇并没谈恋爱,所以每次回来都会被长辈们花式催婚。

"我啊……"许宁薇拽了个靠枕放在身后,嘴角向上勾了勾,"之前谈过不少,现在反倒对这事没什么兴趣了,觉得还是事业和财富最重要。毕竟男人啊,都那样。"

许宁薇用着最轻松的语气,但许释却在里面听出了几分落寞与自嘲,不过她没有追问,只是在心里默默地想——

男人都是什么样呢?

想了很久,许释也没找到答案,但那个时候的她非常肯定,魏宴然肯定和所有人都不一样。

农村的新年远比城市里面热闹,一大家子人围坐在桌子旁边,各色菜肴冒着热腾腾的白气,头顶昏暗的灯光多了几分温馨的意味,外面时不时传来几声狗吠。

但这些热闹和许释并没有太大关系,她坐在角落,安安静静地吃着碗里的食物,偶尔被老人说几句难听的话,也只能尴尬地笑笑。

这顿饭吃完外面的天已经彻底黑了,大伯母起身要收拾厨房,许康安却抬手拦下了她:"大嫂,你都忙活一下午了,坐下来歇会儿。"

"许释!"他喝了不少酒,说话都含混不清的,"反正你也没事做,去把桌子收拾了。"

"哎呀,孩子还这么小。"大伯母说,"厨房里的东西放得乱七八糟的,大过年的磕了碰了不值当,还是我去吧。"

"志梅,你让她去!"旁边的老太太突然发了话,筷子啪的一声拍在桌子上,"真以为自己是大户人家的小姐呢?光吃不做的,将来哪户人家会娶她当媳妇?"

"大伯母。"许释低着头,声音里压抑着什么,"我来吧。"

许宁薇站起来走到她旁边:"小释,我和你一起。"

姐妹俩一前一后地进了厨房,里面的油烟味还没有完全散去,弄得人呼吸不畅。

许宁薇开口安慰她:"奶奶年纪大了,说什么话你别太放在心上。"

"没事,我都习惯了。"

许宁薇听许释这话,不禁觉得心疼:"你把东西放灶台上就行,剩下的我收拾吧。"

许释没接话,把脏盘子放到水池里面,拧开水龙头,由着冷水打在她的手上。

"宁薇姐!"一道清脆的童声从身后传来,许瀚跑着进了厨房,手里拿着一盒积木拼图,"你陪我玩这个好不好?"

许瀚是二伯父家的孩子,今年刚刚十岁。

"等会儿啊小瀚。"许宁薇说,"姐姐收拾好厨房就陪你玩好不好?"

许瀚立马不开心了,嘟着嘴说道:"这不是有许释在嘛,你交给她来弄不就好了。"

他不喜欢许释,每次对她都是直呼大名。

"听话。"许宁薇和他讲道理,"你先回屋等姐姐好不好?"

"不好!"许瀚是家里面最小的男孩,所有人对他都很宠,几乎没人违背过他的要求,听许宁薇这么一说,他脾气立马上来了,跑到许释旁边扯着她的衣角,用命令的口吻说,"你去帮宁薇姐把那边的灶台收拾了。"

他手上的力气很大,许释一下子没反应过来,被他拽得跟跄了几步,手肘借着惯性撞倒了旁边摆好的碗,全部摔碎在了地上。

"怎么回事?"这边的动静实在有点大,老太太从里屋出来,看见眼前的狼狈,指着许释鼻子呵斥,"晦气死了,这点事你都做不好?大过年的还让不让人消停了?"

"奶奶。"旁边的许宁薇皱了皱眉头,"这事不是小释的错,是许瀚非要过去捣乱。"

许瀚见状立马哭了起来,委屈巴巴地扯着老太太的手,说自己不是故意的,他只是看宁薇姐太辛苦了,想让许释过去帮她的忙。

"吃饭的时候你就一直拉着脸,让你干点活也不情愿。"老太太不由分说地把气都撒在许释身上,"你自己笨手笨脚的,还好意思怪你弟弟?"

许释抽了下鼻子,酸意憋在眼眶里面,声音发颤地替自己解释:"我没有不情愿,而且如果许瀚不过来扯我衣服,我根本就不会把碗撞倒。"

许康安突然过来给了她一巴掌:"还学会和大人顶嘴了是吧?"

"行了!都安生点!"老太太恶狠狠地瞪了许释一眼,蹲下身把小孙子抱起来,"瀚瀚不哭了好不好?奶奶知道你不是故意的,本来就是许释有问题。"

许瀚用手抹了抹眼泪,点点头。

"真乖,一会儿奶奶带你去买好吃的啊。"老太太抱着许瀚出去,又回头叫上许宁薇,"你也出来。"

许宁薇也有点怕老太太,不敢不听她的,临走前不太放心地回头看了许释几眼。

狭小的厨房里再次恢复安静。

许释浑身发冷又发抖,视线一点点地模糊,滚烫的眼泪砸在地上。她颤颤巍巍地蹲下,把那些碎片一个个捡起来,指腹不小心被划伤,血珠子争先恐后地涌了出来,伴着刺痛。

她用水冲洗了下,发现这伤口挺深的。

但不会有她心里的伤疤深。

那里早已经千疮百孔了。

许释好不容易将这片狼藉处理好,外面的门"吱呀"一声被打开,寒风猛然灌进来,许瀚左手拿着一大包零食,右手牵着许宁薇,蹦蹦跳跳地让她陪自己玩积木,路过厨房的时候还得意扬扬地瞥了许释一眼。

房间里重新热闹了起来,有人在夸许瀚聪明,有人夸他最近又长高了,还有人拿着压岁钱逗他,好像所有人都在围着他转。

老太太的声音清晰地传出来:"我们小瀚将来一定有出息,比外面那个强多了。"

委屈往往是在一瞬间爆发出来的。

许释觉得这些话实在刺耳,一刻也不想再听下去,低头跑到了外面院子的角落里,抱着膝盖蹲下,雪花落在身上,像个无家可归的小孩。

钥匙串忽然从口袋里掉了出来,发出"哗啦"一声响。

魏宴然送的那个钥匙扣还挂在上面,宇航员的半个脑袋都埋进了雪堆里,

· 111 ·

许释伸手捡起来,将上面的雪拂去,又轻轻拨开底部的开关,宇航员的面罩发出五彩斑斓的光,将纯白的雪地染上一层柔和的橘黄色。

许释盯着那个钥匙扣看了会儿,从口袋里拿出手机,聊天框里的字被她打下又删除。

山里信号差,磨蹭了快五分钟,一条消息终于发了出去。

Sun:在吗?

没给她反悔撤回的机会,魏宴然的消息已经跟了过来。

魏:怎么了?

乡下晚上的温度比镇里还要低上几度,许释沾着泪水的眼睫蒙上一层白霜,脸颊被吹得发红又发僵。

她咬了咬嘴唇,似乎在思考到底要不要说出那句话,屏幕一点点暗下去,在即将熄灭的前一秒又重新被她按亮。

她全身的神经都紧绷着,怎么看输入框里面的那行字怎么觉得不自在,索性闭上眼睛,胡乱在屏幕上摁了几下,装作无意般,把那句话发了出去。

Sun:我能不能给你打个电话呀?

4

"喂?"

小村庄安静得好像已经陷入了沉睡,耳边的风声很清晰,但更清晰的,是魏宴然的声音。

他那边比自己这里要吵一点,有噼里啪啦的键盘声,有游戏的背景音乐声,还有一堆陌生的男男女女的声音。

有人喊着"然哥你怎么突然掉线了",有人抱怨说今天真是诸事不顺,短短一个小时怎么连输了三局游戏,又有人在和朋友撒娇问他还要打多久。

但这些声音很快变得淡了下来,再后来彻底消失在听筒里面,只剩下他淡淡的呼吸声。

许释一直都没有说话,手指不自觉在白色的耳机线上缠了几圈,她把耳机插得深了点,想让他的呼吸声离自己更近一些。

过了四五秒——

"不是说要打电话?怎么不说话。"

"你是在玩游戏吗?"许释问。

"嗯。"他的声音听起来有些倦,好像是没休息好,"和几个朋友。"

半晌,他又没头没尾地补了句:"都是男的。"

"那你们先继续,我晚点再……"

魏宴然突然低低笑了下,打断她的话:"游戏没你想的那么重要。"

两个人之间的气氛再次静了下来,许释低头看着地上厚厚的雪,用手在上面戳了个小洞，却忘记了指腹上的伤口还没好，疼得她皱了下眉。

"怎么又不说话了？"

许释自认为还算坚强，但不知道今天是怎么了，听见魏宴然的声音，她突然就变得很脆弱很委屈。

她抽了抽鼻子，手指上的痛意把委屈放大了一点，闷闷地叫他的名字："魏宴然。"

"嗯。"他那头好像有人经过，许释听见他很小声地说了句"先别过来"，然后又压低了声音，回答她的话。

"我在听。"

难过的情绪像是碳酸气泡一样在心中越蓄越大，许释眼眶不受控制地发热发酸，泪水在短短几秒中淌了下来，她只好把脸埋在膝盖上小声哭着。

那头的魏宴然似乎是没想到事情会发展成这个样子，他顿了好几秒，说话甚至有些慌乱："怎么了？你怎么哭了？"

许释胡乱地用手把脸上的眼泪抹掉，嗓子好像被什么东西糊住，抽抽噎噎地说："我就是，好难过啊。

"我真的好难过啊，魏宴然。"

"是谁欺负你了吗？"

"是。"脸上的泪痕还没完全干，被风一吹就生疼，许释的声音听起来可怜巴巴的，"为什么每个人都要来欺负我，我明明没做错什么。"

"你在哪儿呢？"魏宴然问她，"要不要我过去找你？"

许释吸了吸鼻子："我现在在乡下。"

"到底发生什么了？和我说说。"

等了几秒见许释不开口，魏宴然无奈地叹了口气："你什么都不说，我怎么哄你？"

"也不是什么大事……"许释觉得自己太别扭了，打电话的是她，支支吾吾的还是她。

魏宴然的语气冷了一点："好孩子不许撒谎。"

许释招架不住他这句话，磨蹭几秒把事情的经过给他大致讲了下。

"你堂弟今年几岁了？"魏宴然沉着声音问。

"十岁。"

"下次找个机会带出来，我替你教训教训他。"

许释知道他就是用这话来哄自己，但还是莫名觉得开心，在她的认知里，这是一种下意识的偏向。

"要是真不喜欢他们。"魏宴然又说，"那以后就少和他们来往了好不好？"

他的语气真的很温柔，温柔到连他自己都未曾察觉那里面到底包含了什么东西。

许释没接话。

血脉这种东西不是想割舍就能割舍掉的,那里面包含了太多复杂的东西,也有太多的羁绊。

"总之呢,先别哭了。"魏宴然还在安慰她,"你这样难过,只能让那些坏人更得意。"

和他倾诉了一顿,许释的情绪已经好了不少,只是腿脚蹲得有些发麻,她站起来想要活动一下,却不小心跟跄了下。

"你在外面站着吗?"魏宴然捕捉到她这边细小的窸窣声。

"嗯,在院子里。"

"穿外套了吗?先回屋去,别冻感冒了,到时候吃药打针又要哭鼻子了。"

许释下意识去反驳他:"我才没那么爱哭。"

"是吗?"魏宴然像是打趣她,"可我怎么觉得你是个小哭包。"

"我不是。"

"好好好,不是。"魏宴然听她情绪好了一点,松了口气,"现在能回屋了吗?"

许释打开房门,暖气迎面扑过来,她没进里屋,而是进了小厨房,那里没人,说话也方便。

她乖乖地答:"回了。"

魏宴然听见她开关门的声音,相信她没有骗自己。

"要在乡下待几天?"

"不多待。"许释靠在灶台边,声音不敢太大,"明早就回去。"

"那还好,省得你弟弟他们再欺负你。"

"你今天一天都在玩游戏吗?"

"没。"魏宴然答,"早上跟我妈出去拜年了,傍晚才过来。"

"你出来这么久,你朋友他们会不会生气啊?"

"怎么?"他笑着问,"催着我回去?不想和我聊了?"

"敢情你这是把我当工具人了啊?"魏宴然语气似笑非笑,"吐完苦水就想跑?"

隔着几百里的距离,许释并不能看见他的表情,被他这突如其来的发问搞得有些晕,又怕他多想,连忙否认:"不是这样的。"

"那你就是——"他故意把尾音拖长,"想和我聊?"

许释咬了咬嘴唇,蒲扇般的睫毛不停地抖动。

这人怎么这样,总能让她接不上话来。

"你吃晚饭了吗?"许释随便找了个话题。

"还没,一会儿和朋友去吃烤肉。"魏宴然说,"你呢?"

"我吃过——"

话还没说完,"砰"的一声,里屋的门被打开,许释听见有脚步声从外面传来,她惊了下，连忙摁了挂断键，将手机塞到衣服口袋里，装作什么事都没发生。

大伯母刚好在这一秒进来，在她衣服袖子上捻了把："在这儿傻站着干什么呢？多冷啊，快回屋里待着，厨房的东西留着我收拾。"

许释勉强挤出一个笑容，转身往里屋走，大家都在陪着许瀚玩，没人注意到她。

她搬了个小凳子坐在角落里，偷偷拿出手机，果然看见了魏宴然发来的消息。

魏：出什么事了？

Sun：刚才突然有人出来，吓了我一跳，就把电话挂了。

Sun：你回去了吗？

魏：没，在外面等你的电话。

她心又是一动，无声地弯了弯嘴角，打字和他解释：但是我这边现在人很多，不太方便打电话。

Sun：你先回去好不好？总不能让你朋友他们一直等着。

魏：这么替他们着想？

许释纠正他：我这是替你着想。

魏：行吧，勉强信了。

Sun：嗯嗯，快去吧，晚点再说。

那天晚上，许释和许宁薇住在一个房间里，大概是陪许瀚玩了一晚上消耗了太多的体力，她很早就睡下了。

许释侧身缩在被窝里，偷偷和魏宴然聊天。

Sun：你生日在什么时候啊？

魏：怎么突然想起来问这个？

许释想起那个钥匙扣，手指在键盘上打字：当然是要送你生日礼物了，礼尚往来。

魏：我今年的生日已经过完了。

Sun：那还有明年呀。

魏：一月五日，不过我一般过农历的。

Sun：那我们的生日好近啊，你只比我大十几天。

魏：那这么说来，你是不是应该叫我哥哥啊？

许释盯着这句话，脸颊一点点变得烫了起来，她翻了个身，半个脸都埋进枕头里，装作看不懂他的话：我困了，要睡觉了哦。

魏宴然倒是很配合她：那晚安。

许释没急着退QQ，点进魏宴然的空间，她随手往下划拉了下，但并没有什么新发现，他好像真的不太喜欢发动态，就连给别人点赞都很少见。

她还没来得及划出去，屏幕上方弹出来一条新消息。

魏：不是说去睡了？

啊……忘记会留下访问记录了……
许释有种被抓包的心虚感,连忙回复:马上!
魏:等我几分钟再去睡可以吗?
许释有些好奇:可以啊,怎么了?
三分钟后,他发了一个链接过来。
魏:心情不好的时候可以听听歌。
许释点开,他发的是七修远的另一首歌,叫作《如故》。
低沉轻柔的男声缓缓传入耳中,像是丛林深处偶然发现的一汪清泉,在月光下发出粼粼浮光,微风拂过,让人感到无限宁静与放松。
歌词最后一句唱:"这世上有很多春秋冬夏,你愿意陪我度过吗?"
她闭上眼睛,一边听歌一边胡思乱想。
脑海中忽然闪过一个有些不知羞的问题,许释在黑暗中弯了弯嘴角,但还是认真思考起来。
如果有一天魏宴然问她这个问题,她该怎么回答呢?
她一定会毫不犹豫地告诉他。
她愿意。

第六章·纠结
我很愿意做你的朋友

1

高中时代的假期好像总是很短,还没反应过来就已经过了大半。

正月初四那天,赵思萱给许释发消息,说是梁远森不知道从哪儿搞来了两张电影票,问她要不要一起去,顺道一起吃个午饭。

许释正好被物理题搞得头昏脑涨,扔下笔答应了她的邀请。

两人在电影院排了快三十分钟才拿到票,赵思萱又买了一大桶爆米花和两杯可乐,一手拿着零食,一手搂着许释的胳膊往里面走。

影厅里面已经坐了不少人,大部分都是带着孩子过来的家长,中间偶尔夹杂着几对情侣。

两个人的座位在第五排。

开场十五分钟后,连打了三个哈欠的许释抬手抹了下眼角溢出的生理性泪水,又低头扫了眼口袋里的电影票,影片类型后面明晃晃跟了四个大字:轻松搞笑。

再偏头看了眼身旁的赵思萱,她看得正起劲,那双桃花眼目不转睛地盯在屏幕上,就连平时最喜欢的爆米花都被搁到了一旁。

所以……困成这样是自己的问题吗?

又是一个哈欠,许释收回视线,从口袋里拿出手机准备给自己找点乐子。

也许是外面天气太冷,手机居然被冻得自动关机了。

开机键反反复复摁了许多次,屏幕终于有了反应,忽然亮起的荧光刺得许释下意识地眯了眯眼睛,她连忙把手机扣了过去。

过了五分钟桌面才加载好,许释先把亮度调低了点,然后开流量登上QQ。

影厅里面的信号真的很差,上面加载框转了十来圈,新消息才刷新出来。

她没管那么多,直接点开置顶聊天框。

偏偏那人好像和她心有灵犀一般，一秒不差地发了消息过来。

魏：干什么呢？

许释先看了眼旁边的赵思萱，确定她没注意到自己才低头打字。

Sun：在看电影。

魏：和朋友一起？

Sun：嗯嗯。

魏：看电影还有心思玩手机啊？

Sun：……这片子有点无聊。

魏：春节档的片子不就这样吗，没什么好看的。

Sun：确实是。

过了两分钟，对面再没了消息，许释一瞬间有些后悔，每次都把天聊得这么死，她觉得自己应该在网上找个聊天教程学学。

许释认命般地叹了口气，用指腹在手机壳上磨了几下，切进阅读软件随便打开一本小说打发时间。

约莫过了十多分钟，手机突然振动了下，上面弹出来一条新消息。

许释那个时候刚好看见男女主吵架分手的高潮片段，冷不丁被吓了一跳，看清是魏宴然发过来的，又不敢相信似的揉了揉眼睛。

他问她出门有没有带耳机。

许释虽然不知道他要干什么，但还是乖乖说有带。

魏：那方便打电话吗？你戴上耳机听我讲话，然后打字回复。

电影院里的暖气并不好，温度和外面差不了多少，每呼出一口气都会伴着很重的白色哈气。

许释目光紧紧盯在那条消息上，心跳开始加速，还好这里面的光线昏暗，不然她羞红的脸肯定没法解释。

她用手压了压胸口，让自己平静下来，回复说好。

魏：你弄好了告诉我。

许释照着他的话把耳机拿了出来，不知道是不是太心急，白色的线纠缠在一起，像是乱麻，弄了好半天才打开。

电影放到什么搞笑的片段，周围的观众都笑得前仰后合，但许释的心思早就不在这儿了，她和魏宴然说自己已经戴好耳机了，下一秒，他的电话就打了进来。

许释摁了接通，她的世界也在这一秒变得静谧，静得只有魏宴然的声音。

像是羽毛刮过耳郭，他的每一次呼吸都像有热气打在耳骨上，惹得人心痒燥热。

"你有什么喜欢吃的零食吗？"他忽然问，"家里来了客人，要买点东西招待，不知道买什么好。"

许释打字说每个人的口味不一样,她喜欢吃的,别人也不一定喜欢呀。

"没事。"魏宴然好像较上劲了一样,"你说吧,你喜欢什么她就喜欢什么。"

这话听着不太对。

但许释一向没法拒绝魏宴然的要求,捏着手机想了好半天,把自己平时喜欢吃的那几样零食给他发了过去。

耳机里传来他手指划在屏幕上的声音,像是在解锁,顿了两三秒,跟出来一声轻笑。

许释皱了下眉头,又在笑什么。

"没了?就这些?"

Sun:对啊。

"没看出来啊。"他那边好像有风声,嗓音被吹得低了一点,带着几分打趣的意味,"你这么好养活。"

许释不太明白这话是什么意思,愣愣地发了个疑惑的表情包过去。

"没事儿。"魏宴然轻声道,"电影还有多长时间散场?"

许释说还剩三十五分钟,后面还跟了个沮丧的小表情。

"既然这片子这么无聊,那就别在里面折磨自己了,提前出来?"

Sun:不太行。

Sun:我朋友看得挺投入的,把她一个人扔在这儿不太好。

"你还挺仗义。"

许释没再接话,听见他那边又有塑料包装的簌簌声,猜他正从货架上拿零食。两个人都很默契地没有挂电话。

许释把耳机塞得更紧了一点,戳得耳骨有些疼,但她还是想离他的声音近一点。

她听着他推着购物车在货架中间穿梭,听着超市里面的广播在放那首熟悉的《恭喜发财》,听着路过的夫妻在讨论要不要多囤一点打折的卫生纸,又听着收银员问他有没有会员卡。

许释越听脸越热,她有一瞬间的错觉,自己并不在电影院,而是在魏宴然的身边,和他一起漫步在热闹的超市里。

她的手指在发尾上缠了几圈,打字问他买完了吗?

"嗯。"

Sun:准备回家了吗?

"是啊,总不能让小孩等太久。"

听筒里果然多了些杂音,是安尧街头独有的喧闹,好像还有风雪的沙沙声。

许释问他外面是不是下雪了,他说是。

两个人有一搭没一搭地闲聊,聊的内容很散,从天气跳到今天吃了什么东西,又跳到还剩下三天就要开学,作业却还没有写完。

·119·

魏宴然笑了下："学霸也会在最后一天狂补作业吗？"

Sun：学霸也是人呀。

她想了想：你呢？作业还剩下很多吗？

"我不写作业。"他的语气太轻松，仿佛是什么理所应当的事，许释怔了会儿才反应过来。

Sun：不写作业老师不会生气吗？

"他懒得管我们这种坏学生。"

许释微抿了下唇，有点想纠正他，他根本就算不上坏学生，最多只是对学习不上心。

不知道过了多久，许释抬头扫了眼屏幕才发现，电影已经快结束了。

他们居然聊了这么久。

也是在这一秒，许释反应过来有什么不对。

Sun：你还没到家吗？

她将听筒音量调到最高，仔细捕捉着魏宴然周围的一切声音。

过了好一会儿，许释终于听见远处传来一声极小的机械女声，说着"欢迎光临"。

这道机械音许释非常熟悉，一个多小时前她才听过。

她的心脏猛然一缩，急得差点从座位上站起来。

顾不上打字也顾不上和赵思萱解释，许释直接开了语音，猫着腰往影厅外面走："魏宴然，你在哪儿？"

某个想法在脑中逐渐清晰了起来，许释其实有些不太确定，但又觉得自己的判断是正确的。

那头的魏宴然静了几秒，好像是知道她在干什么，只是无奈地叹了口气："你慢点。"

他让她慢点走。

许释她们在的六号影厅在影院最里面，整条长廊空空荡荡，黄色的壁灯将她的身影在地上拉得很长。

刚刚一直窝在座位上，衣服下摆被弄得很乱，许释用手整理了下，又急急忙忙地往外跑，几个工作人员路过她身边的时候，都用那种奇怪的目光看着她，好像不懂她在急什么。

许释跑到电梯门口按亮下行键，但不知道到底出了什么状况，电子屏上的红色数字一直停留在"1"那里不动。

等了半分钟，许释实在心急，直接顺着楼梯从四楼往下跑。

楼梯上的人同样很多，许释在人群中左右穿行着，险些撞到小朋友。一旁的家长说了几句难听的话，她慌慌张张地道歉，脚步却一刻未停。

好不容易从商场大门出来，许释环顾四周，但没看见那个熟悉的身影。

她微微喘着粗气，双颊泛红，发丝被风吹得乱糟糟的，胡乱地贴在额头上，心口不知道被失落还是什么情绪填满。

直起的脖颈一点点塌了下去，许释有几分无措，那道懒散的声线却在这个时候通过耳机传进了耳朵里。

他说："许释。

"回头。"

时间在这一瞬静止了两秒，像是难以置信般，许释转过身，长发被风扬起在空中。

那双玩世不恭的面孔就这么猝不及防地撞进她的眼里。

外面风雪未停，但阳光却明媚耀眼，光线均匀地洒向这座安静纯白的小镇，周围人潮涌动，灰白色的雪粒在他们之间划过，阻挡了一部分视线。

但许释却觉得，再没有哪一刻，他的模样会像现在这般清晰。

即便过了很多年，她每次想起这个如老电影一般的场景，还是会觉得眼眶发酸，心口悸动。

无论怎样，那个少年在人群中永远是耀眼的，是意气风发的，是带着光芒的。

所谓一眼万年，大概就是这样。

许释朝着他一步步走过去，仰起头，沾了雪花的长睫轻轻颤抖，像是冬日里一只展翅欲飞的蝴蝶。

魏宴然穿着一件黑色冲锋外套，拉链只拉了一半，露出修长的脖颈和性感的喉骨，本来就偏冷的肤色被冻得更白，血管脉络呈现淡淡的青色，整个人好像带着寒气。

她气还没喘匀："你怎么过来了？

"你在这里等了多久？

"为什么不直接告诉我你在这里？"

…………

问题被她一连串砸了出来，许释越说声音越不稳，好像是要哭出来了。

他到底为什么要跑过来啊。

"不是说让你慢点嘛。"魏宴然无奈地勾了下唇，语气像是在哄小孩，"这么急急忙忙的，摔了怎么办。"

"你先回答我的问题。"

"刚来没多久。"魏宴然轻声说，"你不是说无聊吗？就顺路过来了。"

"别生气。"他把手里的东西递到她面前，"用这个给你赔罪行吗？"

许释敛下双眸，看着他递过来的那个被塞得很满的购物袋，里面都是她刚才和魏宴然提到的零食。

"所以你刚才是在骗我。"许释盯着那些零食，视线有些模糊，她用力地眨了眨眼睛，才勉强没有让眼泪掉下来。

"根本没有什么客人。"

分明就是专门跑去给她买零食了。

她其实早就应该发现的,在他问自己喜欢吃什么的时候就应该察觉。

想起他推着购物车在超市里穿梭,想起他顶着风雪站在楼下等自己,许释心口就酸酸胀胀的,堵着一口气上不来。

"本来是想逗你开心的。"他在她头上揉了揉,"怎么现在适得其反了。"

"可是我不想让你骗我。"许释用力吸了吸鼻子,"也不想你在外面这么傻站着。"

魏宴然听见前半句话后愣了几秒,然后像是在和她保证:"下次不会了,好不好?"

"没有下次了。"

"好好好,都听你的。"

许释把那袋零食抱在怀里,濡湿的眼睫被风吹得有些冰:"你一会儿要去哪里呀?"

"回家。"魏宴然老实道,"这次没骗你,是真的要回家。"

"哦。"许释鼓了鼓腮帮子,声音有些发闷,"勉强相信你了。"

魏宴然看着她笑了:"还不回去?不是说把朋友一个人扔在电影院不太好吗?"

"可是……"

可是她想多待一会儿。

但这种矫情的小心思她当然不会说出来,许释抬起头:"你先走,等你走了我就回去。"

"这像什么话。"魏宴然没答应,"我送你上去吧。"

说罢,他扯着许释往商场里面走。电梯口那边排队的人还是很多,堵得水泄不通,魏宴然停了几秒,回头去问她的意见:"走楼梯可以吗?"

许释点头:"可以的。"

这会儿楼梯间倒是空荡荡的没有人,四周也静,只有他们俩的脚步声。

许释乖乖跟在他身后,低头看着他的白色球鞋,悄悄把自己的步调变成和他一致。

这行为幼稚得跟小学生一样,但许释还是悄悄弯了下嘴角。

两人一路沉默着走上四楼,许释被他领着去了电影院对面的奶茶店,门口有个秋千椅。

"先在这儿坐会儿。"魏宴然扔下一句话便进了奶茶店。

许释靠着椅背坐下,缠着藤条的铁链轻轻晃动了几下。

电影院那边有人流涌动出来,估计是影片已经结束,许释从口袋里面拿出手机,通知栏显示有两个未接电话,都是赵思萱打过来的。

许释连忙回拨过去。

刚才出来得太着急，忘了和她说明情况，许释指腹轻轻在手机壳上摩挲了几下，在想一会儿该怎么和她解释，要是生气了，又该怎么哄。

等待接通的工夫，许释听见魏宴然的声音从奶茶店传来，她偏头往里面看了眼，他半垂着头站在吧台前，身上落的风雪融化了一点，极富有骨感的手指在点餐单上轻轻划过，皮肤被灯光衬得更显冷白。他的指尖在左边第二排的图片上点了点后，没什么情绪地拿出手机付款，又让收银员帮忙做成热的。

还没来得及多看，赵思萱急切的声音把她的思绪打断——

"许释你去哪儿了？怎么一眨眼就不见了！"

"对不起啊，思萱。"许释温声解释，"刚才突然有点急事，没来得及和你说一声就出来了。"

"你现在在哪儿呢？"

"就在电影院对面那个奶茶店外的秋千椅上，你过来就能看见我。"

"好。"赵思萱说，"我马上就过去找你。"

电话挂断，魏宴然拿着一杯奶茶出来，将吸管外面的塑料包装拆了，插进杯子里面后，才递给许释。

许释双手接过，掌心被烘出暖意，低头咬着吸管喝了一小口，浓巧克力的香气顺着鼻腔往里钻，滑腻的甜意也盈满口腔。

魏宴然在她身边坐下，秋千也跟着他的动作晃动起来。

"和你朋友联系过了？"

"嗯，她一会儿就过来。"

魏宴然没再找话题，偏头看着许释喝可可的样子，腮帮子鼓鼓的，像只小仓鼠，莫名觉得有趣和可爱，他不自觉扯了扯嘴角。

感受到他的目光，许释咬吸管的动作一顿："你笑什么？"

"你怎么越来越霸道了。"魏宴然脸上的笑意深了几分，胳膊钩在秋千的铁链子上，脖颈往后仰，语调懒洋洋的，"笑也不让啊？"

"你在笑我。"

"对啊。"

他承认得相当坦然。

"我有什么好笑的？"许释声音越来越小，最后干脆连可可都不喝了，皱着眉心看他。

"笑你可爱。"魏宴然在她头上揉了把，"小脾气还挺大。"

许释轻哼一声，又把头别到一边，低头专心致志地喝着手里的可可，连余光都不分给他一点。

直到那杯可可被喝了大半，许释才意识到赵思萱还没来找自己，她心脏一沉，以为是出了什么事，连忙要找手机打电话，然而刚抬起头——

她便对上了赵思萱那意味深长的目光。

大小姐捧着一杯果茶坐在对面的木椅上，跷着二郎腿，那双漂亮的眼在她和魏宴然身上来回打量，细眉微挑，嘴角勾着淡淡的笑容，恨不得把"八卦"两个大字写在脸上。

许释朝赵思萱使了个眼神，但她仍然无动于衷。

许释认命般地拿出手机发消息。

Sun：思萱，你怎么不过来？

萱：怕打扰你们俩啊。

Sun：别瞎说，你快过来啊。

萱：我又不急。

萱：要不火锅咱俩改天再吃？我就先走了。

旁边的魏宴然发现了许释的异常："怎么了？"

许释硬着头皮指了指不远处的赵思萱："我朋友来了。"

赵思萱见他发现了自己，也不尴尬，大大方方地走过来，意有所指："我说我们释释怎么电影看一半就丢了，原来是和帅哥跑了啊。"

魏宴然眸光一闪，也跟着打趣："现在不是有人给你送回来了嘛。"

"别。"赵思萱用手在胸前打了大大一个叉，"我就是过来和你们打个招呼，我可没想打扰你们。"

话题越说越偏，许释脸一热，用手肘在她身上轻轻推了下，轻嗔一声："思萱，你说什么呢！"

"你们去玩吧。"魏宴然看出许释有些不好意思，帮着她转移话题，"家里刚好有点事要回去处理。"

"那好吧。"赵思萱耸耸肩，"那我可把释释带走喽。"

"嗯。"魏宴然礼貌地笑了下，又嘱咐，"她走路不太专心，麻烦你照看一下。"

赵思萱"啧啧"了两声："知道了，知道了，你就放心吧。"

许释抱着那袋零食，已经被赵思萱拉着走出很远了，还在回头和魏宴然挥手告别。

"行了，别在这儿上演什么依依不舍的戏份了。"赵思萱在她头上轻敲一下，"现在是不是能和我交代了？"

"交代什么？"

"你们俩啊，这什么情况？"

"不是你想的那样。"许释否认，"我们俩只是朋友。"

"啊？"赵思萱嘴巴惊得能塞下个鸡蛋，"刚才我在旁边看了那么久，总觉得你们俩之间有种特殊的氛围感。"

"而且在学校的时候，我就觉得他对你有些特别。"她在许释的胳膊上轻轻拧了把,"所以你自己听听你说的,可信吗?"

怎么就不可信了。

"别光说我啊。"许释撞了下赵思萱的肩膀,开始使坏,"那你和梁远森呢?"

"我和他什么啊?"

许释:"别在这儿装傻,你敢说你对他没有一点在意?"

赵思萱:"瞎子才会在意他呢!"

"哎?怎么会有人说自己是瞎子呀?"

"许释!你变坏了!"

赵思萱作势要打许释,许释连忙跑着往前逃,两道身影相互追逐,你一言我一语地争辩着,言语里满是十六岁少女的憧憬与幻想。

后来她们总是说,希望时间能够一直停留在无忧无虑的十六岁。

感情也是。

2

寒假一过,大家便开始紧锣密鼓地准备开学考。

校领导很人性地并没有对他们进行打压政策,试卷内容基本都是从寒假作业里面出的,题目不难,年级整体成绩偏高。

不过许释的物理有些拖后腿,成绩滑到了年级十五,和赵思萱并列。

总榜贴在走廊的公告栏里,许释课间过去了一趟,仰着脑袋从前往后看,脖子都酸了,终于在最后一页看见了魏宴然的名字。

384分,理科第五百三十名。

高一年级一共十二个理科班,放在一起差不多有八百人。

虽然早知道魏宴然对学习的事不上心,但真正看见成绩单的那一刹,许释心里还是有些不舒服,那天回去后怎么都提不起精神,时不时就会想起这件事。

她从不认为学习是人生的唯一出路,也不觉得仅凭着成绩便能判定一个人的好坏,但不知道为什么,看着两个人之间几百人的差距,她心里就是有点发酸。

她也曾旁敲侧击地问过几次,问他有没有好好学习的想法,对未来又有什么打算。

魏宴然只风轻云淡地说他讨厌学习,至于未来,他现在还没想好,走一步看一步。

听他这样说,许释也不知道该干什么。

在学校的日子总归要忙碌一点,因为这次没考好,陈月琴连续一周都没给许释好脸色,稍不顺心就把这事搬出来骂她一顿。

许释默默承受着一切,在学习上花的心思也更多,只有写完作业才会偷偷用手机和魏宴然聊会儿天。

周三上午第二节是马志国的数学课,为了把最后一道填空讲完,他拖了足足五分钟还没下课。

广播这个时候通知高一年级从今天开始恢复课间操,所有学生要在十分钟内到操场集合,他偏头骂了句,不情不愿地下了课。

许释把棉服往身上一套,又从椅背上拎起围巾,跟着赵思萱一起下楼。

许释从小体育就差,中考加试的时候,突击训练了两个月才勉强拉到及格线,寒假在家窝了半个月,身体素质更是跟不上,五圈慢跑下来跟丢了魂一样,腿沉得像是灌了铅,喉咙里面也一股铁锈味。

赵思萱和她半斤八两,两个"病友"相互搀扶着往班级走。

沈浩那帮男生却跟没事人儿一样,大气都不喘一下,好像只是下来散了个步。

他咬着半根烤肠从商店里面出来,语气挺欠揍的:"行不行啊你们,要不要本小爷叫几个人把你们俩拖回去?"

许释把贴在额头上的发丝勾到一旁,鼓了鼓腮帮:"不、用!"

赵思萱瞪了他一眼:"本小姐今天就是死在操场上,也绝对不用你们帮忙!"

沈浩朝两人竖了个大拇指:"有志气!"

好不容易晃悠进了教学楼,楼梯上挤得水泄不通,赵思萱拐着许释去一楼卫生间洗了个手,再出来的时候,人少了一半。

她们平时都是从靠近班级的西楼梯上去,许释半只脚已经踏上去了,又猛然被赵思萱拉住。

"怎么了?"许释疑惑地看着她。

"今天我们从中楼梯上去。"

"啊?"许释抗拒地拱了下鼻子,"那边好远的。"

她开始撒娇:"今天太累了,改天陪你走好不好?"

"刚好当锻炼身体了。"赵思萱手劲比她大,连拖带拉地把人拽了过去。

许释像霜打的茄子一样蔫了吧唧地往上走,忽然听见身后几个男生扯着嗓子喊:"宴哥,下午大课间,老地方约不约?"

"约什么约,你魏哥最近可忙着呢。"

"忙什么啊?忙学习啊。"

"是啊,可用功了,头悬梁锥刺股,最后英语五十五。"

"滚蛋。"

••••••••••••

那帮人发出一阵哄笑,许释却是后背一僵,浑身都不自然了起来,恨不得哪条腿先迈上台阶都得斟酌一会儿。

她其实很想回头看一眼,但又觉得自己现在这模样太狼狈,还是别让他看见比较好。

正这么想着,原本走在前边的赵思萱忽然停了几秒,挽上她胳膊:"许释!"

这声"许释"叫得中气十足,音量比平时高了几个度,把许释本人都吓了一跳,后面跟着的那帮男生也被喊得静了几秒。

许释一下子紧张起来。

她偏头看向赵思萱，罪魁祸首正疯狂朝她眨巴着眼睛，明朗漂亮的脸蛋上带着狡黠的笑。

许释立马明白这是怎么回事了，赵思萱是故意的！

许释一边纠结着魏宴然到底有没有听见，一边用手肘推了赵思萱一下，声音压得极低："思萱你干什么！"

"知道你感谢我。"赵思萱在她肩膀上拍了拍，"不用谢，这是我身为闺密应该做的。"

"哎呀，你……"感谢谈不上，她现在倒是想找个地缝钻进去。

"我还不是为了你。"赵思萱在她脑门上戳了下，"胆小鬼。"

赵思萱扭头看了一眼："我可尽力了啊，剩下的就看你自己的造化了，把握住！"

话音刚落，她就加快步子跑了上去。

许释一个人慢吞吞地往上走，身后忽然变得很静，就连原来杂乱的脚步声都轻了很多，几乎听不见。

那帮男生好像是走了，他……也跟着走了吗？

两个小人在她心里打起架来，许释一直磨蹭到拐角处，刚准备回头悄悄瞄一眼，脖子上的那条围巾却被人用手钩住。

她下意识地缩了下肩膀，像只受了惊的小鹿，再反应过来的时候，已经被人堵在了墙角。

许释的心怦怦直跳，脸颊和耳根都是烫的，像是火山迸发后的熔岩一点点吞噬着她的神经。但魏宴然只是垂着眼，慢条斯理地帮她整理好凌乱的围巾，然后收了手，并没有堵着她不放的意思。

两人一起上去。

气氛过于安静，许释摸不清他在想什么，小声叫了句："魏宴然？"

他没答，许释便好脾气地又喊了一遍。

她的声音软绵绵的，像是街边老爷爷卖的那种和云朵极像的棉花糖。

魏宴然偏过头看她，眼皮上压出很浅的一道褶，声音懒洋洋的，听着和平时没什么区别。

"这会儿知道叫我了？"

许释抿了下嘴唇，知道他指的是什么，不禁有些心虚："刚才我没看见你。"

"嗯。"他点点头，又补一句，"继续。"

"继续什么啊？"

"继续撒谎啊。"

许释脸涨得通红，但还是嘴硬："没撒谎，真不知道你在我后边。"

魏宴然嘴角勾出一个若有似无的笑，语气像是无奈："好好好，我信。"

预备铃在这个时候响起，两个人也刚好走到四楼分别处。

许释低头看着脚尖，丢下句"我要回班啦"，转身匆匆就要逃。

"慢点。"魏宴然含着笑的声音混在走廊的穿堂风里，听得人心软，"希望下次见面某人别再装看不见我了。"

"知道啦。"许释脸热，嘴角的弧度恨不得扬到天上去。

但话虽然这么说，接下来的几天，许释却没能再看见魏宴然。

最开始她还没发觉出什么不对，直到体育课上，她回头往九班队伍瞄了眼，本该站在最前面的那道身影并没出现，她皱了下眉，以为他是身体不舒服请了假。

当天晚上，许释写完作业已经快要凌晨，她从抽屉里翻出手机，卡了半天才登上QQ，给魏宴然发了条消息。

Sun：你是生病了吗？

Sun：今天体育课见你没来。

一直等了半个多小时也没能收到回复，困意一点点地侵占了她的大脑，眼皮越来越沉，最后她直接抱着手机睡了过去。

有心事的时候睡得都不会太好，许释凌晨五点便从梦中醒了过来，睁开眼的第一件事就是从被子里翻出手机，因为昨晚忘记关流量，现在只剩下最后五格电。

魏宴然还是没有回。

他这是怎么了？

"许释，你怎么了？不舒服吗？"

英语老师的声音把许释从神游中拽回来，笔尖不小心戳到指腹，许释"嘶"了一声，朝老师笑了笑："我没事。"

"一会儿传作业的时候记得给你同桌留一份啊，她这周请假不在。"

许释点头："好。"

课间去送作业的时候，她特意从九班后门往里面看了几眼，他们班前段时间刚刚换过座位，魏宴然的位置在靠窗最后一排，许释早就摸清了。

为了不让别人发现自己的异常，她步子放得很慢，只敢用余光看。

但魏宴然的座位是空的，连书包都没有，倒是书桌上堆了一摞卷子。

这到底是怎么回事啊……

许释垂下双眸，情绪也跟着低落下来，一直在胡思乱想，连迎面走来的人都没注意到，结结实实地撞了上去。

顾不上被撞疼的额头，许释连声道歉："对不起啊，刚才走路分心了。"

"咦？"被撞到的是个男生，"是你啊。"

许释糊里糊涂地抬起头，才看见面前的人是李奇。

"没撞出什么内伤吧。"李奇憨厚地笑了下。

许释心思压根儿不在这儿,她揪着袖口的衣角,眼睫抬起又压下,反反复复地别扭了好久,终于还是开了口:"李奇,我能不能问你个事?"

看她这样严肃,李奇也收了那副吊儿郎当的模样:"怎么了?"

"魏宴然他——"许释咬了下唇肉,硬着头皮说了出来,"他怎么了?"

"我还以为什么大事呢。"李奇松了口气,"你说魏哥啊。

"他这周请假了,你不知道吗?"

"请假了?"许释下意识睁大眼睛,"出什么事了吗?"

"好像是家里面的事?"李奇摸了摸后脑勺,"其实我也不太清楚。你也不知道吗?我以为他和你说了呢。"

许释摇摇头,嘴角扯出来的弧度有些苦涩:"我不知道。"

"估计是没来得及和你说。"李奇连忙打圆场,"不过你也不用太担心,应该不是什么大事。"

许释缓了几秒才点头:"谢谢你啊,李奇。"

他摆摆手:"没事儿。"

这天晚自习,许释一直心事重重的,距离放学只剩下十分钟的时候,她彻底学不下去了,提前收拾好东西,铃声一响,她就抱着书包冲出了班级。

沈浩和赵思萱面面相觑了好一会儿,异口同声道:"她真的是许释?"

"不对啊,平时她不都要再学个几分钟才走吗?这么急急忙忙的,"沈浩皱着眉头,不太放心地看着那个身影,"是不是出什么事了啊?"

"应该没有吧,今天大部分时间我俩几乎都待在一起,没听她提起来啊。"

"她那个性格你还不知道?"沈浩叹气,"不爱麻烦别人,也不爱让别人替她操心,有什么事都憋心里。"

"算了。"他把书包单肩搭在肩膀上,"回家我再问问吧。"

许释几乎是一路跑着回家的。

虽然已经是三月,安尧的气温却还停留在严冬时分,风声从耳边呼啸而过,又像是冰刃一样刮在脸上,吹得生疼。

但许释顾不上那么多,紧紧裹着外套,用最快的速度朝着家的方向跑。

她想,要是用这个速度去测八百米,肯定能拿个不错的成绩。

跑到楼下的时候,碰巧撞上从超市买东西回来的陈月琴,她皱眉瞪了许释一眼:"跑这么快,急着赶回来投胎啊。"

许释随口编了个理由:"急着上厕所。"

"懒驴上磨屎尿多。"

许释没接话,跟在她后面上了四楼,进屋后装模作样地去了趟厕所,再转身溜回自己房间,从抽屉里翻出手机,按了半天都没反应,才想起来早上出门的时候忘给手机充电了。

等红色指示灯亮起，许释又焦急地等了五分钟开机，然后迫不及待地登上QQ，看着灰色的加载框被她拉下来转了一圈又一圈，但被置顶的那个人一条消息都没有发过来。

想了很久，她还是没忍住。

Sun：你还好吗？

Sun：听说你请假了，是出什么事了吗？

时针不知不觉爬过"12"，对面那栋楼的灯光一盏接着一盏熄灭。

心思涣散的时候做题效率也会跟着下降，许释改完最后一张物理卷时已经头昏脑涨，她伏在桌面上想休息会儿，闭上眼，脑子里想的却全是魏宴然。

那天在山上，他分明答应说遇见不开心的事会告诉自己，为什么要食言啊。

许释越想心情越郁闷，点进他的空间，从头到尾翻了一遍，忽然发现他个性签名那栏的字母Q被删掉了，只剩一片空白。

两个小时之前还不是这样的。

也就是说，他其实在线，只是不想回自己的消息。

无形的冷暴力最致命，这种感觉比他直截了当地冲自己发火还要难受。

许释的眼眶不自觉开始发酸，视线一点一点地模糊，温热的液体顺着脸颊滑进她的嘴角，咸且涩。

她开始怀疑那天赵思萱说的话，如果他真的在乎自己，怎么会忍心不回消息呀？

他是不是……根本不在乎自己。

那之前又为什么要对她那么好。

太在意一个人是什么感觉呢？

是辗转反侧难以入眠的夜，是满腹心酸却无处诉说，是他一个笑容便能把你送上天堂，下一秒，却又将你拉入深渊。

是今天发誓再也不要关注他了，再一眼，却又心甘情愿缴械投降，像是虔诚的信徒，所有情绪都由他支配。

是你从未拥有过，但又好像每一分每一秒都在失去。

承认吧，从在意的那一刻开始，你就已经输得一败涂地。

凌晨两点，她又发了一条消息过去。

Sun：不想说话也没关系，记得照顾好自己。

那条消息最后还是石沉大海。

往后几天，许释的状态很差，总是无精打采，吃饭也没什么胃口。

食堂里面人来人往，赵思萱坐在她对面，抬手在她眼前晃了晃："许释？"

许释捏着筷子，过了好久才愣愣地"啊"了声。

"你最近到底怎么了？总是一副心不在焉的样子，家里出什么事了吗？"

许释往嘴里塞了口白米饭:"没事。"

"有事就和我说啊,你别硬撑着。

"该不会是——

"和那谁吵架了吧?"

许释正在喝水,听见赵思萱这话忽然呛了下,猛烈咳嗽起来,脸涨得通红。

"不会真让我说中了吧?"赵思萱手掌在许释后背上顺了几下,"因为什么啊?"

许释摇头:"没吵架。"

"那也肯定是因为他你才不开心的。

"到底怎么了?"

许释眼帘压得很低,声音发闷:"他最近……失踪了。"

"啊?失踪?"

听许释讲完事情的经过,赵思萱也跟着沉默下来,但还是在安慰她:"你先别瞎想啊,万一家里真的有什么急事呢。说不定过几天他解决完了,就会主动来找你了。"

许释若有所思:"但愿吧。"

周日下午,高一年级休假。

许释作业写到一半发现黑笔芯用完了,穿上外套从家里出来,双手插兜往书店的方向走。

春寒料峭,天空上蒙了一层阴沉沉的云,看得人心情也跟着压抑起来。

刚才出门走得急,许释忘了戴围巾,寒风顺着衣领往里面钻,她打了个寒战,裹着棉服的胳膊紧了紧。

她抬头看天,又无端生出几分伤感,到底什么时候才能暖和起来呢?

今年冬天好像格外漫长,也格外难熬。

周末的书店比平时要热闹一点,戴着红领巾的小朋友们坐在塑料椅子上,捧着绘本和寓言故事读得津津有味。

许释上二楼拿了盒新的笔芯,又在杂志架子前停留了会儿,她常看的那本杂志还没有上新,于是她转身到收银台那边结完账就走了。

塑料袋子被风吹得哗哗直响,许释茫然地站在街头,褪色的招牌,简陋的摊位,身旁行色匆匆的行人……安尧真的是座很小很旧的县城。

她漫无目地往前晃悠了一段距离,不知不觉就拐进了学校对面的农贸市场,今天好像有新店开张,红色的鞭炮纸铺了一地,空气中也弥漫着淡淡的硝烟味。

许释朝着店铺的方向看过去,招牌下面悬着一个样式经典的灯箱,红白蓝三色交错,在里面飞速旋转着。

视线往下，店铺门口放了一个菜市场大妈同款的大喇叭，一道粗犷的男声卖力喊着："走过路过不要错过！新店开张大优惠！限时理发礼包！剪一次送一次！"

这种东西还能剪一送一？

许释摸了摸自己快要及腰的头发，因为疏于打理，发尾已经变得枯黄分叉。

不知道是突发奇想还是心生叛逆，等许释再回过神的时候，她已经坐在理发店的黑色转椅上了。

隔壁座位坐了个来烫头的大妈，冷烫液独有的味道直往她鼻孔里面钻，混着些许潮湿的气息，是一种说不出的感觉。

小哥拎着许释的发尾，语气听起来比她还心疼："小姑娘，你要不再考虑考虑？我这一剪刀下去，你就是后悔也来不及了。"

许释盯着面前的镜子看了两秒，语气没什么波澜："想好了，剪吧。"

"行。"小哥迟疑了几秒，"那先洗头。"

剪头发的时候许释全程闭着眼睛，厚厚的理发围布在身上，耳边是剪刀的咔嚓声，她忽然有一种人为刀俎，我为鱼肉的悲壮感。

半个小时过去，就在许释即将进入梦乡的时候——

"好了，你看看满不满意。"

小哥的声音成功把她唤醒，许释睁开眼，打量着自己的新发型。

齐肩发，因为枯黄分叉的地方都被剪掉，她的发质看起来好了不少，小哥还贴心地帮她卷了个内扣。

她的长相本就属于温婉无辜那一卦，配上这个发型显得更加乖巧，像个邻家妹妹。

许释没忍住在发尾上摸了把，小幅度扯了下嘴角："挺好的。"

比她设想中好很多，好像还……有点好看？

小哥也笑了下，似乎对自己的手艺很得意："你看我就说吧，这个发型肯定适合你！"

许释捏着小哥强塞给她的名片从理发店出来，外面的天气似乎更阴沉，风刮得也更凶。

发尾轻轻扫在脸颊上，她还没完全适应自己的新发型，没忍住用手又去抓了抓，然后从口袋里拿出手机拍了张照片，给赵思萱发过去。

萱：你把头发剪了？

Sun：嗯。

萱：你那头发都要到腰了，说剪就剪，不心疼啊？

Sun：还好。

Sun：现在这样不好吗？

萱：好啊。

萱：看着更乖更好欺负了，我一个女生都要心动了。

Sun：你别闹。

被赵思萱这么打趣一番，许释觉得心情好了不少，收起手机准备回家。

没走几步，前面巷子里突然拐出来一个人，许释抬眼对上那个身影，脚步一顿。

北风凛冽，他单穿着一件薄款的黑色连帽卫衣，好像又瘦了很多，后背两块肩胛骨向外突着，低低的领口处露出一截颀长脖颈，皮肤冷白到有些瘆人，他的头发好像也比上次见面时长了很多，此时被风吹得有些凌乱。

天色又浓了几分，四周的空气也变得阴暗潮湿，许释目不转睛地看着前面那个身影，他一身黑衣，好像要和这种蔽不见日的氛围融合在一起。

许释忽然想起两个人第一次见面的时候，也是这样一个雪天，他周遭同样散发着让人捉摸不透的寒意。

思念、疑惑、担忧，很多复杂的情绪一齐从心底蔓延出来，鼻尖的酸意越来越浓，许释觉得自己已经失控，她忍不住朝着那个身影跑去，轻柔的声线散落在风中。

"魏宴然！"

不知道是没听见她的声音还是什么原因，魏宴然的脚步并没有停。

许释喘着粗气好不容易追上他，抬头却对上一双沉不见底的眼。

这是她从未见过的魏宴然。

他的下颌线紧绷着，漆黑的眸子里压抑着很重的戾气，眼神里带着防备与疏离，冰冷的眸光落在她身上，仿佛她只是一个陌生人。

许释无措地舔了下嘴唇，浑身上下都紧绷着，指甲深深嵌进掌心里，肩膀跟着小幅度地颤抖。

不知道费了多大力气，她终于扯出一个笑容："你最近一直没什么消息，我有些担心，刚好在这儿碰见了，就想着过来问问。"

她脸上的笑容越来越僵，心脏像被泡在了碳酸饮料里，密密麻麻的气泡浮在上面，又酸又涩，她用力咬了咬唇肉，勉强让自己没有哭出来："是我太冒失了，对——"

后面两个字还没说完，魏宴然忽然倾身压了下来，两个人之间的距离猛然被缩短，独属于他的那种气息从四面八方包围过来，像是织出了一张网，将她牢牢套在里面，无处可逃。

许释下意识后退了一步，后背却咚的一声磕在了路灯杆子上，痛意顺着脊柱传开，惹得她皱了下眉，发出很轻的一声"嘶"。

"你躲什么？我又不吃人。"

许释吸了吸鼻子，头埋得极低，不敢看他的眼睛："如果你不想见我的话，我现在就——"

嗓子好像被什么东西糊住,"离开"这两个字她怎么都说不出口。

她觉得自己好像一个狼狈的小丑。

不知过了多久,那人叹了口气,垂眸将她的衣服领子向上拉了下,刚才的戾气与冷淡全部消失不见,变成熟悉的温柔。

"连围巾也不知道戴,怎么不好好照顾自己?"

3

"先坐会儿。"

魏宴然带许释去了附近一家汉堡店。店里暖气给得很足,许释把外套放在一旁的位置上,看见门外隐约又飘起了雪,雪粒子簌簌向下落,树枝都被压弯了。

魏宴然在前台朝店员要了一份薯条和奶茶,又加了一句嘱咐:"要热的。"

等待的时间,他回头看了眼坐在位置上的许释,小姑娘穿了件奶白色的毛衣,规规矩矩地坐在位置上,乖得像个小朋友,只不过目光有些空,不知道在想什么。

"发什么呆。"他把薯条和奶茶放在桌子上,帮她插好吸管,又在她头上轻敲了下。

许释迟了两秒才回神:"没什么。"

她双手捧着奶茶杯,咬着吸管小口地喝着,热气在眼睫上氤氲出一层水雾,她又抬头问对面的人:"你不喝点什么吗?"

"你喝。"

许释"哦"了下,她现在思绪还很乱,有点不知道该说什么。

魏宴然撑着下巴坐在她对面,盯着她看了会儿,忽然开口:"怎么把头发剪了?"

许释一顿,整个人都紧张起来,声音颤得不受自己控制:"就是突然想换个发型。"

指腹在奶茶杯壁上轻轻摩擦了几下,她磨蹭了一会儿才忐忑地问:"是……不好看吗?"

"没有啊。"魏宴然笑了下,目光一直放在她身上,"好看。"

像是怕她不信:"真挺好看的。"

"……知道了。"

不知道是不是屋里暖气开得太高还是什么,许释脸变得有些红,像是熟透的水蜜桃。

"热吗?"魏宴然问。

这么一问,她心更慌,说话都磕磕巴巴的:"不、不热啊。"

"那你的脸怎么这么红?"

他说这句话的时候混了几分轻笑在里面,带着明知故问的打趣,听起来就坏。

许释拱了下鼻子,嗔他一眼,明明是在发火,但她做出来反倒像是撒娇。

魏宴然扯了下唇，身体懒散地往后靠了靠，就这么安安静静地看着许释。

玻璃门推开又合上，几个穿着职高校服的女生手挽着手进来，就坐在他们斜侧方的位置。

然而过了五分钟，她们还没有去点餐，目光一直放在魏宴然身上，说他好帅好招人，也不知道是哪个学校的。

许释咬吸管的力度重了几分，原本甜腻的奶茶在这一刻变得又酸又苦，让人没了想喝下去的欲望。

那几个女生商量好久，最后派了个代表出来。

那女生走到两人的位置旁边，先是瞥了许释一眼，然后朝魏宴然笑："你是安尧高中的吗？"

许释想找点事情转移一下自己的注意力，她伸手将薯条盒子打开，又撕开番茄酱的包装袋，把里面的酱料挤在纸盒上。但不知道为什么，她的动作有点慌，食指指腹沾上了一点红色酱料。

女生还在锲而不舍："你高几的啊？我们是高二的，方便加个好友吗？"

魏宴然连余光都没分给女生一点，注意到许释那边的小动作，他抽了张纸出来，抬手捉住她的手腕。

温热的触感覆上来，许释愣怔几秒，抬头看见魏宴然正仔仔细细地帮她把酱料擦干净，像是在照看小孩子。

"笨不笨？"他笑。

许释下意识地看了眼旁边的女生，那人的脸色变得有些难看，很识趣地转身走了，和同行的几个人抱怨。

"别想了，人家有主了。"

"好羡慕那个女生。"

"算了，咱们还是到里面坐着吧，我怕自己一会儿酸死。"

…………

几个人说话的音量算不上低，他们这桌听得很清楚，许释咬了下嘴唇，抬眸去看魏宴然的反应，他还是那副懒懒散散的样子，看起来并没有去反驳她们的意思。

她睫毛眨了眨，有点窃喜，也有点其他情绪。

"好喝吗？"魏宴然指了指被她捧在手里的奶茶。

许释弯眼："好喝。"

魏宴然拿了根薯条出来，许释的目光一直黏在他身上，忽然注意到他眉骨上隐约有道血痕，只不过被碎发挡住了大半。

"魏宴然。"

她眉头皱了下，放下手里的奶茶，站起来走到他旁边。

"怎么了？"魏宴然掀起眼。

许释不太自然地眨了下眼睛，指了指他的额头："你是不是受伤了？"

"没事。"

他语气很平静，好像早就知道，只是懒得管。

"你让我看看。"许释执拗道。

"我说了没事，你不用在意。"魏宴然把她往回推了推，"吃你的东西。"

许释站着没动，佯装出一副生气的样子，瞪着一双圆眼看他，两颊微鼓。

魏宴然立马败下阵来，举起两条胳膊，摆出投降的姿态："看看看。"

许释小心翼翼地把那撮头发拨到一旁，藏在下面的伤口立刻露了出来，即便已经结了暗红色的血痂，看着还是触目惊心。现在虽是冬天，但如果不好好处理，也会有感染的风险。

"疼不疼？"她声音有点颤。

"我一大男生哪有这么娇气。"魏宴然的视线抬了下，"要看也让你看了，还有什么吩咐？"

"你在这儿等一下。"许释表情严肃，也不等他回话，转身就往外面跑，不远处有家药店，她进去轻车熟路地买了一堆处理伤口的东西回来。

"真不用这么小题大做。"

许释按着他肩膀，拿着酒精棉球小心翼翼地清理伤口："你不要乱动。"

"哦。"

喉咙里发出一个单音节，魏宴然倒也听话，合上眼靠在椅背上，一副由她摆布的模样。

血迹一点一点地被擦掉，许释动作越来越轻："疼吗？"

"你弄的话就不疼。"

这句话说得有点暧昧，许释睫毛颤了下。

魏宴然脸上的伤口很快被处理好，许释给他贴上创可贴，注意力却不受控制地分散。

他们现在的距离实在太近了，近得有些犯规。

为了方便她处理伤口，魏宴然半仰着头，浓密而漆黑的睫毛搭在眼睑下，他的睫毛真的好长，她一个女孩子都有些羡慕。

"怦！怦！"心跳不受控制地开始加速。

时间仿佛在这一刻慢了下来，像是一幅极具美感的电影画面，女孩半弯着腰站在男孩身侧，乌黑柔顺的发丝扫在耳侧，门外的风雪已经停了，阴霾渐渐散开，刚好有一束光从云层中拨弄而出，透过玻璃门，笼罩在二人身上，成为世间最温柔的存在。

好像有一种神秘的力量控制住了她，许释的手指一点一点地向魏宴然的睫毛靠近，她没什么别的想法，只是想碰一下。

蜻蜓点水地碰一下，他应该感觉不到吧？

正胡思乱想着，魏宴然却突然睁开眼，他的眉眼本就深邃，现在更是沉了几分，眸光像是两团散不开的墨，直勾勾地盯在她身上。

许释有一刹的手足无措，手中夹着棉团的镊子掉在地上，碰撞出清脆的一声响。

她下意识想逃，脚步还没撤出去，魏宴然忽然把手伸到了她的身后扶住，两人之间的距离进一步缩短。

"那个……"许释眸光闪躲，耳根烫得厉害，浑身都热，说话也语无伦次，"洗澡的时候注意一点，别发炎了。"

魏宴然懒洋洋地"嗯"了声，并没有松开她的意思。

许释挣了下："你干什么？"

"这话是不是该我问你？"魏宴然不紧不慢地笑了下，瞄了眼她的手，"刚刚干什么呢？"

许释："啊？"

魏宴然："趁我不注意想占我便宜啊。"

许释的脸噌地红了，音量都被逼得高了一个度："我才没有！"

"我只是——"她的大脑飞速运转着，很快找了个合理的借口，"我只是想看看你还有没有别的地方受伤。"

魏宴然拉长声音"哦"了下，但眼底笑意未减，明显是不信。

许释轻啧一声："不信算了。"

"信。"他笑，"你说什么我都信。"

闹了半天，许释回归正题："所以你到底还有没有其他地方受伤？"

"没了。"

"你不许骗我。"

"骗你是小狗。"他悠悠道，"这下满意了？"

许释怎么听怎么觉得这句话是在哄三岁小孩。

"再不信的话。"他顿了下，眉梢微扬，"你亲自检查检查。"

许释窝回对面的座位，语气有点害羞："不用了。"

两个人之间陷入了短暂的沉默。

魏宴然先开口："没什么想问的？"

许释把问题抛回去："你想说吗？"

他短暂地蹙了下眉："如果我说不想——"

许释打断他："那我就不问。"

"只不过。"许释慢吞吞地补充，"以后你还是不要和别人打架了。"

"如果碰到别人来找碴的话，"她咽了下口水，似乎做了极大的思想斗争才说出这句话，"那你保护好自己，打不过就跑，别再受伤了。"

这句话不知怎么就戳中了魏宴然的笑点，他微弓着腰靠在硬质座椅上，肩膀笑得直抖。

"你严肃点好不好?"许释挺直腰板,"我说正经的。"

"许释。"魏宴然抬手在她头上揉了把,"你知道你这种行为叫什么吗?"

许释茫然地看着他:"什么?"

"叫护短……"

许释眼疾手快地往他嘴里塞了根薯条:"你别再说了!"

魏宴然把她塞过来的那半根薯条吃了,眸光柔和了许多:"前段时间没回你消息是我的错,给你道歉。"

许释摇摇头,齐肩的发丝跟着轻晃:"只要你没事就好。"

魏宴然看着女孩乖巧温柔的面孔,一时有些失神。

新的一周,一切都回到了正轨,许释和魏宴然的关系也在悄然间有了突飞猛进的转变。

说不清是天意还是暗藏心思,他们在学校遇见的频率越来越高。

课间操结束回班的路上会遇见,下课去英语组送作业会遇见,就连吃完晚饭出去买糖葫芦都能遇见。

两个人在学校说的话并不多,大部分时间都是相视一笑,魏宴然偶尔会逗她一下。被逗得多了,许释开始在心中琢磨着反击。

周三上午课间,许释和赵思萱从洗手间出来,刚好看见魏宴然和李奇两个人走在前面,三月中旬的天气已经暖和了不少,他把外套脱了,里面只有一件白色卫衣,少年身形挺拔利落,看着清爽干净。

许释眨了眨眼睛,忽然冒出来个主意。

她回头朝赵思萱使了个眼神,示意她不要说话,然后悄悄跟在魏宴然身后,见时机差不多了,抬起胳膊,用力地往上一跳——

掌心刚好拍在了魏宴然的头上。

"耶!"许释眼睛弯得像是月牙,"成功了!"

魏宴然回过头看见是她,无奈地扯了下嘴角,然后像是拎小鸡仔一样拎着她的衣领,把人揪到自己面前:"许释同学,有没有人告诉你,男生的头摸不得?"

许释仰着头,让自己看起来更有气势一点:"谁让你总摸我的头?"

"哦?"魏宴然挑眉,宽厚的手掌无比自然地往她头上落,许释还没来得及躲,就被他牢牢按住。

"你总这样。"许释鼓着腮帮子,双手叉腰声讨他,"我会长不高的。"

"是吗?"

他一边这么说着,一边又用力往下按了按。

许释:"……魏宴然!"

她跳起来想打他,但那只大手牢牢锢在头顶,她干扑腾了半天,也只是不轻不重地在他胳膊上拍了几下。

倒是旁边的赵思萱和李奇被逗得笑个不停。

魏宴然抬手把人松了，轻嗤了声："小矮子。"

"你高你高。"许释被气得够呛，不服输地反击回去，"傻大个！"

"傻大个也比小矮子强啊。"

"你！"

赵思萱在旁边看了半天热闹，得了不少趣儿，过去挽住许释的胳膊，抬手给她顺毛："行了释释，咱还是放弃挣扎吧。"

许释朝魏宴然哼了声，转身和赵思萱往班级走。

"还笑。"许释横她一眼，"不帮我说话就算了，还跟着他一起笑我。"

"我可冤枉。"赵思萱咂舌，"你们俩的事，我瞎掺和什么。"

"你说什么呢！"许释磕磕巴巴好半天也没说出什么，轻轻跺了下脚。

"我看你啊。"赵思萱在她脑门上戳了下，"全身上下也就嘴硬。"

"不过我还挺为你开心的，你自己没有感觉吗？自从认识魏宴然，你的性格好像比从前开朗了一点。"

"有吗？"许释压根儿没发觉。

"当然有了。"

"可能——"赵思萱笑，"这就是帅哥的力量吧！"

"好啊你！"许释拍她胳膊，"又开我玩笑是不是！"

"我没有哦！"赵思萱吐了下舌头，蹦跶着回了自己座位。

下节是物理课，二班的物理老师是个五十多岁的中年男人，总是穿着那件象征理科男教师身份的黑白polo衫，脸上架着一副银色细框眼镜，头顶还秃了一块。

他讲课的语调慢且拖，配上无趣的内容，一节课下来，班里齐刷刷地倒了一片。

就连许释这种好学生都昏昏欲睡。

下课后，她在脸上搓了几下，站起来伸了个懒腰。

上周他们班刚刚换过座位，许释被调到了最北边，挨着走廊那侧的窗口。

她扭头无意往窗外看了眼，不偏不倚对上了那双狭长而漆黑的眸子。

魏宴然就那么懒散地半靠在墙上，笔被他拿在手里，有一搭没一搭地转着，下颌棱角分明，本来紧绷着的嘴角，却在看见她的那一刻，勾出一个蛊人的笑。

两道视线在空中碰撞。

过了两三秒，许释逃荒似的缩回座位，像只鸵鸟一样把脑袋埋在臂弯里。

班里大部分人都在补觉，偶尔有几个围在一起讨论题目的，也都刻意压低了声音。

不知道是周围环境真的太静，还是什么别的原因，许释觉得自己的心跳声像擂鼓一样明显,"扑通扑通",好像全世界的人都要发现她的秘密。

过了好一会儿,她抬手摸了摸自己的脸颊。

还是好烫。

自从剪过头发后,许释的发型就由高马尾变成了半丸子头,她把耳侧垂下来的头发往下拨了拨,把自己羞红的脸挡住,然后在心里腹诽自己没出息。

他不就是朝自己笑了下嘛。

为什么这副样子。

好丢人!

4

三月末,安尧的气温突然回升,教学楼前的白桦树争先恐后地吐出新芽,操场上覆盖的冰一点点融化,露出灰黑色的地面。

高三楼前几个男生穿着单衣站在台阶上,拿着篮球有一搭没一搭地转着,小商店门口的屋檐下新搬来了一窝燕子,也不怕人,叽叽喳喳叫个不停。

许释费了好大劲才从人群里挤出来。

体育课结束后的商店一如既往地拥挤,要不是她今天中午忘记把保温杯从家里带出来,导致整个下午都没有水喝,她才不会过来凑这热闹。

做了大半节课的热身运动,许释嗓子干得能冒烟,急需水的滋润,但她低头拧了半天,瓶盖却丝毫不动,掌心被摩擦得通红一片,隐约泛着痛。

她抬头向四周打量,准备找个熟人帮她拧一下,就感觉有什么东西在她头顶蹭了下,而后一只骨节分明的手出现在她的视线当中,手里的水瓶就这么被他抽走。

许释思绪慢了半拍,抬起头。

魏宴然站在她身旁半米的位置,穿着一件黑色卫衣,额前几缕碎发被汗水打湿,光影从斜侧方影影绰绰地洒下来,给他添了几分鲜活蓬勃的朝气。

他一只手拎着校服外套,另一只手则抓着许释那瓶水,食指和拇指指节捏在瓶盖上,向旁边轻松一掰,瓶盖啪的一声被打开。

还是单手开的。

许释呆了。

魏宴然把水塞到她手里,垂下眼,长睫在眼下拓出淡淡的阴影,随后发出一声轻笑:"笨。"

"你最聪明。"许释轻哼一声,仰头灌了口水下去。

魏宴然又问:"你朋友呢?"

他说的是赵思萱。

"她今天身体不舒服,体育课请假了。"

魏宴然点头:"那一起回?"

"好啊。"

德育楼前新铺了层石子路，鞋底与石子摩擦出窸窣声，午后阳光正好，一高一矮两道身影斜斜地映在地上。

春风和煦，白桦树叶被吹得哗哗作响，许释悄悄往左边挪了一点距离，地上那两道黑影也跟着她的动作贴在一起。

她的嘴角向上弯出一个不太明显的弧度，一道低哑的声线忽然从头顶传来："最近没休息好？"

"啊？"许释一时没反应过来。

魏宴然看着她眼底的那圈乌青，指了指。

许释耳根一下子变得很烫，眨眼的频率也变快了许多，像是受惊的蝴蝶无措地扇着翅膀。

魏宴然没注意到她的异常，解释他刚才那句话："都快变成小熊猫了，又熬夜学习了？"

两人每晚睡前都会习惯性地在手机上说句晚安，但最近学习任务紧，许释表面告诉他说自己睡了，下线后，还会再挑灯多学一个小时。

许释忽然有种被抓包的心虚感，白净的脸颊上蒙上一层绯色，不敢看他的眼睛，下意识地咽了下口水："没、没有。"

"总撒谎可不是什么好习惯啊。"

许释知道瞒不过，只好承认："要月考了，有好多知识点要复习。"听起来委屈巴巴的。

魏宴然叹了口气："身体才是最重要的，无论怎样，也要好好睡觉啊。"

许释很乖地笑了下："放心吧，我心里有数。"

魏宴然一直把她送到班级门口，在她头顶拍了下："回去吧，小熊猫。"

"你才熊猫！"许释瞪他一眼，还是不舍地挥手告别。

她脚步轻快地进了班级，刚在座位上坐下，转头就看见旁边的曲惠似乎有些不对劲，女生趴在桌子上，校服外套松松垮垮地披在身上，肩膀小幅度地抖着，隐约好像在哭。

这会儿班级里有些吵，她们的座位又在角落，曲惠平时特立独行惯了，没人注意到她的异常。

除了许释。

两人关系虽算不上多亲密，但毕竟是同桌，而且曲惠性子一向倔强高傲，能让她表现出这么脆弱的一面，应该是很严重的事情。

犹豫了片刻，许释往她那边凑了凑，刻意把声音压低一点："曲惠，你还好吗？"

无人回应。

"那个……"许释抿了下唇，有些不知道该说什么，从书包里翻出一包纸巾推到曲惠面前，"要是很难受的话，可以和我说说，我保证谁也不告诉。"

见曲惠还没反应，许释也没再坚持，轻轻叹了口气，翻开课本预习下一节课要讲的内容。

后面几天，曲惠情绪一直不对。

她的话变得比从前还少，总是皱着眉头，上课时总在发呆，就连一向好脾气的老李都发了火，让她到教室后面站着听课。

也是因为这个，她被马志国叫到办公室谈话的次数越来越多，然后每次回来都是一副咬牙切齿的样子，眼眶通红，带着戾气。

马志国这人说话难听，许释只以为她挨了骂心里不爽，没有多想。

有几次，许释尝试着和曲惠沟通，但曲惠总是一副淡淡的样子，什么都不肯说。

又一节数学课，下课铃刚响，马志国夹着练习册往外走，路过曲惠座位的时候在她桌上敲了下，让她去趟办公室。

曲惠捏紧了手中的笔，过了半分钟才砰的一声踢开凳子，从后门出去。

赵思萱拿着自己刚买的几盒纸胶带过来找许释："怎么样？好不好看？"

许释心思不在这儿，她看着曲惠的背影，有些不放心道："你觉不觉得，她最近有点奇怪？"

赵思萱疑惑："谁？"

"我同桌。"

"哎呀，你关心她干什么。"赵思萱冷哼了声，她对曲惠一直没什么好感，"人家根本没把我们放在眼里过，咱还是别热脸去贴冷屁股了。"

"不行。"

许释越想越不对劲，起身也往班级外面走。

赵思萱在后面问许释干什么去，她没答，脚步却越来越快。

数学办公室的门紧闭着，根本看不清楚里面的状况，许释在门口徘徊了几分钟，反复斟酌是不是自己想得太多了。

直到里面传来一阵清脆的玻璃破碎声，许释心跟着一紧，没再多想，喊了声报告便推门往里进。

穿堂风顺着门缝从走廊里灌进来，吹得人浑身僵硬难耐。

坐在办公椅上的马志国抬起头，表情非常不满："你这学生还有没有规矩！进门前不知道敲门吗？我有事要和曲惠说，你出去！"

曲惠垂下来的脸色惨白，嘴唇被咬出一道血色，手死死地掐着掌心。

许释瞳孔一缩，努力让自己保持平静，随口扯了个谎："那个，英语老师说有事要找曲惠，让她现在就过去一趟。"

马志国明显不愿意放人："是因为上课走神的事吧？你回去告诉李老师，这件事有我处理，就不用她操心了。"

"不是这个。"许释反应很快,"是之前她有个知识点给曲惠讲错了,要过去帮她更正。"

马志国没接话,直勾勾地盯着许释。

许释也不知道自己是哪里来的勇气,就那么站在他面前直视着他,没有丝毫退缩。

目光胶着了半分钟。

也不知道马志国到底有没有相信,但他最后松了口,看向曲惠:"赶快去英语组,别让老师等太久。"

曲惠瞪着他,恨不得用眼神将他千刀万剐。许释几步上前,扯着曲惠的手腕往外走。

办公室的门砰的一声被关上。

"你……没事吧?"许释上下打量了一遍曲惠,没有其他不对劲的地方。

"没事。"曲惠的表情和语气都很淡,说出来的话也伤人,"以后我的事你少管。"

"有这工夫,不如管好你自己的事情。"

说完,她转身就走了,只给许释留下一个背影。

从办公室离开后,曲惠一整天都没有再回到班级,许释问了班上几个同学,没人知道她去了哪里。

也因为这件事,下午数学课的时候,马志国一直用恶狠狠的眼神盯着许释看,专门找一些刁钻的问题为难她,许释没回答出来,被他罚到教室后面站了一节课。

"怎么回事啊?"赵思萱课间来找许释,"你今天怎么得罪他了?"

"不知道。"许释撒谎,"可能就是看我不顺眼吧。"

晚自习结束已经快十点,许释开门回家时,陈月琴正坐在沙发上看电视看得入神,连她进门换鞋时不小心把钥匙砸到地上都没反应。

许释也没打扰陈月琴,直接进了卧室写作业。

卷子写了一半,许释觉得口渴,起身出去找水喝,眼睛顺道往电视上瞟了眼。

陈月琴瞥到了,把遥控器往茶几上一摔:"你又跑出来偷懒了是不是?真是皇上不急太监急啊,上次考试你成绩都下滑成什么样了?不争分夺秒地多学点,还有心情跑出来看电视?

"少在这儿浪费时间,赶紧给我滚回去写作业!"

许释放下水杯,扭头往房间走。

三月底,第六届中小学生数学创新应用大赛初赛结果公布,许释和赵思萱两人都在复赛的名单上。

复赛的考场在沈城十七中，需要提前一天过去。

许释回家把这件事和陈月琴他们提了下："思萱让我和她一起，到时候她爸爸会开车带我们，酒店也会提前订好。"

"她家有车就了不起啊？"陈月琴的脾气说来就来，"你自己坐火车去不行？娇贵什么？"

许释没什么波澜："我看过了，时间班次都不合适。"

"行了，让她跟着去吧。"许康安难得帮腔，"脑子那么笨，万一自己再迷了路。"

"迷路更好！"陈月琴剜了她一眼，"省得回来给我添堵。"

周五那天早上，安尧下了场小雨，抬头是雾霭沉沉的天，雨滴顺着新发的树叶垂落到地上，鼻腔里满是泥土的潮湿气息。

许释出门的时候，陈月琴往她手里塞了好几张红钞票："出门在外大方点，别抠抠搜搜的让人看笑话，车费和酒店费都自己出，咱家还没穷到靠别人施舍过日子。"

她这人好面子，生平最怕别人瞧不起她。

许释把钱收好："知道了。"

因为只在沈城住一晚，许释没带太多行李，书包里面装了几本参考书和洗漱用品，显得空荡荡的。

她和赵思萱约好在校门口见，然后手挽着手一起去倪魔头那儿领准考证。

"不要给自己太大压力，能进复赛就证明大家已经很优秀了，放宽心态，你们以后的人生还那么长，参加比赛的机会还很多，虽然和你们一起竞争的都是省重点高中的学生，但是你们要坚定信念，自己并不比他们差！"

不知道是不是年级主任的通病，倪魔头越说越激动，洋洋洒洒地讲了二十多分钟，从竞赛到高考，还把前几年高考状元的励志故事搬出来重温了一遍。

"不是吧。"赵思萱和许释咬耳朵，"他到底还要讲多久？"

"好了！"倪魔头一拍手，"相信你们一定能为咱安尧高中争光！"

两个人从办公室出来，路过九班门口的时候，刚好撞见魏宴然，他懒洋洋地靠在门上，抬手钩住许释的衣领："要去沈城参加竞赛了？"

许释点头："嗯。"

他弯下腰和她视线平齐，漆黑的双眸里倒映出少女乖巧的面孔，他弯唇笑了下，在她头顶揉了把："加油啊，小许同学，等着你的好消息。"

许释的呼吸和目光都滞了一瞬，眼前好像有无数星河碎片洒落，她也跟着笑起来："我会的。"

"快去吧。"魏宴然帮她整理了下衣领，像是第一天送孩子去幼儿园的家长，"路上注意安全。"

"好。"

最近许释每天都要熬到很晚，精神不太够用，刚上车便迷迷糊糊地靠在后座睡着了。

醒来已是两个小时后，车辆抵达沈城。

十七中旁边刚好有家酒店，她和赵思萱定的是双人间，在前台办理好入住手续后，两人便带着行李上了三楼。

这次竞赛以课本知识为基础，重点考察学生的创新发散思维，赵思萱脑子活，最擅长这个。

她趴在书桌上写了两道导数题，没发现什么错误，就勾着带子把书包扔到一旁，窝在床上开始追剧。

许释比她认真，整个下午都在看书做题。

"释释。"

大概下午六点的时候，赵思萱从床上起来，揉了下发酸的眼角："还学呢？你不累吗？"

许释在和最后一道三角函数题作斗争，水笔戳在下巴上，轻叹了口气："这道题好难，你能不能过来帮我看看？"

"让本小姐瞧瞧是什么题把我们释宝难成这样。"

赵思萱趴在许释身上，一边看题一边拿笔在草稿纸上勾画着，没过多久便把大概思路写了下来。

"能看懂吗？字写得有点潦草。"赵思萱挠挠头，"其实没你想的那么难，先用万能公式化简，然后再把已知条件代进去……"

许释看得认真，腮帮微鼓，低头将自己的错误思路勾掉。

她其实很羡慕赵思萱，羡慕赵思萱的聪明，好像再难的题都会变得轻而易举。

不过她也只是羡慕，更多的是庆幸，庆幸自己能和这样的人做朋友。

"好啦。"赵思萱见她订正好了，捏着她的肩膀，"学了一下午也该休息一下了，咱们出去逛逛？"

许释把书合上："好。"

赵父和赵母刚到沈城就抛下亲闺女出去约会逛街了，赵思萱连续打了三个电话都被无情地挂断。她翻了个白眼，像是在抱怨爹妈的不靠谱，然后在手机软件上叫了辆出租车过来。

和安尧那座又小又旧的县城不一样，作为省会的沈城夜景繁华，灯火璀璨。

晚上的温度要比白天低一点，许释在外面加了件外套。

"小姑娘。"司机不像是本地人，说话带着苏南那一带的口音，"你们要去哪儿啊？"

赵思萱低头看着手机，似乎在查路线和攻略："去中街。"

她往许释身旁凑,神秘兮兮的:"带你去个好玩的地方。"

中街算是全国都排得上名号的步行街,各类商场百货一应俱全,街巷里的小吃糕点十里飘香,LED大屏上的广告看得人眼花缭乱。

结束一周繁忙课业的大学生们也都出来约会逛街,熙熙攘攘的人群拥簇着向前。

晚风吹在脸上很舒服,赵思萱挽着许释的胳膊,带她穿过几条巷口,又往左拐了个弯,进了一个有些隐蔽的音乐俱乐部。

推开厚重的玻璃门,里面的音乐声扑面而来。

赵思萱在许释耳边吹气:"你是不是没来过这种地方?"

"嗯。"

"那我可得看紧你。"赵思萱笑了笑,在她耳垂上捏了下,"可别被坏人拐跑了。"

俱乐部里面很大,正前方舞台上有个小型乐队在演出,吉他手穿着简单的白T恤和牛仔裤,看起来和她们年纪差不多大,头顶的淡蓝色灯光有些昏暗,平白给他身上添了几分落寞和伤感。

他唱的是陈泓宇那首《理想三旬》,嗓音低醇,还带着几分少年人的青涩。

下面稀稀落落坐着一排人,跟着节奏玩乐。

许释在角落的小沙发上坐下,赵思萱给她点了杯柠檬果茶,又要了几份小食。

这里的气氛没有想象中那么乱,她咬着吸管,慢吞吞地喝着果茶,看什么都觉得新鲜和好奇。

正对面的卡座上刚好是一对情侣,男生搂着女生,不知道贴在她耳边说了什么,女生娇笑了下,轻嗔说他好烦。

许释看得有些脸热,连忙收回目光,往嘴里塞了根薯条。

赵思萱突然在她杯壁上敲了下,刻意压低了声音:"快看,三点钟方向。"

许释跟着看过去,卡座上的男生穿着一件黑色T恤,下面是烟灰色的休闲裤,正偏着头和身边好友谈笑风生,漆黑的发垂在额前,遮住小半个眉眼,整个人倒有一种漫不经心的痞。

"帅吧?"赵思萱说,"我看了好半天呢。"

许释抿了一小口果汁:"还好。"

"这还不帅?不比学校里那帮男生强多了?"赵思萱在她脸上捏了下,过了几秒忽然反应过来,意味深长地说,"哦,我懂了,没魏宴然帅是吧?"

许释在她肩膀上拍了下:"你再瞎说我可真生气了。"

"哟哟哟,被我说中了吧。"

"才没有。"

许释托着下巴,目光又往那边瞧了眼。

什么呀,本来就没魏宴然帅。

人渐渐多了起来,气氛也躁动着,赵思萱起身说要去趟洗手间,许释从口袋里掏出手机,看了下时间。

晚上八点四十五分,晚自习还没结束。

她把流量开了,本想去微博转一圈,特别关心的提示音却接二连三地响了起来。

许释怔了下,点进消息栏。

第一条,下午两点四十八分。

魏:到了?

隔了半个多小时后是第二条。

魏:还没到啊?

第三条,晚上六点五十分。

魏:可以啊许同学,一下午都不看手机?

最后一条很贱,是晚上七点四十分发过来的。

魏:[问号.jpg]

一刻也不敢让他多等,许释连忙回复。

Sun:我下午是真的没看手机。

她眨了眨眼,淡粉色的嘴唇微抿了下,望着聊天框里面的消息,又加了一条过去。

Sun:没骗人,是真的。

魏宴然那边回得很快。

魏:啧,还以为你丢了呢。

语气里带着那么几分不爽。

Sun:你怎么上线了啊?晚自习不是还没结束吗?

魏:没去。

Sun:为什么没去啊?家里出什么事了吗?

等了两三分钟,他发过来一条语音。

许释从包里翻出耳机插上,又把音量调高了一点。

他听起来有些困,声音带着倦意和有特色的哑,半笑不笑的:"小许同学,像我们这种坏学生呢,一般都活得比较随心所欲,哪有什么理由。"

许释把这条语音反反复复听了好几次,长按放进收藏夹里。

指尖刚碰上键盘,魏宴然又发了新消息过来。

魏:又不说话了?怎么,嫌弃我了啊。

Sun:才没有。

Sun:那你现在在干什么呀?

魏:打游戏。

147

魏：你呢？

许释点开相机，对着舞台给他拍了张照片发过去。

魏：看不出来啊，好学生也没我想的那么乖啊。

许释被他这句话说得有点心虚，拿起桌上的果茶抿了一小口：我是第一次来。

手机冷不丁又振动了下，许释垂眸。

魏：你这是在"蔻"？

"蔻"就是这家俱乐部的名字。

Sun：对啊，怎么了吗？

魏：没事，你和同学一起吗？

Sun：嗯嗯。

魏：行，那你先好好玩。

许释回了个"OK"的小表情，魏宴然那边没再发来新的消息，许释以为他去玩游戏了，也没去闹他，把手机放回口袋，只是流量还开着，消息提示音也开到了最大。

台上的歌曲又结束了一首，间奏的时候，吉他手把麦克风拉得近了一点，笑着对下面的人群说："刚刚接到了个朋友的电话，接下来这首徐秉龙的《鸽子》，是他专门点给现场某位女生的。"

"哇哦。"赵思萱正好从洗手间出来，赶上这茬，"好浪漫。"

男生屈起一条腿踩在椅子下面的横杠上，朝着伴奏师打了个响指，轻松的和旋节奏缓缓响起。

> 我喜欢一个女孩
> 短发样子很可爱
> 她从我的身边走过去
> 我的眼睛都要掉出来
> 她喜欢一个人走
> 她说朋友并不多
> 我很愿意做你的朋友
> 即便不是那一种朋友
> …………

人群里忽然掀起一阵欢呼声，喧闹起哄一声比一声高，气氛被推到顶峰的时候，许释才意识到，周围人的目光都放在自己身上，连赵思萱都不例外。

许释不太习惯这样被人盯着，推了推她的胳膊："你这么看着我干什么？"

"快老实交代。"赵思萱往她旁边贴了贴，脸上的表情有些八卦，"这歌谁给你点的？"

"什么？"许释愣了下。

"你还没发现吗？"

赵思萱眨了眨眼："全场只有你一个女生是短发。"

第七章·争执

她有自己的光

1

许释和赵思萱从俱乐部出来的时候已经晚上九点多了,对面商场门口搭了个小舞台,似乎在搞什么庆典活动,迷离激情的摇滚电子乐让街上的气氛比来之前还躁。

刚才玩得有点热,许释随手把外套脱下来搭在了手臂上,她里面穿的是一条白色长裙,长至脚踝的裙摆被风吹得飘扬,整个人显得温柔又恬静。

"喏。"赵思萱拿着两个麦旋风回来,把那个草莓口味的递给她,"那边人好多,排了好久才拿到。"

许释道了句谢,笑着接过。

赵思萱低头看了下手机,地图上显示车还要十五分钟才能到,亲爹亲妈跑到游乐园约会让她自己注意安全,梁远森又一直不回她消息。

她烦躁地"啧"了声,回头就看见许释抱着衣服傻笑。

"差不多得了啊。"赵思萱不紧不慢地搅着冰激凌,言语里一副说教的意味,"女孩子呢,还是要矜持一点。"

许释压了下嘴角:"我哪儿就不矜持了?"

"哪儿哪儿都不矜持。"赵思萱装模作样地叹了一口气,"真是女大不中留啊。"

她往许释那边挪了几步:"老实交代,到底怎么回事?"

她指的是刚才酒吧点歌那事。

"明知故问。"许释嗔她一眼,"你不是都猜到啦。"

"真是他啊?"

"嗯。"

"可以啊。"赵思萱把被风吹起的长发往后拨了拨,伸了个懒腰,"这哥挺'会'。"

两个人坐车回酒店的时候已经将近晚上十点了。

许释拿着笔记把知识点又过了几遍,赵思萱穿着睡衣从浴室里面出来,一边擦头发一边抱怨自己的粗心,出门的时候居然忘了带沐浴露,只能凑合用酒店提供的旅行装。

许释将明天考试要用的东西清点了一遍,然后拿着换洗衣物往浴室走,热水顺着发丝淋在肌肤上,她紧绷了一天的神经渐渐松弛下来。

洗完,她换上自己带来的睡衣,将头发吹到半干才拉门出去。

赵思萱贴了个面膜在脸上,是那几年顶流行的竹炭面膜,黑色的面膜纸把许释吓了一跳。

"你这么大反应干什么?"赵思萱仰躺在床上玩手机,"你要不要也来一片啊?"

许释摆手:"我就算了。"

房间里开了暖气,温度很高,许释拿着手机上床,看见上面有好几条未读消息,都是魏宴然发过来的。

许释刚准备打字,那人像是心有灵犀一样,又蹦出来一条新的。

魏:回酒店了?

Sun:嗯。

魏:明早几点开考?

Sun:八点开考,七点半进考场。

魏:那今晚还不早点睡?

Sun:还不困。

魏:那要不要打会电话?

许释没急着回,扭头看向旁边的赵思萱。

"思萱。"她顿了下,"你介不介意我打个电话?"

"不介意,不介意。"赵思萱正在看视频,没太注意她说了什么,随口就答了。

许释刚回了他一个"好",电话就已经拨了过来,她找到耳机插上,声音轻柔地应了下。

听筒里传来他低沉的笑声:"这么紧张干什么,听着跟做贼似的。"

"才没有。"许释轻轻捏了下衣角,"你在干什么呀?"

"你不是知道?"

许释心口滞了几秒,听着他淡淡的呼吸声,思绪慢悠悠地转不过来:"我知道什么呀?"

他又笑,透着几分调侃:"这不是在打电话吗。"

许释往窗边挪了点,想让脑子醒醒神。赵思萱却突然从身后扑过来,刻意捏着嗓子朝听筒喊："哟，和谁打电话呢，嘴角都要扬到天上了。"

许释被吓了一跳，拍她肩膀："你别乱讲。"

"我哪有乱讲。"赵思萱钩着许释的脖子，一副看热闹的表情，"你自己照镜子看看。"

"哎呀，你好烦！"许释从赵思萱怀里逃出来，踩着拖鞋跑到浴室里，把门反锁上，终于清静了一点。

另一头的魏宴然听着她俩的打闹声，轻轻地笑了一下："你们俩住在一间房？"

"嗯嗯。"许释听见魏宴然那边好像有开门的声音，没忍住问，"你才回家吗？"

"嗯。"

"那刚才你是在路上啊？"

"不然呢？"

"下次在路上就别打电话了，好好看路。"

"好。"

浴室里面的水汽还没有完全散去，朦朦胧胧烘得人脸热，许释用手背在两颊贴了贴，又开始转移话题："今晚那个吉他手是你朋友？"

魏宴然"嗯"了下，窸窸窣窣的背景音听起来是在脱外套："以前玩音乐认识的。"

"你还玩过音乐？"许释有些惊讶。

"是啊，从小就喜欢这个。"他笑，"不过也就是随便玩玩，不像他们那么专业。"

"那你也会弹吉他吗？"

"不会。"他答得很坦然，还不忘反问，"你喜欢会弹吉他的啊？"

"那倒不是。"许释摸了摸鼻子，"就是小时候学钢琴的时候，总是偷偷听隔壁的学长弹吉他，觉得还——"

她停了几秒："还挺帅的。"

魏宴然："你会弹钢琴？"

"学过几年。"

大概是她读四年级的时候，陈月琴他们不知道从哪儿听来的消息，说钢琴特长生在高考的时候能加分。于是，他们也没征求许释的意见，直接给她报了个班，还大手笔地买了架电钢琴放在家里。

那时候安尧的人均月收入不过几百块，几千块的电钢琴对于她们家是笔不小的开销。

陈月琴对她学琴这事格外上心，每周都要把她关在房间里练好几个小时，但陈月琴其实听不出什么对错，全凭感觉，只要觉得许释做得不好，就是一顿打骂。

——"我这都是为了谁？还不是为了你高考的时候能多拿几分去个好大学！一天天能不能上点心，一个月几百块的学费不是让你去混日子的。"

——"重弹！弹不好今天就不准吃饭。"

这种打骂那几年她不知道听了多少次，好巧不巧，就在她备考十级的那年，国家下令撤销艺术特长加分政策。

陈月琴立刻停了她的课，家里的钢琴被卖掉，许释再也没摸过琴。

"我一直都觉得会弹钢琴的人特别厉害。"魏宴然把她的思绪拽了回来，"是不是很难学啊？"

许释想了下："其实还好。"

"小许同学还是这么谦虚啊。"

说完这句话后，两个人极有默契地静了会儿，许释听见外面的赵思萱也在和别人讲电话，听她那语气，应该是梁远森。

"困了吗？"

许释下意识地摇了摇头，又反应过来他看不见自己的动作，开口答："还不困。"

他轻轻"啧"了下，语气里带着蓄谋已久的坏："还以为你困迷糊了，想骗你做点坏事呢。"

许释呼吸和心跳都滞了几秒，她半倚在洗手台边，看着镜子里面的自己，脸颊上的红热还没褪去，被他这么一说更红了，好像被泡在热水里。

许释有点不好意思，手指在发尾上缠了两圈，但还是好奇地问："什么坏事啊？"

"想骗你给我唱首歌。"魏宴然也没藏着掖着，"行不行？"

许释低头盯着自己的脚尖，声音比刚才小了点："行倒是行，就是我可能唱得不太好。"

那头的人笑了下，说没事唱吧，唱成什么样他都想听。

许释不好拒绝，把耳机拿得近了点，问他想听什么。

魏宴然："你随便挑一首就行。"

许释点开音乐软件列表第一首，她往浴室的角落里挪了挪，轻言轻语地给他唱了一小段。

"怎么样？"她问得有些忐忑，"有几个音好像没唱好。"

"哪有。"魏宴然说，"好听。"

念着她第二天还要考试，魏宴然十一点就开始催她赶紧睡觉，许释依依不舍地和他互道了晚安，然后才从浴室里面出来。

赵思萱已经挂了电话，正躺在被窝里，手撑着脑袋看她："还以为你今晚准备睡在里面呢。"

· 153 ·

"还不是你。"许释也上了床,"非要过来捣乱。"

许释毫无困意,平躺在床上,盯着天花板发呆,十几分钟前的场景在脑海里自动播放。

赵思萱带着一身凉气往她被窝里面钻,有点流氓地在她腰上捏了把:"刚才我可都听见了啊,你还给人家唱歌,都没给我唱过。"

"唱的什么啊?"

许释被她弄得发痒,一个劲往旁边躲,说了个歌名。

赵思萱"嚯"了声,问她怎么偏偏挑了首苦涩心酸的歌。

许释笑了笑,说一首歌而已。

后来的某一天,许释在街头重新听见这首歌,才突然意识到,生命中有些东西是有迹可循的。

中午十二点,铃声响彻整个校园。

窗外阳光炙热,春意盎然,楼前的白桦树被风翻涌出一片绿浪。

许释从考场出来,在门口一堆花花绿绿的书包中找到自己那个,从最里面的夹层摸出手机,登上QQ,在新消息加载出的那个瞬间,特别关心的提示音如约响起。

魏:考完了?

有两缕碎发掉下来挡住了视线,许释用手别到耳后,回复他:嗯嗯,刚出来。

魏:考完就别想太多了,好好休息。

Sun:好。

许释背着双肩包走在长廊里,周围都是来自各个学校的尖子生,天生带着争强好胜的劲儿,讨论的话题无非都和这次竞赛有关。

她没什么太大的感受,自己已经尽最大努力去做了,过程中也收获了不少经验,至于结果,听天由命就好。

就像登山,虽然山顶的壮阔更加诱人,但沿途的风景同样值得珍藏。

这会儿正是下楼的高峰期,楼梯口堵得堪比春运,许释挤了十多分钟才下来。

赵思萱的考场就在一楼,发消息说在池塘边等她。

许释左拐过去找人,离老远就看见她拿着手机打字,"不爽"就差写在脑门上了。

"怎么了?"她走过去问。

"别提了。"赵思萱干脆把外套脱了搭在胳膊上,"刚才考试的时候,坐我后面那男生一直在抖腿,抖得我椅子直颤,真想转身给他两拳。"

许释也有过差不多的经历,非常感同身受:"这种确实烦。"

"晦气死了,我要是考不好都怪他。"

"别气了。"许释安慰她,"我相信你,肯定能拿奖的。"

两人走在石子路上,赵思萱脾气来得快去得也快,过了没五分钟,已经开始和许释讨论上午在走廊碰见的帅哥了。

赵父的车就停在校门口,赵思萱朝许释勾了勾手:"好不容易考完了,得好好犒劳一下自己。走,姐姐请你吃好吃的去。"

其实她也就是个子高,又长了副御姐样儿,真追究起来,比许释生日还小三个多月。

"好啊。"许释倒也配合她,往她肩膀一靠,看着倒真像是对姐妹。

午饭是在西塔那边吃的,从餐厅出来后,赵思萱拉着许释在周围几个商场里来了次"大扫荡",两人都累得不行。

等到家后,许释窝在床上睡了一下午,才终于把精神养回来一点。

日历撕开新的一页,转眼进入四月。四月十日,高一年级迎来月考。

这次是全市统考,抚市一中出的题。

他们学校一向以竞赛保送出名,出起题来也丝毫不考虑其他学校的进度,数理化三科的试卷比许释他们平时练的难了不止一个度,尤其是物理,两道应用题都是没见过的题型。

统考一共三天,最后一天早上安尧下了场急雨,温度也大幅度"跳水"。

许释出门的时候忘记带伞,跑到班级的时候浑身上下都是湿的,她也没来得及换衣服,直接拿着东西去了考场。

那一整天她的状态都不好,下午考英语的时候脑子更是昏昏沉沉的,像是被人灌了糨糊。她无精打采地趴在桌上,眼前的字母单词都变得陌生,手指绵软无力,连笔都有些拿不住。

好不容易挨过两个小时,许释把卷子交上去,拿着书包准备回班。刚走了十几米远,她忽然眼前一黑,双腿跟着发软,直接倒在了地上。

再醒来的时候,许释已经躺在医务室的床上了。

鼻尖充斥着淡淡的消毒水味,赵思萱在她额头上试了下温度,眉头皱着:"怎么还这么烫,还有哪里不舒服吗?"

许释动了动唇,才发现嗓子好像被人用刀划了下,疼得什么都说不出来。

赵思萱给她喂了点水,缓了好一会儿,她才勉强能发出几个单音节。

"你也真是。"赵思萱搓了搓她冰凉的手,"不舒服就和监考老师说一声啊,逞什么强。"

"我没事。"

"还没事呢,都烧到39℃了,再来得晚点,就烧成傻子了。"

许释笑了下,声音轻飘飘的:"哪有你说的这么吓人。"

"学霸你醒了?"沈浩风风火火地从外面进来,黑色书包还挂在身上,应该是考完试没来得及回班。

"还难受吗?"他关切地问,把手里的塑料袋搁在床头,"我去食堂二楼给你买了皮蛋瘦肉粥,要是饿了你先吃一点。"

"你呢?"许释反问,"吃饭了吗?"

他笑:"放心吧,早就吃过了。"

虽听他这么说着,但第六感告诉许释,这人在撒谎。

等到药水吊完,距离晚自习还有二十多分钟,赵思萱扶着许释从床上下来,还是不放心:"要不去倪魔头那儿请个假吧。"

"不用了。"打了两瓶药,许释觉得自己精神好了点,应该能撑住。

"行吧。"赵思萱知道自己拗不过她。

教学楼里到处是乱窜的学生,大家都想趁着成绩还没出来,享受一下最后的幸福时光。

许释他们走的是西楼梯,到三楼拐角的时候,迎面碰上魏宴然那伙人勾肩搭背地在走廊里晃悠,看着像是刚从校外吃饭回来。

魏宴然刚好对上许释的视线,扯唇笑了下,丢下身后那帮人抬腿往她这个方向走。

赵思萱也很有眼力见儿地把沈浩往教室里面拉。

偏偏他还在状况之外:"你干什么啊?学霸还生着病呢,咱们把她一个人扔那儿是不是不太好?"

"瞎操心什么。"赵思萱拍了他一巴掌,"放心吧,有人送她回来。"

沈浩品出她话里的意思,回头看了一眼不远处的两个人,愣了好几秒才缓过神。

另一头的楼梯角。

天色半明半暗,夕阳与地平线交相融合,如画的晚霞从窗户倾泻进来,将大半个走廊染上绯色。

许释靠在墙上,脸色还是苍白,看着一点精气神都没有。

魏宴然垂眸看着她,手背往她额头上贴了贴:"生病了吗?"

她闷闷地"嗯"了声:"早上出门淋了场雨,着凉感冒了。"

"你也真是傻。"魏宴然叹了口气,"下雨就打车过来啊,给自己弄成这样……难受得厉害吗?"

许释嘴角向下压着,鼻子里像塞了团干棉花一样喘不上气,带着很重的鼻音:"有点。"

说完,她开始在心里嫌弃自己的矫情。

她的体质从小到大都算不上好,每次学校爆发什么流行病都少不了她,感冒发烧更是家常便饭。

"那要不请假回家？"

许释摇头："不用。"

"都病成这样了。"魏宴然在她头顶揉了揉，"还想着在学校学习啊。"

许释抿了抿嘴唇，抬起头来，因为生病，她的眼睛水蒙蒙的，眼尾还带着些红。

她开口叫他："魏宴然。"

"怎么了？"

"我还是离你远一点，别把感冒传染给你了。"

"怕什么，大不了就同甘共苦啊。"

那天的晚霞真的很美，云层半隐其中，粉红色的天与轻柔的晚风，少男少女穿着干净规整的蓝白校服，在窗下对视。

仿佛是童话中才会有的景象。

如果结局也能和童话一样美好该多好。

2

因为这场突如其来的病，许释这次月考的成绩非常烂，总成绩才 625 分，直接滑到了年级二十名开外，一向擅长的英语只拿到了 115 分，二十个完形填空，她错了八个。

倒是赵思萱发挥得不错，总排名第六，物理单科成绩年级第一。

第一节刚下课，老李把许释叫到办公室，脸色不太好看，委婉地问她最近是不是出什么事了，还是说压力太大。

许释把头埋得很低，本本分分地说那天刚好感冒，考试的时候状态不好。

听她这么说，老李才松了口气。

"没事就好。"她拍了拍许释的肩膀，"一次考试而已，也不要太放在心上，别给自己太大压力。先好好养病，毕竟身体才是最重要的。"

"我知道了，谢谢老师。"

出了办公室，学生会的人正站在走廊里更换这次的成绩单，许释淡淡扫了眼，捏着试卷的手紧了下，径直往班级走。

下午第一节是体育课，热身跑三圈后，老师宣布解散。

赵思萱披着校服过来找她，说是文委她们偷偷带了"大富翁"，问她要不要一起玩。

其实赵思萱是想带着她换换心情，省得她一个人憋出毛病。

但许释还是一副兴致阑珊的样儿，说不去了，想自己一个人待会儿。

赵思萱在她脑袋上揉了把，劝她："释啊，一次考试而已，别这么颓废啊。而且你也是因为生病才没考好的，事出有因，咱们下次好好发挥，肯定能考回前几名。"

"别哭丧着脸了。"赵思萱在她脸颊上戳了下,"来,给姐笑一个。"

许释牵强地扯了下嘴角。

"算了,你还是别笑了。"赵思萱耸了下肩膀,"怎么比哭还难看。"

"思萱。"许释转头看她,"你去和她们玩吧,我过一会儿就好了。"

"真不去?"

"不去。"

"成。"赵思萱也没勉强,"那你有什么事一定要和我说。"

"好。"

许释一个人往操场的方向走,抱膝坐在大理石台阶上,从口袋里掏出那张有些皱的成绩单摊在面前。

她盯着那排被自己用红笔圈出来的数字,怎么看怎么觉得刺眼。

视线一点点模糊,眼眶好像也有点酸。

从进入学校的第一天开始,陈月琴他们就对她的成绩抓得很紧,只许上升不许下降。上次考试已经让他们很不满意了,这次回去他们肯定不会给她好脸色看。

"一个人瞎想什么呢?"

魏宴然不知什么时候坐到了她的旁边。

许释眨了眨眼,朝他扯出一个勉强的笑:"没什么。"

"你知不知道——"魏宴然想去捏她的脸,手伸到一半,又停下,最后只在她额头上戳了戳,"你这人真的很不擅长撒谎。"

"啊?"

"不开心三个字都写在脸上了,还说没事。"

他抬手去拿她膝盖上的成绩单,许释下意识地拦:"别看。"

分数太低,她不好意思。

"谁说我要看了。"他抽走那张纸,直接将带字的那面翻了过去。

许释偏头去看他,魏宴然低着眼,睫毛长而密,光影落在他的肩膀上,给他蒙上一层暖黄色。

许释忽然觉得眼前的景象好似一幅画——

校园、跑道和坐在光下穿着白衣的少年。

"咚!咚!"她心跳漏了几拍。

一阵风吹过,带走脸颊上的热与燥,许释忍不住抬起胳膊,用手比成摄影框的模样,然后咔嚓一下——

将眼前这场景永久留存在脑海里。

"又犯什么傻呢。"魏宴然偏了下头。

许释连忙回神,将几缕碎发勾到耳朵后面:"没事。"

"伸手。"

"什么？"

许释垂眸，看见那张成绩单已经被他折成了纸飞机，塞到了自己手里。

"吹口气。"他说。

许释乖乖照做，把纸飞机对着嘴哈了口气。

下一秒，魏宴然带动她的胳膊，将飞机用力抛了出去。

空中划过一道优美的抛物线。

"不就是一次考试吗。"魏宴然重新坐回她身边，"谁还没有个失误的时候。"

"许释。"他看着她的眼睛，目光熨烫灼热，像清朗挺拔的山川，更像热烈温暖的朝阳。

他一字一句道："我相信你，下次一定可以的。"

许释睫毛颤了下，情绪有一瞬间的失控。

"答应我。"他又说，"相信自己。"

"好。"许释也认真地点点头，"我答应你。"

那节课之后，许释的情绪明显好了不少，晚自习的时候一直在订正试卷，把自己在考试中出现的问题全部列了出来，用便利贴贴在桌角上，警示自己以后不要再犯。

魏宴然给她折的那架纸飞机也被她捡了回来，怕被弄出什么折损，她把它放在了书包最大的口袋里面。

赵思萱捧着半杯梁远送的奶茶，过来捏她的脸："这是满血复活啦？"

"是啊。"许释抻了抻胳膊，"不过还有几个知识点没弄懂。"

赵思萱在她头顶拍了下："加油哦，小许同学。"

四月的晚风里夹杂着淡淡的梨花香，街边路灯昏黄，地面上的树影轻晃。

晚自习结束后，许释抱着校服外套慢吞吞地往家里走，虽然她给自己做足了心理建设，但还是有点没底。

小区里的路灯坏了好几盏，四周静得可怕，许释走几步就要回头看看，像是只胆小怕惊的猫。

好不容易进了楼道，许释贴着墙根走上四楼，打开门，陈月琴在沙发上坐着，脸色不怎么好看。

她的内心隐约生出几分忐忑，掐了掐掌心，喉咙里蹦出单个音节："妈。"

陈月琴站起来，几步走到她面前，连一秒缓冲的时间都没给，抬手就是一个巴掌。

许释都没反应过来这是怎么回事，也没躲，巴掌结结实实地落在了她的侧脸上。

她皮肤薄且白，陈月琴手劲又大，她的脸上很快就浮出一个清晰的巴掌印，火辣辣地疼。

许释痛得皱了一下眉头，耳边不知是哪儿来的"嗡嗡"声，好半天都没缓过来。

"许释你怎么搞的？"陈月琴脸色铁青，"为什么成绩一次比一次差！你天天都在学校干什么？"

铁门"咯吱"一声被打开，楼道里的冷风灌进来，许康安带着一身酒气从外面进来。

他不知道发生了什么，朝里屋吼了一嗓子："又怎么了？吵吵吵，天天就知道吵。"

"你问她啊。"陈月琴双手叉腰，"问问她这次月考考出什么好成绩了，年级排名都掉到二十七了！"

"多少？"许康安一听也恼了。

"二十七！"陈月琴重复，"年级第二十七，班级第三，英语才考了115分！"

许康安和陈月琴之间虽然没什么太深的感情，但在教育她这件事上却是如出一辙。

他大步流星地走过来，在许释肩膀上补了一巴掌，唾沫星子乱飞："许释，你真出息了啊。老子在外面累死累活的，你就这么回报我们？"

"成绩到底为什么一次比一次差？"陈月琴顺手抄起旁边放着的木制笤帚，不由分说地往许释身上打，"我花那么多钱送你去学校，是让你去出人头地的，不是让你堕落的。

"你是不是以为自己聪明，不上心也能考出好成绩啊？别做梦了，你那脑子多笨你心里没有数吗？还敢不努力？

"你自己看看你考的那几分，你说你对得起谁？"

见许释不说话，陈月琴脾气更大，吼得嗓子都哑了："哑巴了？说话啊！"

许释咽下两颗泪，声音都在抖："考试那天我发烧了，答题的时候状态不好。爸妈对不起，我下次会努力考好的。"

"你少在这儿给自己找理由！"许康安指着她鼻子骂，好像突然想起了什么，"你该不会是谈恋爱了吧？"

许释连忙摇头否认："我没有。"

陈月琴一听就急了，上前抓着许释的胳膊："许释你老实交代，是不是谈恋爱了？"

"我没有。"许释哭得有些喘不上气，"我真的没有。"

但陈月琴根本听不进去她的话，抬手抢走她肩上的书包，一把扯开，里面的书本全被她倒在了地上。

许释难以置信地睁大眼睛，下意识要去拦："妈！你在干什么？"

陈月琴抬手在许释肩膀上推了一把，眼睛通红："你拦什么？心虚了是不是？"

许释也急了，压抑许久的情绪发泄出来："你这是在侵犯我的隐私！"

"我是你妈！你哪儿来的隐私？"陈月琴蹲在书堆里，一本一本地翻着，企图在上面找到什么她谈恋爱的蛛丝马迹。

许释瘫坐在地上，闭上眼睛，哭得很凶，像是只剩下一口气："爸妈我知道错了，对不起，真的对不起。

"都是我的问题，下次我会努力考好的，我保证。"

陈月琴没找到自己想要的东西，把书胡乱塞回去，然后扯着她衣领，连拖带拽地把人狠狠推进了房间，书包扔在地上。

"许释我告诉你，你要是期中还考这么点分，就给我滚出家门。"

许释嘴唇已经被咬得没了知觉，她点点头："好。"

门"砰"一声被关上。

终于清静了。

许释缓了好一会儿才弯下腰，把书包捡起来放在椅子上，她打开最里面的夹层，纸飞机已经被压变了形。

她连忙拿出来，用手抚平上面的褶皱，月光从窗外洒进来，给纸飞机镀上一层朦胧的光。

许释突然平静了很多，她抬手把脸颊上的泪抹去，轻轻摩挲着纸张，好像那人的体温和气息还残留在上面。

不知道过了多久，许释拿起水笔，在空白处写了一行小字：*世界再黑暗，我有自己的光。*

没事的，她告诉自己。

熬一熬就会过去的。

只要这光在，她就能坚持下去。

哪怕跋山涉水，为了那片刻的耀眼，她也愿意赴汤蹈火，在所不辞。

3

清晨六点，春意盎然的校园在清脆的鸟鸣声中苏醒。

燕子扑腾着翅膀站在高低起伏的电线杆子上，昨夜刚下过一场小雨，楼前的梨花被雨水打得支离破碎，白色花瓣陷在泥土里，依稀可见沾在上面的露珠。

天空被洗刷得湛蓝，云朵仿佛松软的棉花糖嵌在上面，空气中带着雨后特有的清新与湿意。

林荫大道上空无一人，许释背着书包走在校园里，光影顺着树叶缝隙落在脸上,她不太适应地眯了下眼睛,脸上的疲惫被这光放大了几分,眼下那圈乌青也更加明显,嘴唇几乎没什么血色,看起来像是营养不良。

自从上次月考过后,许释每天都要学到凌晨。

不知道是不是压力太大,她的睡眠状况变得很差,失眠情况严重,就算是睡着了,也会在夜半时分带着一身冷汗从梦中惊醒。

前天晚上,她凌晨三点多才勉强睡着,眼皮合上不过两个小时,又被陈月琴拽起来背书。

严重的休息不足让她心跳有些失常,许释用手在心口的位置上压了压,深吸几口气才继续往教学楼的方向走。

和往常一样,她是第一个到教室的,她把书包挂在椅背上,从里面拿出单词书。

等上午第三节语文课结束,班上齐刷刷困倒了一大半,许释揉了揉眼睛,从书桌里抽出自己的错题本,起身准备去趟物理组。

踏出班级的第一眼,她就看见了那个想见的人。

他懒散地半倚在墙上,黑色袖口挽上去半截,露出的小臂线条流畅紧实,视线精准地落在她身上。

不知道是刻意在等还是偶然撞见。

魏宴然扯了下唇,屈指朝她招招手:"睡不醒同学。"

这是魏宴然最近新给她起的绰号,他说每次在走廊看见许释都是一副没睡醒的模样,眼皮恹恹耷着,浑身上下透着很重的倦意。

他还打趣说别人都是"今天也要元气满满哦",可到许释这里就变成了"今天也要睡不醒哦"。

许释替自己反驳了几次,后来也懒得争执这些,索性随他叫。

她打了个哈欠,磨磨蹭蹭地走到他旁边:"干什么。"

"昨晚是不是又熬夜了?"他指了指她眼下的黑眼圈,"熬到几点?"

"没有很晚。"又是一个哈欠,生理性泪水从眼角溢出来,许释随口扯了个谎,"大概一点多。"

"是不是困了?"

"还好。"

魏宴然一把抽走了许释手里的试卷,许释反应迟了几秒,迷茫地抬头看着他:"你干什么?"

"这个。"他抖了抖试卷,"没收了。"

"别闹。"许释伸手要抢,"我还有几道题没搞懂呢,得去物理组问问。"

魏宴然直接抬手把卷子举到头顶,许释干蹦跶半天也没够到。

"快还给我呀。"许释跺了跺脚,"一会儿上课了。"

"先回班级睡会儿。"魏宴然垂眸看她,用命令的口吻,"你现在注意力明显不集中,就算老师给你讲题也未必能听懂。"

"我自己心里有数。"许释还在踮脚够他手里的卷子,却被人直接拎着衣领往班级门口走。

"听话,什么都别想,进去睡一个课间,卷子我替你保管,下午过来拿。"

许释争不过他,只能回班级补觉。

对于这帮争分夺秒的高中生来讲,哪怕只是五分钟的小憩,也能让精神头恢复不少。

许释趴在桌上眯了一会儿,再醒来的时候觉得头脑清醒了很多,做题的效率也比之前高了不少。

这个月许释一直处于这种忙忙碌碌的状态,玩手机的次数少了很多,只有在学校的时候才能和魏宴然说上几句话。

周六是赵思萱的生日,两人约好一起吃晚饭,算是给她庆生。

烤肉店里面的人很多,抽油烟机的运转声和各类交谈声混杂在一起,许释和赵思萱坐在最里面的包厢,蔬菜、肉片摆了一桌。

许释用攒下的零花钱给她买了个小夜灯当生日礼物,祝她新的一岁要天天开心。

"多吃点。"赵思萱把烤好的牛肉往许释面前的白瓷碗里放,"最近看你瘦了不少。"

"有吗?"许释抬手捏了下脸,"我自己倒是没什么感觉。"

"今天几点的门禁?"

陈月琴这段时间看许释看得很严,周末要想出来必须仔细报备,还要在规定的时间之前回去,这些赵思萱都知道。

许释夹了块口蘑往嘴里送:"没事,今天他俩不在家。"

"好哦。"赵思萱拍手,"那能缠着你陪我多逛会儿了。"

赵思萱:"不过我真觉得他们管你管得太狠了,换作是我——"她顿了几秒,脑补了下那种场景,连忙摇头,"可能早就崩溃了。"

许释表情很淡:"这么多年也习惯了。"

从烤肉店出来后,两个人沿着街边瞎逛。

安尧北边有条夜市街,两边的摊子卖的都是些琳琅满目的小玩意儿,价格便宜,最受年轻人和学生的欢迎。

刚过晚上七点,正是夜市最热闹的时候。

赵思萱在卖饰品的摊子前停下,拿起一对水晶耳坠往自己耳垂旁边比画,回头问许释:"好看吗?"

"好看。"许释点头,"但你不是没耳洞吗?"

"是啊。"赵思萱叹了口气把耳坠放回去,"不过我想好了,高考一结束,我就立马去打耳洞。"

"你呢？"她挽上许释胳膊，"要不要和我一起？"

"不要。"许释缩了下肩膀，"我怕疼。"

"哎呀，打个耳洞而已，一下就结束了，一点都不疼。"赵思萱还在怂恿她。

"你又没打过，怎么知道不疼？"许释不太上套。

赵思萱哼了声："胆小鬼，为了美这点疼算什么。"

两人又进了几家服装店，不过大部分时间都是赵思萱在挑，许释站在旁边等她。

许释把手机拿出来，登上QQ，置顶联系人发来一条新消息。

魏：干什么呢？

许释打字回：和思萱出来逛街，你呢？

那边回得很快。

魏：和朋友爬山，都是男生。

许释看了眼外面黑透的天，有点惊讶：这个点爬山啊？

魏：嗯，就在北山上。

许释让他注意安全，没过几秒，又弹出一条新消息。

魏：你们俩在哪儿逛街呢？

许释直接发了个定位过去，等了三五分钟，见魏宴然没回复，她把手机塞回口袋里。

赵思萱穿着一件印花字母卫衣从试衣间里面出来，下面搭配的紧身牛仔裤包裹着修长笔直的腿，黑长发随意披在身后。她身材比例好，穿什么都能撑起来，再加上那张略带有攻击力的脸，又辣又飒，非常带劲。

许释忍不住夸她："好看。"

赵思萱往镜子里面打量了几眼，似乎也挺满意，直接到前台那里付了账。

再往前是美食街，虽说刚刚吃了晚饭，但赵思萱还是兴高采烈地拉着许释往人群里面挤，说是有家芝士热狗棒特别好吃，一定不能错过。

她说那家店在拐角处，估计味道确实不错，队伍排了很长一列。

她们后边站着几个职高的女生，身上的香水味有点呛，赵思萱皱着眉头往旁边躲了躲，胳膊搭在许释肩膀上："今天怎么没见你和帅哥聊天呢？"

许释横了赵思萱一眼，让她别瞎说话："他在和朋友爬山。"

"爬山？这黑灯瞎火的谁闲着没事爬山。"赵思萱警惕道，"他不会骗你——"

"哎呀，思萱。"许释打断她，"别瞎讲。"

队伍前行的速度很慢，过了十多分钟才排到她们，赵思萱直接帮许释付了款，又拜托老板往她那份上面多放点番茄酱。

夜间的安尧比白天喧闹很多，随处可见的烧烤摊子带着很浓的烟火气息。赵思萱和许释吃着热狗棒又逛了会儿，没发现什么有意思的东西，扭头准备往回走。

走了没几步，路过刚才那家服装店的时候，许释忽然发现门口的树下有个人影。

他穿着件烟灰色的卫衣，半倚在树干上，店铺门口的灯有半束斜斜地照在他的身上，将额前几缕碎发投出的阴影打在脸上。

他微低着头，手里面的手机屏幕亮着，指尖在上面轻敲了几下，似乎在和人发消息。

许释揉了揉眼睛，以为是自己看错了，但下一秒，她听见了自己的特别关心提示音。

心口咚咚响了两下，许释拿出手机，琥珀色的眸子里倒映出聊天框里面的内容。

魏：跑哪儿去了？

许释刚准备打字，那人心有灵犀般回了头，两道目光撞在一起，他朝许释勾了下唇，抬脚往这个方向走。

赵思萱也注意到他的身影，"嚯"了声："还真是说曹操曹操就到啊。"

"穿这么少。"魏宴然捻了下许释身上那件短衫的厚度，"不冷吗？"

"还好。"

"你怎么过来了？"许释仰着头看他，"不是在和朋友爬山吗？"

魏宴然朝赵思萱点了个头，算是打招呼，又看向许释："我先下来了。"

四周的人流稀疏了一点，赵思萱觉得自己在这儿有点煞风景，干咳了声："既然魏宴然来了，我就先走了。"

许释"啊"了声："说好要陪你过生日的。"

"饭也吃了，街也逛了，还要怎么陪啊？"赵思萱给自己找了个理由，"刚好梁远森发消息说有东西要给我，让我去找他。"

"好吧。"许释也存着自己的小心思，"你路上注意安全。"

"知道啦。"

魏宴然也没客气，往许释那边靠了靠，笑道："那我可把人带走了。"

赵思萱满脸"姨母笑"："去吧去吧。"

临走前，赵思萱还贴在许释耳边低语："好好把握。"

许释拍了她一巴掌："不许拿我开玩笑。"

月色朦胧，树影轻晃，风里有淡淡的草木香气。

魏宴然垂眸望着她，声线低沉："急着回家吗？"

许释："不急。"

"那带你去玩会儿？"

"好啊。"

魏宴然把她带去怡和广场，乘电梯上了二楼："想玩什么？"

·165·

许释目光转了圈，视线停留在东北角那排娃娃机上，眼睛亮了下："你会抓娃娃吗？"

魏宴然看她这副期待的模样，勾唇笑了下："试试呗。"

两人找了个空着的机器，左手边是一对情侣，似乎玩了很长时间，筐里面的游戏币只剩了几个。

又一次失败，女生气馁地靠在墙上，语气像撒娇又像抱怨："怎么回事啊？抓了一晚上，一个都没抓到。"

"别急宝宝。"男生好脾气地哄，"我再试试。"

许释正好奇他到底能不能成功，一道懒洋洋的声线忽然从头顶传来，魏宴然拎着她衣领把人转回来："别看了，他们有我好看？"

他从筐里捞出来三个游戏币，屈身塞到下面的投币口，双手撑在机器两旁，下巴朝着里面那堆花花绿绿的毛绒玩偶抬了下，语气和神态都带着几分漫不经心。

"想要哪个？"

许释抿了下嘴唇："哪个都行。"

"怎么？"他抬手在她脑门上弹了下，"不相信我？"

"倒也不是。"

"那就挑一个。"

许释抬手指向角落里面一个很可爱的毛绒兔子："那个，可以吗？"

魏宴然睨了眼："看好了。"

他那双骨节分明的手握在操纵杆上，向左拨弄了几下，见位置调整得差不多了，半秒也没犹豫，直接按下按钮。

抓夹稳稳当当地落在了兔子上面。

他弯腰从下面的出口处把那个兔子拿出来，扔到许释怀里，抬手懒散地在后颈上捏了几下："还想要哪个？"

许释又挑了几个比较喜欢的玩偶，魏宴然像是开了外挂一样，一个不落地全部给她抓了出来。

旁边那个女生见状直接把外套甩在男朋友身上，赌气地转身走了，男生追着去哄。

许释眨了眨眼："我们不会就此拆散一段姻缘吧？"

魏宴然煞有介事地点点头："没办法，他太'菜'了。"

"不过……"许释低头看着怀里满满当当塞着的玩偶，神情里不自觉多了些佩服，"你真的好厉害哦。"

"嗯。"魏宴然在她头上揉了把，也不谦虚，"我天赋异禀。"

夹完娃娃出来的时候已经快要九点了，魏宴然直接打车把许释送回了家。

后面那段时间，许释继续保持着"晚一早六"的作息时间，整天靠着速溶咖啡续命,赵思萱看着她几乎要掉到下巴上的黑眼圈,有些担心:"释啊,离高考还有两年呢,咱不用这么拼吧。"

许释摇头说没事,皱着眉把飘着苦气的黑咖啡仰头一口灌下去。

功夫不负有心人,后面几次周测,许释的成绩都还不错。

四月很快就要过去了。

天气一点点转热,被阳光炙烤的树叶无精打采地耷拉着。

第一节物理课结束,许释困得眼皮直打架,刚准备趴在桌子上睡会儿,沈浩就风风火火地跑进来,神情激动得像是中了五百万彩票。

"你们一个个怎么困得跟丢了魂儿一样。"他皱眉嫌弃道,"昨晚都通宵了啊?"

赵思萱困得泪眼婆娑,随手往他身上砸了本书:"沈浩你闭嘴,我要睡觉。"

"睡什么睡。"沈浩把两个人摇起来,"有个大八卦,你们听不听。"

听到"八卦"两个字,赵思萱终于来了点精神,勉强抬起眼皮,目光却还涣散:"快说,要是不够劲爆我就'手刃'了你。"

许释用手托着下巴,也在等他说话。

沈浩装模作样地清了清嗓子,压低声音凑到她们俩旁边,神秘兮兮地说:"这个月月末,咱们学校要开艺术节!"

这下赵思萱彻底精神了,一巴掌甩在他背上,啪的一声响:"沈浩你脑子被门夹了?这也能叫八卦?"

"不然呢?"沈浩被打得有点蒙,"我可是在倪魔头那儿偷听到的。"

"滚滚滚。"赵思萱把人推开,"我真不该浪费这宝贵的两分钟听你废话。"

下午第二节班会课,马志国就把艺术节的事和大家说了,年级让每个班出一个节目,放学之前报上去,但他连问了三遍,没人搭茬。

"许释。"那道阴冷的目光忽然放在许释身上,"我记得你会弹钢琴是吧?"

许释几乎是第一时间摇头否认:"已经很多年不弹了。"

马志国根本不理会:"乐器这东西,只要基础在,练几天就能捡起来。"

"班长。"他又看向前排一个女生,"你会小提琴是吧?"

班长硬着头皮说了句"是"。

"那就这么定了,咱班的节目就你和许释一起,小提琴钢琴合奏。"

"老师。"许释咬了咬牙,"我不想参加。"

"事关班级集体荣誉。"马志国板着一张脸,"你连这点牺牲精神都没有?"

"这事就这么定了。"马志国没给她反驳的机会,把书拍在讲台上,"合奏曲目你们尽快定,今晚放学之前给我。"

后半节课许释都有点提不起精神,过不了多久就是期中考,她学业压力本就大,根本没有时间排练。

下课之后，班长过来找许释。

看她那副呆愣的样子，班长碰了碰她的胳膊："那个，你要是真不想参加的话，我再去和班主任说说？"

许释摇头："不用。"

她身边的位置到现在都还空着，马志国唱的是哪出她心里有数，他铁了心不想让自己过舒坦日子，谁去说都没用。

班长："那合奏的曲目，你有什么想法吗？"

许释勉强挤出个笑："我都可以。"

"那好，下节课我列个节目单出来，咱们一起选选。"

两个人最后选择了那首《天空之城》。

许释的钢琴部分倒是不难，只不过她实在是很多年没碰过钢琴了，技艺难免生疏，独奏都磕磕绊绊的，何况还要去配合另一个人。

家里的钢琴早就被卖掉，她又不敢和陈月琴他们提起这件事，只能每天下午第三节自习课的时候请假，到学校的琴房和班长排练。

马志国对这次艺术节莫名上心，每隔几天就要来看看她们的进度，还装模作样地鼓励她们好好练，争取通过初审。

那半个月许释几乎没睡过好觉，在学校浪费掉的时间都要靠着熬夜补回来，为了保证听课效率，她有时候一个上午要喝掉两杯咖啡。

压力实在大的时候，她也会和魏宴然抱怨几句。

魏宴然知道她失眠，每晚也都撑着陪她一起熬夜，会在睡前给她偷偷打语音电话，极其好脾气地哄她睡觉，有时候是给她唱歌，有时候是给她讲那种哄小孩的童话故事。

许释最喜欢听他唱那首徐秉龙的《千禧》。

歌词里面说："挨过无能为力的年纪，我一定要拥有你。"

有魏宴然的陪伴，那段日子算不上难熬。

初审那天是四月二十七日，安尧下了场小雨，天空是如墨一般的暗色，水珠顺着树叶滑落，在地上溅出一个小小的水花。

许释中午吃过饭后直接去了教学楼对面的小礼堂，班长坐在最后一排朝她招手："这儿呢。"

他们年级一共报了二十个节目，初审要淘汰一半多，只有八个能进到第二轮复审。

礼堂下面乌泱泱地坐了不少人，隔壁班几个女生正在台上调试设备，她们穿着统一的紧身衣和超短裙，姣好的身材被完美展现出来，脸上妆容精致，从头到脚都透露着青春与活力。

班长看了看自己和许释身上的校服，扶额感慨："这下完了，气势上咱们就输了。"

许释倒是无所谓,反正她也不怎么想参加。

上台的顺序是抽签决定的,班长手气不太好,抽中了倒数第二个,要在下面等一个多小时。

许释没心思欣赏台上的节目,也不想浪费时间,从口袋里拿出英语单词书,开始争分夺秒地背单词。

喊到九班的时候,许释心头莫名缩了下,像是条件反射又像是心有灵犀一般,猛然抬起了头。

"九班同学在哪里?来了吗?"音乐老师拿着喇叭又喊了一遍。

人群中传出响亮的一声:"来了来了。"

舞台侧方上来一群人。

为首的那个穿着白色T恤,黑色休闲长裤,额前的黑色碎发被精心打理过,头顶的灯光也偏爱地落在他身上,衬得身形颀长落拓,让他成为全场最耀眼的存在。

他浑身上下都透着一股漫不经心的姿态,可偏偏目光是深邃而专注的。

而那双眼,此时此刻,穿过整个礼堂,不偏不倚地落在了后排那个神色微怔的女孩身上。

4

前奏声缓缓响起,九班唱的是胡夏的《那些年》。

但是并没有人在意这些。

所有人的目光都在魏宴然身上。

随性、散漫,生人勿近的气场里还带着几分漫不经心的倦,他修长有力的手握上话筒,低沉的声线缓缓流出,旁边的人好像顿时黯然失色。

但魏宴然的目光始终放在后排的那个人身上,好像这场演出里,她才是他唯一的观众。

两道视线隔着重重人群交汇在一起,时间和空气好像都因为他们而静止。

许释呆呆地看着他,牙齿无意识地咬在唇内的细肉上,心脏怦怦跳得很快,思绪却不受控制地变缓。

但她还是好奇,魏宴然为什么会出现在这里?之前两个人聊天时有提到艺术节,他从来没说过自己会参加啊。

歌曲很快进入尾声,台上所有人鞠躬致谢,台下响起了极为热烈的掌声,许释也跟着鼓掌。

表演结束后就可以回班,魏宴然跟着班级大部队消失在许释的视线中。

但她还是没有回过神来,把脸埋在手心,脸颊和耳根都很烫,睫毛无规律地颤着,刮在掌心上很痒。

过了大概三五分钟，身边传来一道熟悉的嗓音："旁边的位置有人吗？"

许释心头一紧，不可思议地抬起头，看见魏宴然抱着胳膊悠闲地站在自己身侧。

他怎么又回来了？

见她没反应，他俯下身子，声音含笑："傻了？问你话呢。"

许释神情僵滞，机械般地摇了摇头。

魏宴然直接坐在了那个空位置上。

刚才说话的时候他并没有刻意压低音量，前边不断有人回头朝着这个方向看过来，但也不敢明目张胆地说什么，只能和身边的人交头接耳几句。

班长也用好奇的目光看着他们。

许释面子薄，脸上隐约有些泛红，魏宴然却一副不在意的样子，旁若无人地扭头盯着她看："你们班抽的几号？"

许释揉揉耳垂："18号。"

"现在才到8号，估计你们还得等一个小时。"

"你……"

许释心里其实有很多疑问，想问他为什么会来参加艺术节，想问他为什么又回来了，还想问这一切是不是因为她。

但又觉得这样有些矫情，磨蹭半天她也没开口。

额头忽然被人弹了下，许释抬头，看见魏宴然扯唇："想问什么就大大方方地问。"

"你怎么来参加艺术节了？"她眨了眨眼，"之前没听你提起过。"

魏宴然笑了下："你心里不是都有答案了吗？还来问我？"

"啊？"许释倏地睁大了眼。

真是她想的那样吗？为了她？

许释心口好像有股暖流在缓缓涌动，她觉得自己从小到大都不是一个幸运的人，没有和谐温馨的家庭，没有父母的照顾与关爱，她像是孤独的旅人，过早学会了独立和坚强。

现在看来，她的好运气大概都用来遇见魏宴然了吧。

起码现在她是这么认为的，他是她人生中最大的幸运。

她深吸了一口气，正想说些什么，魏宴然又淡淡开口。

"左不过是班里的合唱节目缺个人，班主任说只要我同意参加，就给我免一周的早习，所以我就来了。"

还沉浸在感动中的许释一怔。

他说什么？为了能免一周的早自习？

看来人还是不能自作多情。

她不太自然地干咳了声，瘪着嘴干巴巴地"哦"了下。

见她这模样，魏宴然没忍住笑了出来。

许释皱眉："你笑什么？"

魏宴然："你这姑娘真好骗，我说什么你都信啊？"

"你这话什么意思？"

"骗你的。"魏宴然懒洋洋地拖长音调，"还不是看某人排练太辛苦，想过来陪她聊天放松一下。"

许释不受控制地扬了扬嘴角，说出的话却很傲娇："我才没有让你来陪。"

"嗯。"魏宴然扬眉，"我自愿的。"

他的嗓音低沉而有磁性，自然而然的语气伴随着宠溺又温柔的笑容一起展露出来，许释一下子羞红了脸。

脸上的温度一再攀升，她别开眼，手中的单词书已经被捏得变了形，她吞吞吐吐地留下一句："不和你闲聊了，我要背单词了。"

魏宴然心情极好："背吧。"

许释强迫自己把目光放在单词书上，但身旁魏宴然的存在感实在是太强，过了好久她还没找到状态，心思总是不自觉地往他身上涣散。

那股清淡又熟悉的草木香气忽然钻进鼻腔里，许释还没反应过来是怎么回事，魏宴然忽然凑到她身旁。

"睡不醒同学。"他叫她。

"已经过去十分钟了。"他的语气轻飘飘的，却像是电流一样打在她的耳畔，"这页单词还没背完啊？"

许释像是偷吃糖被发现了的小孩，后背僵硬："我背单词一向这么慢，不可以吗？"

魏宴然看着她脸色半红半白，唇边笑意深了几分，语气里带着几分善解人意："当然可以了，不过还是别勉强自己，看不进去的时候要学会放弃。"

许释无奈。

这个人好烦哦。

魏宴然没再过来逗她，许释硬着头皮背了两页单词，刚准备抬头看下时间，忽然听见音乐老师在喊二班准备上台。

许释起身，魏宴然轻拉了下她的衣角。

"睡不醒同学。"

他的眼睛真的很好看，眼眶深邃立体，瞳仁漆黑，里面像是藏匿了一整个银河，每次和他对视的时候，都会让她忍不住想要探寻。

"怎么了？"许释回头看向他。

他朝她打了个响指："加油啊。"

笑意从眼底溢出来，许释弯唇："我会的。"

那天的演出非常顺利，是许释排练以来发挥最好的一次。

初审结果是三天后出来的，二班和九班的节目都成功通过选拔。

所有进入复审的学生每天下午三点都要统一到音乐教室排练，那也成了许释每天最期待的时刻。

不为别的，只为能和魏宴然见面。

其他组排练的时候，两个人便会悄悄地跑到窗口旁边的长椅上并排而坐，许释大多数时间都在温习功课，魏宴然就在旁边安安静静地看着她，他在这一刻真正体会到岁月静好是什么意思。

阳光落在女孩的侧脸上，皮肤呈现出一种近乎于透明的白，连最细小的绒毛都能看得一清二楚，像是博物馆里展览的白瓷釉。煦风从窗外吹过，几缕发丝调皮地扫在她的侧脸上，在秀挺的鼻梁上留下淡淡阴影。

魏宴然第一次发现，她耳垂后面有一颗小小的痣。

许释背完三页单词，打了个哈欠，魏宴然抬手在她头上揉了下，轻笑一声："累了？"

"有一点。"

"魏宴然。"她困起来的时候声音总是黏糊糊的，"你给我唱首歌吧？"

"行啊。"他微微挑眉，"想听什么？"

许释伸了个懒腰，一对杏眼弯弯："你唱什么我听什么。"

"让我想想啊。"魏宴然微抬下巴，嘴角微微勾着，但怎么看怎么憋着一股坏劲儿。

"我知道唱什么了。"他朝许释屈指，"过来。"

许释乖乖往他旁边凑了凑，魏宴然贴在她耳边装模作样地清嗓子，声带低低震动："听好了啊——"

"我要向前飞，我是等爱的玫瑰。"

许释一呆。

魏宴然看见许释的表情，趴在窗台上笑个没完。

许释也跟着笑，在他胳膊上拍了一巴掌："你这、你这唱的什么啊……"

"不好听吗？我们家楼下的广场舞天天放这个。"

"不好听。"许释嗔他一眼，"一点都不好听！"

"嗯？"魏宴然语气半威胁半宠溺，"再说一遍。"

许释一个劲往旁边躲："不好听！"

"行啊。"他抱着胳膊靠在一旁，"那以后不给你唱歌了。"

许释连忙瞪大眼睛："这可不行。"

"你自己说你不听的。"

许释软乎乎地笑了下："我听。"

音乐老师这个时候喊魏宴然去排练，他在许释头上拍了下："在这儿等我。"

· 172 ·

"好。"

身下的凳子有些高,许释跟小孩似的,一边晃腿一边靠在窗台上听魏宴然唱歌。

只是她没想到。

那是她最后一次听他唱歌。

第八章·疏远

我们以后还是别再联系了

1

许释记得很清楚,那年安尧的天气很奇怪,整个五月的天都是雾蒙蒙的,几乎每天都会下场小雨。

林荫大道两旁的白桦树显得有些无精打采,水珠顺着油绿的树叶脉络滑落到地上,溅起一阵小小的水花。

空气中带着湿漉漉的水汽,身上也跟着黏腻起来。

又是一个雨天,广播通知大课间暂停,许释带着自己的错题册去找老师,不巧物理组集体外出开研讨会了。

许释慢吞吞地往班级走,路过九班的时候习惯性往里面扫了眼,那人正趴在桌子上睡觉,只留了个后脑勺,上面几撮呆毛有个性地翘着,她没忍住笑了下。

刚踏进班级,迎面扑过来一股很浓的醋酸味,险些把她眼泪呛出来。

班级里的同学忙着开窗通风,后排几个男生正扫地拖地,马志国则双手叉腰站在讲台上,一副老干部做派地指挥着下面的工作。

"怎么了这是?"许释随便拉了个女生问。

"不知道啊。"女生耸肩,"就说让我们大扫除。"

忙活了二十多分钟,教室里终于消停下来。

马志国拿着板擦在讲桌上敲了两下:"说个事,七班有两名同学昨天出现了高烧的情况,经医院检查,确定是水痘,现在都已经送回家隔离了。"

话音刚落,下面同学立马炸了锅。

后头一个寸头男生叹了口气:"不是吧,我昨天刚和七班的朋友打了球,不会被传染吧。"

"怕什么?"旁边有人笑了下,"得了要回家隔离一个月,正好躲开期中考试。"

"别咒我啊，我宁愿考试。"

…………

"都嘟囔什么呢！"马志国吼了一嗓子，"让你们讨论了吗！"

他这暴脾气一点就着，原本骚动的人群像是被兜头浇了盆冷水，立马安静下来了。

马志国板着脸："接下来这段时间都注意点个人卫生，少在教室吃带味儿的东西。班长每天上午、下午带着大家把教室通风消毒一次，一旦有什么情况立刻来找我。"

这场突如其来的病弄得人心惶惶。

半夜十二点，许释洗漱过后钻进被窝，把被子拉到头顶，悄悄地和魏宴然打电话。

虽然陈月琴和许康安都已经睡了，但她还是不敢把音量放得太大，魏宴然总打趣她，说她打电话跟做贼一样。

许释头发被弄得乱糟糟的，她翻了个身，把耳机插得更紧了一点，说："你最近注意一点，别被传染了。"

魏宴然笑了下："没事，我抵抗力好。"

那时候流传一个说法，说是得过水痘的人不会再得第二次，因为身体里面有抗体。

其实许释上三年级的时候也得过一次，那时候刚好碰上期末考，她先是手背上起了几个水泡，也没太在意，只是觉得痒，后来又过了几天才知道是得了水痘。

陈月琴不情不愿地把她从学校接回来，但并不上心照顾，由着她去碰那些未痊愈又痒得厉害的疹子，为此许释胳膊上还留了好几个疤。

"那也要小心一点啊。"许释手指捏着被角。

"好好好，我会注意一点的。"魏宴然依着她，"几点了，还不睡觉吗？"

"睡不着。"

她这三个字说得娇里娇气，任谁听了都是在撒娇。

"好了。"另一头的魏宴然早把她这点小心思摸了个透，哄她，"快睡觉。"

许释语调向上扬着："晚安。"

"晚安，睡不醒同学。"

这场病对整个年级的人心影响不小，但教学和考试进度并没有受到影响。

五月七日，期中测试。

那天早上，许释是在家吃的饭，陈月琴坐在她对面，板着一张脸："今天考试？"

许释小口喝着白粥："嗯。"

"前两次考试考成什么样你自己心里有数吧?"陈月琴恶狠狠地盯着她,"这段时间看着挺努力的,谁知道是装模作样还是真努力。"

许康安在旁边帮腔:"答题的时候仔细点,别再考那么几分给老子丢人。"

许释表情一僵,咬筷子的动作顿了顿,很久才开口:"知道了。"

早自习结束后,各班同学背着书包往考场走,走廊里面像下饺子一样被堵得水泄不通。

许释好不容易挤到自己的考场,刚在靠窗口的位置上坐下,心脏咚地缩了下,就像是搭上了过山车,被人抛到高空又狠狠坠落。

她拧开保温杯喝了口热水,把手放在胸口给自己顺了顺气。

上午只有一科语文考试,两个半小时结束后,大家背着书包,一边讨论刚才写的议论文有没有跑题,一边往校门口走。

为了留出时间复习,许释没回家,到商店买了个面包当午饭,又径直回到班级。

下午的数学考试一点开始。

前半程还算顺利,当她正翻页准备写第二道大题的时候,心跳忽然加快,额头上渗出一层冷汗,紧接着浑身都跟着变冷,像是被人扔进了冰窟窿里面。她的手指也不受控制地发抖,胸口仿佛被人压了块石头一样喘不上气来,原本熟悉的数字公式在这一刻变得陌生又模糊。

许释不知道这是怎么回事,死死咬着发紫的嘴唇,指甲深深陷到掌心里面,胸口艰难地起伏着。

后来连老师都发现了她的不对劲,快步走到她身边:"同学,你还好吗?"

许释咽了下口水,说出来的每个字都发颤:"老师,我能不能去趟洗手间?"

"我陪你一起去。"

老师搀着她去了洗手间,许释拧开水龙头,接了一捧冷水拍在脸上。

水珠顺着脸颊滑落,砸在地上发出微弱的滴答声,她双手撑在大理石台上,闭着眼,睫毛不住地颤抖。

过了一会儿,许释觉得自己平静一点了,用纸擦掉未干的水迹,和老师一起回到考场。

可还不到半分钟的时间,那种熟悉的心悸感卷土重来,恐惧感像是吐着芯子的蛇,凉意和黏腻顺着脚腕向上蔓延。

许释把窗户打开一点,让风吹进来。

她记不住自己是怎么写完的后半张卷子,只知道陈月琴他们的打骂像是魔咒般一直萦绕在耳边,怎么甩都甩不掉。

从考场出来的瞬间,许释像是脱力般地靠在墙上,额前的几缕碎发被冷汗打湿。

后面两天,她过得浑浑噩噩。

期中考和平时的月考周测不一样，所有试卷都要送到市教育局进行复核，成绩出来的速度也慢得多。

许释的心一直悬着。

周四下午，她和班长按照原定计划到音乐教室进行排练。

英语老师拖了会儿堂，两个人进去的时候，其他班级的同学已经开始排练了，她下意识往东北角看。

魏宴然平时习惯在那儿坐着，今天却是空无一人。

她又扭头往别处找，但视线在教室里面转了好几圈，也没发现魏宴然的身影。

他有事没来吗？

九班其他过来排练的学生许释都不熟，也不方便问。

这天排练她都有点提不起精神，中途弹错了好几个音，老师皱着眉头问她怎么回事，她连忙道歉说自己状态不好。

晚饭的时候，她提前十分钟回了班级，趴在九班后门看向角落里的座位，淡黄色的书桌上只有几张空白卷子。

"学霸？"

身后突然传来的声音把许释吓了一跳，她转过身，看见是李奇。

"你在这儿干什么呢？"李奇朝她乐了下，"找魏哥啊。"

许释也没和他藏着掖着，点点头："所以他在吗？"

"不在啊。"李奇看上去有点惊讶，"他发烧了，不清楚什么情况，要在家先隔离。"

…………

回到班级后，许释怏怏地趴在桌子上，笔尖在草稿纸上胡乱画着——

说是瞎画，仔细看看，写的都是魏宴然的名字。

她眉头皱成一道川字，把纸揉皱扔到垃圾桶里，腮帮子微鼓，鼻子用力向上拱。

这个笨蛋。

说好要小心一点的，怎么还是生病了。

到家的时候已经是晚上十点多，陈月琴和许康安不在家，许释钻进房间便迫不及待地从抽屉里拿出手机，特别关心的提示音在安静的小房间里回荡着。

果不其然，魏宴然给她发了消息。

只是许释没想到，他给她发了足足一百多条，下面提示栏上红色的"99+"提醒非常显眼。

这是她第一次收到别人发来的这么多消息。

也是唯一一次。

最后一条是十分钟之前发过来的，他用抱怨的口气说：都这个时间了，某位睡不醒同学是不是该到家了。

倏地,许释感觉有什么东西击在了她的心脏上,让她难以控制地颤抖起来,很久都不能平静。

她将外套脱掉挂在衣架上,整个人埋在柔软的床铺里,目光紧紧盯着屏幕,点开聊天框,把消息拉到最上面那条,瞳孔不自觉地缩了缩,捧着手机的手都开始颤抖。

焦急、欣喜、感动、担忧这些情绪混合在一起,她好像站在一片辽阔无垠的海域旁边,他发过来的每一个字都能掀起惊天骇浪,随时让她溺毙其中。

第一条消息是期中考试的前一天,他说身体有些不舒服,可能要早点睡觉,让她不要复习太晚。

还说睡不醒同学要加油,他相信她一定能考出一个不错的成绩。

仅是看到这儿,许释眼眶就酸得厉害。

其实魏宴然一直都不是个话多的性格,这点李奇也提起过,说别看他整天一副吊儿郎当的模样,其实在陌生人面前高冷又沉默,一个字都不愿意多说,每次都把气氛弄得很尴尬。

但他却对许释说了很多话。

次日就是期中考,他早上七点多告诉许释自己发了高烧,准备一会儿到医院看看。

一个多小时后,他又说自己已经到医院了,因为怕传染给其他人,只能把外套蒙在头上,惹得诊室里的小朋友一直盯着他看。

许释想象了下那场景,他一个一米八七的大男生蒙面在医院走廊里走来走去,莫名有些想笑,但更多的是心酸。

检查结果出来得很快,他的问题不大,医生给他开了些药,让他回家好好休息,尽量不要出门。

后面他一直在和她汇报自己的病情,又碎碎念地抱怨她怎么都不回消息,说自己好可怜啊,絮絮叨叨说了这么多,连一句回复都得不到。

没过几分钟,他又说自己好难受,好想回学校,在家简直要被闷死了。

许释低垂着双眸,目光一直停留在他那句"你怎么都不回我消息"上。

他就像是走丢迷路的小狗,看见主人出现便可怜巴巴地摇尾巴;也像是在外面受了委屈的小孩,回到家就开始撒娇耍无赖。

短短一句话,让她心底溃不成军,柔软得说不出话。

在这个浮光鎏金的时代,大家都习惯性地给自己戴上面具,将所有的伤疤与软肋深藏心底,只有在真正在乎的人面前才会表现出自己柔弱的那面。

他们认识也有快半年的时间了,这是许释第一次见到魏宴然这样。

他说的每句话都好像在向她发出信号,告诉她,他并不是无坚不摧,他也有脆弱的时候,需要她的关心,也需要她的安慰。

眼泪不争气地流进嘴角，苦涩交加，有几滴砸在手机屏幕上，许释用手擦掉，想了很久才打下三个字。

Sun：我来啦。

我来了魏宴然。

你的委屈，你的难过，都可以对我说。

Sun：前几天没顾得上看手机，抱歉啊。

Sun：还是很难受吗？

魏宴然说难受，都要难受死了。

听他这么一说，许释的心也跟着揪了起来。

Sun：不是让你小心一点吗？怎么还是染上了。

魏：我都生病了，你别凶我了好不好？

心脏像是被泡在水里一样软。

许释找了很多注意事项全部给魏宴然发了过去，像是哄小孩那样嘱咐他要听医生的话，好好吃饭好好睡觉，这样病才能快点好。

魏宴然也很乖地说他知道了。

许释又问他艺术节的节目怎么办，魏宴然告诉她老师已经安排了其他人顶替他的位置。

因为他生病的难受还没散去，另一种失望又在心底蔓延开来。

前几天听沈浩提起过，说是安尧高中有个传统，每年艺术节落幕的时候，所有参演学生都要一起到台前合照。

许释一早就想好了，合照的时候要站在魏宴然旁边。

如今只能是落空一场。

归根到底还是养病最重要，许释也没再和他多提这个话题。

周末的时候，许释借着去书店买文具的理由，从家里逃了出来，乘公交车去了北山。

青云寺就在北山山脚，寺庙并不大，外面的小广场上常年有人摆摊卖些平安符一类的小玩什，往里走还有小吃摊。

这个季节来祈福的人格外多，香火在山间缭绕。许释沿着台阶向上，人群熙攘，入耳皆是虔诚祷告。

她记得小时候姥姥身体还没这么差时，每年四月都会从乡下赶来祈福，保佑一家人无灾无难，平平安安。

许释也跟着来过几次，那时候她不过六七岁，在一旁看着姥姥上香拜佛，然后懵懵懂懂地问一句真的有用吗。

姥姥转过来在她额头上轻敲，告诉她佛堂面前，心诚则灵，不许胡说。

许释从门口的僧人手里接过三炷香，慢步走到堂前。

门外传来悠长的古钟声，午后霁光浮现，少女模样清秀安静，跪在佛像前的软垫上，双手合十，慢声低语，一字一句皆是真诚心事。

佛祖在上，保佑魏宴然早日康复。

愿他一生无难，一生赤诚，岁岁欢愉，事事如意。

愿他诸事皆宜，百无禁忌。

2

从山上下来后，许释到底还是去了趟书店。

记不清在哪儿看过，说是折满一许愿瓶的纸星星，愿望就都能够实现。

其实她也不知道这种说法到底可不可靠，但还是想去试一试。

万一真的有用呢？

那天回到家后，许释和魏宴然照例打语音电话聊天。

因为生着病，魏宴然的嗓音比平时还要哑很多，就像是在寒冷的北风中吹过，带着浓重的疲惫感。

许释每次听他说话，眼眶都会不受控制地发酸。

聊到最后，许释目光停留在桌角上的那个许愿瓶上，透明瓶身反射出细碎而柔和的光。

她指腹在微凉的玻璃上蹭了下，俏皮地告诉魏宴然说给他准备了个小惊喜，等他病好回校后就送给他。

魏宴然问她是什么惊喜，她抿抿唇，神秘兮兮地说暂时保密。

魏宴然只是笑了下，说好巧，他也有个惊喜给她。

好像有一束烟花在心底绽开，许释按捺不住自己的好奇心，刨根问底般地追问他。

魏宴然有模有样地把她刚才说的那句话抛了回来。

"你就告诉我呀。"许释那点小女生的性子全被勾了出来，语调像是融化了的棉花糖，甜得能拉丝，"你要是不告诉我，我今天都没法睡觉了。"

"睡不醒同学，你这人怎么'双标'。"

"对啊。"许释承认得轻巧，"我就是赖皮。"

"真拿你没辙。"

魏宴然叹了口气："我买了把吉他。"

砰的一声，那束烟花绽放得更加灿烂。

是那次在沈城，她随口提起的话题——

"那你也会弹吉他吗？"

"不会。"

"你喜欢会弹吉他的啊？"

他当时的语调和声线还在许释耳边回荡，漫不经心又带着些许痞。

许释当时并没有把那段对话放在心上,所以现在还有点蒙,是为了她吗?

像是察觉到她这边的沉默,魏宴然哑着声笑了下:"傻了?"

"是因为——"

"有些事呢。"他不紧不慢地打断她,"心里明白就行了,不用说出来。"

许释聪明,当然知道他什么意思。她心里淌过一股暖流,动了动唇瓣,却不知道说些什么好。

行动永远比言语动人。

缓了许久,她轻轻笑了起来,想象着魏宴然弹吉他的模样。

少年坐在木椅上,身形挺拔落拓,眉眼低垂,修长分明的指节扫过琴弦,再配上他那副随性浪荡的调调。

肯定很好看。

笑着笑着,她鼻间又有些发酸,想起了《如故》里面的一句歌词:她让他教她最拿手的吉他,他说我先哼首歌吧。

许释抬手揉了揉眼皮,声音很柔地开口:"那可要说好了,以后要弹吉他给我听。"

"好。"

"只弹给你听。"

你是我的专属听众。

后面几天,许释按部就班地学习排练,年级领导突发奇想制订了新的政策,每周要统一进行一次综合测验,成绩还要排名公示。

许释也不知道自己是怎么搞的,明明做了不少努力,结果却算不上理想。

周测的成绩马志国没有发在家长群,许释为了逃避,也没和陈月琴他们提起过。

各方面的压力让她情绪变得很不稳定,像坐过山车一样大起大落,只有和魏宴然聊天的时候才会感到一丝平静。

他在家过得挺悠闲,每天睡到自然醒,不过他倒是很关心许释的成绩,每次周测都会和班里同学要来年级的成绩单,找许释的名字。看见她排名上不去,他心里也不好受,但还是鼓励她别放弃,要相信自己。

转眼到了五月十六日。

压了一周多的期中考试终于出了成绩。

人的第六感有时候真是准得可怕,那天许释一大早就开始心慌,干什么都不专心。

早自习一结束,班长就带着成绩单进来,放在讲台上,说想看的自己来看。

许释难得跟着人群往前挤了一次,看见自己学号后面那排数字,她的心凉了半截,脑袋像是灌了糨糊一样转不动,只觉得自己这次是真要完了。

数学只考了118分，后面几道大题估计没得几分。

马志国最近本来就变着法地找她麻烦，这次更是被他抓住了把柄。

下午体育课，许释一个人坐在操场上。

天空的雾色像是散不尽的浓墨，凉风顺着衣领灌进去，吞噬掉她全部的知觉与体温。

她双手抱着膝盖，眼神空洞呆滞。

想了大半天，她还是不知道该怎么和陈月琴他们交代这事，越想越头疼。

四十分钟结束，许释起身往教室走，刚上四楼，迎面碰上隔壁班数学课代表，说是让她去马志国办公室一趟，她妈也在。

许释腿一软，差点倒在走廊里。

她深吸几口气，走到办公室，手指在门上敲了三下，里面传来一声人模鬼样的"请进"。

许释推门进去，陈月琴坐在马志国对面，脸上堆着讨好的笑，看见她进来，狠狠剜了她一眼。

马志国也看了她一眼，拿起手边的茶杯不紧不慢地抿了下，意味深长地开口："许释妈妈。"

"哎。"陈月琴低声下气道，"老师您说。"

"其实许释是个很聪明的孩子，天赋也不错，要是好好培养，高考肯定能拿到一个不错的成绩。"

许释神经一跳。

马志国每次都是这样，先铺垫几句天花乱坠的好话，然后再狠狠打压。

果不其然，下一秒便听见他说——

"但最近几次考试她成绩都不太理想，尤其是数学，我特意看了她这次的卷子，后面几道大题都是我在课上讲过很多次的，但她还错了，实在不应该啊。

"虽然现在离高考还有两年，但是如果基础打不好，到了高三可是会很吃力的。"

"哎哎，您说得对。"陈月琴连忙点头，"老师您费心了。"

"我猜是不是她最近一段时间松懈了，和她沟通几次也没得到什么结果，所以就想着把你叫来，回去好好劝劝她。"

话音刚落，陈月琴像是京剧变脸似的皱起眉毛，朝许释吼了声："你给我过来！"

"长本事了啊。"她在许释背上狠狠抽了一巴掌，"老师的话也敢不听？"

许释："我没有。"

"还敢嘴硬是吧？你自己看看你考的那几分，我都替你臊得慌！"唾沫星子喷到许释的脸上，"你说你对得起谁？是对得起天天操心的老师还是对得起我和你爸？这么多人为你累死累活，你都看不见是吧。"

许释垂眸："我尽力了。"

"什么叫你尽力了？"陈月琴身上像是带着火星子，一点就着，"尽力了就考这么点分？"

"许释妈妈，先消消气。"马志国出来装老好人，"这个年纪的孩子大多都叛逆，你这样教育只会适得其反。"

"她敢！"

啪的一声，一巴掌猝不及防拍到了许释的脸上。

许释被打得耳根发麻，白皙的面颊顿时显现出红色的印子，但她一声没吭，只是在那儿倔强地站着。

陈月琴忽然想起了什么，又问马志国："老师，她在学校没早恋吧？"

"学校里的事情多。"马志国露出一副为难的表情，话说得也模棱两可，"每个学生都要我操心，难免有疏漏的地方，这件事我倒不是很清楚。"

"许释。"马志国用长辈教育小孩的口吻和她说话，"回去要多和父母交流交流，有什么事及时说出来咱们一起解决，大家都是为你好。"

许释脸上的巴掌印还没消，头发也有些凌乱，她眼眶微红，瞪着马志国。

再善良的人，心中都住着一只叛逆的怪物。

许释有一瞬间甚至想和他撕破脸。

但陈月琴没给她机会，陈月琴伸手把她往后一扯，按着她的头强迫她鞠躬："还不快和老师道谢。

"马老师真的不好意思，给您添了这么多麻烦，我回去一定好好教育她。这孩子不争气，剩下两年麻烦您还要多费心。"

马志国也没客气："这也是我们作为老师应该负起的责任，不过现在这些小姑娘都娇气，脾气大得很，我们这些男老师不敢说也不敢碰的，生怕——"

"哪儿来这么多臭毛病。"陈月琴打断他，"马老师，该怎么处理就怎么处理，她要是敢反抗，看我回去怎么收拾她。"

马志国笑："有这句话我就放心了。"

从办公室出来后，陈月琴把许释拉到走廊尽头，她也顾不上什么面子，开口就骂："许释，你是不是非要把我气死才甘心啊？这段时间你们每周都有测验，为什么回家从来没和我说过？"

许释："考得不好，不知道怎么说。"

"你也知道考得不好啊？"陈月琴脸涨得通红，"你是不是嫌日子过得太好了？不作践出什么事你就难受？"

许释被她贬得一文不值。

陈月琴说到激动处，开始翻旧账："从小到大为了你上学，我们操了多少心？升初中那会儿，为了让你进一中，我找了多少关系你自己心里没数？"

她嗓门放得大，这会儿正赶上自习课，走廊里静得掉根针都能听到，这些话就在走廊里回荡着,甚至还有几个班的同学探头出来看热闹。

许释一瞬间有些喘不上气来,思绪也被拽回几年前。

那年安尧的六月特别热,太阳又毒又辣,操场上的沥青被炙烤出难闻的味道,小教室里只有一个破旧的风扇,运转的时候会发出"咯吱咯吱"的声音,好像随时都会散架。

距离小升初考试还有半个多月,六年级的小朋友们每天都被困在教室里做题背书。

但其实成绩对他们最后去哪所初中并没什么影响,因为安尧一向是用学区来划分初中。

安尧一共有三所初中,许释所在的学区对应二中。

但一中的升学率是最高的,师资力量也最强,每年考上安尧高中的人数能甩二中好几条街。

许释不太在乎这些,她从小就勤奋刻苦,成绩始终在班级中上游,就算是去二中,升入高中也不是什么难事。

陈月琴却不这么想,她非要让许释去一中。

那段时间她每天回家都很晚,身上还带着很重的烟酒气。

许释当时不明白她在忙什么,只知道许康安常常和她吵架,用一些不堪入耳的词语骂她。

再后来,许释收到了安尧一中的录取通知书。

当时的她不过十二岁,好像明白,也好像不那么明白。

进入一中后的日子并不像想象中的太平,身边大多数同学家庭条件都很好,又是同一个小学升上来的,有固定的圈子和玩伴。

许释成了那个被排斥的外来者。

她能做的,只有日复一日地读书,用成绩和能力来证明自己。

时间久了,那些欺凌与针对终于从她的世界跑出去了。

可自卑却像恶魔一样,扭曲着在心底长出了爪牙和根。

…………

都说家丑不可外扬,可陈月琴偏偏是个例外。

她摆出一副市井泼妇的作风,顾不上别人的眼光,扯着许释衣领把那些不堪回首的丑事抖了个遍。

下课铃声在陈月琴转身离开的那个瞬间响起。

原本轻松愉快的旋律今天却变得无比刺耳,刺得许释耳膜发痛,眉心紧紧地皱在一起。

学生从各个教室拥出来,好奇打量的目光纷纷朝她投来,窃声低语像是锋利的针,在她身上戳出密密麻麻的洞。

好像又回到了那一年。

她带着满腔小心谨慎踏入安尧一中,最后却落得满身狼狈。

原来一切都没有变。

她还活在地狱和阴沟中,从来没有爬出来过。

赵思萱从班级里出来,想过来问问许释要不要一起去吃晚饭。

手刚搭上她的肩膀,许释却像受惊的兔子一样,瞳孔猛地缩了下。

"怎么了?"赵思萱问。

喉咙无端哽出一阵哑痛,肩膀不受控制地开始抖,许释迅速低下头,抬手将发圈扯下,让散落下来的发丝遮挡住自己慌乱的面孔,然后朝着校外跑去。

天色昏暗,飞奔而过的车辆与地面擦出刺耳的声音,树叶被风吹得猎猎作响,黑黢黢的乌云遍布天空,空气里带着轻微的铁锈味,今晚注定是个暴雨夜。

结束了一天工作的路人快步朝着家的方向走去,许释在其中穿梭奔跑,仿佛一个逆行者。

但她并不是漫无目的。

她要去找自己的光。

魏宴然家在安尧西边,浑河河畔的一个小区。

就算他还在生病不能见面,但许释还是想过去,哪怕在楼下看看他房间的窗户也好。

路口红灯的光有些刺眼,对面街边那家小超市的门开了又关上,门口放了个不太起眼的小喇叭,机械女声一遍又一遍地重复着"欢迎光临"。

许释把下巴往衣领里面藏了藏,指腹按在掌心时,才发现出了一层凉薄的汗。

漫长的九十秒终于结束,许释在此起彼伏的鸣笛声中穿过街道,一不留神踩到了小水洼,灰白色的水花溅在脚踝上,凉意横生。

左转拐过一个巷口,她和门卫说自己是来找亲戚的,成功混进小区里面。

心里好像藏着一个无形的指南针,许释迈出去的每一步都异常坚定,红砖铺成的地面上留下一串湿漉漉的脚印。

突然,一个想法在她脑海中闪过。

魏宴然会不会已经知道了今天下午发生的事情?

学校是最容易滋生谣言的地方。

那些暗流涌动的心思如细菌般在温床中生长,一旦找到机会,便会肆无忌惮并且变本加厉地繁殖扩散。

在他们口中,黑白也能颠倒,是非更能混淆。

仿佛有一道闪电劈在身上,许释定定地站在那里,双腿好像被灌了铅,竟半步也迈不出去。

他们会怎么把这件事传给他?

像是讲八卦般的,说下午有个嚣张跋扈的母亲来学校闹事,并自愿把家丑外扬,说她女儿曾经靠着不光彩的手段进入中学。

魏宴然会好奇地问一句这人是谁，他们逗趣的目的达成，情绪更高涨，说就是对面二班的那个许释啊！

那他又会怎么想自己？

会不会觉得，自己也是个很差劲的人。

不对，不是这样的。

许释加快脚步，迫切地想告诉他，他们说的话都是假的。

忽然，轰的一声，豆大的雨点从天上掉了下来，蓄势整晚的暴雨在这一刻倾盆而下，许释的衣服与发丝都湿透了贴在皮肤上，凉得她像是掉进了冰窟窿里。

但她一秒也不敢浪费，那道瘦小的身影倔强地继续向前。

直到耳边传来嗞嗞的电流声，路灯毫无预兆地熄灭。

停电了，整座小区陷入黑暗。

最后一丝光也不见了。

许释顺着记忆中的方向继续向前，但是却走进了一片死胡同。雨滴像是利刃般狠狠剜在她脸上，她茫然地站在这片黑暗中，彻底迷失了方向……

这场雨后，许释连续发了三天的高烧，温度直逼 40℃。

她浑身上下的每根骨头都像是被敲碎了一样痛，连起床的力气都没有。陈月琴他们怕出事，带着她到楼下的小诊所里面挂了水。

等许释再回到学校的时候，流言蜚语少了很多，那些让人不舒服的目光也消失不见。

后来听赵思萱说了才知道，那天她走了之后，沈浩朝着最先碎嘴的几个人发了好大一通脾气，让他们有八卦的闲工夫不如多做几套卷子。

许释朝沈浩笑了下，说谢谢他。

沈浩扭头往她桌上放了好大一堆零食，潇洒地挥挥手，说举手之劳，不用客气。

周四晚上下课，许释和赵思萱没在学校食堂吃饭，去了对面的米线店。

许释怕辣，要了份清汤的。

赵思萱和她恰恰相反，是个呛口小辣椒，往碗里舀了一大勺辣油，还一个劲地怂恿她尝试一下。

许释态度非常坚定，捏着鼻子往后躲。

"啧。"赵思萱撇撇嘴，"不吃辣的人生还有什么意义。"

"对了，最近有个事可要折磨死我了。"她拿起旁边的陈醋往里面倒，用筷子搅了几下，"你帮我出出主意。"

许释抬头："什么啊？"

"半个月后就是梁远森的生日了。"赵思萱满脸苦瓜相，"你说我送他什么生日礼物比较好呢？"

许释咬着筷子，认真思考了好半天，肩膀忽然塌下来，表情有点为难："我也不知道哎。"

"要不，"赵思萱往她面前凑了凑，"你回去帮我问问魏宴然？问问他们男生都喜欢什么？"

"啊？"许释下意识地瞪大眼睛。

上回那件事情发生之后，她的心就一直悬着，因为不方便直白地去问，所以每次和魏宴然说话她都会不自觉带着几分小心翼翼的试探。

好在魏宴然并没有表现出什么异常，每天会督促她好好学习，偶尔也会温柔纵容地讲故事哄她睡觉。

"哎呀，你就帮帮我吧。"赵思萱见许释愣神，伸手摇了摇她胳膊，"最近我天天因为这事烦心，头发都要掉光了。"

赵思萱鼓着腮帮子，可怜巴巴地看向许释："你忍心看着我变成秃头吗？"

许释心软："那好吧，我帮你问问。"

写完作业已经是晚上十二点半，许释从抽屉里拿出手机。

陈月琴还在客厅里追剧，她没敢打电话，发了条消息过去。

Sun：睡了吗？

魏宴然回得很快。

魏：没有，怎么了？

Sun：我能不能问你个问题？

魏：怎么和我还这么客气啊。

Sun：你们男生，一般喜欢什么样的生日礼物啊？

怕他误会，许释连忙补充。

Sun：是我的一个朋友，她最近正在为这事发愁，让我帮忙出主意。

Sun：但我实在想不出什么，只能来求助你啦。

一连串消息过去，许释还在后面加了个可爱的小表情。

隔了五六分钟，手机终于振动了下，微弱的荧光填满房间。

魏：其实我觉得只要礼物足够有心意，对方都会喜欢的。

许释把这句话原封不动地给赵思萱转了过去。

赵思萱有些抓狂：他这话说了等于没说。

许释咬了咬嘴唇，想出一个办法：这样吧，明晚下课我陪你去书店转一转吧，我记得那里有卖礼物的。

萱：好。

次日傍晚，下课铃刚响，赵思萱便拽着许释往学校外面跑。

书店和学校之间大概有七八分钟的路程，而晚饭的休息时间只有四十分钟，怎么算都有些赶。

两个人随便在对面的小摊上买了份煎饼果子当晚饭,手挽着手进了书店,直奔二楼礼品区。

货架上琳琅满目的小玩意儿看得人眼花缭乱,赵思萱半弯着腰,极其认真地挑礼物,许释靠在旁边的栏杆上,小口吃着煎饼果子。

煎饼摊得有些糊了,里面还有她不太喜欢的洋葱,许释勉强吃了一半,暗暗把这家店放进了黑名单。

赵思萱这边还要好一会儿,许释拎着剩下半袋煎饼,慢悠悠地上了三楼文具区。

书店新进了一批日记本,许释伸手拿了一个下来,白棕色硬壳封面,款式简单干净,是她喜欢的风格。

她一直都有写日记的习惯,现在用的日记本还是去年十二月买的,才写了一小半。

她刚准备把本子放回去,一个想法忽然在脑海里闪过。

她算了下,魏宴然的生日在一月,距离现在还有大半年的时间。如果每天写一页的话,等到他生日,应该刚好能写满。

昨晚他说喜欢有心意的礼物,用钱能买到的礼物大多都千篇一律,不如就送他一本自己手写的日记吧,想想就很有意义。

那边赵思萱选好了心仪的东西,招呼她到前台结账。

许释应了一声,脚步轻快地下去。

回去的路上,许释抱着日记本,满脑子都在想魏宴然收到这个礼物会是什么反应。

是惊喜,是感动,还是告诉她这是他收到过最好的礼物?

无论哪一种,都能让她高兴很久。

但许释怎么也没想到,这本日记会成为他们之间最后的纪念。

3

艺术节的时间定在五月二十八日。

作为安尧高中一年一度难得的娱乐活动,操场上提前三天就搭好了舞台,入眼是喜庆的红色背景板,蓝白黄三色气球在周围缠了一圈。

艺术节举办当天天气难得放晴,湛蓝色的天嵌着几团棉花似的白云,白桦绿茵成片,风里卷着杏花的清甜,沁人心脾。

许释一早换好了表演要穿的礼服,灰白色的吊带长裙,蓬松的裙摆外是层层叠叠的蕾丝,并不俗气,反而有种纯净而神圣的美。后腰处采用半镂空设计,露出的一小块肌肤白皙似雪,衬得她腰身更加纤细。

几个月过去,她的头发长了不少,柔顺纤细的黑发自然垂在身后,少女的清纯与柔和在她身上体现得淋漓尽致。

赵思萱找了个学姐过来帮她化妆,许释乖乖仰头坐在椅子上,阳光透过玻璃窗洒进来,她整个人沐浴在光下,教室里其他人的目光都有意无意地往她身上瞟。

艺术节上午九点才开始,但学校里的氛围从一早就躁动了起来。

四班有个男生要在小品中反串跳女团舞,一身辣妹装引得整个年级都轰动起来,教室外面叠罗汉似的围了好几圈人,齐刷刷地伸头往里面看。

不知道是谁冒着被挤成肉饼的风险过去拍了张照片,短短三分钟就成了各个班级群的热门,赵思萱对着照片笑得前仰后合。

舞台那边开始调试音频,广播通知各班有序下楼,把凳子搬到操场上。

许释刚要站起来,沈浩自告奋勇地往她身边凑。

"学霸。"

许释扭头:"怎么了?"

"你穿着裙子不方便,这凳子我帮你搬下去。"

体委他们几个刚好从旁边路过,听见这对话,"哎哟哎哟"地开始起哄。

"瞎叫唤什么。"沈浩飞了一记眼刀过去,"我这叫乐于助人,关心同学。"

"嗯。"体委没戳穿,只是意味深长地看着他,"你最好是。"

许释低头看了看长至脚踝的裙摆,也没太和沈浩客气,弯唇笑了下:"那谢谢你啦。"

教室里面安静下来,许释从口袋里拿出手机,抬头看了下时间,刚过七点半,魏宴然估计还没醒。

两人上次对话停留在昨晚十点,许释说明天就要上台表演了,有些紧张。

但魏宴然一直都没回。

应该是没看见吧……

许释嘴角划过一瞬间的僵硬,把手机放回去,弯腰从书包里把琴谱抽了出来。

刚扫了两个音符,后门砰的一声被打开,许释吓了一跳,转头看见赵思萱咬着半根雪糕进来。

"一大早上就吃这个。"许释说,"小心一会儿肚子痛。"

"才不会呢。"

"你椅子呢?这么快就搬下去啦?"

赵思萱狡黠地笑了下:"刚才碰见梁远森了。"

许释瞬间心领神会。

赵思萱把雪糕棍扔到垃圾桶里,目光放在面前的许释身上。

她半低着头看向手里的琴谱,几缕碎发垂在额前。刚刚化妆的时候,学姐特意给她贴了假睫毛,她眼睛本就不小,在睫毛的加衬下更是放大了一倍,琥珀色的双眸清澈得像是宝石,看着楚楚动人。

· 189 ·

赵思萱没忍住拿出手机偷拍了几张，一边欣赏一边感慨说自己怎么偏偏是个女生，她要是男生，肯定死皮赖脸地把许释追到手。

啧，遗憾。

"对了。"赵思萱几步过去，上手在她脸上捏了把，"和你说个劲爆的消息。"

许释放下琴谱："什么？"

赵思萱："曲惠转学了。"

"啊？"

许释心里一震。

赵思萱以为许释是不信自己的话，伸手钩着她脖子："真的，我刚才下楼路过倪魔头办公室，正好撞见她和她妈在里面办手续呢，估计现在已经走了。"

许释扫了眼身侧的书桌："可是她还有东西没带走啊。"

"可能不要了吧。你说好端端的，她为什么要转学啊？"

赵思萱分析着曲惠离开的各种可能，许释却还没回过神来，她想起两人最后那次见面，曲惠在数学办公室里，眼里一触即发的恨与怒。

也许对曲惠来说，这是最好的解脱。

那以后的日子里，就祝她一切安好吧。

"释释，我后面这个带子开了，你能不能帮我弄一下？"

许释踩着草坪走到班长身后，拎起那两根垂着的丝绸带子，轻巧地打了个蝴蝶结。

艺术节正式开始，音响里传来震耳的伴奏声，台下气氛躁动，主持人在欢呼声中登台开场，语调激情澎湃，几分钟过去，音乐声渐弱，各级领导又开始了漫长的致辞。

所有演出者都要在舞台后面候场等待，许释坐在角落的塑料凳上，眼神呆愣地盯着脚下那块绿色草皮，脑袋里不知道在想什么。

旁边的人群忽然传来一阵喧嚣声，许释抬眼看过去，人群中闪过一抹白色身影，是个很漂亮的姑娘，穿着一身素净的长裙，露出来的胳膊和肩膀白得晃眼。

她身后跟了五六个男生，个个穿着笔挺的黑西装，双手插兜，像……

"像不像公主和保镖？"班长贴在她耳边打趣，"九班这群人真会玩。"

许释笑："像。"

她又往那姑娘身上看了几眼，终于有了点印象。

最后一次排练的时候，音乐老师临时起意，把他们班的合唱改成了舞台剧形式，那个女生是后加进来的人。

舞台上的伴奏又换了新的一首，许释从包里拿出手机，按亮屏幕，没有看见新的消息，她没忍住又发了一条过去。

Sun：起床了吗？

马上就是六月,风里面已经有了初夏的味道,红日耀眼,热浪扑面。

许释摁黑屏幕将手机放回原处,低头抚平裙摆上的褶皱,这会儿的风有些大,发丝拂在脸上很痒,她身旁人来人往,马上要登台表演的两个女孩子在互相打气加油。

在这一方喧闹中,许释又注意到那个白裙女孩,她抱膝蹲在草地上,身后站了个男生,拿着自己的西装外套帮她遮太阳,女孩抬头朝他笑,眼睛里都闪着光。

许释安安静静地看了会儿,眼眶不知怎么就开始发酸。

她的声线很轻,几乎淹没在热风当中,像是自言自语又像是在抱怨——

要是魏宴然在该多好。

…………

许释她们的节目在第五个。

准备登台的时候,班长突然扭头看向她,声音有些不稳:"怎么办释释,我有点紧张。"

"别担心。"许释攥紧她冰凉的手,"一定可以的。"

主持人叫到她们的名字,二人并肩走到舞台中间,鞠躬,开始表演。

台下掌声不断,赵思萱站在最后面的椅子上,手中高举写有许释名字的白板,撕心裂肺地喊着"许释最棒,许释最美"。

最后曲目以一段流畅婉转的音阶收尾,许释从琴凳上起身,走到班长身旁和她一起谢幕。

其实许释也就是表面看起来冷静,内心慌得不行,从台上下来后好半天都没缓过神来。

"释释。"赵思萱飞奔过来揽住她的肩膀,"你知不知道,你今天真是要美死人了。"

许释脸热:"哪有你说得那么夸张。"

"我说的是实话,好几个人过来打听你的联系方式呢。"

几个人走回班级大部队里,沈浩朝许释招手:"学霸,这儿呢!"

好不容易在椅子上坐下,许释第一件事就是掏出手机。

魏宴然在五分钟前终于回了她的消息。

魏:刚起。

许释低着头打字,语气里带着几分撒娇似的抱怨。

Sun:你今天起得好晚哦,我都表演完节目了。

但他只是淡淡地回:嗯,是起晚了。

许释手指陡然僵住,他怎么不问自己演出的事情啊?

许释舔了下嘴唇,继续说:马上就要到你们班的节目了。

魏:我知道。

Sun：你身体好点了吗？什么时候回学校呀？

魏：估计下个月吧。

Sun：你今天是不是不太开心啊？

魏：没有啊。

他们断断续续地聊了三个多小时，基本上都是许释在主动找话题，有时候连续发了四五条消息，魏宴然才会回复一句。

许释完全没了看节目的心思，最后的谢幕环节也没参与，脑子里翻来覆去一直在思考魏宴然那边到底是出了什么问题。

艺术节结束后，赵思萱和许释一起往班级走。

"释释，你怎么了？从台上下来就看你一直心不在焉的。"

"思萱。"许释皱着眉头，"我觉得他今天……有点奇怪。"

赵思萱："谁？"

"魏宴然。"

"怎么了？"

"不知道是不是我的错觉……"许释眉头蹙起，言语里透着不确定，"他最近的话好像比从前少了，回消息也慢，有时候我都不知道该和他聊些什么。"

赵思萱在许释额头上敲了下："我觉得这情况也正常，你们都认识半年了，最初那股子新鲜劲儿消磨得差不多了，而且最近又没怎么碰面，能聊的话题自然就少了。"

但许释还是觉得不太对劲。

那天下午，学校很人性地给他们放了假。

许释背着书包回到家，折腾了一上午，身上都是黏腻的汗，她先进卫生间冲了个澡，再换上睡衣往房间走。

她披着半干的头发坐在书桌前，拉开书包，拿出夹层里的那本日记。

纸张被她翻得已经有些泛黄，许释从第一页开始，看着她和魏宴然之间的一点一滴，许多画面不自觉浮现在眼前。

那些美好与过往都是真实存在的。

看完日记，许释抱着膝盖靠在椅背上，耳机里循环播放着那首《读者》。

她在网上查了很多，企图找到魏宴然对她态度突然冷淡的原因，其中有个说法是一方因为付出太多而进入疲倦期。

她忽然冒出一个有些大胆的想法，自己是不是应该主动一次？

许释抬头看向镜子中的自己，白皙干净的面庞，一双杏眼澄澈而明亮。

怎么样？要不要主动一次？

她掐了掐掌心，告诉自己——

要。

虽然已经做了决定，但许释还是犹豫了很长时间，天色不知不觉中暗了下来，房间里的灯没开，窗户上映出一道瘦弱的身影。

对面那栋楼上的电子钟显示现在已经是"21:34"，许释觉得不能再这样拖下去，拿起桌面上的手机。

她点开置顶聊天框，打字的指尖一直在颤抖，好半天才将消息发出。

Sun：在吗？

许释握着手机等待回复，屏幕由暗到亮来来回回好几次，不知道是太紧张了还是其他原因，她心口发悸到难以呼吸。

她打开窗户，让晚风灌进来，而后又抬手抽出一本练习册想转移一下自己的注意力，但根本无济于事，上面的数字符号全部变得模糊起来，最后她只得认命地抱着手机等待，焦躁和不安随着时间流逝被一点点放大。

不知道过了多久，消息提示音终于响起，微弱的荧光填满房间。

通知栏上只有一条消息——

2018年5月28日22点13分。

魏：对不起。

许释捧着手机，视线聚焦在那三个字上面，好半天没有回过神来。

怎么和想象中的……不太一样。

许释攥着手机的指节已经泛起灰白，胸口起伏剧烈，她低着头，打字问他是不是发生了什么不好的事情。

然而魏宴然只是回复说对不起，很晚了，不要胡思乱想，早点睡觉吧。

这句话的语气很温柔，好像回到了从前。

但恍惚之间，她又觉得，有些东西，好像回不去了。

许释一夜未睡。

第二天起床的时候脑袋昏沉疼痛，她强撑着走到洗手间，看向镜子里的自己，眼皮肿得像是金鱼，红血丝密布，眨眼的时候也会酸痛难忍。

即便是在睡梦里，她仍然在流泪。

好在陈月琴和许康安整晚未归，不然这副样子她肯定没法解释。

许释没吃早饭，直接去了学校。

她其实不是个容易哭的人，小时候每次生病去医院打针，在其他小朋友撕心裂肺哭喊的时候，只有许释一个人安安静静，不哭也不闹，几乎每个护士都要夸她乖巧省心。

但从昨晚开始，她突然变得伤春悲秋起来，有时候仅仅是听见某首歌，看见某处风景，都能默默流泪很久。

麻雀站在电线杆子上扑腾着翅膀，清晨的阳光总是很好，金黄色的光给万物镀上一层暖色，好像在这片晨曦中，什么都是美好的。

但许释却觉得冷，身上那件单薄的校服外套被她裹了又裹，她手心的温度还是很低，整个人也变得没有生气。

到了学校，沈浩正坐在椅子上补作业，看她这副模样，嘴巴惊得能塞下一个鸡蛋。

"学霸。"他有些惊讶，"你、你这是怎么了？谁欺负你了？"

"没事。"许释笑得很勉强，"昨晚看了部很感人的电影。"

"啊……"

这种理由糊弄不了赵思萱，早自习刚结束，她过来揉了揉许释的脸："说说吧，到底怎么了？"

许释敛眸："我昨天……和他联系了。"

她低着头，抽噎几声，眼睛都不太敢眨，好像眼泪随时会掉下来一样。

"他跟我说'对不起'……我有点……想不明白。"

见许释这样，赵思萱实在心疼，一把将人搂在怀里，抬手帮她擦掉眼泪，小心翼翼地说："你说会不会是因为他不想耽误你学习啊？"

许释怔了几秒。

她开始在记忆中搜索，忽然发现一切都有迹可循。比如魏宴然对她的成绩越来越关心，有时候她贪心想和他多聊几句，魏宴然会催着她先去写作业，不要浪费时间。

也许赵思萱说的是对的。

从这学期开始，她的成绩一直呈现下滑的趋势，魏宴然肯定觉得他影响了自己，所以才开始疏远。

那如果她努力把成绩提上去，向他证明这些不会影响到她，他们是不是就能回到从前？

许释给自己制订了一份新的学习计划，时间排得很紧，从早上六点一直到深夜，每一分、每一秒都有明确的任务，就连课间操回来休息的十分钟她都要抓紧时间背会单词。

沈浩对她这种自虐型的学习方式表示不解，三番五次问她要不要休息一下，许释只是淡淡地说不用。

"不累吗？"沈浩问。

许释："还好。"

"你这么拼命是为了什么啊？"

许释笔尖一顿。

是为了麻痹自己，还是为了证明给他看？

好像都有。

魏宴然不再主动和她说话，许释最开始还憋着一口气和他较劲。

直到一天深夜，她带着满身困倦躺在床上，窗外不知什么时候下起了雨，雨声淅淅沥沥，她突然想起来，魏宴然之前说过，他睡眠很浅，有一点风吹草动都会被惊醒。

这雨声这样大，他会不会睡不好？

想来想去，许释还是没忍住，从抽屉里拿出手机，认命般地给他发消息。

Sun：睡了吗？

魏宴然回得很快，说没睡，问她有什么事。

许释盯着这几个字，甚至能想象出他那种淡漠的语气。

心脏无缘无故开始钝痛，像是被利器划过，许释用尽最后一丝力气发了句没事，然后瘫坐在床上，手指揪着胸口处的衣服布料，很久都没有缓过神来。

再次见到魏宴然，已经是六月。

窗外蝉鸣声不断，白桦树枝繁叶茂，红色跑道被炙烤出热气，夏日悠长而热烈。

高三学子们沉浸在即将解放的喜悦当中，宣誓、呐喊，热血沸腾地说着高考必胜。

第一节下课，许释抱着错题本往英语组走，马上就是月考，她攒了不少问题，老李耐心地帮她讲解，夸她最近进步很大，不要紧张。

出来的时候距离上课只剩下三分钟，许释加快脚步，走到楼梯口的时候，视线里冷不丁撞进一个熟悉的身影。

他穿着校服T恤，姿态懒散地靠在墙上，领口的扣子松了一颗，肆意敞着，阳光透过楼梯间的窗户落在他身上，勾勒出他凌厉的眉眼。因为大病初愈，他整个人消瘦了许多，头发也比记忆中要短，下颌线紧绷着，骨节分明的手里握着一瓶"北冰洋"汽水。

许释想起他们第一次见面的场景，不禁有些恍惚。

一切都那么熟悉，又那么陌生。

半年的时间，他好像变了，又好像没变。

许释心口发悸，眼眶多了几分涩意。

旁边的李奇先注意到了她的存在，抬手撞了下魏宴然的肩膀，他的目光随即跟着扫过来。

两道视线猝不及防地撞在一起。

许释僵硬地扯了下嘴角，想着要不要抬手和他打个招呼，但"魏"字还没说出口，那双漆黑的眸子已经从她身上离开。

他平静又淡然，好像她只是一个陌生人。

时间凝结了几秒，掌心上密密麻麻的痛意将许释的思绪拽了回来。

她低下头，仓皇转身跑到隔壁的卫生间里，拧开水龙头，将冷水拍在脸上，水珠顺着脸颊向下流，分不清是泪还是什么。

月考那两天过得很快,从考场出来的那一刹那,许释松了口气。

三天后,成绩下发。

许释重新回到了年级前十。

她捏着成绩单,嘴角一点点扬起,想着这段时间的努力总算是没有白费,又想着既然成绩已经上去了,魏宴然是不是也不该和她继续保持距离了。

晚上回家后,许释登上QQ,看见魏宴然居然给她发了消息,问她明晚有没有时间,想和她聊聊。

许释下意识地揉了揉眼睛,又在腿上拧了把,她手劲下得不小,疼得直皱眉头。

不是梦。

她对着手机笑了,不争气地开始心跳加速,先前那些埋怨与不悦全被抛到了九霄云外。

魏宴然真的来找她了。

那是不是证明,她之前的猜测完全是正确的?

许释指尖在手机壳上摩挲了好一会儿,回了个"好"过去。

那晚她记不住自己是怎么睡着的,只知道梦里都在笑。

魏宴然和她约好第二天晚饭时间在篮球场门口见面,这一整天许释的心情忐忑又雀跃。

好不容易熬到放学,下课铃才响了一半,许释抓起外套就往教学楼外面跑,留赵思萱和沈浩两脸蒙。

红日西斜,余晖正好,校园被笼罩在一片橙黄色的光辉中,远处浮云连绵,近处绿茵遍地,十六七岁的少年在球场上挥洒着汗水。

许释站在白桦树下,衣摆被风微微扬起,发丝的茉莉花香被吹散在空气里。

等待的时间实在煎熬,许释索性玩起了跳格子游戏,少女的身影被映照在地上,跟着树影轻晃。

过了十多分钟,她终于在人群中看见了魏宴然。

他穿了件黑色T恤,身形颀长挺拔,在人群中格外显眼。

他还贴心地给她带了一杯奶茶过来,问她有没有等很久。

许释摇摇头,朝他弯唇:"我也才来。"

两个人并肩走在林荫路上,许释双手捧着奶茶,小心翼翼地看他,犹豫半天才开口:"那个……你今天找我,到底什么事呀?"

魏宴然停下脚步,垂眸看着她,眼中情绪复杂,有不舍也有柔情。

"许释。"

许释的心跳忽然开始加速,她咬着吸管,眨眼的频率都快了很多:"怎么了?"

"许释。"他又叫了一遍她的名字。

许释心中莫名生出几分不安。

果然，下一秒，她听见他说——

"我们以后还是别再联系了。"

4

许释在心中设想过千百种可能，唯独没想到魏宴然会说这个。

绷在脑海中的最后一根防线毫无预兆地断裂，她手里的奶茶掉在地上，灰色石砖上留下一摊显眼的污迹。

许释难以置信地抬头看向魏宴然，他移开视线，眸光里满是闪躲与心虚。

她的胸口艰难起伏着，呼吸声变得急促而粗重，可嗓子好像被什么东西糊住，连最基本的音节都发不出来。眼眶也不受控制地酸了起来，沾着泪的睫毛一张一合，眼泪一颗接着一颗地往外掉，周围同学的喧闹声不断，她却只能听见自己的泪珠砸在地上的声音。

像是在诉说她的狼狈。

魏宴然静静地看着她，伸手想要把她的眼泪擦掉，但最终在半空中停下，又悻悻收回。

许释的声线破碎到极点："为什么？"

魏宴然敛眸，哑声回答："不为什么。"

"到底发生什么事了？"许释吸了吸鼻子，视线里魏宴然的面孔都变得模糊，"是不是我做了什么事让你不开心了？"

"没有。"

"那为什么就非要和我断了联系？"

许释倔强地看着他，在他双眸中看见那个支离破碎的自己。

"和你没有关系。"魏宴然低下头，声音很轻，"你没做错什么，是我不好。"

"不是说好还要给我弹吉他吗？"许释像是自虐般地开始回忆，"不是说无论发生什么都会告诉我的吗？"

"对不起。"魏宴然打断她，"是我食言了。"

许释终于崩溃，哭得越来越凶，仿佛要将自己所有的委屈、不甘与难过发泄出来。

她以为只要暴露出她的脆弱，他就会像从前一样心软，俯下身子温柔地帮她擦掉眼泪，告诉她别哭了，他说的都是假话。

但是他没有。

他的冷静和理智远超出她的想象。

魏宴然将她的控诉全盘接收，没有一句多余的辩驳，只是从口袋里拿出一包纸，递给她。

他说："嗯，都是我不好，我浑蛋。

"许释,好好学习,去奔赴你自己的理想,人生的路还那么长,你以后一定会遇见比我好的人。"

说完,他转身就走了。

许释跑着去追他,一群男生突然从体育馆出来,有人不小心撞到许释,匆匆忙忙和她道歉。人群汹涌,彻底挡住她的路。

隔着那一方喧嚣,她看着他脚步坚定地走向教学楼。

少年的身形依然挺拔落拓,只是这次,他再也没有回头。

他就那么消失在她的视线中。

许释心中腾起莫大的酸楚,窒息般的疼痛感蔓延至全身,她再也忍不住,像是个被人抛弃了的孩子,蹲在地上放声大哭。

许释不记得自己是怎么回到班级的。

冷汗早已把她身上那件棉质T恤打湿,黏腻地贴在后背上,风吹过,凉得她不禁打了个寒战。

这一路她的眼泪始终没有停过,但她一直抿着嘴唇,连细微的呜咽声都没发出,好像并不是她主观在哭,而是泪水不受控制。

回忆与过往一帧帧在脑海中自动播放,那些她曾经最宝贵的片段,在这一刻,像是利刃一样深深刺向了她的心脏,刀刀致命。

他在她最糟糕的时候像是神明般出现,本以为是救赎,最后却成了让她坠落的深渊。

到教室的时候里面还没什么人,许释窝在座位上,所有情绪和感官都被悲伤覆盖,什么都不想做,只是默默流泪,再机械地用纸巾擦掉,被泪水浸湿的纸团蓄了小半个桌面。

赵思萱回来后发现了,心疼地将她搂在怀里,轻言细语地哄:"别哭了,宝贝,周末我带你出去玩好不好?"

但越安慰,许释哭得越凶,怎么止都止不住。

"这到底算什么啊!"赵思萱在桌子上拍了下,"当初明明是他先来招惹你的,凭什么一声不吭就离开。"

沈浩扫了赵思萱一眼,闷声道:"你少说几句。"

"不行,我去找他,帮你问个清楚。"

"思萱。"许释拉住赵思萱的胳膊,"你别去,快上自习了,我缓缓就好了。"

撑到晚自习下课,许释到洗手间去洗脸,路过九班门口的时候,她习惯性地往里面扫了眼。

魏宴然散漫地倚靠在窗边,校服外套半披在身上,偏头和李奇他们几个男生谈笑风生,嘴角若有似无地勾着笑意,深邃立体的眉眼里不见一丝异常。

他当真一点都不伤心吗?

凭什么啊?

凭什么只有她一人这样难受,而他却能像个没事人一样,继续过他的生活。

……

回家后,许释避着陈月琴和许康安,直接回了自己的房间,生怕他们发现自己的异常。她登上QQ,对着置顶聊天框发了很长时间的呆,却再也没有发消息过去的勇气。

凌晨两点,碎花的枕巾被打湿一半,许释瞪眼看着黑漆漆的房间,手下突然触碰到一片柔软。她转过头来,原本躺在床头的兔子玩偶不知什么时候倒了下来。

这还是魏宴然在怡和广场给她抓来的。

起风了,窗户被拍得啪啪作响,她又扭头看向窗外远处那一方街景,看着川流不息的车辆,看着神色匆匆的行人,也看着林立高耸的大厦……她彻底没了睡意,索性拧开台灯坐在书桌前,看到桌角上放着的那个许愿瓶,里面的星星才叠了一半。

她一股脑倒了出来,挨个拆开,小字条上是少女清秀的字迹。

魏宴然平安顺遂,万事胜意。

魏宴然,我愿意做你的读者。

魏宴然永远开心,永远健康。

……

许释苦笑着扯了下嘴角,想着是不是因为这星星没有叠完,所以上天才让他们连朋友都当不成了?

窗外不知不觉又下起了雨,雨声淅淅沥沥,许释抬头往外看了眼,却不想原本关着的窗户突然被吹开,弹出来的窗框磕在她额头上,传来一瞬的疼痛,她怔了几秒,由寒风灌进来。

忽然,风变得更大,她伸手准备关上窗户,不料桌角的纸飞机被风卷起,飞向窗外。

一切发生得太过突然,等她反应过来的时候已经来不及了,她将头探出窗外,眼睁睁地看着那架纸飞机落入雨幕中,雨粒无情地拍打在机翼上,没撑几秒,它像一摊烂泥一样坠落。

那架飞机是魏宴然送给她的。

无力感从四面八方细细密密地涌进身体,恍惚中,许释意识到,他们之间的关系就像这纸飞机一样,再没有恢复的可能。

许释忽然想起那次在北山上,他们并肩听的那首《那些你很冒险的梦》,歌词里有这样一句:"折纸飞机碰到雨天终究会坠落。"

好像在一开始,他们的结局就已经是注定的。

许释瘫靠在椅子上,叮咚一声,有新的推送消息进来,手机屏幕亮起,微弱的荧光映在眼底。

许释低眸。

已经过了零点,是新的一天。

日期那里写着:2018年6月21日,夏至。

魏宴然,夏至到了。

我的夏天却永远结束了。

魏宴然说到做到,在她的生活中消失得很彻底。

临近期末,体育课和所有娱乐活动被取消,许释走遍学校的各个角落也没再见过魏宴然的身影,他的座位也被调到了靠墙那排的死角,从外面根本看不见。

两个人竟然就这么失去了交集,重新洗牌变成陌生人,分道扬镳走上不同的路。

许释开始频繁地失眠,每晚都要在床上辗转反侧很久,编辑框里是一条条被她打下又删除掉的话语,就在即将发送的前一秒,残存的理智又将她的动作制止住。

死皮赖脸实在是件不体面的事。

况且他都已经把话说到那个份上了,她再去纠缠,会不会让他更讨厌、更反感呢?

还是不要了吧。

最后,她只是破天荒地给自己充了黄钻,从前她总觉得这东西没什么实质性的作用,现在她却披着这层外衣,成了一个胆小的偷窥者。

她每天都会翻看魏宴然的空间,从说说到留言板,企图找到一丝他疏远自己的原委。

但是没有,什么都没有。

她只能默默删除访问记录,带着满腹心酸与失望离开。

那段时间,许释什么都吃不下,短短几天瘦了一大圈,两颊深深凹陷进去,像是一朵即将枯萎的花儿。

赵思萱强行把她按到食堂里,可她拿起筷子不过半分钟,食物还没送进嘴里,又被无力地放下。

"许释。"赵思萱很少有这样大的情绪波动,瞪眼看着她,"你到底要干什么?饭也不好好吃,觉也不好好睡。

"你至于把自己折磨成这样?

"你把身体作践出问题,最后吃苦的是谁?难受的又是谁?还不都是你自己。"

许释扯了下嘴角,眼神里没有一点光亮,像是一潭死水。

她睫毛轻轻颤了下,平静地叫着赵思萱的名字:"思萱,我其实比你们谁都讨厌现在这样的自己。"

讨厌这样堕落且无生命的自己。

"我也想好起来,想像个正常人一样生活,想忘掉一切。"她的声音越来越弱,到最后断断续续地只剩下几个单音节。

"但我做不到。

"我是不是不配被人好好对待?我甚至担心……有一天,你也会离开。"

赵思萱突然什么都说不出来了。

她心疼地过去抱住许释:"没事的,一定会过去的,会好起来。这不是还有我吗,我永远都不会离开你的。"

许释闭上眼睛,痛苦地"嗯"了一声。

就算发生了天大的事情,时间的脚步并不会停下来。

转眼进入七月,期末考在这种兵荒马乱的状况下如约来临。

考试那几天,安尧一直在下雨,乌黑的云像是散不完的墨,水滴从树叶上滑落砸在地上,空气闷热且潮湿。

最后一科英语考试结束,铃声响彻校园,赵思萱和许释收拾好书包,约好一起到校外吃饭。

现在正值晚高峰,路上人多车更多,交警在路口疏通道路,两个人站在校门口,等着拥堵的车辆散去。

赵思萱把校服外套脱了,拎在手上,和许释抱怨:"这次英语好难啊,估计又要死翘翘了。"

许释:"我觉得物理也挺难的。"

"管他呢。"赵思萱情绪来得快散得更快,"好不容易考完了,我得好好放纵几天。"

许释抿着唇,抬手揉了揉眼睛。

赵思萱扫了她一眼:"眼睛又不舒服了?"

许释点点头。

不知道是没休息好还是复习太猛用眼过度,最近她的眼睛总是发涩、酸痛得厉害,近视的程度好像也加深了一点,坐在第四排都看不大清黑板上面的字。

赵思萱:"我书包里有眼药水,回去给你滴一点吧。"

"好。"

车辆一点点散去,赵思萱拉着许释往对面走,就在这时,许释视线里却撞进一个无比熟悉的身影。

哪怕他们中间隔了很远的距离,哪怕他的轮廓都是模糊不清的,但许释还是非常确定,那一定就是他。

许释瞳孔猛然缩紧,咽了下口水,指甲无意识地陷进手心里。

两个人之间的距离一点点缩短,魏宴然的模样也变得更加清晰。

他难得穿了校服,头发比上次见面的时候长了许多,鼻梁上还架了一副黑框眼镜。

都说眼镜是封印颜值的利器,可这句话在魏宴然身上并不适用,土里土气的镜框在他脸上格外和谐,衬得他五官更加精致深邃。

许释盯着那个背影,发了好长时间的呆。

他们一行人走在前头,没有注意到她,径直进了对面一家麻辣烫店。

赵思萱戳了戳许释的胳膊,问她想吃什么。

许释敛眸,停顿片刻:"去那家麻辣烫店吧。"

"啊?"赵思萱有些惊讶,"可你不是不能吃辣吗?"

许释没回答,只是说:"走吧。"

赵思萱本来还疑惑许释为什么非要来这里,当她推门进来的那个瞬间,忽然就有了答案。

许释这哪是想吃饭,分明是为了看人。

店里的空间并不大,魏宴然坐在里面靠墙的位置,点的食物大概还没送过来,桌上只放了一瓶"北冰洋"汽水。

他显然也看见许释了,在她们进门的那个瞬间,门口响起"欢迎光临"的提示音,他下意识抬眼看过来。

但两人的视线仅仅交汇了一秒,他便平静地收回了目光。

许释自虐般地选了他正对面的那张桌子,拉开塑料凳坐下。

穿着紫色围裙的服务员过来热情招待,问她们要吃什么。

这家店赵思萱来过几次,按照自己的口味要了中辣,又把菜单推到许释面前:"释释,你要微辣吧?"

许释目光还死死盯在魏宴然的身上,她也不知道自己到底在较什么劲,摇摇头,对服务员说:"我要和那个男生一样的。"

"啊?"服务员愣了下。

"就那个黑眼镜男生,他要什么我就要什么。"

三分钟后,服务员端着两碗麻辣烫过来,许释面前那碗显然是特辣,上面厚厚一层红油,飘出的辣气熏得人眼眶发酸。

"释释。"赵思萱不放心道,"要不我重新给你点一份吧。"

"不用了。"许释拆开筷子外面的塑料包装,夹起一根脆骨肠送进嘴里。

辣,辣得她喉咙发痛,像是被利刃划了一刀。

店里没开空调,只有一个老旧的风扇不停地转着,没过多久,许释额头上被辣出一层薄汗,胃里痛得像是有火在烧,但她仍机械般地往嘴里不停塞着食物,想用这辣麻痹掉自己的神经。

　　吃到一半的时候,她突然被辣气呛得咳嗽不止,脸也涨得通红一片,泪水不受控制地往外冒。

　　赵思萱忙过来给许释顺背,许释一边咳嗽一边用手挡住自己的脸。

　　她不想让魏宴然看见自己这副狼狈的模样。

　　但最后,她却忍不住通过指尖的缝隙去看他,想知道他会不会因为自己的不适而心疼,揪心地皱起眉毛。

　　但他只是安安静静地吃完了碗里的食物,然后起身从她身边经过,全程没有分半个眼神给她。

　　许释低下头,几滴泪掉进碗里,没过多久,她又自嘲般地笑笑。

　　她想,或许人真的不该逞强。

　　不该逞强去吃自己不能接受的食物。

　　不该逞强去挽回那个错过的人。

第九章 · 过客

学着忘记，学着释怀

1

许释上大学那几年，网上忽然掀起了一阵怀念2018年夏天的浪潮，大家开始重温那一年的歌，思念那年陪伴在自己身边的人。

但对她来说，2018年夏天留下的回忆实在少之又少。

那段时间，她各方面状态都很差，最基本的吃饭睡觉都成问题，学习上更是没什么精力。

在学校的大部分时间她都在发呆，脑子像是被灌了糨糊一样混沌，有几次被老师抽起来回答问题，她支支吾吾什么都说不清楚。

那次期末她不出意外考得很烂，年级总排名掉到了五十名。

作为曾经拿过年级第一的学生，老师和年级领导对许释都寄予厚望，看着她成绩一点点下滑，说不担心是不可能的。

成绩刚出来，她便被倪魔头叫到了年级主任办公室。

墙上的挂钟有规律地发出滴答声，空气仿佛被冰冻在这狭小压抑的空间里。倪魔头抱着胳膊坐在靠椅上，面前摊着的是她的期末试卷，神情凝重复杂。

许释深吸一口气，走过去："老师，找我有事吗？"

倪魔头朝她笑了下，语气委婉："先坐。"

许释心中有了个大概，摇摇头："老师，是要和我说考试的事情吧。"

"既然你都猜到了，我也就不和你拐弯抹角了。"倪魔头干咳一声，"其实也算不上什么大事，就是最近听说你上课状态不太好，期末成绩也不理想。所以想叫你过来问问，是不是最近出什么事了？"

许释低着头，没接话。

"前段时间有老师私下和我反应。"倪魔头继续说，"说有几次看见你和隔壁班的一个男生走得比较近。"

他停顿片刻:"我想你成绩下滑,是不是和这个有关系呢?"

许释愣了下,瞳孔不受控制地缩起来,手指缠着T恤下摆。

看她这反应,倪魔头直接默认了这段关系,端起手边的茶杯喝了口:"不用太紧张,你们正在青春期,这种事情可以理解,我也不是来兴师问罪的,只是老师们一直把你当作重点对象来培养,不想你走上歪路,所以要多说几句。

"现阶段咱们还是应该以学业为重,未来是把握在自己手里的,而且说句不太好听的话——

"你们这个年纪的感情,能走到最后的概率实在太小了。"

许释脊背僵直,喉咙好像被什么东西堵住。

"我了解了下那个男生的情况,成绩在年级中下游。"倪魔头还在碎碎念,"他这种人我见得多了,不思进取,对学习不上心,在这儿就是为了混张毕业证。

"你可是要冲击985、211的,和他根本不是一条路上的人,别因为他毁了自己的前程。"

"而且你想想,你真的很了解他吗?你是个好孩子,千万别被人骗了。"倪魔头看着许释,语气意味深长,"别怪老师说得直白,早点想清楚对你有利无害,考个好成绩才是最重要的事情。"

许释垂着眼,泪水在眼眶里打转:"老师,我知道了。"

回到班级之后,她还是有点缓不过神来,一道简单的填空反复改了三次,纸张都被涂改得有些破损。

倪魔头的话在耳边不停重复着,许释放下笔,戳了戳旁边的赵思萱。

赵思萱正在书桌下面偷看小说,以为是老师过来了,手忙脚乱地把书往桌膛里塞,见是她,才猛然松下一大口气:"你吓死我了。"

"思萱,我能不能问你个问题?"

"什么?"

"你觉得我和魏宴然真的不能做朋友吗?"

赵思萱表情僵了下:"怎么突然想起来问这个?"

"我就是好奇,想听听你们的想法。"

"我觉得……"

"思萱。"许释看着赵思萱的眼睛,"我想听真话。"

赵思萱叹了口气:"其实我觉得你们没那么合适,但我是你的好朋友,希望你能开心,所以不忍心说什么扫兴的话。"

许释表面上看不出什么波澜,只是垂着眼,淡淡问她为什么。

"事先说明,我不是学历歧视啊。"赵思萱解释,"但你们之间的成绩确实相差太多了。

"而且环境对人的影响太大了,你们接触的层次不同,对未来的观念不同,产生的分歧会越来越多。

"所以释释，真的别太伤心了，不合适的人早晚都是要分开的。"

其实许释之前不是没有思考过这个问题，但是人都是会变的，如果魏宴然从现在开始愿意学习，一切都还来得及。

她轻轻摇了摇头，把老师和赵思萱的话抛到一旁。

直到假期的某一天。

那天，许释写完最后一张物理卷子的时候已经快要凌晨了，楼上那对夫妇又在吵架，不堪入耳的辱骂伴随着砸东西的声音一起传来，像是一出无休止的闹剧。

许释对这场景已经见怪不怪，她伸了个懒腰把书桌收拾好，走到窗前，拨开窗帘朝下面看，才发现外面又下起了小雨。

小区里一片漆黑，对面那栋楼也没剩几盏灯光，只有淅沥的雨丝砸在窗户上，鼻腔里充斥着淡淡的铁锈味，她把窗户关得更紧了一点。

她从小就讨厌雨天，讨厌走到哪里都要带着雨伞，更讨厌那种浑身潮湿黏腻的感觉。所以每次遇到雨天，望着不见一丝光亮的天空，她都会在心里默默祈祷雨快点停下，晴天快点到来。

许释从抽屉里拿出手机，对着那片漆黑拍了张照片发到空间里，上面配了一行小字：希望明天是个好天气 [太阳 .jpg]。

赵思萱这个夜猫子很快给她点了赞，在下面留言评论：我也希望！好想出去玩 [大哭 .jpg]。

两人在下面聊了一会儿，赵思萱嚷嚷说不能再熬下去了，怕把头发熬光了，让她也早点睡。

但许释没什么困意，随手往下面刷着动态，一个一个赞过去，直到某个熟悉的头像出现在界面上，她眼帘猛地抖了下。

魏宴然在两个小时前更新了一条动态。

什么配文都没写，只是孤零零的一张照片。

许释点开那张照片，他大概是在山上，周围光线很昏暗，隐约能看见起伏不平的石阶路，还有环绕在附近的白桦树。

他很少在空间里分享自己的生活，许释习惯性地将照片保存下来，同时，压抑在心中的情绪被放了出来。

外面不是在下雨吗？他怎么跑到山上去了？

出门的时候他有没有带伞？有没有被淋到？现在回家了吗？

他是和谁一起出的门？男生还是女生？

许释长叹了口气，默默关掉这张照片。

下面的评论区比她想象中热闹。

有人喊他宴哥，有人找他约球，还有人质疑他是不是被盗号了。

许释看了一圈，找到和自己脑回路相同的人，那人问魏宴然大晚上跑山上去干什么，外面这么大的雨。

没过多久，有人抢先回复，昵称是 purple，看起来是个女生。

purple：这你都不知道啊？他最喜欢雨天。

许释突然觉得呼吸有些困难，她点开 purple 的主页，对方并没有设置仅好友可见，一切对外开放。

从头翻到尾，许释知道对方也是九班的，不过和魏宴然只能算普通同学。

她删掉自己的访问记录，无力地关上手机，心脏好像被什么东西揪住，在一点点下沉。

许释忽然意识到，自己好像真的不了解魏宴然，不知道他的过去，也不知道他离开的时候能那样果断冷静。

连普通同学都知道他喜欢雨天，她却一无所知，甚至从未听他提起过。

她到底算什么？

许释觉得自己真的需要冷静一下，她点开音乐软件想找几首歌来听，手指在屏幕上划动了几下，发现列表里齐刷刷全是民谣。

她这才想起来，自己从前喜欢的并不是民谣。

左不过那段时间她为了和他找到更多的话题，才有些可笑地撒了谎，说自己也喜欢。

原来从一开始，那些合拍就是她委曲求全换来的。

不过是场假象。

那天晚上许释一直没有合眼。

直到太阳从地平线上升起，天光破晓，新的一天即将到来，许释故意去给魏宴然的那条动态点了赞，她抬眼看向桌上的时钟，现在还不到五点。

如果他真的还在乎自己，看见她的点赞时间，肯定会过来询问她为什么醒得这样早。

像是即将溺死在大海中的人抓住了最后一根救命稻草，许释握着手机等了很久。

陷入沉睡的小县城逐渐苏醒，远处传来商贩们的吆喝声，卖力喊着包子一元一个，小孩子们在楼下玩起了经典的老鹰捉小鸡游戏，欢声笑语不断。

玻璃窗上倒映出一个单薄落寞的身影，手机屏幕不知第几次被按亮，许释垂眸，手指不断拉着刷新框。

并没有新消息进来。

她由着屏幕一点点暗下去，又在即将熄灭的前一秒点亮，刷新。

就这样重复了很多次。

分针在不知不觉中已经走完四五圈，许释最开始安慰自己，说也许他还没有起床。

可当时针指向"2"的时候,她有些坐不住,指腹不断在手机边框上轻蹭,骨节微微泛白。于是她又给自己编织了另外一个谎言,可能他只是恰巧有事要忙,没时间看手机。

阳光从她的侧脸移到床上,拉出很长一道身影,最后又一点点西斜,只剩下橙黄色的余晖浸染着一望无际的天。

而许释一整天就那么执拗地抱膝坐在床上,等待着他的消息。

天色已经彻底暗下来了,许释把垂下来的碎发拨到耳后,动了动涩的唇瓣。

她也不知道自己在想什么,拿起手机点开空间,看见赵思萱在晒到外地旅游的游客照,沈浩刚刚赢了一场篮球比赛,班长在楼下散步的时候遇见了一只很可爱的小狗。

每个人的假期都丰富多彩。

除了她。

许释继续往下刷着,再次看到了魏宴然的那条动态。

那些自欺欺人的泡沫就是在这一刻破碎的。

十分钟前,他刚刚回复了别人的评论,那人问他要不要一起打游戏,他说好。

许释自嘲地钩起嘴角,眼眶毫无预兆地开始发酸。

原来他不是不在线,只是他真的不在意自己。

一切都是她在自作多情。

许释用手抹去眼泪,像是赌气一般,将那个赞取消掉。

因为期末成绩不理想,暑假的大部分时间,许释都被陈月琴关在家里,哪儿都不允许去。

天气一天比一天炎热,许释每天早上起床都是一身黏腻的汗,窗台上停着的几只黑色小虫也没了爬行的力气,楼下卖冰棍儿的小摊成了炙手可热的地方。

家里唯一能降暑的风扇毫无理由地罢了工,许释撕了两页草稿纸下来,跟着网上学来的教程给自己折了个小扇子,恹恹地趴在书桌上,从抽屉里掏出一本日记。

白棕色封面,正是她准备送给魏宴然当生日礼物的那个。

只不过她再也没有送出去的机会了。

开学的前几天,许释到理发店把头发重新剪短。

其实她也觉得长发更适合自己,但不知为什么还是这样做了。别人问起来,她也只是淡淡地说短发好打理,不用在洗头上浪费太多时间。

高二的学习节奏明显比高一快很多,各科作业量翻了不止一倍,难度也像坐了过山车一样直线上升。

毕竟在同一个学校里,许释偶尔会遇见魏宴然,只不过他的目光再也没有落到她的身上。

他完完全全把她当作了陌生人。

每次撞见他,赵思萱都会紧张地看向许释,生怕她当场崩溃哭出来。

但许释表现得非常平静,她弯唇笑笑,说没事。

她在心里告诉自己,有什么大不了的,他都能狠下心来,自己为什么不能。

他们相处的时间只有半年,半年而已,怎么可能一辈子都忘不掉。

人生还那么长,他只不过是她的过客。

那个学期他们换了新的体育老师,课表也重新调整过,和二班一起上课的班级换成了另外几个。

许释不再像从前那样期待体育课的到来,自由活动的时间也大多用来背书学习,只是偶尔会坐在台阶上,望着篮球场的方向发呆。

那里早已不见魏宴然的身影,但她总是会想起去年深冬的那节体育课,他一身深蓝卫衣站在身后,带她投出了一个完美的三分球。

好像已经过去了很久,但又好像就发生在昨天。

许释值周长的职位仍保留着,每个月都要做一周的值周工作。

年级给他们派发了新的任务,下午第二节课做眼保健操的时候,值周生要到走廊里查看各班同学的做操情况,如果有不认真完成的,要做扣分处理。

许释带着私心把其他几个组员打发到三楼检查,空荡荡的四楼走廊里,只有她一个人。

她踮脚站在九班门口,看向角落的魏宴然,他做操并不专心,大部分时间都选择趴在桌子上睡觉。

许释就那么静静地看着他,手指隔着空气,轻轻点在他深邃的眉眼上,点在他高挺的鼻梁上。

直到音乐终止,大家睁开眼睛,她才落荒而逃。

这短短五分钟的时间,是她难以言说的秘密。

那半年发生了不少事,某选秀节目的热播在国内掀起一阵女团风的热潮,校园里茶余饭后的闲聊话题也都变成了谁最后能成功出道。

喜欢的选手被淘汰的那天,赵思萱抱着许释哭了好几个课间。

也是那一年,大家突然不约而同地用起了微信,班级QQ群逐渐冷清下来,反而是微信群越来越活跃。

许释微信里的好友并不多,平时和她闲聊的也只有赵思萱和沈浩,正因如此,她开始频繁地在朋友圈里分享一些在网上看见的伤感文案。

赵思萱用半开玩笑的语气打趣她,说她像是青春疼痛文学里的苦情女主。

许释笑笑,不置可否。

安尧的秋天来得很早,九月才过了一半,白桦树的叶子已经开始泛黄,气温骤降几个度,空气中夹杂着淡淡的桂花香气。

周三下午的语文课,老师空着手走到讲台上,神秘兮兮地说今天什么内容都不讲,而是带着大家看电影。

下面发出阵阵欢呼。

头顶的吊灯被关掉,为了营造气氛,靠窗边的同学将窗帘拉上,教室里一片漆黑。

老师给他们看的是改编自沈从文同名小说的《边城》。

许释没看过原著,只知道大概剧情,看得倒是认真。

电影放到一半的时候,后面座位的两个女生突然开始低声讨论。

"不是我说,这翠翠也太别扭了吧,明明喜欢二老,为什么不肯说出来啊。"

"我也不懂,大老也好惨,喜欢的人不喜欢自己,还断送了性命。"

"看得我好生气。"

……………

许释听着她们的对话,轻轻摇了下头。

感情这种事,本就是说不清道不明的。

一百分钟的电影放完,悲剧落幕,天宝死了,傩送走了,只剩翠翠孤独地等待。

许释觉得心里有些堵,想出去透透气。

刚出班级,她便在走廊里猝不及防地遇见了魏宴然。他穿着最简单的白色T恤,头发弄得乱糟糟的,神色看起来有些倦。

两个人擦肩而过的那个瞬间,许释闻到了他身上熟悉的雪松气味,原本做好的心理建设再一次崩塌。

她把头埋得很低,生怕自己的情绪泄露出去。

不得不承认,有些人,仅仅只是看一眼,都能在心里掀起惊涛骇浪。

那天晚上回家之后,许释更新了一条朋友圈。

是《边城》里的最后一句话——

"这个人也许明天就回来,也许永远也回不来了。"

2

国庆假期刚结束没几天,安尧下了第一场雪。

这场初雪来势汹汹,积雪厚度差不多能到许释小腿那里,早上去学校,她裤脚被弄湿了很大一片。

教学楼前那棵老榆树被压断了三四根树枝,本就狭窄的小路被堵去大半,飞鸟偶尔掠过残枝,碎雪簌簌落下去。

午休时间刚过,教室里的广播响起,下午的课程安排一律取消,所有学生被打发到操场上扫雪。

扫雪算得上是冬天最让人期待的活动,既不用闷在教室里面上课,还能借着这个幌子出去打雪仗,一玩就是一个下午。

这会儿雪已经停了,午后阳光明媚,照在人身上暖烘烘的。

许释正抱着自己的小雪铲,勤勤恳恳地和地砖上那块顽固的冰做着斗争。她下来的时候忘记戴手套,只能把冻得快要没知觉的手往袖子里面藏。

赵思萱突然滚着一个雪球走到她旁边,仰头看着她,眼里明晃晃写着"期待"两个字。

"释释,来和我堆雪人吗?"

许释把雪铲放到旁边:"好啊。"

刚落下的雪黏性很强,没过多久,赵思萱就弄了一大一小两个雪球出来。许释往掌心里哈了口气,过去帮她把小雪球摆在上面。

雪球还没放稳,身旁突然传来砰的一声,紧接着是赵思萱的惨叫。

许释连忙扭头,看见她那件黑色棉服的前摆上有好大一块雪渍。

"沈浩!"赵思萱抓狂地拍去身上的雪,"你烦不烦,每次打雪仗都来偷袭我。"

沈浩就站在她们身后,手里的罪证甚至还没销毁:"谁让你背对我蹲着,不打你我打谁?"

"许释也在旁边,你怎么不打她呢?"

沈浩一下子没话了。

过了好半天,他才磕磕巴巴地答:"我没看见学霸。"

"我信你的鬼话哦。"赵思萱皱眉嗔他一句。

雪迹被清理掉,她也不甘示弱地从地上抓了一把雪,攥成雪球往沈浩那个方向扔。

奈何沈浩跑得快,她根本追不上,反倒又让沈浩打了好几下。

跑了没几分钟,赵思萱体力明显跟不上,双手叉腰,半蹲在地上喘着粗气。

沈浩还在远处欠兮兮地挑衅她。

赵思萱哪能受这种气,灵机一动,忽然扯住旁边许释的胳膊晃了晃,朝她撒娇,那双漂亮的桃花眼藏着一汪委屈。

"释释,你得帮我报仇。"

许释一头雾水,本在一旁看热闹的她就这么被拉进了这场混战中。

雪雾纷飞,纯白雪地上留下了一连串胡乱的脚印。

不知道是真的招架不住还是故意放水,沈浩认命般地投了降,由着赵思萱和许释攻击。

赵思萱又不解气地把人按进雪堆里,手掐在他脖子上,一副女王气派。

"服不服?"

"服了服了。"

"这还差不多。"

沈浩从雪堆里站起来的时候,头发和下巴上都是雪,还有几撮呆毛冲天竖着,像是童话绘本里的圣诞老人。

这模样把许释逗得直笑。

沈浩抬手抓了把头发，瞥见她手背上冻得一片通红，眉头轻轻皱了下，也顾不上拍掉衣服上的雪，转身就朝着小商店那个方向走。

赵思萱拉着许释继续装饰自己的宝贝雪人，还忍痛割爱地献出了脖子上那条灰色围巾，装模作样地围在雪人身上。

许释抱着胳膊在旁边欣赏，突然感觉肩膀被人拍了下。

"学霸。"

她扭过头，沈浩不知什么时候又回到了身边。

"这个给你。"

他递过来一双手套，还有一包暖宝宝。

许释愣了几秒，一时没接。

"你哪儿来的这个啊？"

沈浩挑眉笑笑："从别人那儿抢的。"

"啊……"

"逗你的，刚去商店买的。"

见许释还没动作，他干脆俯下身子，把她冰凉的手从袖管中拿出来，然后将那副款式简单的棕色手套戴上去。

"商店里只有这种。"沈浩解释，"虽然比不上外面买的，应该也能暖和一点。"

他又撕开暖宝宝，垂眸，小心翼翼地贴在她掌心上，像个老妈子一样碎碎念："谁给你养出来的坏习惯，这么冷的天也不知道戴个手套，冻伤了怎么办。"

他熟捻地把包装袋塞到自己口袋里，问她："现在有没有暖和一点？"

许释抬头对上他的视线，没过几秒又不太自然地别开目光，抿了抿嘴角："谢谢你，沈浩。"

"要是真想谢我。"他在她脑门上弹了下，又像是担心弄疼了她，用食指戳了下，"就让自己开心点。"

许释不知道该怎么接话，只听见他小声嘟囔一句："好久没见你像今天这样笑过了。"

他说的是实话，这小半年来，许释脸上鲜少露出笑容。大部分时候都只是扯着嘴角，伪装出一副轻松自在的模样。

像个提线木偶一样，徒有乐观开朗的空壳，内心却处处充斥着伤感与堕落。

许释弯唇："我会的。"

那天确实算得上是开心的一天。

如果后来没有遇见魏宴然的话。

二班的分担区有两处，除去教学楼下面的小广场，操场最西侧的那片空地也归他们管。

冬日寒风好似利刃，刮在脸上生疼，许释裹紧了身上那件杏色羽绒服，尖尖的下巴藏在衣领里。

她抱着自己的小雪铲，还没走近，一眼就在隔壁分担区的人群里看见了魏宴然的身影。

这人还和从前一样，总是那副不怕冷的样子，冬天也只是穿着薄薄的外套，里头黑色卫衣的帽子露在外面，一个人站在台阶上面，神色淡漠，眼皮半耷着，带着很重的倦意，看着像是没睡醒。

许释在心里腹诽，还说自己是睡不醒同学，明明他才是。

下一秒，无端又是一阵心酸。

再也没人这样叫她了。

她只看了几眼便收回了视线，仿佛只是在操场上撞见了一个长得不错的陌生同学，转过头继续和赵思萱讨论刚才堆的那个小雪人。

可没走几步，她又忍不住回头去找他，藏在手套里的掌心出了一层汗。

之后扫雪的时候许释总觉得有些不自在。

她不确定他有没有看见她，但还是有种被人注视着的错觉，每走一步都很小心，生怕一不留神摔倒在冰面上，狼狈地出了丑。

她还自告奋勇承包了一片很难清理的区域，原因无他，那里离九班近。

为了不让他发现，她把衣服帽子扣上，遮住了自己的大半个侧脸，然后心不在焉地推着雪，用余光去打量他，忽然又想起来两人刚认识的那段时间，安尧也下了这样一场大雪。

那会儿铲雪机还没出来工作，早上上学时只有行人踩出来的一条小路。

许释揪着书包带子沿着小路走到校门口的时候，衣服领子轻轻被人扯了下。她回过头，一双漆黑的眸子满含笑意地盯着她。

相比她的笨拙，魏宴然悠闲自得多，他把书包挂在单侧肩膀上，不紧不慢地道："老远就看见你了，走得像只企鹅似的。"

许释不服："你才像企鹅呢。"

魏宴然也不还嘴，乐在其中地接过话："要不要企鹅扶着你进去？"

许释看了看眼前厚厚的冰面，只犹豫了一秒便点头："要！"

魏宴然脸上的笑意更深，扯着她的胳膊往里走，但又像是恶作剧一般，故意把步调放得很快。

许释脚下开始连续打滑，心也跟着悬起来，幼时在冰面摔倒的阴影像是海浪一样扑过来。她死死拽着魏宴然的袖口，在他肩膀上轻拍了一下："你慢一点呀！"

"有我在。"他垂眸看她，笑得顽劣，"能让你摔了？"

就在那一刻，许释甚至觉得，哪怕是世界末日即将来临，只要他在，也没什么可怕的。

转眼间，一年过去。

不过是物是人非事事休，欲语泪先流。

许释抬手拢了拢头发，心口发酸，怎么都不是滋味。

这边的雪已经快要扫完了，许释想在离开之前再看他一眼，却不料，一抹明媚的颜色抢先映入眼帘。

女生穿着粉色的外套，像是冬日中开得正盛的寒梅，一溜烟跑到魏宴然身边。

许释虽没看清她的模样，但就凭着这股自信大方的劲儿，她已经被晃得睁不开眼。

女生说话的声音并不大，但许释还是一字不落地全部听到了耳朵里，那人问魏宴然，能不能帮自己把雪铲带回去。

魏宴然无所谓地勾了勾唇，玩笑般地说行啊，但他可不当免费苦力。

女生把东西往他手里一塞，丢下一句请你喝奶茶，转身就跑。

许释突然觉得心脏好像在被千万只蝼蚁细细密密地噬咬着，疼得她喘不上气来。她赌气似的想要离开，可还没走出几步，她担心了许久的事情终究还是发生了。

砰的一声，她重重摔在了地上，后背和肩膀传来阵阵痛意，碎雪顺着衣领滑进去，凉得她一个激灵。

那边的魏宴然显然听到了这边的动静，扭头看见是她，眉心微微皱了下。

许释只想快点逃离这个地方，她撑着地面站起来，头埋得极低，耳根脖颈烫得厉害。

偏偏这时候身后传来一道低沉的声音。

"许释。"

她想继续往前走，但脚下像是被施了定身咒一般，半步都挪动不了。

她用力吸了吸鼻子，尽量让自己的声音听起来没什么异常，闷声道："有事吗？"

"你的东西掉了。"

许释回过头，看见那个宇航员钥匙扣静静地躺在雪地里，估计是刚才从口袋里滑出去了。

一瞬间，她觉得自己更加可笑，羞赧地攥紧了指尖。

他现在肯定在心里嘲笑自己吧。

两人都已经闹得这么僵了，还留着他送的东西做什么呢？显得她多么念念不忘吗？

她琥珀色的双眸盯着那个钥匙扣，眼眶里的酸意喷涌而出，她倔强地转过头，难以从不平稳的声线中溢出来。

她说："我不要了。"

一阵风从他们中间穿过，空气里卷起一阵若有似无的茉莉花香，魏宴然盯着那个身影，一时有些失神。

　　她好像又瘦了不少，发丝被风拂起，露出下面纤细脆弱的脖颈。

　　他无声地看着她消失在自己的视线中，长睫低垂，眸色晦暗。

　　几秒后，他几步走上前，弯腰捡起那个钥匙扣，将上面的浮雪擦去，指腹轻蹭，像在看什么爱不释手的宝贝。

　　某些记忆涌进脑海，魏宴然长叹一口气，深邃的眉眼中流露出几分难以掩饰的悲伤。

　　他攥着那个钥匙扣，也朝着班级的方向走去。

　　那天回去之后，许释还是不可避免地后悔了很久。

　　当时就应该转身捡起来的，何必争那一时的志气。

　　更何况，先离开的人是他，错的人也是他。

　　她坦坦荡荡，凭什么要被他低看一眼？

　　许释就在这种情绪中挨过了一节自习课，下课铃刚响，她抓起椅背上的外套，一路小跑着去了操场。

　　可偌大的操场上，早没了那物什的踪影。

　　安尧的天气真的很多变，一个小时前还晴空万里，现在又阴沉了下来，寒风顺着领子往身体里钻，冰得人一个哆嗦。

　　许释双手插兜往教学楼走，烦躁许久的心忽然生出了几分平静。

　　她想这大概就是天意吧。

　　不该留的东西就应该扔掉，而不该惦念的那个人，也会随着时间的推移，一点点消失在她的生命轨迹里。

　　周四，许释吃完午饭准备写套卷子再睡觉，刚在书桌前坐下，抽屉里的手机突然响了起来。

　　是个陌生号码，对面说她的快递到了，就放在学校对面的签收点。

　　她愣了下，最近她并没有在购物软件上买过东西。

　　去拿快递的路上，许释一直在想是谁送的，会不会是谁填错了电话号码，误打到她这里来了？

　　她甚至脑洞大开地怀疑是不是谁的恶作剧，故意买来什么蜘蛛、虫子的玩具，拆开后吓她一跳。

　　但她转念又想，谁会这么无聊。

　　拿到的快递箱很大一个，并不重，许释双手抱着进了学校。

　　她先在快递单子上找了一大圈，并没发现什么有用的信息。

　　赵思萱和几个女生刚从宿舍过来，脸上还带着倦意，好奇地问她买了什么。

· 215 ·

许释摇头,说别人送的,她也不知道里面是什么。

她用美工刀把缠在外面的透明胶带划开,看清里面的东西后,忽然傻了眼。

那是一箱冻干糖葫芦球。

她如遭雷击地僵站在原地,一些原本被她深藏在脑海中的记忆碎片此刻自动蹦了出来,像是失了闸的洪水,一发而不可收。

是某次她深夜失眠,她脑洞大开地和魏宴然说想吃糖葫芦。

那时正值初夏,安尧并没有卖糖葫芦的地方,但魏宴然也纵着她,说冬天给她买。

可是还没走到冬天,他们就分别了。

所以这是他送给自己的吗?

这算什么呢?履行当时的诺言吗?

眼泪倏地流了出来,许释心想,是不是他在道歉,想要和好?

但与此同时她又有些恼,凭什么自己要一直这样被动,他想推开就推开,想和好的时候,随便勾勾手指就能把那些不快一笔勾销。

她才不要像个木偶娃娃一样任人摆布。

她赌气地把那箱糖葫芦分给了身边的同学,也没有去问他为什么要送这个给自己。

圣诞节下了场大雪,许释到校的时候桌子上堆满了苹果和糖。

不知道是哪个班传出来的消息,说晚上会有流星出没。于是下课的时候,大家都聚在走廊的窗户旁边,伸头朝黑漆漆的天上看。

"你说,"赵思蔓钩着许释的肩膀,"一会儿要是流星真的出现了,我许什么愿比较好呢?要不再长高十厘米,体重轻五斤,然后眼睛再大一点!"

"再加一条,许愿未来能一夜暴富。"

"你呢?"她看向许释,"你有什么愿望吗?"

许释的胳膊搭在窗框上,发丝被吹得有些乱,今晚的风并不大,但她眼尾还是有些发涩,连带着喉咙和心口也跟着发酸。

沉默了许久,她才开口:"如果可以的话,我想亲口和那个人说一句生日快乐。"

今天不只是圣诞节,同时也是魏宴然的生日。

他之前说过习惯按照农历过生日,许释一早就在日历上把这天圈了起来。

赵思蔓看着许释发红发湿的眼眶,无声叹了口气。

一直等到放学,大家期待的流星也没有出现。

晚上许释很早就上了床,社区的供暖系统又出了问题,她抱着暖水袋缩在被窝里面,但四肢还是冰得发麻。

她强迫自己闭上眼睛,脑海里却不受控制地浮现出魏宴然的面孔。

不知过了多久，她还是没有睡意，干脆从枕头下面翻出手机，屏幕上显示现在是 23 点 37 分。

还有二十三分钟，他的生日就要过去了。

她登上 QQ，手指在那个灰了很久的头像旁边停留。

屏幕渐渐暗下去，在熄灭的前一秒被她摁亮，然后继续变暗，来来回回重复了很多次。

她眼睁睁看着左上角的数字由"37"跳到"38"，最后又变成"42"，留给她犹豫的时间越来越少了。

许释用手背在脸上贴了贴，像是在下定决心。

她告诉自己，只是送句生日祝福而已，没什么大不了的。就算是萍水相逢的陌生人，她也从不吝啬送上自己的祝福。

她平静地在聊天框里打下一句生日快乐，像是怕自己反悔，一秒也没多犹豫，直接点了发送。

但就在消息发出的那一秒，她的心口却不受控制地开始发悸，指尖抖得厉害，心跳声也大得震人，额头和手心里全是冷汗。

她怕自己收不到他的回复，怕自己像个跳梁小丑，上演了一出辛酸的独角戏。

可出乎意料的是，还不到半分钟，她就收到了回复。

久违的特别关心提示音响起，许释难以置信地睁大了眼睛，大脑宕机似的一片空白。

她用力在自己大腿上掐了下。

很疼，不是幻觉。

视线重新聚焦在屏幕上，魏宴然和她说了句谢谢，又问她怎么知道今天是自己的生日。

她回：你之前和我说过的呀。

他用半开玩笑的语气说是吗，你记性可真好，我自己都记不住，还是今早我妈告诉我的。

许释抿了抿唇，不愿让聊天就这样中断，努力找着话题。

还没聊上几句，他却说自己要睡觉了，让她也早点睡。

这段期盼已久的对话以她一句晚安收了尾，他再也没有回复。

许释平躺在床上，盯着那几行小字，心情像坐过山车一样，瞬间又跌到了谷底。

她点开空间，看见他半小时前更新了一条动态，说是谢谢大家的生日祝福。

下面评论大多没个正形，有人恭喜他又老了一岁，有人甚至放了一张他的表情包，估计是偷拍出来的，表情一脸蒙。

许释没忍住笑了下。

在那晚的最后一分钟，她更新了一条仅自己可见的动态：我的少年，十七岁生日快乐。

愿你遍历山河,仍觉人间值得。

那晚的聊天算得上导火索,让许释心中原本熄灭的那团火重新燃烧了起来。

后面几天,她继续尝试着和魏宴然聊天,都是学校里发生的一些琐事。

他会回,但频率很低,并且经常在许释说到兴头上的时候泼一盆冷水,说自己要睡觉了。

许释觉得他变了。

但紧接着又想,似乎自己也变了,她在他面前不似从前那般活泼洒脱,总多了几分拘谨,生怕说错了话。

她觉得这样的关系很累,有几次她在深夜问自己,不再和他说话了好不好?

但心底有一道强烈的声音告诉她,不好。

那样太痛苦了。

她宁愿这样藕断丝连着。

跨年那天晚上,学校取消了晚自习。

下午上完三节课,大家背着书包往外面走,互相道着"新年快乐"。

沈浩哼着小曲儿,在许释桌上敲了敲,扔给她一根棒棒糖:"新年快乐,学霸。"

许释笑:"新年快乐。"

出班级的时候,许释故意往对面教室看了眼,魏宴然的座位是空的,估计已经走了。

她的心里不禁生出几分失落。

写完作业已经十一点半了,许释捏了捏酸痛的肩膀,给自己倒了一杯热水。

窗外烟火正盛,似流星坠落,更似千树花开。

五彩斑斓的光映在她的眼底,楼下不知是哪家的小朋友,稚嫩的童声大喊着"新年快乐"。

桌上的手机响个不停,都是同学朋友发来的祝福,许释逐个回复,最后又点开置顶聊天框,精心编辑了一条新年祝福,再三检查后,她点击了发送。

然而下一秒,屏幕上自动弹出的回复让她整个人忽地一沉,差点摔倒在地上。

那是一个红色感叹号。

魏宴然删掉了她的好友。

3

许释不信邪地以为是系统出了什么问题,她退出页面重新启动了好几次,刷新框不断被拉下来。

但那个显眼的红色感叹号始终没有消失,就像寒针一样扎在她眼睛里。

许释抱着最后一丝希望想，也许他只是手滑，不小心按到了删除键，并非真要把她删掉。

她甚至点开浏览器，在搜索框里打下一个荒唐至极的问题：QQ 会自动删除好友吗。

答案还没有加载出来，她眼眶中的热泪已经不受控制地往外涌，砸在手机屏幕上，晕成一片，心脏也像是被什么东西揪住，疼得她喘不上气来。

她本以为，经历过先前的种种，自己的受挫阈值已经有了提升。

但她错了。

他总是有那样的本事，随便的一句话、一个动作，都能像海浪一样将置身荒岛的她淹没。下沉、坠落，骇人的窒息感扑面而来，海水一点点灌进口鼻当中，叫她肝肠寸断、痛不欲生。

无论是现在，还是往后。

许释又想起前几日自己用小心谨慎换来的对话。

零碎的只言片语在她这里是珍贵的宝藏，可对他来说，也许只是无聊时分的消遣。现在消遣够了，他觉得烦了，便可快刀斩乱麻似的删掉，省去了再被纠缠的烦恼。

也好，这样也好。

他们中间终究需要一个狠心的人。

既然她做不到，那么让他来做也好。

…………

这一夜许释的眼泪没有停过。

她缩在被窝里躺了一个多小时，枕头湿了一大片，喉咙眼睛隐隐泛痛，怎么都睡不着。

她掀开被子，拿起一件棉服披在身上，拉开书桌前的椅子。

桌角的台灯关着，窗前带着素净花纹的老旧窗帘没有拉严，外面路灯的光从缝隙中挤进来，不偏不倚地落在桌上，照亮乳黄色的纸张，照亮少女隽秀工整的字迹，照亮她说不出口的心意。

许释静静地看着，长睫在眼睑处落下一层阴影，她想起那些难以入眠的夜晚……

该画上句号了吧。

她轻轻摩挲着日记本的封面，微凸的纹路硌在指腹。

但她终究舍不得丢掉，而是将它放在最上层的柜子里，用一把金色小锁锁好。

元旦一过，期末季和补课季紧跟着到来。

这个冬天算不上冷，许释却一直在生病。

小病小灾最折磨人，许释整天抱着暖水袋窝在教室里，神色恹恹，脸色白得像落在窗台上的雪。

晚饭时间,她没什么胃口,也不想出去披一身风雪,索性留在班级。

上周新换了座位,她右手边就是暖气。

在这种暖烘烘的环境下,困意最容易滋生。许释趴在桌子上,视线落在那道解了很久还是没有思路的导数题上,细细笔尖在演算纸上瞎画。

晚间广播正在播报时政新闻,走廊里是凌乱的脚步声,但她还是在这一片嘈杂中捕捉到了一个熟悉的名字。

"魏宴然怎么了?今天下午怎么没见他来上课啊?"

许释笔尖一顿,额角跟着重重跳了下,心口荡起层层波浪,仿佛湖面上被丢了一颗石头。

没来上课……是出什么事了吗?

刺啦一声,纸张被划开一道口子,许释将废纸撕下来揉皱,扔到垃圾桶里。

湖面恢复平静。

算了吧,他怎么样和自己有什么关系。

许释写完小半张卷子,觉得四肢发麻,站起来伸了个懒腰。旁边窗台上放了两盆仙人掌,生命力正旺盛,给死气沉沉的教室添了几分色彩。

沈浩从前门进来,身上只穿了件单衣,丝丝缕缕地冒着寒气,许释看着就觉得冷。

"学霸。"沈浩凑到她旁边,"没去吃饭啊?"

许释托着下巴应了声。

"正好。"他把手腕上的白色塑料袋拿下来,从里面拿出一串草莓糖葫芦,糖衣被镀上一层亮色,银光闪闪,"这个给你,正好买多了一串,就给你带回来了。"

许释道了声谢,伸手要接,喉咙忽然发痒,她偏过头,低声咳了几下。

"你这感冒还没好啊?"沈浩问,"感觉都好久了。"

许释揉揉鼻子,声音发闷:"没事。"

"吃药了吗?"

"吃了。"

"那怎么还不见好?"

许释将糖衣咬碎,没接话。

身病好治,心病难医。

因为教学楼里的供暖系统要维修,今年寒假放得早,腊月二十那天,学校要求三个年级全部离校。

许释正好是这周的值日生,出来的时候,学校基本已经空了。

她瞧时间还早,去学校对面的书店逛了一圈,来到"外国文学"区域,随手从上面抽下来一本。

是太宰治的《人间失格》。

她拿着书到前台付了款,她也不知道为什么要买这个,大概是有缘。

许释将书塞到书包里,推门出来。

街上年味很浓,附近新开了家炸鸡店,香气顺着门隙飘散出来,勾得人心痒。

不知道从哪儿冒出来一只流浪小猫,跑到许释旁边,亲昵地蹭着她的蓝色裤脚。许释弯唇,蹲下身子摸了摸它的头,它很配合地"喵"了一声,萌得让人心软。

旁边刚好有家小超市,许释进去买了火腿肠,把它喂饱才依依不舍地离开。

那一路她的心情都很好,故意挑着积雪厚的地方走,松软的雪地被她踩出一个又一个脚印,她满意地看着自己的杰作,又蹲下身子,捧起一把雪,用力扬到天上,雪花纷纷而下,像是从天而落的珍珠。

这时候的快乐很简单也很纯粹。

但这种快乐并没有持续很久,在她打开家门的那个瞬间戛然而止。

陈月琴坐在沙发上,不知发生了什么,脸色铁青。

许释换好棉拖鞋,将脱下的鞋子在角落放好,心里莫名有点忐忑:"妈,你怎么回来了?"

陈月琴扫了她一眼,从茶几上拿起来个东西,朝门口走来。

距离一点点缩短,许释看清了陈月琴手里的东西。

是自己的手机。

许释的心猛地一跳,下意识掐了掐掌心,睫毛无措地颤了下,温暾道:"妈,怎么了?"

啪的一声,巴掌毫无意外地落在她脸上。

许释被扇得有些发蒙,没反应过来怎么回事,就听见陈月琴问:"你哪儿来的流量?"

许释瞳孔猛地一缩,自己出门前有检查手机的习惯,今天也不例外。早上走的时候她还特意看过,流量是关上的,该删的信息也都删掉了。

"我问你话呢,你手机哪儿来的流量?"

许释开口:"我自己花钱买的。"

"你当钱都是大风刮来的是吧?我和你爸为了供你读书,整天省吃俭用累得要死要活,你呢?"

"你把钱花在这种地方,是想气死谁!"

"我说你成绩怎么一次比一次差!"陈月琴吼得嗓子发哑,"是不是心思全花在这上面了?"

"哑巴?说话!"

许释低着头:"我没有。"

"还嘴硬是吧?你良心是不是让狗吃了?你看不见我们每天活得多辛苦

吗？我当初就应该听你奶奶的，不把你生下来！"

许释将唇肉生生咬破，口腔里蔓延出些许铁锈味儿，她抬头对上陈月琴的眼，声音平静。

"对啊，所以为什么要生下我？"

为什么要把她带到这个世上，遭受这种种痛苦。

他们总是把自己的辛苦挂在嘴边，作为逼迫她的筹码。

可是谁曾想过她的辛苦。

这世上活着的每一个人，有谁是真正顺遂的。

没有。

"白眼狼！"陈月琴指着她的鼻子骂，"你给我滚！"

许释面无表情地回了自己房间，行尸走肉般地躺在床上，由着眼泪风干。

陈月琴没收了许释的手机，好长一段时间没再给她好脸色看。

许释的病不知怎么突然加重，到腊月二十八的时候，已经起不来床，额头上的温度烫得吓人，嗓子哑得半个音节都说不出。

陈月琴嫌她晦气，扔给她几百块钱，让她自己去打针。

临近年关，社区里的小诊所都已关门，许释只能去医院。

病房早已住满，她被临时安排在急诊厅外面的长椅上。

刺鼻的消毒水气味充斥她的鼻腔，对面位置上是个约莫十一二岁的小女孩，哭得很凶，眼眶鼻尖红了一片。

她一哭，旁边陪护的父母立刻变得手忙脚乱，一个温柔地哄着，另一个从包里翻出零食，蹲下身子逗她。

许释看得眼眶发酸。

护士拿着输液器走到她旁边，用沾了碘伏的棉球在她手背上擦了擦，随口问了句："小姑娘，一个人啊？"

许释点头："嗯。"

针头刺进皮肤，许释微皱了下眉头。

护士大约看她孤零零的有些可怜，临走时嘱咐："要是有什么不舒服，就按椅子上的按钮。"

"好。"

冰凉的药液输进血管里，许释忍不住打了个寒战。

她从包里拿出那本《人间失格》，书已经看了大半，但她并不能完全理解里面的内容，只不过在读到某些句子的时候，心总是会跟着抽痛。

比如那句——

"他自人山人海中来，原来只为给我一场空欢喜。"

你来时携风带雨，我无处可逃。

你走时乱了四季,我久病难医。

许释睫毛上染了湿意,眼前隐约浮现出一道挺拔的身影。

又一年了。

她,久病难医。

那年除夕过得很平淡,陈月琴和许康安吃过饭后就到牌友家打牌了,不出意外,次日早上才会回来。

许释一个人待在家里,因为没有手机,省去了和同学们互发祝福语的环节。

电视上个月就欠费了,陈月琴一直拖着没交,连春晚都看不了。

生病的人总是更怕冷,许释坐在窗边,身上披了条天蓝色的薄毯,手里捧着温牛奶,丝丝缕缕的雾气氤氲着眉眼。房间里面的灯没有开,忽起忽落的烟花照亮少女柔和的面孔,脸上细小的绒毛都被镀上一层金光。

她不由自主地想起去年这个时候,魏宴然给自己放的那场烟花。

他现在在干什么呢?

再放烟花的时候,会不会有那么一瞬间,也会想起她来?

又是新的一年了。

好像每个人都在期待着新年的到来,期待着新篇章的开启。

但是她不期待,她还活在过去。

零点钟声响起,窗外飘起细碎的雪花。

许释打开窗户,寒风猛烈地灌进来,吹得她眼角有些发涩,她迎着风开口,声音有些沙哑:"魏宴然,新年快乐。"

她的祝福,只有风知道。

大年初二,许释难得回了趟姥姥家。

半个小时的车程并不长,许释脑袋靠在玻璃上,前排几位大妈兴致勃勃讲着邻居家的八卦,吵得她头疼。车厢里还混杂着各类烧饼面包的味道,她感冒还没好全,不太舒服地吸了吸鼻子。

阳光从车帘缝隙里斜进来,猝不及防地落在脸上,刺得她下意识眯了眯眼,过了好一会儿才适应过来。她掀开帘子,看着窗外熟悉的风景,盘算着自己还要多久才能到达目的地。

自从上次生病之后,姥姥的身体大不如前,这一年小病小灾不断,她担心得很。

车辆开始减速,许释最后一个从车上下来,绕过两道崎岖的山路,隐匿在山野中的小平房终于出现在她的视线中。

她加快脚步,看见姥姥佝着腰站在院子里。

"姥姥。"她连忙跑过去,"不是让你在屋子里等吗,外面多冷啊。"

"不冷不冷。"姥姥拍拍她的脸,"快进屋吧,一路过来也累了。"

村子里只有七八户人家,邻里之间都认识,隔壁苗家大娘听见这边的动静,端着菜盆凑过来闲聊。

许释乖乖叫了人,她连声应着,又笑着说老太太福气好,有个漂亮又懂事的外孙女。

房间里很暖和,姥姥和许释坐在热炕旁边。

"瘦了。"姥姥拉着她的手,"是不是高中太累了?"

"不累。"许释弯眼,"姥姥你最近怎么样?还好吗?"

"好着呢。"姥姥答,"等一会儿你舅舅他们也要上来,让舅妈多给你做点好吃的。"

"好。"

一个多小时后,黑色的汽车在院子里缓缓停下。

虽然陈月琴对他们常年冷眼相看,但舅舅一家对许释确实很好,知道她在这里,还特意买了几大包零食带过来。

许释给他们拜了年,到小厨房里帮着舅妈准备晚饭。

农村天黑得早,刚过五点,外面已经黑漆漆的看不见路,只剩远处人家的几声狗吠回荡在空荡的山野里。

橙黄色的光铺在房间的每一寸角落,一家人围坐在圆桌旁,空间虽小,但很温馨。

许释给姥姥倒了一杯果汁,玻璃杯相碰,发出清脆的一声响。

"姥姥,新年快乐,新的一年要健健康康。"

"好。"姥姥抿了一小口果汁,又看向陈嘉秽他们,"我们一家人都要平安顺遂,没有烦恼。"

晚饭结束已经快要七点,许释吃得很饱,被陈嘉秽拉到外面散步。

村落中微弱的灯光照在雪地上,两姐妹沿着家门口那条小路一直向下,走进一小片开阔的原野里。

"你最近怎么了?"陈嘉秽偏过头,她刚染了一头红发,衬得五官更加精致,"出什么事了?看你不太开心。"

许释踢了踢雪堆,迟了两秒,愣愣地"啊"了声:"有吗?"

"你知不知道你从小脸上就藏不住事?"

许释掩饰似的拱了拱鼻子。

"前几天我给你发消息,你一直没回。"

"我妈他们把我手机没收了。"

"姑姑他们也真是……"陈嘉秽叹了口气,"你都已经这么优秀了,他们怎么还不知道满足啊。"

许释抿抿唇,没接话。

叮咚一声，陈嘉秽口袋里的手机响了下，估计是骚扰短信，她看都没看便直接删掉了。

许释舔了下干涩的唇，开口："姐。"

"嗯？"

"你能不能把手机借我用下啊？"

陈嘉秽也是从她这个年纪过来的，知道她在想什么，笑了笑："想上QQ啊？"

许释点头。

陈嘉秽把自己的账号退了，将手机递给她："看吧。"

这手机是年前才出的新款，屏幕比许释那个手机大了不少，也流畅许多。

许释输入账号和密码，指尖刚要点击登录，瞳孔忽然定住。

他早已不在她的列表中，这样做还有什么用吗？

没用了。

晚上，许释和姥姥睡在一个房间。

洗漱过后，许释钻进被窝，抱着姥姥的胳膊，脑袋贴在她肩膀上轻轻蹭了蹭。

姥姥笑了笑："记得你小时候，我也总这么把你抱在怀里，你就安安静静地靠着，不哭也不闹。转眼间，我老了，你也长这么大了。"

"姥姥你才不老呢。"

"还不老啊，都快八十的人了，也不剩几——"

许释摇头打断她："姥姥你不许胡说，你可得多陪我几年。"

"好。"姥姥说，"我得好好活着，还要看着你出嫁呢。"

祖孙二人聊了很久的天，大部分都是许释在讲，那些烦心不快都被她过滤了去，只讲在学校里面发生的趣事。

老太太听得认真。

不知过了多久，许释隐约有了些睡意，就在眼皮即将合上的前一秒，忽然听见姥姥在叫她的名字："小释。"

一片黑暗中，许释揉揉眼："怎么了姥姥？"

老人叹了口气，抬手抚上她的发丝，语气缓慢而温柔："别让自己太辛苦了。这次回来总感觉你不太开心，你们这个年纪的孩子都有自己的小秘密，姥姥能理解。"

"姥姥知道你从小性子就静，什么事都喜欢藏在心里，但你要记住，人活一世，没什么坎儿是迈不过去的。"

"你的人生还长，上天一定会把最好的东西留给你的。"

许释怔了几秒，唇瓣开合，却说不出话来，只是眼眶酸得厉害。

她在心里喃喃道：最好的东西，好像已经被我弄丢了。

初七，开学。

许释看抽屉里的笔芯要用完了，特意提前出了门，准备去书店转一圈，没想到会在校门口遇见陈嘉秽。

陈嘉秽穿着白色冲锋衣，头戴鸭舌帽，一头微卷的红色长发散乱在身后，要多显眼有多显眼。

许释跑过去，有些惊讶："姐，你怎么来了？"

陈嘉秽手里拿着一个四四方方的小盒子，递给她："这个是给你的。"

许释低下眼，打开盒子，里面躺着一部白色手机。

"给我的？"她下意识地重复了一遍。

"嗯。"陈嘉秽说，"这是我之前换下来的，没什么大毛病，还能用。里面我给你插了一张电话卡，话费和流量你不用担心，每个月我会帮你交。"

许释有些哽咽，喉咙好像被什么东西堵住，酸涩得说不出话。

许释其实从小就很羡慕陈嘉秽，她家境优渥，无论做什么都有家里的支持。

她洒脱、自由，看似难以接触，其实内心比谁都柔软。

她也曾不顾一切地爱过一个人，遭到背叛后却能及时抽身，再不去纠缠。

这都是许释做不到的。

她抬眼对上陈嘉秽的目光，声线颤抖："姐……"

"让你拿着就拿着。"陈嘉秽把盒子塞进她手里，"姑姑他们处理事情的方法我不是不清楚，你过的是什么日子我也可以想象。以后要是遇见什么烦心事儿了，你就和我说，别自己憋出病了。"

热泪不受控制地往外涌，许释还在嘴硬："我没事，都挺好的。"

"和我还嘴硬啊？"陈嘉秽帮她擦掉眼泪，伸手抱了抱她，"小释，我就你这么一个妹妹，我希望你能明白，没有什么事情比你的开心更加重要。手机你好好藏着，别被姑姑他们发现了。"

陈嘉秽在许释鼻尖上轻刮了下："那个时候，我也没办法救你。"

许释弯眼："我知道了。"

陈嘉秽陪她到书店买了东西，又在路边摊子上给她买了一堆乱七八糟的小零食，之后又一直把人送到校门口，才转身离开。

那晚回家后，许释趴在门边悄悄开了个缝，确定陈月琴他们回了房间，才从书包里掏出手机。

手机哪儿哪儿都好，就是内存不太大，不过对于许释来说也足够用。

她点开通讯录，联系人那一栏只有陈嘉秽。

她动动手指，把魏宴然的电话存了进去。

号码是她一早背下来的，有段时间网上突然爆出很多拐卖的新闻，聊天的时候，魏宴然再三叮嘱让她保护好自己，别傻呵呵地跟着坏人走了。然后，他还发来自己的电话号码，强迫她背下来，说是如果真遇见了什么危险，记得打电话给他。

他说这话时的细节慢慢在眼前放大,许释鼻头又是一酸。

4
高二下学期的学业突然变得紧张起来,老师们纷纷把"高考"二字往嘴边挂。三月下旬,高二学子迎来了高中生涯的第一场大型考试,会考。

对于理科班这帮学生,政史地成了最让人头疼的科目,于是学校给他们添了相关课程,大家的重心也都开始往文科上偏。

未经翻捻的纸张还泛着初始气息,十几本必修书摆在桌角,像是耸然而起的小山,随手翻阅,里面全是复杂难懂的知识点。

沈浩每天怨声载道,说好佩服楼下那帮文科生,这简直不是人能学会的东西。

教室里人多温度高,容易滋生困意,许释和主任打了招呼,早自习可以站在走廊背书。

封闭昏暗的长廊被杂乱的读书声填满,声调不一,内容各异,但仔细侧耳倾听,不知夹杂多少长吁短叹。

许释捧着复习材料靠在门边的白墙上,背后凹凸不平的装饰板有些硌人,耳后几缕碎发总是不听话地滑下来,挡住视线。

背完半页大事年表,许释抬手揉了揉发涩的眼角,思绪有一瞬的迟缓,她抬起头,目光自然地往对面班级看。

魏宴然只穿了件黑色帽衫,袖口翻上去半截,露出劲瘦流畅的小臂,面前摊着厚厚的课本,没骨头似的窝坐在位置上,浑身上下透着很重的倦意。

他们中间隔着笨重的木门,隔着穿着校服的学生,许释只能看见他的侧脸,看见他硬朗清晰的下颌线条,表情却模糊不清。

他昨晚是不是又没睡好?

许释正出神着,他却猝不及防地偏过头,两道视线蓦地撞在一起,她心口无端一紧,连忙低下头盯着脚尖发呆,没再看他的动作,装作不在意。

可短短几秒的对视,还是在心里掀起一阵波澜。

她想起两人刚认识的时候,自己也是这样站在班级里,踮着脚,努力朝着他在的方向看。

兜兜转转一年过去,她还是那个缩在角落里的偷窥者。

从未光明正大过一次。

但许释没想到,他连最卑微的机会都不愿给她。

翌日清晨,许释来到走廊,习惯性抬眼,却发现那座位上换了一副陌生面孔,视线又扫过偌大班级,都不见那人的身影。

是调座位了吗?

可他的笔袋和水杯还放在桌上,未被动过。

许释瞬间明白这是怎么一回事,无非是不想被她看见,所以找人临时换了

· 227 ·

座位，求得一时清静。

她心脏忽然塌下去一块，攥紧了手指，掌心上留下一道月牙形的痕迹。

已经讨厌到这般地步了吗？

连看一眼都觉得烦。

好不容易熬过会考，大家又马不停蹄地开始准备月考。

这个学期许释不再在食堂吃晚饭，成了对面小吃摊的常客，去的最多的是那家麻辣烫店。

这是她生平第一次发现自己骨子里的叛逆和倔强，明明不能吃辣，但每次去都要执拗地点特辣。哪怕辣到眼泪直流，胃里火烧般地痛，舌头也跟着发麻，她还是不肯停下来。

也不知道是在和谁较劲。

偶尔会在店里碰见魏宴然，她也能极力克制自己的情绪，做个体面的陌生人。

四月的天气突然变得很热，楼下那树梨花今年开得格外茂盛，从教室的窗口望下去，一片白瓷釉似的白。

赵思萱咬着半块哈密瓜味的德氏小奶糕从外面进来，目光被沈浩桌上的小风车吸引了过去，坐在他的位置上把玩。

不过玩了一会儿便失了兴趣，她又扭过头，许释正在和英语阅读做着斗争，密密麻麻的字母她看着就觉得头疼。

"你最近好像瘦了。"赵思萱突然开口。

她打量着许释，虽然安尧的校服一直被大家戏称为麻袋，但许释身上这件明显比原来宽松了很多，袖口长出一大截，像是偷穿了大人的衣服。

"有吗？"许释笔尖顿了几秒，在卷子上写下一个C，"可能是你的错觉。"

"你最近晚上去哪儿吃的饭？"

"就对面的小饭馆啊。"许释低着头，声音却不自然起来，"怎么突然问这个。"

"许释，你这个人真的不会撒谎。"赵思萱的表情变得严肃，指节在桌面上轻叩两下，"你是不是在节食？"

"没有啊。"许释放下手中的笔，对上赵思萱的目光，似乎想让她相信自己的话，"好端端的我节食干什么？你不要瞎想。"

话音刚落，许释眼前短暂黑了几秒，不可抑制地往旁边偏。

赵思萱眼疾手快地扶住了她，语气急切："你怎么了？"

许释重重地喘了口气："我没事。"

"许释你和我说实话，你是不是在节食？"

许释嘴硬："没有。"

赵思萱恨铁不成钢地说："许释，都过去一年了，你怎么还走不出来。"

"你在说什么？"许释笑着看她，"我听不懂。"

可笑着笑着,她眼泪又流了下来,但她并没有崩溃,只是有些不受控制。
"思萱,你是不是觉得我很傻?"
她试图用一年的时间学着忘记,学着释怀,最后却还是作茧自缚,困在桎梏中。
她还是想不明白,自己到底做错了什么事,能让他们生疏到这般地步。
赵思萱睫毛颤了下,伸出手把人抱在怀里,像哄在外面受了委屈的孩子那样,在她头发上揉了揉,声音嘶哑:"说什么呢,你一点都不傻。"
"我只是心疼你。"
泪水打湿蓝色棉布,留下一块印记。

也是那一年,许释卸载掉了手机里的 QQ 音乐,跟风用起了网易云音乐。
她刚注册好账号,后台就弹出一条新消息推送:街可能是你认识的人,快去看看吧。
看着这熟悉的名称,许释心跟着一颤。
她点进他的主页,把他听过的歌曲从头到尾翻了个遍,又一个一个加到自己的歌单里。
凌晨一点,许释随手刷新了下,发现他喜欢的歌单里多了一首徐秉龙的《失物招领》。
后面几天,她反复循环这首歌,心脏也反复跟着抽痛。
歌词中唱:"我的心在这里,等你来领回去,执念是一种病,我想我难被治愈。"
每个词都像是利刃般刺在她的心脏上,许释下意识用手按着胸口,甚至有些幼稚地想,他有什么资格听这首歌。
明明说狠话的是他,下决心一刀两断的也是他。
她才是那个被抛下的人。
她才是那个该被招领的人。
凌晨时分,许释盯着自己肿得像核桃仁的眼睛,发了一条仅自己可见的动态:别丢下我好吗?

没过多久进入五月,为了庆祝建国七十周年,学校将原本的艺术节改成了"传承红色经典,歌唱祖国繁荣"合唱比赛。
高一高二两个年级都要参加,合唱曲目各班自行商量,服装同样自定。
好不容易有自由着装的机会,文委兴致勃勃地带着大家选服装,最后定下西装和衬衫裙。
男生挺拔,女生秀气,大家纷纷举手同意。
但马志国却兜头浇了盆冷水下来:"这次合唱比赛的主题是爱国,你看看你们选的衣服合适吗！一点学生的样子都没有，像什么话！"

最后，他不知道去哪个服装租赁市场淘来了两大包海军军服，男生长衣长裤，女生及膝短裙，廉价的布料软趴趴地裹在身上，实在没什么质感，更谈不上好看。

赵思萱满脸嫌弃地将衣服捏在指尖，眉头紧皱："总感觉是把我奶奶家的窗帘扯下来当衣服穿了。"

奈何马志国认定的事情没人能改变。

五月二十八日是正式演出，那天阳光很好，女孩子们统一化了淡妆，手挽着手说说笑笑，裙摆随风飘扬。

二班的节目在第一个，表演完便可以下台观赏。

许释规规矩矩坐在木椅上，耳边掌声不知起落几次，终于等到九班登台。

他们班选的服装中规中矩，上身都是白衬衫，男生搭配背带裤，女生穿着背带裙，每人手里握着一只红色气球。

明明是统一的装束，可在许释眼里，魏宴然偏偏成了最耀眼的那个。

一曲结束，气球被放飞，掌声鼎沸。

漫天的红气球将气氛推到顶点，大家从口袋里掏出手机合影留念。

赵思萱从后面的位置上跑过来，拉起许释："释释，我也给你拍一张吧。"

许释点头："好。"

赵思萱拉着她来到旁边的空地，不断寻找合适的角度。

风吹过发丝蹭得脸颊发痒，许释用手去勾，余光无意撞见台上那抹熟悉的身影。

他站在人群的角落，微抬着头，盯着缓缓上升的气球，露出一个漫不经心的笑，白色衬衫衬得人挺拔。

许释下意识咽了下口水，对赵思萱说："就这里吧，挺好的。"

赵思萱说好，拿起手机，朝她歪头："释释，笑一下。"

许释扯唇，露出一个青涩的笑。

画面就此定格。

台上谢幕的少年和台下的少女被圈进相框里。

那是他们之间的第一张合照。

也是唯一一张。

第十章 · 释然

伤口总会结痂

1

期中许释考得很好，英语一骑绝尘地拿了 145 分，六校联考最高分，名次升到第七。

第一节英语课，老李站在讲台上激情澎湃地对着她大夸特夸，许释在下面摸鱼背单词，试卷黏在胳膊上，她抬手扯下，白皙的手腕上还是被印上几个黑色字母。

英语课结束，她放下手中的笔，眨了眨干涩的眼，扭头望向窗外。

前夜下了一场急雨，树叶上的水汽还未蒸干，空气中混着潮湿泥土的尘腥和草木洗刷后的清新。

对面高三教学楼前的高考倒计时只剩下个位数，旁边挂着的红色条幅更加吸睛：只要学不死，就往死里学。

成群结队的高三生捧着不要的旧书，往楼后垃圾房走。

"好羡慕他们，马上就要解放了。"赵思萱不知道什么时候蹭到她桌旁，跟着她一起往外看。

"可我们马上要遭殃喽。"沈浩大剌剌地坐在位置上，半边短袖翻到肩上，额前碎发被汗水打湿。

高考一结束，这群高二生算是半只脚踏进了高三的大门，确实要遭殃。

"你们听说没？"沈浩仰头灌下半瓶冰水，回过头和两人闲聊，"前几天三个年级的主任吵起来了。"

"啊？"赵思萱接话，"吵起来了，为什么啊？"

"还能因为什么。"沈浩哼笑，"为了抢那栋楼呗。"

许释他们入学那年的高考，安尧高中破天荒出了个市状元，理科裸分 689 分，在这封闭偏僻的小县城里算得上是史无前例，各大媒体争先采访报道，学校门口的光荣榜连续滚动播放了三个月。

也是因为这个,市教育局拨了笔数额不小的奖金下来。

安尧高中当即决定把校园东北角那栋旧楼翻新重建,磨磨蹭蹭两年,终于建好。

但教学楼的使用权又成了新的问题。

就像一盘珍馐,谁都想争来尝尝。

高二领导说自己年级马上要进入高三,是最关键的一年,良好的环境有利于大家安心备考。可高一年级不服气,说高二年级还剩下一年就要毕业,何必费劲折腾一趟。

吵来吵去,谁都不肯让步。

"你们说学校到底会让哪个年级搬过去?"沈浩问。

"还是多操心操心你自己吧。"赵思萱拿着卷子在他脑袋上拍了下,"整天想这些没用的。"

高考那两天,安尧晴空高照。

压抑了三年的高中生终于解放,大家欢呼着在走廊里乱窜。

他们一走,高二年级马不停蹄接过了高考的重担,课业任务成倍增加。

六月下旬,高考成绩公布,理科一本线512分,全省600分以上的有将近一万两千人。

竞争只会越来越激烈,许释看了看自己最近一次月考成绩,在全省排名六千左右。虽然高考试卷和平时模拟卷存在一定差别,但总能反映出些许问题——

她还有很多上升空间。

马志国从外面进来,清了清嗓子,又装模作样地在讲台上敲了几下:"分数线都看了吧,自己什么程度你们心里都有数。马上高三了,也该有个奋斗目标,一会儿下课,你们都找个便笺把自己的理想院校写上去。"

"班长。"他音量拔高几个度,"你负责把便笺收上来整理好,找个时间贴在班级前面。"

班长立马应了声。

课间,大家闹闹哄哄地聚成一团,相互打听着彼此的目标院校。

赵思萱一早就定下了要去北京学计算机,她有位小姨在那边工作,彼此之间有个照应。

"学霸。"沈浩抓了抓头发,"你想去哪儿?"

许释用笔戳了戳下巴,面前那张便笺纸上一片空白:"其实我也没想好。"

"那你有想学的专业吗?"

"我想学外语。"

"也对。"沈浩点点头,"你英语成绩那么好,这专业确实适合你,但学这个的大多都是文科生吧,你高一怎么不去读文科?"

许释抬眸,弯唇笑了下:"其实我也挺喜欢理科的,只是脑子不太够用。"

物理一直是她的短板,即便花了很多时间去钻研,成绩还是不理想。

沈浩长叹一口气,撇撇嘴:"你脑子还不够用啊,那我们这帮人岂不都是傻子?"

"不过要是学外语的话。"他话锋一转,"我懂得也不多,只知道北外和上外。"

许释"嗯"了下:"都是很厉害的学校。"

"不管怎样,你一定会得偿所愿的。"

许释低头在纸上写下几个字,回道:"你也一样。"

七月过去没几天,高二年级迎来期末考试。

考试结束还有漫长的补课季,一轮复习是抓基础的关键时期,大家都不敢松懈。

那栋新楼的使用权也终于尘埃落定,兜兜转转,还是落在了高三年级身上。

搬楼的时间就定在周六,大家提前三天开始整理。

两年的时间,每个人都攒了不少乱七八糟的东西,收拾东西最为琐碎,却也能收获意外惊喜。

比如体委,在脚边书箱的夹缝里发现了一张红钞票,不知什么时候掉进去的。

又比如班长,在高一旧书里找到了自己喜欢的绝版小卡,欢呼惊喜了好一会儿。

而许释则在箱子最下面找到一本泛黄发皱的古诗默写本,她翻开第一页,是《诗经》中的那首《氓》。

她盯着那句"总角之宴,言笑晏晏"出了好一会儿神。

原来一切都是有迹可循啊。

许释眼圈慢慢泛红,自暴自弃地合上本子,扔进垃圾桶里。

学校注重仪式感,周六早上在操场上放了好一通鞭炮,算是庆祝乔迁之喜。

七点一过,大家带着自己的东西和这间陈旧的教室告别。

走廊人潮拥挤,许释抱着纸箱往下走,里面满满当当装的都是课本。

新班级在三楼,教室宽敞明亮,配有最先进的多媒体系统,空调地暖一应俱全,冬暖夏凉,再不用像从前那样靠着风扇过夏天了。

每个人都在欢呼庆祝,一边整理一边说着校长英明。

许释孤零零地站在走廊里。

她刚刚看过,九班的教室在二楼。

虽然只隔着一层楼的距离，可为什么她觉得他们之间变得好远。

高三只会越来越忙，每个人都在争分夺秒，一秒恨不得当两秒用，恐怕再也没有偶遇的机会了。

暑假的两个月，高三年级大部分时间都在学校度过，前前后后只放了五天。

大家怨声载道，却也不得不沉下心好好学习。

许释遇见魏宴然的次数也越来越少，有时整整一周都看不见。

晚饭时间，她会故意从二楼经过，路过九班门口的时候，再装作不在意地朝里面扫上一眼。

但根本找不见他的身影。

他好像渐渐地消失在她的生活中。

许释不愿就这么遗忘，只能在深夜反复播放他曾经分享过的歌，在音乐主页里寻找着有关他生活的蛛丝马迹。

她知道他换了新的QQ头像，名字也从"街"变为了"1"。

许释胡思乱想的毛病还是没有改掉，她花了好久琢磨，这个数字1到底有什么含义。

但不得不承认，无论是过去还是现在，她都读不懂他。

再次见到他已经是十一月，安尧刚刚落了初雪，素净寡淡的校园平白被添上几分浪漫。

下午自习课间，男生女生纷纷抛下手中书本朝着楼下飞奔，握着雪球你追我赶，雪雾漫天飞扬。

许释抱着练习册往四楼生物组走，月考试卷刚讲完，她还有几个知识点不太清楚。

她穿过闹哄哄的人群走到拐角，抬起头，看见魏宴然拎着课本从大理石台阶上下来，身边跟着李奇。

李奇不知道在讲什么趣事，神采飞扬，而他只是不太走心地听着，偶尔敷衍地点点头。

新楼地暖给得足，魏宴然身上只穿了一件黑色帽衫，窗口的阳光泄露，照亮空气中的尘埃，又精准地落在他的身上。

许释呆呆地定在原地，和他擦肩而过。

她的眼眶瞬间变得酸热，回头去看他时，又像是不甘心一样，跟上了他的脚步。

他们已经近四个月的时间没见面了。

她实在太想问问他过得怎么样。

理智和冷静在这一刻被抛到九霄云外，许释脑子一热，手指揪着衣角，喊他时每个音节都在发颤。

"魏宴然。"

但他并没有回头,连停顿都没有。

就那么消失在了长廊的尽头。

风雪交替几场,冬日空气一如既往的干燥凛冽,家中暖气给得一年比一年差,许释披着两件棉服,怀里抱着热水袋,手脚还是冰凉。

写完最后一道数学题,她觉得肚子有些饿,从口袋里拿出手机看了下时间,下午五点三十分。

赵思萱的消息跳出来,说好不容易碰上休息日,问她要不要出去逛逛。

许释犹豫片刻,还是答应下来。

外面天色彻底暗了下来,碎雪飘扬,月影轻晃。

赵思萱带着她在商场里扫荡了好长时间。

"这件怎么样?"赵思萱从试衣间走出来,上身一件淡粉色的短毛衣,低方领露出她漂亮的锁骨,皮肤在灯光下白得晃眼。

许释手里捧着杯热可可,坐在凳子上很乖地等着,听见她的声音,抬头看过去。

"好看。"

赵思萱身材好,这种风格的衣服很适合她。

"你要不要也试试?"赵思萱的目光在许释身上来回打量了几次,从旁边拿出一件奶白色的针织毛衣,"这个你穿上肯定好看。"

许释咬着吸管,摇摇头:"我就算了,整天闷在学校穿校服,买回去也没机会穿。"

"不是还有寒假。"赵思萱说。

许释坚持:"真算了。"

"行吧。"赵思萱也拗不过她。

买完衣服,赵思萱又拉着她到附近的肯德基吃饭。许释只要了一份蛋挞,等着上餐的工夫,还不忘在手机软件上背几个单词。

两人分开的时候已经快要晚上八点了,手机弹出一条日程提醒,许释看向屏幕上的日期。

12月14日。

冬月十九。

很普通的冬日。

但对于许释来说,这是一年中最重要的日子。

末班车早已停发,许释将衣服拉链拽到顶端,小半个下巴藏在领口后面,又把手缩进袖子里,用力裹着外套,朝浑河西岸的方向走。

深冬寒风似利刃,刮在脸上生疼,呼出的哈气在睫毛上凝成小冰珠,晶莹剔透，一起一落，搭在眼皮上凉丝丝的。

　　路上的积雪被推到街道两侧，像是连绵起伏的小山丘，路灯昏暗幽黄，地上的人影被拉得很长。

　　许释盯着地上那抹身影，脑子却有些空。

　　也不知道是在想什么，路过街边甜品店的时候，她进去买了一份水果蛋糕，又到隔壁超市买了一个打火机。

　　她拎着这份蛋糕，一直走到魏宴然家楼下，露在外面的手指已经被冻得有些僵硬。

　　楼前石凳上残留着积雪，许释轻轻用手拂去，把蛋糕放在桌子上，转身坐下。

　　这会儿的风更大了一点，顺着衣领灌进去，身上每一寸毛孔都冒着寒气。

　　许释脸颊红鼻尖也红，她仰起头，看着满家灯火，心里犯起嘀咕，到底哪扇窗户是他家的啊。

　　眼睛已经看得有些酸，脖颈更酸，许释抿了下嘴唇，心里有些失落。

　　他会在家吗？会不会和朋友出去庆祝了？

　　空气静了半分钟，她将这两个无解题抛到脑后，在掌心哈了一口气，又用力搓了搓，勉强有了些许知觉。然后，她拆开蛋糕包装，数了八根蜡烛插上，从口袋里拿出打火机一一点燃。

　　烛光跳动在她琥珀色的眼底，少女面孔被映亮，轮廓柔和，神态虔诚。

　　"今天是你的生日哦……"她喃喃自语，"不知道你有没有吃蛋糕，有没有吹蜡烛许愿。"

　　"如果没有的话，那我替你完成吧。"

　　她双手合十放在胸前，轻轻合上眼睛，睫毛还在颤。

　　"新的一岁，魏宴然要平平安安。"

　　话音落，她吹灭一根蜡烛。

　　"要开心顺遂。"

　　又一根蜡烛熄灭。

　　"要心想事成。"

　　…………

　　八根蜡烛全部熄灭，她替他许下八个愿望。

　　许释在寒风中吃完了那份蛋糕，眼眶酸胀得厉害，心口好像被人塞上一团湿棉花，闷着上不来气。

　　她不记得在楼下坐了多久，只知道起身的时候，四肢发僵又发麻。寒风汹涌，她的声线也变得破碎，说出来的话几乎只有自己能听见。

　　她说："魏宴然，十八岁生日快乐啊。"

　　高三生活枯燥而紧张，每天重复相同的任务，像一汪死水，惊不起什么波澜。

许释写日记这习惯终究还是没能改掉,那本锁起来的日记被她又拿了出来。

那年年底,七修远发布了新的专辑《下雨的天气》,其中有一首《有你的信吗》,里面唱着:"很后来才承认,生命里不辞而别的人,都有苦衷隐忍,早已谋划脱身。"

听到这句的时候,许释笔尖一顿,漏出的黑墨水弄脏了大半张白纸。她将废纸撕下揉皱,扔进垃圾桶里。

也不知道是怎么想的,她把这首歌用私信的方式转发给了魏宴然,他的网易云用户昵称变成了"你寄来的信"。

虽然她已经不再奢求他的回复,但还是频频点开私信列表,音乐推送一条接着一条,就是没有他的消息。

黑掉的屏幕上反射出一张略显疲惫的脸,许释捏紧手机,唇边扯出一个自嘲的笑。

又要新的一年了。

她觉得自己真的快要放弃了。

那年跨年过得也实在平淡,学校甚至没给个正经的假期,只取消了元旦那天的晚自习。

许释失眠的毛病越来越重,前夜两点好不容易才睡下,五点半的时候又准时被生物钟叫醒。她换好衣服,在床上坐了会儿,等脑子清醒一点才出来。

陈月琴他们没准备早饭,许释洗漱过后直接去了学校附近的早餐店。这个点店里面人很多,许释挤在一群大爷大妈中间排队,从口袋里拿出手机看了眼。

陈嘉秒半夜的时候给她发了消息。

姐:我最亲爱的妹妹生日快乐[蛋糕.jpg]!

姐:虽然已经十八岁了,但也要学会做个开心的大人!

姐:生日礼物晚点给你[亲亲.jpg]!

许释先是愣了几秒,后知后觉地看了下日期,才意识到今天是她生日。

居然和元旦撞在同一天。

她回了个可爱的表情过去,把手机揣回兜里,拿着早餐往学校走。

怕把怪味带到班级,许释在走廊里站着吃完了那个包子。

半只脚刚踏进教室,她看见自己书桌旁拥簇着一大群人,像是看见了什么新鲜事儿。

许释正纳闷,沈浩扭头看见她,抬手招呼:"学霸,今天你生日啊。"

"你怎么知道?"

还没等到对方的答复,许释瞧见了自己书桌上的东西。

一个包装精致的蛋糕。

上面烫金logo(商标)显示是沈城一家有名的烘焙坊,许释听赵思萱提起过几次,说是他家东西好吃但难求,总要提前半个月预定,简直麻烦得不行。

许释虽没订过,但还是好脾气地表示理解。

小时候姥姥总说,好饭不怕晚,大概就是这个意思。

"这是哪儿来的?"她走近一点问。

"不知道。"班长接了话,她是早上第一个到的,"我来的时候就放在你桌子上了。"

许释俯下身子,半透明的盒子里装着块双层蛋糕,梦幻的城堡造型,周围用细蕾丝缠绕,还添了LED灯球点缀,价格肯定不菲。

谁会送她这个?

许释脑海里蹦出的第一个人选便是赵思萱,可没过上半分钟,那人背着书包从外面进来,漂亮的脸蛋上带着倦意,显然是没睡醒。

看见许释桌上的蛋糕,她一惊,嘴巴张得能塞下鸡蛋:"今天是你生日?"

沈浩替许释"嗯"了声。

赵思萱:"救命,我怎么给忘了!还没来得及准备生日礼物。"

许释朝赵思萱笑了下:"没事。"

她的目光重新回到蛋糕上,忽然想起早上陈嘉秒说生日礼物晚点给她。

估计就是这个吧,陈嘉秒又刚好在沈城读书。

一切都变得合情合理。

许释没再多想,把蛋糕暂时放到旁边,从书包里拿出课本,很快就进入了学习状态。

晚上,下课铃刚响,许释还没收拾好书包,就被赵思萱拉着往对面餐馆走,说是提前在那儿定了包厢,要好好给她庆祝生日。

赵思萱神秘兮兮地蒙着许释的眼睛,让她不要偷看,还让她做好心理准备。

被赵思萱这么一说,许释心里还真多了几分期待。

门被推开的一刹那,沈浩和班长举着气球朝她大喊"生日快乐",房间最中央还挂着一张横幅,红底黄字,写着"祝美丽可爱的许释同学十八岁生日快乐"。

许释被感动得眼热,却也不忘吐槽这排场实在过于隆重,不知道的还以为是八十大寿。

赵思萱搂着她的肩膀,把她推到最中间的位置,再把早上那个蛋糕拆开,才发现里面还有张小卡片。

没有太多的祝福语,只写了"生日快乐"这四个字。

许释拿着卡片瞧了几眼,不像是陈嘉秒的字,却也没多想,以为是烘焙坊里哪个店员写的。

包厢里的灯啪的一声被关上,三人给她点蜡烛,拍手唱《生日歌》,又催促许释快点许愿。

蜡烛吹灭,沈浩站起来给几人分蛋糕,班长八卦地问她许了什么愿望。

"愿望这种东西,说出来可就不灵了。"赵思萱抢着打断。

"没什么。"许释弯了弯眼,"希望大家在高考都能取得一个好成绩。"

高三生骨子里总是有股热血,像是被她的话触动到,三人不约而同拿起手边的饮料,举杯高喊:"高考加油!"

"我们一定可以的!"

"都要考上理想的学校!"

哄哄闹闹一直到晚上八点,这顿饭总算吃完。

四人并肩走在空荡的大街上,偶尔有汽车从旁边驶过,留下轰轰的发动声和满街的车尾气。街边新挂上去一批红色灯笼,每个人的身影都被拉得很长。

他们明明没有喝酒,但好像又有了醉意,絮絮叨叨说了很多,说到理想,说到未来。

许释走在三人后面,仰头看着星光点点,看着被风吹下的雪粒落在掌心,然后融化消失。

其实她刚才许了两个愿望。

一个是高考加油。

另一个是——

许愿自己早点释怀。

只不过第二个愿望没能实现。

因为没过多久,她就收到了来自魏宴然的消息。

2

那天回去之后,许释在家门口碰见了陈月琴。

陈月琴看上去像是准备出门,穿着一件黑色大衣,长发低盘在脑后,肩上背着从商场五十块买来的高仿包,金属磁扣不知道在哪儿蹭掉了一小块漆。

许释手里还拎着半块没吃完的蛋糕,视线相对时,她不禁有些心慌。

陈月琴脸色也不好看。

许释还没想好要说什么,一个巴掌毫无征兆地落在她肩膀上。

她往后踉跄几步,后腰撞在铁质门把手上,痛意顺着神经末梢向上蔓延,她下意识皱紧眉头。

"你晚上去哪儿了?"陈月琴皱眉盯着她,表情恶狠狠的,"别以为我不知道,今晚你们学校放假。"

许释还没缓过神来,掌心贴在被撞的地方,慢了几秒才接话:"和同学出去吃饭了。"

话已经说到这个份上,撒谎无疑是火上浇油。

"吃饭?"陈月琴不知道哪根神经又被点燃,又在许释身上抽了几巴掌,"你是不是疯了?你知不知道你高三了!还有半年就要高考了!"

"和哪同学?是不是赵思萱?你能不能学点好?说多少次了让你离她远

点，我能害死你是吧？"

"人家就算不学习，家里照样有钱养着，你行吗？不学习谁管你？"

在陈月琴眼中，所有人都是坏的，善心变成了施舍，帮助也蒙上阴谋。

这种话许释从小到大不知听了多少次，按理说应该免疫。

但她今天就是委屈了。

情绪在一瞬间爆发，她抬起头，泪水在眼眶里打转："恐怕你们都不记得了吧，今天是我的生日，他们只是想给我庆祝一下。"

"一个破生日有什么好庆祝的？"陈月琴吼道，"现在什么能比高考重要？"

"生日都是给那些有钱人过的！你配吗？"

"你现在的任务就是给我好好学习，一分一秒都不能浪费，再让我发现你出去瞎混，我就打断你的腿！"

陈月琴一口气骂了许多，脸涨得发红，直到一阵急促的电话铃声响起，她扫了眼来电显示，接通后立马换了一副语气："哎哎，你们等我会儿，马上就过去了。"

"能有什么事儿？"她一边说话，一边瞪了许释一眼，"还不是这个败家的不给我省心。"

电话挂断，陈月琴揪起许释的衣领，把人狠狠往门里面推了把："滚进去好好反省！"

门砰地被关上，房间重新安静下来。

许释把被弄皱的衣服整理好，垂眸看向手里的蛋糕。

因为刚才的一番推搡，上面奶油建成的小城堡塌下来一块，彻底变了形。

她盯着蛋糕，有几分失神，陈月琴刚才的话还回荡在她耳边。

她说她不配过生日。

可为什么不配？

虽说人有贫穷贵贱之分，但生活不应该是过给自己的吗，为什么要急着自轻自贱。

他们带给她生命，却不曾分过一丝爱给她。

那么又凭什么阻止她去感受别人的爱？

许释把蛋糕放进冰箱，转身回了自己的小房间。

和往常一样，她看书复习，直到窗外灯火阑珊，夜色沉霭，她才准备休息。

可在床上躺了半个多小时，她还是没有睡意，她翻了个身，从枕头下面拿出手机，准备找几首助眠的轻音乐。

消息中心那里多了个红色的小气泡，许释以为是自己关注的歌手发了新歌，下意识点进去，瞳孔却是一缩：你寄来的信发来一条消息。

是魏宴然。

许释的指尖不禁开始发抖，掌心渗出一层黏腻的冷汗，明明被窝里温度不低，但她还是觉得好冷。

点开消息栏的时候，强而快的心跳声敲击在耳畔，她深吸了一口气，终于把视线聚焦在屏幕上。

你寄来的信：嗯，听过了。

他在回应她之前发过去的那首歌。

许释有些不知所措，她其实攒了很多话想要对他说，但真到了这一刻，大脑仿佛宕机一般，半个字她都说不出来。

奔腾的浪潮被无情堵住。

许释盯着那行小字，眼睛有些干涩。

最后她只是说：还挺好听的。

那晚发生的事就像是在乱麻中找到了起始的那根丝，后面几天，许释总是情不自禁地胡思乱想。

他既然回了自己的消息，是不是说明，他们之间的关系还有缓和的可能？

她终究还是没忍住，给魏宴然发了一条好友申请过去。

期待，紧张，随着时间的冲刷，变成绝望与失落。

那条申请还是石沉大海。

他没有同意。

她靠着零星幻想拼出的憧憬被他打下当头一棒，碎得干干净净。

安尧高中的寒假本来就短，前后加起来不过半个月，高三生更是可怜，硬生生拖到腊月二十八才正式放寒假。

堆积如山的卷子让大家叫苦不迭。

"你们谁都别拦我。"沈浩一边收拾书包一边唉声叹气，"这么多作业，我真的不想活了。"

赵思萱在旁边接话："少在这儿自作多情，谁要拦你了。"

在打脸沈浩这件事上，她从不手下留情。

沈浩无语。

这个冬天安尧的气温格外低，姥姥的身体状况还是不太好，半个月前不小心得了感冒，在医院挂了三四天水才痊愈。

舅舅不放心她一个人住，也知道她不喜欢和子女住在一起，索性在自家小区里给她租了个单人间。面积不大，只有二十几平方米，但采光很好，家具设施一应俱全。

姥姥最开始还不同意，后来也拗不过这帮小辈，就这么住了下来。

过年那几天，许释趁着陈月琴他们打牌不在家，天天带着作业往那儿跑。

外头阳光正好，推着三轮车的小贩叫嚷着糖葫芦三元一串，大爷大妈不怕冷似的坐在亭子里下象棋，你吃我一马，我将你一军。

许释托着下巴坐在窗边，扭头提议："姥姥，我们也下去散散步吧。"

"好啊。"姥姥放下手头的旧报纸，"记得多穿点，外面冷。"

许释挽着姥姥的胳膊在楼前小路上散步。

"你这孩子。"姥姥在她手背上轻拍，"不跟同学们出去玩，成天跑来和我这老太太做伴。"

许释眉眼弯弯，偏头靠在姥姥肩膀上蹭了下，朝着她撒娇："可我就是喜欢和姥姥待在一起。"

"好。"老人眉开眼笑，额头上的沟壑难得舒展开，"那就多陪陪姥姥。"

"什么时候开学啊，小释？"老人又问。

"正月初六。"

"怎么就放这么几天假？"

"毕竟高三了。"许释耸耸肩，"任务要紧一点。"

"那也得适当休息。"姥姥心疼地皱眉，"别让自己太累，身体最重要。"

"好。"许释语气很乖，"我知道啦。"

但还没等到开学那天，一场不知名的传染病突然在国内爆发。

新闻每天都在播报新增感染人数，成倍增加的数字让全国上下人心惶惶，工厂大面积停工，学校被迫延期开学。

安尧虽然没有病例出现，但谁都不敢松懈，许释偷偷和姥姥打了几次电话，让她照顾好自己，尽量不要出门和人接触。

三月初，安尧高中下发通知，各年级师生做好网上授课的准备。

陈月琴不情不愿在家装了宽带，许释也没有松懈，还是按照学校的作息时间，早上六点起床，背书一个半小时后上第一节课。

高考百日倒计时那天，高三年级组织在线上开了动员会。

倪魔头慷慨激昂地鼓励他们，说困难都是暂时的，让大家不要焦虑，安心在家备考。

这段时间许释成绩还算稳定，基本都在年级前二十名，分数保持在630分左右。

但高考毕竟是他们人生的第一次转折点，没有压力是不可能的，许释又不是喜欢和别人倾诉的性格，所有情绪都藏在心里，夜深人静的时候也会偷偷掉几滴眼泪。

第一次模拟考在线上进行，许释考进年级前十，紧绷着的弦终于松懈了一点。

那天刚好是周日晚上，许释索性给自己放了个假，她坐在窗边，耳机里放着常听的那几首民谣。

白天刚刚下过一场小雨，春雨滋润万物，潮湿的空气里有树木洗漱过后的清新，路灯在红棕色地面上投下小小的光圈，麻雀站在树枝上扑棱着翅膀。

夜晚总是那么安静而美好。

直到耳机里冷不丁传来消息提醒音，许释被吓了一跳，蝴蝶翅膀似的长睫抖了一抖。

她收回思绪，垂眸按亮屏幕，是新朋友提醒：1已经同意了你的好友申请，快来和他聊天吧！

咚的一声，手机从她手中脱落，砸在地上。

有一瞬间许释以为自己在做梦。

魏宴然同意了她的好友申请？

她弯腰捡起地上的手机，指腹在屏幕即将熄灭的前一秒触碰上去，看着那个跳出来的聊天框，她还是有些缓不过神。

这条申请被搁置的时间太久，她原本早就不抱幻想了。

许释将播到一半的音乐暂停，纤细的指尖还在抖，屏幕的白光照在她脸上，睫毛在眼睑下投出淡淡的阴影。

一年半的时间过去，她早就不似从前那样勇敢，说什么做什么都畏首畏尾。

失去的感觉太痛苦，她生怕自己哪里做得不好，他就会再次把她删掉，那简直是二次创伤。

就这么磨蹭了五分钟，许释发了三个字过去。

Sun：魏宴然？

他回得很快。

1：是我。

许释盯着那两个字，耳后渐渐热了起来，她从身后揪出抱枕，羞赧地把脸埋进去。

明明是平淡的语气，但她怎么看怎么觉得心虚。

是她先主动加的他，现在她反倒欲盖弥彰地问他是谁。

而他也不戳穿，就这么配合她的明知故问。

许释把冰冷的手背贴在脸上降温，无意识地咽了咽口水，好像下定了多大的决心，才继续打字。

她用最客套的开场白，问他最近还好吗。

他说挺好的。

许释长舒一口气，本以为聊天到这儿就结束了，谁知过了两三分钟，屏幕上跳出来好长一段话。

魏宴然鲜少说这么多话，上一次还是在他得水痘的时候。

那时他们关系还很好。

许释攥紧指尖，睫毛无措地颤着，她其实不太敢看他发过来的是什么。

也许是之前发生的种种给她带来了太大的阴影，她害怕他又说出什么绝情的话。

但逃避不能解决所有的问题，该面对的还是要面对。

许释捧着手机,肩膀都在颤抖,第一行字还没看完,眼眶就变得湿漉漉一片。

他说过去一年里发生了太多的事情,他想她对他已经很失望了,他也明白那些伤害都是不可原谅的,所以他也不奢求她的原谅,只是希望她以后能好好生活,好好照顾自己。

许释哭得喘不上气来。

她狠狠地抱着膝盖缩在椅子上,指尖攥得发白,呼吸凌乱又急促。

不想让他等太久,她抬手按了按发酸的眼皮,屏幕已经被眼泪沁得模糊一片,她用袖口擦干。

这次她没有犹豫,只想把自己的心里话告诉他。

她说她没有失望,也从来没有怪过他。

魏宴然问她真的吗。

许释怕他不信,连续重复了三遍。

魏宴然没有继续这个话题,只是说他现在不常用QQ了,大多数时间都用微信,所以今天才看见她的好友申请。

许释小心翼翼地问他,要不要加微信联系。

他说好啊。

那天晚上,他们在微信上说了很多的话,聊课堂上发生的趣事、八卦,但谁都没有去提分开的那段时光。

像是一种不可言说的默契。

聊到夜深人静,楼上那对小夫妻休了战,街道上汽车引擎声逐渐远去,许释后知后觉,困意早已袭头。

她连续打了两个哈欠,溢出的泪水顺着眼角滑到秀挺的鼻梁上,连他发来的话都有些听不清。

魏宴然说,很晚了,早点去睡吧,第二天还要上课。

许释没再坚持,说好。

聊天以他的一句晚安结束。

许释抬手关掉房间里的灯,踢掉拖鞋缩进被子里,密不透风的黑暗包裹在周围,但她却觉得哪儿哪儿都是明亮的。

藏在窗帘缝隙中的玻璃很亮,桌角上摆着的小相框很亮,就连书架上那本硬壳的《人间失格》好像也跟着亮了起来。

她的光找回来了。

那种感觉太难形容。

人们说,世界上最美好的词语不过三个——久别重逢,虚惊一场,失而复得。

在这个浩瀚无垠的星球上,能相遇本身就是一种微妙的浪漫。

而失而复得,就好像是迷失在荒无人烟的孤岛,海水上涨,海浪无情地拍在脚下,在濒临死亡的前一秒,突然发现一条生路。

古人说，这叫山重水复疑无路，柳暗花明又一村。

许释心里空缺的那块地方仿佛被什么东西渐渐填充起来，将那个鲜活的她重新带回人间。

入梦的时候，许释脸上还带着笑。

但是后来过了几年，许释忍不住想，如果没有这次和好，是不是她能早些释怀。

失而复得，究竟是她的福，还是她的祸。

翌日一早，金黄色的澄光铺满房间，空气中细小的尘埃飘舞着，窗外树枝上站着两只麻雀，不急不慢地扑腾着翅膀。

时间刚刚过八点，许释去客厅给自己倒了一杯热水，白气层层飘散开，在她的睫毛上氤出一层水雾。

她推门回到卧室，看见藏在抽屉里的手机屏幕连续闪了好几下，都是魏宴然发过来的消息。

1：早安。

1：我们生物老师已经开课了。

1：先去上课，好好听讲。

1：有话下课再聊。

许释嘴角勾出一个浅笑，蒙着水雾的杏眼也多了几分笑意，回了他一个"好"，拿出课本准备上课。

最近几天他们说了不少话。

他还像从前那样，会提醒她专心上课，会叫她早点睡觉，会和她分享最近听过的歌。语气带着五分温柔五分宠溺，仿佛初春缓缓流淌过的一汪清泉，教她沉溺其中。

这段时间许释没再失眠过，也鲜少有焦虑心慌的情况，学习起来好像也不知疲倦。

但这种平淡又缱绻的日子并没有持续太久。

三月底，经党中央、国务院同意，2020年全国高考延期一个月举行。

像乘上了动漫里才会出现的时光机，高考倒计时从"69"穿越回"99"。

消息一出，网上掀起轩然大波，但许释对这件事倒是没什么太大的想法。

三年都熬过来了，还计较这一个月做什么？

晚上和魏宴然聊起这件事，他突然问她以后想考哪个学校。

许释抿抿唇，在聊天框里打字。

Sun：想去上外。

Sun：就是分数线有些高，心里没底。

过了两三分钟，魏宴然回了。

1：许释，无论什么时候，都要相信自己，你一定可以的。

1：你的努力不会白费。

1：祝你前程似锦。

许释盯着聊天框，蒙了好几秒。

她眨了眨眼，回：你怎么突然说这样正式的话。

1：有吗？

1：随便说说。

魏宴然又陪她聊了几句，催她去写作业。

许释乖乖说好，把手机藏回抽屉里，从书架上抽出生物课本复习。

那时的她还没意识到。

前程似锦，是离别时才会说的话。

晚上难得不用考试，许释伏在桌面上写作业，不知不觉进入了梦乡。

她做了一个奇怪的梦。

梦里的她站在岌岌可危的悬崖旁边，茫然环顾四周，只能看见深不见底的黑暗。她的额头浮出一层冷汗，下意识想要逃跑，但转过头，混杂着沙石的地面开始出现裂痕，迅速向她这个方向蔓延，像是科幻电影中才会出现的场景。

紧接着她脚下的土地崩塌，她的身体开始下坠，耳边是呼啸的风声，在意识模糊之际，她眼前闪过很多光景，但她哪个都抓不住，砰的一声，她消失在万丈深渊……

"砰！砰！"外面急促的敲门声将她唤醒。

许释揉了揉眼睛，愣了几秒，以为是自己听错了。

陈月琴下班后就到牌友家打牌去了，不打到半夜不会回来。许康安今天在工地上夜班，这个点更不可能回家。

况且他们两人都有钥匙，从不会敲门。

会是谁呢？

外面天色已黑，房间里只开了一盏台灯，窗户也被寒风拍得直响，许释身上的汗毛跟随着敲门声倒竖起来，她攥了攥发凉的掌心，脚步很轻地朝客厅走。

敲门声还在继续，一下比一下重，仿佛要把耳膜震穿。

许释趴在门边，透过门镜朝外面看，然后才长长呼出去一口气，心脏也安稳地落回心房。

她打开门，有些好奇："姥姥，你怎么过来了？"

姥姥花白的发丝被风吹得有些凌乱，额头上密布的沟壑满是沧桑，拉起她的手掌心也冰凉一片。

许释一下子僵住，血液中仿佛汩汩冒着凉气，身子不受控制地开始发抖。

"姥姥。"许释不确定地叫她，"出什么事了？"

"收拾收拾，去趟医院。"姥姥长叹一口气，捏着许释的手紧了紧，"你爸出事了。"

许释耳边嗡的一声。

正值特殊时期,医院对于进出把控很严格,老太太和门口保安解释了好一通才带着许释进去。

一路赶过来,许释还没缓过神,像个布偶娃娃一样任人摆布。

姥姥偏头看着她,想要说些什么,最终还是止住,只是长长地叹了口气。

这孩子从出生起就在吃苦,好不容易熬到了高三,希望就在眼前,却又出了意外。

只怪命运无情。

电梯口那边的人多,等了两三分钟,许释扭头和姥姥说,走楼梯吧。

病房外陈月琴失魂落魄地蹲着,头发糊在脸上,乱糟糟一片,眼睛里充斥着血丝,看到许释上来,她抬头往这边看了眼,但什么都没说,好像已经没有了力气。

自许释有记忆起,无论碰见什么人,遇见什么事,陈月琴一向是跋扈的、专制的,从未有过现在这种脆弱。

姥姥捏了捏她的手指:"进去吧。"

许释咽了下口水,双腿像是被灌了铅一样沉重,每一步挪动得很慢。她身上只有一件薄薄的外套,走廊的穿堂风打过,冷得她一个哆嗦。

到现在她还不知道到底发生了什么,心却慌得厉害,她用力咬着下唇,看向病床的方向。

许康安静静地躺在病床上,衣襟上沾着大片血迹,身上插着各种管子,左腿裤管是空的。

是空的……

许释耳边好像被装上消音器,世界在这一刻变成一出默剧。

她下意识地扭头朝门口看,长睫无措地抖着,琥珀色的眸子里满是迷茫,像是在寻找什么答案。

舅舅拿着缴费单从外面进来,看见她先是一愣,而后才走到许释旁边,在她肩膀上摁了摁。

"你爸是在工地上出的事,他管的那个机器出了故障,他过去修理,不料机器突然运行,他的裤脚被卷了进去……

"好在命保住了,休养一段时间就没事了。"

许释的泪水从眼眶奔涌而出。

许康安虽然对她不好,但毕竟他们是父女,血脉相连。

隐约间,她觉得好像有什么东西塌了下来。

一个多小时后,奶奶家那边的人赶到。

大伯母还未走到病房就开始痛哭,声音响彻整个走廊,但眼底却不见什么

· 247 ·

悲伤的情绪，不知道在做样子给谁看。

许释被他们搞得心烦，却也不方便说什么。

后面几天，陈月琴一直留在医院照顾许康安，许释想过去帮忙，被她一口拒绝："你来能帮什么忙？不添乱我就谢天谢地了，在家老老实实读你的书。"

四月十五日，安尧高中通知高三年级返校复学。

半个月后，许康安的状态有所好转。

下午三节自习上完，许释请了假，准备去趟医院。

公交车在街边停下，许释从后门下来，额前碎发被风吹得胡乱地拍在脸上，她用手抚了抚，径直进了住院部。

沿着楼梯走上四楼，她隐约听见走廊尽头有什么争吵声，许康安的病房就在那儿。

她走过去，病房的门半掩着没关严，争吵声一字不落地进了她的耳朵。

"我还没死呢！你就急着给自己找下家了？"

"我总得为自己的以后做打算吧！"陈月琴眼睛通红，"跟你这么多年我半点福也没享过！现在还想让我把后半生搭进去吗？谁不是自私的？谁不希望自己的日子好过点！"

"离离离！"许康安听得有些不耐烦，费力从床上坐起来，"以为离了你老子就不能活吗！明天就去办手续，那房子当初是老子出钱买的——"

陈月琴脆生生地打断他："可房产证上写的是我的名字！"

许康安哼笑一声："你要也可以。"

他加上一项条件："孩子归你。"

"什么意思？"陈月琴瞪大眼睛。

"房子、孩子都归你。"许康安说，"我什么都不要。"

"我哪有时间管她？"陈月琴音量拔高了几个度，像是带着火星的木条一触即燃，"那房子我不要了！"

"我也不要她！"许康安喊，"从小到大我管过她几次？"

…………

他们像是踢皮球一样把许释推来推去。

这些话像是尖刀一样扎在许释心上。

她是累赘，是没人愿意收留的垃圾。

既然这样，为什么要把她带到这个世界上。

许释无力地瘫靠在墙上，双手死死揪着书包带子，眼泪像是断了线的珠子一样往下落，光洁的地面倒映着她的狼狈和不堪。

谈判崩盘，陈月琴气冲冲地往外面走，看见了许释。

"许释？"她一把将人从地上拽起来，火气更大，"你不在学校上课跑这儿来干什么？能不能给我省点心！"

"刚才的话你都听见了吧。"陈月琴把她推进房间里，"这么多年我管你也管够了，你肯定也嫌我烦。正好，以后你就跟你爸过，省得在我眼前碍眼！"

"我说了我不要她！"许康安气得直捶床，"这事没商量，否则这婚你别想离！"

"你！"

许康安抬手指着许释，问："你自己说！你愿意跟我过吗！"

"都别吵了！"身后传来一道苍老而沙哑的声音，像是寒冬时分被踩碎的枯树枝。

姥姥佝着背从外面进来，一把拉起许释的手："你们都不要她，我要！以后小释我来带！"

许释呆呆地望向身旁这个小老太太。

她的个子并不高，甚至比自己还矮上半截，因为年轻时做了太多粗活，全身上下都是岁月留下的痕迹。

可就在这一刻，她却变得无比高大。

像一棵千年的古树，在地上扎出盘错复杂的根，为自己挡风遮雨，扛下一切。

许释唇瓣艰难地动了动，觉得有什么东西堵在了嗓子里，好半天才发出一个音节："姥——"

话未说完，她眼前一黑，双腿发软，不受控制地晕倒在地上，彻底失去了意识。

3

许释是晚上十一点醒过来的。

她的四肢像是被拆卸重组般发痛，脑袋也像被灌满水泥，沉甸甸地向下坠着。她干涩的唇瓣微动，迷迷糊糊又要睡过去，却好像听见姥姥在耳边喊她的名字。

"小释？"

许释费力地睁开眼，那张苍老的面孔撞进眼底，带着几分担忧与焦急。

"姥姥。"她有些困难地扯了扯嘴角，声音像是飘在半空中的气球，"我没事。"

"先喝点水。"姥姥从床头拿起水杯喂到她唇边。

许释小小地抿了几口，嗓子终于好受一点。

"医院那边……"

"别想那么多了。"姥姥轻轻抚着她的发，"以后你就跟姥姥住。"

许释沉默了几秒，没有接话。

这间二十平方米的小房间只开了一盏灯，淡淡的黄色灯光在地上落下一个光斑。这里没有厨房，旁边围起来的那圈是卫生间，一眼可以望到头的空间里，也只有一张桌子和几个衣柜。

许释用力攥了攥掌心，掐出两道月牙形的红印。转过年，姥姥就要八十了，身体本就不好,照顾自己都勉强,现在还要来照顾她。

她的眼眶忽然一酸,后背好像被人压了块石头,两块肩胛骨深深凹下去。

也许陈月琴他们说的是对的。

她在哪里都是累赘,总会给别人带来麻烦。

这场病来得无凭无据,许释在床上躺了整整两天,浑身没有力气,也吃不进去饭。

外面淅淅沥沥一直在下雨,潮湿的空气将她包裹起来,湿漉漉的叫人难受。

直到第三天,她的状态终于好了一点。

午后雨停,许释换好衣服,出门朝着家的方向走。

天空乌云未散,汇成一团浓墨,楼道里声控灯摇摇欲坠,嗞嗞电流声入耳。

许释的鞋底与楼梯磕出沉重的闷响,这条路她已经走了许多年,再次踏上,她的心里像是打翻中药碗一样,满是苦涩。

门没有关严,许释轻轻推了下,客厅里一片狼藉,陈月琴半弯着腰蹲在茶几旁,正在收拾东西。

听见声响,她回过头,看见门边的许释。

"正好。"陈月琴冷着脸,"进去把自己的东西收拾好带走,这房子以后归你爸。"

"妈。"许释声音很轻,"你准备去哪儿?"

"少来操心大人的事。"陈月琴扭过身子继续收拾,"好好读你的书,考不上大学,以后你混得还不如我。"

"妈……"许释抿抿嘴唇,头微低下,"你真的不要我吗?"

砰的一声,陈月琴把手里的东西摔在地上。

"我哪有那么多精力去管你!"她的眼睛瞬间红了,"你以为我的日子好过吗?"

"况且你不是还有姥姥嘛。"她冷笑一声,"还有你舅舅,他们家那么有钱,肯定不会不管你的,以后你就跟着他们过!"

许释一句话都说不出来。

电话铃声不合时宜地响起,陈月琴接通,语气不怎么好:"就今天,下午一点半见。"

许释心一紧,瞬间反应过来,这电话应该是许康安打来的,他们准备今天去办手续。

过了半个多小时,几个陌生男人进来把陈月琴的东西全部搬了出去,房间里瞬间空了大半。

而后,她告诉许释临走前记得锁门,便没再多说什么,转身离开,带起的风拂动许释的衣角。

许释攥了攥手,掌心传来细微的疼痛,跟上了她的脚步。

民政局在清河路上,地上水汽未干,被雨打落的花瓣半埋在泥土里。

到了地方后,陈月琴直接推门进了登记处。

又过了十多分钟,许康安拄着拐杖出现在许释视线当中。

她在不远处看着他蹒跚的脚步,心口像有沙砾碾过,密密麻麻地疼。

不知道又等了多久,门终于被打开,两个人一前一后走出来,脸上什么表情都没有,非说有,也是数不尽的冷漠与麻木,还有从牢笼里挣扎出的解脱。

跟在他们身后出来的是一对年轻情侣,女生亲昵地挽着男生胳膊,手里紧握的红色本子成了最鲜活的一抹颜色,新婚宴尔,情愫正浓。

许释忍不住想,许多年前,陈月琴和许康安会不会也和他们一样。

那么到底是经历了怎样的蹉跎,才让原本相爱的两个人走到如今这种相顾生厌的地步。

感情真的都会变吗?

风起风落,在这条萧瑟的街道上,他们背道而行。

谁都没有注意到角落里的她。

这一刻,许释真真切切地感受到有什么撑在心里的东西塌了。

她的家散了。

就算从前再不喜欢、再想逃离,可那终究是她的家。

那是扎根在中国人骨子里的东西,有家才有圆满。

现在她没有了。

那些如雷贯耳的责骂,那些不分日夜的吵闹,都从她身体里剥离了出去。

风吹得更大了一点,凉意顺着衣领钻进许释的身体里,像是长满触手的怪物,一点一点把她吞噬掉。

她彻底被抛弃了。

天色好像更暗了,春天的风同样可以冰得吓人。

许释把衣领向上拽了拽,眼角被吹得有些干涩,看见对面实验小学门口的电子屏上显示时间刚过两点。

机械的电子音重复叫着"欢迎光临",她余光瞥见身侧的便利店,才想起来从起床到现在自己还没有吃饭。

姥姥给她弄了早饭,但那时候她没胃口,索性没吃。

许释肚子又抗议似的叫了几下,她选择妥协,转身推门进去。

门口的打折货架上放着临期食品,店员正忙着搬运新到的货物。许释在货架中穿梭几圈,随手拿了袋面包到前台结账。

扫描机器发出嘀的一声,店员报出价格:"三块五。"

许释从口袋里拿出手机,右上角显示电量只剩下7%,她打开流量,扫码付款。

门上挂着的风铃发出清脆的碰撞声,许释拎着袋子从便利店出来,手机的消息提醒声还没有停止。

这一个多月的时间她鲜少使用手机,社交软件更是一眼没看。发生了这么多变故,她觉得自己好累,累到半句话都不想说。

可在这一刻,她又突然很想念魏宴然。

想听听他的声音,想看看他发来的那些安慰的话。

手指不知怎么就点开了微信,灰色的加载圈转了好久,终于跳出来新的消息。

然而他只发过来一条。

是许康安出事那天晚上的凌晨,他说了句晚安,早些睡。

此后再也没有。

许释忽然有些恼,她想自己消失了这么久,他难道一点也没察觉吗,怎么不来问问自己出了什么事。

许释的指尖在键盘上停留了许久,还没想好发什么,赵思萱那边忽然跳出来新的消息。

是两天前发来的,不过刚刚才加载出来。

那是一张朋友圈截图,发动态的人许释并不认识,看头像应该是个女生。

女生发了一张侧脸照片,身后是浑河河畔的街道,拍摄时间大概在傍晚,树木葱茏,日暮温柔。

上面配了一行小字:一起去吹晚风吧。

许释正纳闷赵思萱为什么要发这个给自己,忽然看见了下面那句话。

萱:释释,你仔细看,旁边那个男生是不是魏宴然?

好像有一道闪电从头顶劈下来。

许释连忙重新点开照片,放到最大,才发现女生身侧还站着一个男生,只露出半个肩膀,凸起的喉结上还有一颗不太明显的黑痣。

其实这也不能说明什么。

但偏偏那人穿了件让她眼熟的蓝色牛仔外套。

那件外套是两人刚和好的时候,魏宴然不知道买什么衣服,让许释帮他挑的。许释当时随口说了句这袖口上的刺绣很特别,他便直接买了下来。

可现在却像一把铁刃一样刺进她的眼睛。

手机哐当一声砸在地上,屏幕上出现裂纹,画面闪动,然后彻底熄灭。

许释蹲下去捡,但却再也没有力气站起来。她顾不上是不是还在街道中央,顾不上周围来往路人异常的目光,双手抱着膝盖,额头上渗出一层冷汗,胸口艰难地起伏着,肩膀抖得像是筛子。

她想前后不过才一个月,事情为什么会变成这样?

父母抛弃了她,她像个碎了的瓷娃娃一样,想着有个人会带着胶带出现,一点一点将她拼补起来。

是的,那个人确实出现了。

可最后他不仅亲手撕掉了胶带,还把瓷娃娃砸在了地上。

碎得四分五裂。

她想亲口问问他这到底是怎么一回事,但转念又想,她何必再去自取其辱,还嫌在他身上吃的苦头不够多吗?

闪电像利刃一样将天空划破一道口子,豆大的雨珠毫无征兆地拍打下来,她浑身浸透了水意,整个人与雨幕融为一体。

许释点开魏宴然的资料卡,犹豫片刻,点击删除。

与其反复失望,反复失伤,不如彻底断了念想。没什么大不了,早晚会过去的。受伤了总要流血,但伤口也是会结痂的。

她摇摇晃晃地从地上站起来,心头忽然闪过一抹释然。

这样也好,这样也好。

十米之外的小服装店门口放着个音响,里面的歌换了一首,是薛之谦的《其实》。

歌词里唱:"分开时难过不能说,谁没谁不能好好过。"

是啊。

谁没谁不能好好过。

4

五月初,高三年级迎来第二次模拟考。

许释发挥不错,物理单科成绩破天荒地上了90分,被老师好一通夸奖,号召大家多多向她学习。

晚上回去后,姥姥拿着她的成绩单笑了很久,但许释脸上始终没什么笑意,只有深深的疲倦。

这段时间她学习强度很大,每天只睡五个小时,除去吃饭上厕所,其余时间全把自己埋在题海里。

为了保证学生的安全,减少彼此间的接触,学校决定依照成绩把每个班级分成AB两个部分。许释和赵思萱所在的A班搬到了四楼录播教室,沈浩他们B班则留在楼下没动。

午饭和晚饭也不用再往食堂跑,大家都留在班级里吃学校统一发放的盒饭。不过盒饭实在算不上好吃,不知道是谁先起的头,偷偷从外面买了卤菜带进来,但盖子才刚打开,周围的人便"闻味而至",然后卤菜被瓜分得一干二净。

为了积累作文素材,语文课代表用电脑找了些时政新闻,在吃饭的时候播放。偶尔她也会大胆地放一些歌曲的视频,引得下面阵阵尖叫。

那段全班同学聚在一起,一边吃饭一边看视频的日子,成了日后大家最怀念的记忆碎片。

午饭过后的自由活动时间,沈浩拿着一瓶牛奶,大摇大摆地进了高三A班的教室。

"哟。"后排几个男生朝他吹了个口哨,"又来我们这儿串门了啊。"

沈浩飞了一记眼刀过去:"就你长嘴了是吧。"

上周新换了位置,许释正坐在窗边写卷子,笔尖与纸张摩擦出沙沙声。窗户开了半扇,有风吹过,她垂下的发丝被拂到脸颊上,挡住了她清澈的眼。

沈浩顿了几秒,走到她旁边,有些不忍心打扰。

还是许释先发现了他。

"有事吗?"她抬起头问。

"学霸。"沈浩抬手在头发上抓了几下,看起来有些紧张,把牛奶放到她桌角,"给你的。"

许释愣了几秒,下意识地就要推回去。

"一盒牛奶而已。"像是怕听见更多拒绝的话,沈浩连忙摆手,"学习累,你留着晚自习喝。我就不打扰你了,记得好好休息。"

许释盯着他的身影,有些说不出话来。

十二点半,教室里的灯被关掉,大家收拾东西准备午睡。许释从书桌里拿了两本参考书,拉开凳子往外走。

赵思萱叫她:"释释,你又打算到外面背书啊?"

许释"嗯"了声。

"真的不困吗?"

许释笑:"还好。"

"好佩服你。"赵思萱打了个哈欠,把从家里带来的抱枕放到桌上,脸埋进去,"我要是不午睡,下午根本听不进去课。"

走廊里没什么人,光线灼灼地照下来,闷热得让人喘不上气。

许释抱着课本,好久没缓过神来。

她不是不想睡,她是不敢睡。

黑板上的倒计时越来越少,天气逐渐转热,窗外蝉鸣声聒噪,白桦树葱茏,树影摇晃,荷花池前又聚满了喂鱼的小女生。

走廊里张贴的模范试卷换了一张又一张,教室后面的黑板上用红色粉笔加大加粗写着"高考加油"四个字。

时光荏苒,白驹过隙,转眼已经进入六月。

六月八日的晚自习,大家都没什么学习的心思。

"你们说。"班长率先挑起话茬,"如果高考不延期,现在我们在做什么?"

赵思萱托着下巴,手里的笔转了几圈:"我应该会坐在理发店里染头发,就染那个'海王红'!"

"我肯定在和兄弟打游戏!把这三年没玩的全补回来!"

"我要站在教学楼把这些该死的教材都扔了!"

"我要大睡特睡!"

"你呢?"赵思萱戳了戳许释肩膀,"释释,高考结束后,你想做什么啊?"

黑色笔尖蓦地停下,那张干净的脸蛋空白了几秒,许释摇摇头,声音很轻:"我也不知道。"

每天机械地背书做题,好像已经成为了她生活的主旋律,忽然让她停下来,她反而多了几分无措。

距离高考还剩下二十天的时候,许释的精神状态出现了严重的问题。

她失眠的情况加重,整夜都辗转反侧地合不上眼,第二天浑浑噩噩去到学校,又开始心慌焦虑。

三轮复习已经结束,白天大部分时间都在上自习,许释坐在自己的位置上,面前是成山的复习资料,她却半个字都看不进去。

她茫然地抬起头,周围人都在奋笔疾书,她连忙拿起笔,强迫自己进入状态。

但越强迫,越焦虑。

反而形成了一种恶性循环。

紧随其后的,是成绩的飘忽不定。

她最擅长的数学和英语屡屡遭遇滑铁卢,最后一次模拟考的时候,数学只有一百分出头,总分572。

她觉得自己彻底完了。

懊恼、不解、自责种种情绪像是浪潮一样将她包围,她开始设想高考失败后的场景,是着手准备复读,还是在可选择的范围内随便找一所大学。

她开始无缘无故地流眼泪,一整节课都停不下来。

她实在太害怕了。

从小她就被各种人灌输高考的重要性,在她前十八年的人生里,高考就是她的全部目标,她无法承担失败带来的后果。

而姥姥的身体不好,许释也不敢把这些事告诉她,怕她跟着担心。

周二上午英语课,许释始终恹恹的没什么精神,头昏脑涨,四肢酸痛。

课上到一半,她的状态实在不佳,起身和老师请假,想到走廊里透透风。但还没走到教室门口,她眼前突然发黑,身子也变得沉重,直接晕倒在了教室里。

意识恢复的时候,她躺在校医务室的床上。

老李正背对着她,不知道和谁通着电话。

但下一秒,许释就听见听筒里传来的那道女声,声音是一如既往的暴躁:"是不是许释又在学校闯了什么祸?"

是陈月琴。

"不是的。"老李温和地解释,"是她最近压力有些大,情绪状态不太好。

你看你方不方便带她出去散散心？放松一下身心，对学习也有好处。"

陈月琴是怎么回答的呢？

她说："许释她才十几岁，能有什么压力？我看她就是装病偷懒，估计揍一顿就好了！还有她现在已经不归我管了，以后别再来烦我……"

老李也是听不下去，没多说话便挂断了电话。

许释攥了攥身下的床单，眼泪止不住地流。

七月初。

一场流感席卷安尧，不少同学都中了招，许释也是其中一员。

但她还是咬牙坚持下来了。

她告诉自己："天将降大任于斯人也，必先苦其心志。"

就当是上天对她的一次磨炼吧。

七月四日，是高三学生在校上课的最后一天。

早上一到教室，大家就开始讨论最后一堂课该做点什么有意义的事情。

第一节是化学课，下课铃响起，老师让大家先别动，从口袋拿出手机给他们拍了一张合照。

语文老师抱着课本，手上拿着大家送她的毕业礼物，缓缓开口："送大家一句话，莫愁前路无知己，天下谁人不识君。"

她话说得潇洒，但眼里分明有泪花。

英语课只上了半个小时，剩下的十几分钟，老李说马上就要毕业了，送大家一首歌，是上个世纪的老歌《阳光总在风雨后》。

那一整天，大家不断告别，不断流泪。

到了晚上最后一节自习课，反而没有了想象中的躁动，都在安安静静地复习。

七月五日，学校组织高三年级拍摄毕业照。

大家不约而同地带了手机，许释刚跨进教室半步，就被不同人拽着拍照。

各科老师也轮番上台给大家讲述考试的注意事项，就连平时严苛唠叨的马志国都变得慈祥起来。

他们说的最多的一句话就是：不要紧张，相信自己。

半个小时后，广播通知各班下楼。

时隔两个月，许释再次看见魏宴然。

他的头发剪得又短了一点，穿着统一制定的班服，风牵动他的衣角勾勒出精瘦的身形。他逆着光，懒懒散散地站在角落里，却让她怎么都挪不开眼。

这大概是他们最后一次见面了吧。

许释拿出手机，将取景框对准他，拍下一道模糊的身影。

眼眶有些发酸，她用力眨了眨眼。

高考加油。

再见，我的少年。

七月七日、八日两天，高考如期举行。
早上出发前，姥姥拍了拍许释的脸，祝她旗开得胜。
许释笑眯眯地说好，让她等着自己的好消息。
安尧高中学生的考场就在本校，不用折腾。
"准考证、身份证、黑色水笔……"倪魔头拿着喇叭大喊，"再检查一遍，都带齐了吗！"
"哎哟老师，早就带齐了！"
"嫌我啰唆是吧！以后想听我唠叨也没机会了！"
众人哄笑着进了考场。
沈浩的考场就在许释隔壁，候考的时候，他拍了拍许释的肩膀，往她手心放了一枚小小的平安符。
"这是？"
"我奶奶比较信这些，我让她帮你求了一枚。"
"学霸。"沈浩摸了摸脑袋，耳朵有些红，"高考加油，你一定可以的。"
"谢谢。"许释攥着那枚平安符，弯唇朝他笑了笑，"你也一样。"
最后一科英语考试的下午，窗外阳光炽热，天空被洗刷得湛蓝，万里无云。
笔尖摩擦过答题纸的沙沙声，试卷翻动的窸窣声，监考老师轻微的踱步声，在这样安静的环境下都被无限放大。
笔盖合上的那个瞬间，许释还有些回不过神来。
直到跟着人群走出考场，耳边充斥着欢呼呐喊，她才终于有了一点点的真实感。
高考就这么结束了。
背了许久的《阿房宫赋》没有派上用场，最后一道导数也是出人意料的难，就连最喜欢给外国笔友写信的李华都没有出现。
七月底，高考成绩公布。
许释发挥得还算不错，全省排名六千，校排名十七。
报考是她自己决定的，十六个平行志愿全是省外的大学，专业也是她喜欢的文科。
活了十八年，她头一次为自己做了回主。
八月，录取结果公布。
赵思萱去了首都，梁远森留在省内，沈浩和班长北上，许释南下。
她没打听到魏宴然的任何消息。
回校取材料那天，校园广播站放了一首《起风了》。
"短短的路走走停停，也有了几分的距离，不知抚摸的是故事还是段心情。"

许释沿着林荫大道在学校里完完整整走了一圈,最后站在校门口回望,三年来发生的一切历历在目。

只是。

那年风好大。

吹散了她数不尽的牵挂。

第十一章 · 后来
她终究没能等到春天

1

大一那年,许释重新读了一次《小王子》。

"想要和别人制造羁绊就要承受掉眼泪的风险。"

看到这句话的时候,她的思绪停顿了片刻,阳光从窗外照进来,落在她纤长的睫毛上,又在眼底拓出淡淡的阴影。

她摇摇头,又看见了后面的半句。

"我们不怕掉眼泪,但是,要值得。"

要值得……

她轻声重复,呢喃里带着几分不确定。

值得吗?

砰的一声,室友孙若抱着快递推开宿舍门,热浪从四面八方涌过来。她把箱子搬到桌上,整个人往椅背上一瘫,哀号一声:"重死我了。"

许释合上书,偏头看了眼:"你这买的什么啊?"

"不是买的,是我妈从家里寄来的东西。"

孙若歇了一小会儿,等额头上的汗消得差不多了,才从抽屉里翻出美工刀把快递上的胶带划开,里面满满当当装的全是零食。

她眉头皱了皱,从口袋里掏出手机,给亲妈发了条语音过去:"妈,你怎么又给我寄了这么多零食啊?"

叮咚一声,新消息进来,孙若没避讳,直接点了外放。

"哎哟,这还不是怕我宝贝女儿在学校吃不饱饭吗?"

女人操着一口很浓的京南方言,语气里满满透着宠溺。

许释听着她们母女之间的对话,不自觉地抠了抠手心。

孙若拿了两袋雪花酥放在许释桌上,看了下时间:"她们俩还没下课啊?"

许释"嗯"了声。

她们学校是四人寝,除了许释,剩下三个都是本省人。虽然南北生活差异大,但好在大家性格都不错,相处得还算融洽。

"今晚七点,大众书局门口有个演出,你要不要和我一起去?"孙若神秘兮兮地压低了声音,神色里多了几分激动,"据说有帅哥哦。"

许释摇摇头:"今晚要去听个讲座。"

"又是你们那个班长培训营组织的?"

"嗯。"

她伸手在许释脸上捏了把,长长地叹了口气:"好可怜。"

"什么可怜?"另一个室友谈茜背着书包从外面进来,把手里的打包盒放到桌上,好奇地问了句。

"在说许释。"孙若解释,"今晚她又要去听讲座了。"

谈茜"哦"了两声,把打包盒外面的袋子拆了。

"哎,你这买的什么?"孙若使劲嗅了两下,"好香。"

"二食堂的牛肉拌面。"

"对了,我给你们看。"谈茜刚吃了两口面,嘴角沾的酱还没来得及擦,就从手机里翻出一张照片,"我刚才去买饭,在食堂里遇见一个超级漂亮的学姐。"

孙若笑了下:"咱们这个专业,最不缺的就是美女。"

大概也是文科专业的通病,外院的男女比例极其不均衡,许释他们这一届有两百多人,男生还不到二十个。

孙若拿着谈茜手机看了几眼,目光又移到身旁正准备去洗澡的许释。

她在宿舍窝了一下午,身上穿着最简单的白色睡裙,两根细细的吊带贴在肩膀上,露出精致深陷的锁骨,裙摆下藏着一双纤细笔直的腿,如瀑黑发被随意盘在脑后,留下几缕零碎贴在后颈上。

一种说不出的纯与静。

孙若"啧啧"了两声:"还是觉得我们释释好看。"

"少打趣我啦。"许释不经逗,耳后的皮肤红了一大片,拿着东西钻进卫生间。

温水冲在皮肤上,洗去一天的倦怠和黏腻,许释换好衣服,把电脑和充电线都塞进包里,准备到学海楼开会。

和安尧不一样,这个季节的京南,到处都是浓郁的桂花香。

手机振动两下,许释划开,看见赵思萱发来了一大串消息。不用多想,准是和梁远森吵架了,来找她这个树洞发泄。

高考结束后没几天是谢师宴,赵思萱那天兴致格外好,散场的时候嗨得无法控制,许释就给梁远森打了个电话,让他帮忙把人送回家,结果这两个人就在一起了。

认识了十几年的青梅竹马就这么谈起了恋爱。

听着莫名其妙,但细细想来,也是顺理成章的事。

会议室在四楼,靠近西侧,许释去的时候,负责人已经开始点名了。

后排适合摸鱼的位置被占了大半,许释扫了几圈,没找到空地方,认命般地往前排走。

手机在这时又振动了下。

朱俊昊:倒数第二排。

朱俊昊:从左往右数第三个位置,专门给你留的。

许释迟疑了几秒,抬眼便对上了朱俊昊的视线,他往上推了推眼镜,朝她招招手。

许释抿抿唇,最终还是没过去,随便找了个地方坐下,打开电脑开始赶报告。

讲座结束是两个多小时后,报告还有一点没收尾,许释没急着走,不紧不慢地弄完。

又过了二十多分钟,教室里只剩下几个上自习的人,许释扣上电脑,揉了揉发涩的眼角,收拾东西准备离开,身后突然出现一道声音。

"我送你回去吧。"

她扭过头,看见朱俊昊站在旁边。

"不用了。"

她的宿舍在西苑,而朱俊昊他们男生住六栋,在东苑,完全相反的两个方向,她不想麻烦别人。

"走吧。"朱俊昊朝她笑了下,像是看穿了她的心思,"我刚好要去西苑办点事,顺路。"

这一路走得很沉默。

许释本就是个慢热的人,尤其在不熟的人面前,她半句话都不想说。

朱俊昊偶尔会主动挑起几个话题,也被她用三言两语敷衍过去。

女生宿舍楼下站着三四对小情侣,黏黏糊糊地不肯分开,许释低声说了句再见,转身就要走。

"许释。"朱俊昊喊住她。

"怎么了?"她迟缓片刻才从喉咙里找到自己的声音。

"没什么。"朱俊昊尴尬地笑了笑,"晚安。"

许释没再接话。

刚进宿舍,三个人的目光齐刷刷地黏在她身上。

"干什么这么看我?"许释不太自然地眨了眨眼睛,"我脸上有什么脏东西吗?"

"老实交代。"孙若把人拽到椅子上,"刚才跟谁一起回来的?"

"没谁。"许释含糊道,"一个不太熟的朋友。"

"可别想骗我。"孙若靠在她身旁的桌子上,"我这个月都撞见三次了。"

"真没什么。"许释表情很淡。

她没有说谎。

她和朱俊昊是在班长培训营上认识的,第一次破冰活动,两人被分到同一组,配合着做了一天的任务。

结束后,朱俊昊要了她的微信,说是以后有什么事方便联系。

虽然许释并不认为他们之间会有什么交集,但也没拂了对方的面子,就这么加了好友。

仅此而已。

孙若的八卦神经异常敏感:"他是不是在追你啊?"

许释正在喝水,听见她的话,一口气呛住,剧烈地咳嗽起来。

"哎呀,你这么激动干什么。"孙若抽了张纸,帮她顺背,"莫非被我猜中了?"

"你瞎说什么呢。"许释皱眉嗔了她一眼,"我们什么关系都没有。"

"好吧。"孙若耸耸肩,语气里带着些许遗憾,"我看那人长得还不错,以为你们有戏呢。"

那晚熄灯后,宿舍里四个人都没睡觉,躺在床上闲聊。

话题不知怎么又扯到了谈恋爱这件事上,孙若翻了个身:"你们都喜欢什么样的男生啊?"

谈茜接了话:"实话实说,我想找个弟弟谈恋爱。"

"哟哟哟,志向远大啊!"孙若笑了几下,"那恐怕你要再等一年了。"

"你怎么这么烦啊!"

"你呢,释释?"

许释捏着被角,眼前浮现出一个模糊的身影,但她却轻声说:"我也不知道。"

"这你就肤浅了吧。"谈茜说,"我们释释条件这么好,一般人怎么能入眼。"

"都睡吧。"剩下那个人说,"明天还要上早八呢,我可不想迟到。"

宿舍突然安静了下来,只剩下空调运转的声音和身边平稳的呼吸声,许释却再次失眠,折腾到两点多才勉强睡着,但梦里都是魏宴然。

大一学年的课不是很多,任务也轻,许释在学校附近的奶茶店找了份兼职,每天课余时间过去帮忙。老板人很好,其他几个员工待她也不错,每个月结的工资她只会给自己留一小部分,剩下的全部打给姥姥。

除此之外，她还误打误撞进了网文行业。

只是刚开始的时候不太顺利，没坚持多久又迎来考试季，她每天忙着赶论文，写文也被她暂时放到一边。

朱俊昊在她生活里出现的频率越来越高。

他约她一起吃饭，被拒绝也不会生气，第二天仍然笑着出现在教室门口，贴心地送上一瓶牛奶。他还会在公共课的时候提前帮她占好位置，看见她打瞌睡，便把外套脱下来放在桌上当枕头，只为了让她睡得舒服一点。

他是个很好的人，许释都看在眼里。

她开始对他心软，尝试着接受他的邀请。

但她一边学着接受，一边开始害怕。

她在想他为什么要无缘无故对她好？他是真的喜欢她吗？

会不会又像从前那样，对她好，让她产生依赖，最后又随随便便将她抛弃。

古人说，一朝被蛇咬，十年怕井绳。

她像是惊弓之鸟，开始质疑他的目的是否单纯。

京南的冬天不似安尧，湿冷的气候让许释很不习惯，宿舍里的空调也发挥不了太大作用，唯一的办法就是多穿几件衣服。

圣诞节快到了，学校里面的节日氛围很重。

周五下午上完课，许释刚回到宿舍坐下，孙若气冲冲地从外面进来，嘴里大骂着渣男该死。

许释细细询问后才知道，前段时间追求孙若的学长，其实已经有了女朋友。

"别生气了。"许释给她顺毛，"为这种人气坏了身子不值得啊。"

为了抚平孙若心灵上的创伤，这晚许释陪她在附近商场逛了好久，她们还去电影院看了那部刚上映的《如果声音不记得》。

一百多分钟的电影，孙若哭得稀里哗啦，许释只是静静盯着大屏。

"释释。"孙若吸了吸鼻子，"你怎么不哭啊？我都要被虐死了。"

许释没接话。

画面给到女主角吃的药，她才终于有了些表情。

"这个药……"她声音很小，几乎是在喃喃自语，"我也有。"

"你说什么？"孙若没听清她的话。

许释摇头，说自己没事。

从电影院出来已经快要九点，路灯昏黄，天空飘起了小雪。

这是京南下的第一场雪。

孙若这个土生土长的南方孩子高兴得不行，拿出手机开始拍照，在朋友圈分享眼前的雪景。

许释伸出手，雪花落在她的掌心，很快融化成了水珠。

隔壁商场门口的音响的歌换了一首又一首，此刻刚好切到徐秉龙的《千禧》，听到那句"挨过无能为力的年纪，我一定要拥有你"的时候，许释的眼泪瞬间流了下来。

她以为自己释怀了，已经从那段过往中抽身。

但是她错了。

仅仅是一首歌，就能把她带到那些回忆里。

手机叮咚一声响，是朱俊昊发来的消息。

他说：许释，我喜欢你，我会对你好的，你要不要做我的女朋友？

眼泪砸在手机屏幕上，黑色小字变得模糊，许释回道：抱歉。

而后，她在搜索框里打下一排熟悉的字母，指尖在上方停留很久，终究还是没有添加的勇气，于是她又由着屏幕一点点熄灭。

雪越下越大，她看着这一方雪景，眼眶红得特别厉害，声音也支离破碎。

她仰着头，不知道在对谁说——

"魏宴然，京南下雪了。

"我真的好想你。"

京师的放假时间一向晚，外院又是整个学校最晚的，一月份了，许释她们还剩两门专业课没考，学校里却已经空了大半。

图书馆里到处都是熟悉的面孔，大家一边复习一边抱怨外院这变态的放假政策。

放假前一天，许释迎来了自己十九岁的生日。

进入大学后，她对这些就不太上心了，每天的生活都很忙碌，哪还有时间和精力停下来庆祝。

于是这天过得和平时也没什么不同，早上考了两个小时的综英，然后她又马不停蹄地赶到学生会那边值班。

这段时间院里的事情很多，短短一个小时，她就帮导员送了四份材料。京师的校园很大，有些教学楼的位置她还没摸清，靠着高德地图才勉强找到。

吃过午饭后，她刚准备趴在桌上休息一会儿，手机叮咚一声，平时和她一起在奶茶店兼职的朋友发了消息过来，说下午学院临时安排了考试，问她能不能和自己换个班。

许释说好。

外面淅淅沥沥下起了冬雨，路上堵得很严重，许释折腾了二十多分钟才到。

好在店里的顾客不多，打扫完卫生后，她抱着电脑在前台的椅子上写之前没写完的课程论文。

就这么一动不动地坐了一个多小时，感觉到眼睛和四肢都有些发酸，许释起身走到门边放松，发现玻璃上已经起了一层水雾，外面的景象被挡得模糊。

她用指腹在上面擦出一小片清晰的地方，天色好像变得更沉了一点，路上湿漉漉全是水痕，行人的脚步都跟着加快。

她下意识地想起安尧，早上她看过天气预报，说安尧今天有90%的可能会下暴雪。浑河肯定已经结冰了，建筑物上应该也蓄了很厚一层雪，大概到处都是白茫茫的一片。

她又想起魏宴然。

他现在又在哪个城市呢？

是不是已经放假回到安尧了？

…………

许释正漫无边际地想着，耳边突然传来急促的手机铃声。她连忙跑到柜台旁边，是赵思萱打过来的视频电话。

许释接通，赵思萱正窝在家里的床上，她一周前就放了假，语气里带着惬意和愉悦："生日快乐啊，释释。"

看到这边的背景，她眉头微微皱了一下："不是吧，生日你还要出来做兼职啊。"

许释笑了下："兼职还需要分日子吗？"

"这么拼命干什么？"赵思萱有些心疼，又不知道怎么开口，"能不能好好照顾自己。"

"我都挺好的。"许释牵起嘴唇，"真的。"

"算了，什么时候回来？"

"明天晚上的飞机。"

"用不用让我爸去机场接你？"赵思萱问，"年前这阵不好找车，价格又贵。"

"不用了。"许释摇头，"我买了火车票。"

赵思萱的表情变得有些严肃，语气不太好："从沈城回安尧只有绿皮火车，你开什么玩笑？"

许释打断她："思萱，我没那么娇气。"

"行吧，那你多注意点。"赵思萱知道自己拗不过她，打了个哈欠，"街上拐卖小孩的坏人可多了。"

"知道啦。"

"生日礼物回来再给你。"

"好。"

下了一整天的雨终于停下来，街边的香樟树叶被雨打得有些蔫，夜风还像刀子一样，刮在脸上生疼。

晚上九点，许释带着一身寒气回到宿舍，推开宿舍门时，里面一片漆黑。

她有些疑惑，室友都不在吗？

她刚准备发消息问问情况，灯一下被打开，孙若端着蛋糕跳出来，朝她喊了一句"Surprise（惊喜）"。

许释脑子有些蒙，好半天才反应过来："你们怎么知道今天是我生日？"

她从没和她们说过这些。

"这还不简单。"谈茜拿着生日帽戴到她头上，"当初去学生会面试的时候，我偷偷看了你的报名表。"

"快来许愿。"

明天就是寒假，两个月的时间不能见面，大家仿佛有说不完的话，一直聊到了十一点。

孙若把垃圾盒丢出去，拿着自己的东西先去了卫生间洗澡。

许释将她们送的礼物收好，抬头看向阳台，发现外面又下起了小雪。

对面男生宿舍吵吵闹闹，都在为这场雪欢呼。

她抓起椅背上的外套走到阳台，静静地看着外面的一切，不知道是在想什么。

孙若一边擦着头发一边抱怨学校的热水供应，看见许释呆呆地站在阳台上，有些好奇地走过去："释释，你在看什么？"

许释没出声。

"释释？"她又叫了一次。

许释终于有了些反应，她吸了吸鼻子，鼻尖已经被冻得有些红："没什么。"

孙若盯着她看了会儿，忽然问："生日过得不开心吗？"

"没有。"

"不知道为什么。"孙若继续说，"总感觉每次见到你，你都不是很开心的样子。"

空气安静了一会儿，许释点点头："确实是这样。"

大部分时间她的情绪都很低落，不知道有什么可开心的。

"这么值得庆祝的日子，要多笑一笑啊。"孙若戳戳她的脸，"刚才吹蜡烛的时候，你许了什么愿？"

许释温暾地回答："从十八岁开始，我全部的愿望就只剩下一个。"

"什么？"孙若有些好奇。

眼睛眨了眨，许释的表情很认真。

"许愿自己早点释怀。"

2

寒假没有想象中那么轻松，回到安尧之后，许释白天在母校对面的奶茶店做兼职，晚上还要去给小朋友做家教。

从入冬开始，姥姥的身体就不是很好，咳嗽得很严重，有几天晚上甚至头疼得睡不着觉。

许释有些担心:"姥姥,有时间我带你去医院看看吧?"

"不用。"老人摆摆手,"都老毛病了,我自己心里有数。"

除夕过得很平淡,因为舅妈的爸爸身体不太舒服,舅舅一家是在乡下过的年,家里只剩下许释和姥姥两个人。

窗外爆竹声不断,祖孙俩坐在沙发上看春晚,许释从口袋里掏出一个红包交到老人手里。

"姥姥,新年快乐。"

"你平平安安的,姥姥就快乐。"老人在她脸上拍了拍,"这红包我就不要了,留着给自己买几件新衣服。"

"收着吧姥姥。"许释笑了笑,"我兼职能赚不少钱呢。"

"钱是身外之物。"姥姥拉过她的手,语重心长地说,"别让自己太累了。"

"我知道。"

初二下午,许释在奶茶店里值班,家教的小朋友把做好的作业给她发了过来,许释把错题圈出来,发语音给她讲解。

门口悬挂的风铃突然发出一阵碰撞声,许释抬起头,赵思萱正靠在门边朝她挑眉。

她穿着一身黑色毛呢大衣,头发新烫了个大波浪卷,绛红唇色衬得她明媚大方。

"你怎么来了?"许释有些意外。

"谁让我们许同学这么忙呢。"赵思萱在吧台前的木椅上坐下,"回来半个月都不见人影,只能我过来找你了。"

"不好意思啊。"许释晃了晃她胳膊,"最近事情有点多。"

"行了行了。"赵思萱搂上她脖子,"几点下班?"

"晚上六点。"

"和我一起吃晚饭?"

"好。"许释从口袋里拿出手机,"我和姥姥说一声。"

"姥姥最近身体怎么样啊?"

"还好。"许释抿唇,"就是年纪大了,总归有点小毛病。"

下班后两个人去了火锅店。

赵思萱把外套放在一旁,笑着问许释:"你不是不能吃辣吗?"

许释用皮筋松松地绑了个马尾:"人的口味总是会变的。"

赵思萱怔了怔,想起高二在学校对面的麻辣烫店,许释为了和魏宴然置气要了特辣,最后被辣得直流泪。

其实也没有过去很久。

"还在想他吗?"赵思萱试探着问。

"什么啊?"许释捞起一筷子肉放进面前的油碟,特辣的蘸料,她竟眉头也没皱一下。

"别和我装。"

"你说他啊。"许释语气轻松,"都过去这么久了,我怎么可能还放不下。"

赵思萱看着她叹了口气,一下子道破关键:"和我你还要说谎吗?"

许释的筷子明显顿了下。

大学不似从前,社交圈子没有那么单纯,交朋友总是抱着三分目的。

住在许释隔壁宿舍的女生和她一个班,刚开学的那段时间,许释和她一起上课一起吃饭,说了不少真心话,包括魏宴然的事她也说过一点。

刚到京南的时候,南北方巨大的气候差异与生活习惯让她很不适应,加上想家,她的情绪一直很低落,也总在夜半时分想起魏宴然。

所以她总是在不经意间会跟对方提起魏宴然,说起那些美好的过往,说自己没有释怀,可后来某一天,她突然发现,对方有些不耐烦。

许释意识到自己做错了。

谁都喜欢开朗活泼的朋友,喜欢那种能给自己带来正能量的人。而不是像她这样整天多愁善感,持续输出负面思想。

从那以后,她话变得更少了一点,将所有情绪都藏在心里,也没再和别人提过那段失败的感情。

"我真没事。"许释喝了一小口饮料,"别说我了,你和梁远森怎么样?"

"挺好的。"赵思萱用筷子戳了戳碗底,"你也知道,从小到大他对我都那么好,各方面挑不出什么错误,是个很合格的男朋友。"

安静了片刻,她的情绪突然有些低落:"但有时候我真的觉得异地恋很累。"

"一年也见不了几次,平时只能打电话,就算在学校受了委屈,他也没办法赶过来帮我解决。"

"看见那些校内情侣一起吃饭,一起上课,我还是挺羡慕的。"

他们在不同的城市,看不同的风景,各怀心事地和对方说上几句安慰的话,转头却只能默默哭泣。

"再坚持几年吧。"许释开解赵思萱,"等到研究生的时候,你们可以考同一所大学啊。"

"再说吧。"赵思萱双眸转了转,笑得有些苦涩,"能走到哪天还不一定呢。"

吃过饭后,两人分开,许释一个人沿着浑河河畔走了很久。

霓虹灯光将夜景晃得模糊,车辆川流不息,行人来来往往,她偶尔会在街上碰见几张眼熟的面孔,是高中和她同一年级的同学。

她在心里感慨,安尧可真小,随便在街上都能遇见熟人。

可安尧又好大,大到她从来没在街上碰见过他。

许释满腹心事地回到小区,在门口停下从口袋里拿钥匙。

枯树枝被吹得窸窣作响,路灯不时传来嗞嗞电流声。

· 268 ·

姥姥这房子也有些年头了，锁孔有些生锈，许释转了几下才拧开。

客厅里的灯开着，却不见姥姥的身影。

"姥姥。"许释换上拖鞋，把自己的雪地靴放到鞋架上，"我回来了。"

无人回应。

许释心口突然颤了下，无意识地咽了咽口水，加快脚步往厕所走，推开那扇红棕色木门，看见眼前景象的那一刹，她耳边嗡一声炸开。

白发苍苍的老人倒在地上，脸色苍白，额头肿了很大一个包，应该是磕到了抽屉的边角。眉头也紧锁着，豆大的汗珠从额头上渗出来，干瘪的手揪着衣襟，胸口艰难起伏着，看起来是呼吸不顺畅。

许释连忙跑过去把姥姥扶起来，从口袋里找出手机颤抖着拨通120，向医院报上了自家的地址。等待救护车来临的期间，她惊慌失措地抱着老人，眼泪不受控制地往外涌，不断在耳边小声重复着"姥姥"。

救护车的警笛声将宁静的夜划破一道口子。

等赵思萱赶到医院的时候，许释抱着手臂无助地坐在急救室门口的长椅上，嘴唇被咬出青紫色的血痕，眼皮也肿得像是核桃仁，头发凌乱地散在身后，皮肤在头顶冷光灯的照射下呈现出一种近乎病态的白。

"释释。"赵思萱蹲在许释面前，帮她把脸颊上的泪水抹去，"怎么样了？"

"姥姥还在里面做检查。"许释的声音很轻，"舅舅他们正在往回赶。"

"没事啊。"赵思萱给她顺了顺背，"姥姥不会有事的。"

"我就是……"许释用力吸了吸鼻子，"就是很害怕。"

"如果姥姥也把我丢下了，我就谁都没有了。"

"怎么会呢？"赵思萱语气温柔得像是在哄小朋友，"你不是还有我吗？"

"我的爸爸妈妈都已经不要我了……"许释的眼泪大颗大颗地往外落，那些深埋在心底的伤痛在这一刻全部迸发出来，"魏宴然也不要我了，我不能再没有姥姥了……思萱你说，我这个人是不是特别差劲，不然为什么他们都不要我？"

"释释你别瞎想。"赵思萱心疼得不行，把人往怀里揉，"你很好，这些都不是你的错。"

许释最近停了药，情绪本就糟糕，姥姥的事让她绷着的最后一根神经也断掉了。

她不管不顾地把心里的委屈全部吐了出来："其实我刚刚和你说了谎话，我还是好喜欢他，我想他想得要发疯了。"

"我逼着自己忘掉他，可闭上眼脑海里全是他的模样，怎么甩都甩不掉，我整晚整晚地睡不着觉，每到凌晨我的心脏就很疼，我觉得我快要死了。"

"不会的，不会的。"赵思萱说，"咱们还年轻，别自己吓自己。"

"他之前明明对我那么好，会哄我睡觉，会唱歌给我听。

"我想了整整两年，还是不明白，为什么突然就变了，为什么要无缘无故和我断了联系。"

赵思萱："想不通咱们就不想了。"

许释闭上眼睛，一瞬间觉得自己好累。

"要是他现在能陪在我身边，该有多好。"

可惜不出意外，他再也不会回到她身边了。

姥姥是在一个多小时后被推出来的，许释连忙过去询问情况。

医生说她是因为休息不好加上劳累过度造成的心源性晕厥，虽然没有生命危险，但最近一段时间要好好休养。

许释这才勉强松了一口气。

路上突遇风雪，舅舅一家被堵在半路上，不知什么时候才能赶到，许释把姥姥暂时托付给赵思萱，又奔波到楼下的缴费处排队。

一直到正月初六，姥姥才出院。

按照舅舅的意思是想让她再多住一段时间，但老太太嫌住院开销大，说什么都不肯。

许释辞去了奶茶店的兼职，大部分时间都留在家里陪她，每天看看书，陪她出门散步，晚上再给小朋友上家教。

距离开学还剩下一周的时候，许释开始对回校这件事很抵触。

她不想离开姥姥，这次姥姥生病算是给她敲响了一个警钟。

那天午后，许释给小朋友讲完作业题目，陪姥姥到附近的超市买水果。

这几天的天气特别好，冬日的阳光像是被蒙上一层滤镜，柔和而温暖，路边高高堆起的积雪也带着薄薄的暖意。

许释挽着姥姥的胳膊，手指下意识拨弄她袖口上的纽扣。

老人突然扭过头："释释。"

"嗯？怎么了？"

"最近心情不好吗？"

许释手指一僵，弯了弯眼睛："没有呀。"

"撒谎可是会变成长鼻子的。"

"快开学了。"姥姥说，"是和同学相处得不愉快吗？所以不想回去？"

许释抿了抿嘴唇，好半天才温暾地摇头："不是。"

"姥姥。"她盯着路边的红砖发呆，"我就是有些不放心你。"

"哎哟。"老太太在她头上摸了把，"还有你舅舅他们在呢，有什么不放心的。小小年纪，别总这么多愁善感。"

许释低着头："早知道当时我就不去那么远的地方读书了。"

京南和安尧之间隔着几千公里的距离，就算是坐飞机，赶回来也要花费整整一天的时间。

"如果当时我留在沈城，周末还能多回来看看你。"

"傻孩子。"姥姥握着她的手紧了紧，"去大城市见见世面是好事，难不成你还要陪姥姥一辈子困在这小县城里面吗？"

许释没接话。

姥姥在她额头上点了下："好好享受读书的时光，不许胡思乱想。而且再过四个月，不就又到假期了吗？还能回来看姥姥的呀。"

许释闷闷地"嗯"了声。

二月底，许释回到京南。

下学期的课程反倒比上学期轻松，许释每天学校兼职两点一线，空闲的时间，又动笔写起了故事。

那时候她什么都不懂，不明白什么写作技巧，也不会设计巧妙的情节，只是凭着一腔热情，想到什么就写什么。

周末室友约着出门逛街吃饭，她就窝在宿舍里面，对着键盘敲敲打打，一坐就是三四个小时，合上电脑的时候，眼睛又干又涩，四肢也坐得僵硬酸痛。但看见下面鼓励的评论，哪怕只有一条，她也能高兴很久。

起步阶段的读者不多，也赚不到什么钱，最开始认识的朋友都相继选择放弃，只有许释一个人坚持了下来。

她并不觉得累，反而觉得自己找到了一个可以随时逃避的避风港。就算现实生活一地鸡毛，她也可以沉浸在自己亲手创造的那些美好当中。

写文这件事她没有和别人说，只告诉了姥姥一人。

电话那头的姥姥笑得睁不开眼，语气带着几分骄傲："以后我们释释也是作家了啊。"

"什么啊姥姥。"许释笑笑，"我那就是随便写写。"

"那也很厉害了，有机会让姥姥看看。"

许释有些不好意思："姥姥，我写的故事都是给小姑娘看的。"

"嫌我老了跟不上你们年轻人的思想啊？"老太太打趣着说，"不就是谈恋爱那点事吗，姥姥又不是没经历过。"

"那……"许释托着下巴，琥珀色眼底多了几分笑意，"如果以后我的书有机会出版，第一个送给姥姥。"

"那姥姥可得等着那一天喽。"

但谁也不知道，意外和明天哪个先来。

四月，许释和学姐组队参加了两场比赛，需要自学 python（一种计算机编程语言），她每天都要在图书馆待很久，抱着一堆专业书硬啃。

因为怕手机会分散掉自己的注意力,她索性在学习时开了免打扰模式。

从图书馆出来时已经是晚上九点半。

午后刚刚下过一场小雨,大理石路面的凹陷蓄了一小汪水,香樟树影倒映在水面上,被风一吹,激起阵阵涟漪。

校园的夜晚并不宁静,操场方向隐约传来乐队的伴奏声,结束一天课业的学生正在和父母打视频电话,分享有趣的见闻。

空气里弥散着湿气,许释摁亮手机屏幕,关掉免打扰,消息接连不断地弹出。她将没用的推送清理掉,给姥姥拨了通电话过去。

"嘟……"

冰冷的机械音在听筒里回荡,无人接听。

许释看了看时间,照理说这个点姥姥还没有睡觉,今天她是提前睡下了吗?还是说出了什么事?

想来想去还是有些不放心,许释又打给舅舅。

过了大概半分钟,就在电话自动挂断的前一秒——

"喂,释释,这么晚打电话过来是出什么事了吗?"

"舅舅。"许释蹙了下眉,"你回家了吗?"

"还没。"他顿了片刻,"怎么了?"

"刚才我给姥姥打电话,她没有接。"许释把手机攥得紧了一点,"平时这个时间她都会接电话的,我担心她是不是出了什么事。"

"这样吧。"舅舅说,"一会儿我回家后去她那边看一下,要是有什么情况再给你打电话。

"你别着急。"

悬着的心松了一点,许释点头:"好。"

回到宿舍后,几个室友在聊最近追的剧,许释抱着东西进了卫生间简单洗了个澡,出来后看见舅舅发消息过来说姥姥没事,已经睡下了。

她回了个好,没太多想,抱着电脑继续听之前没听完的课。

这晚许释熄灯上床已经是凌晨一点,因为忙了一整天,她很快就进入了梦乡。

她又做了一个奇怪的梦。

梦里也是这样一个春天,她回到了姥姥家的小村庄,院子里种的苹果树枝叶茂盛,门前不知怎么多出来一条小河,河水清澈透亮,淙淙作响,奏出一首轻快的交响曲。

姥姥站在河的对岸,笑着望向她。

她朝姥姥招手,喊她回家。

但姥姥却摇摇头,目光仍然那么和蔼温柔,缓缓说,自己不回去了。

许释刚想问她为什么不回来了,枕头旁边的手机忽然响起闹铃,把她从睡梦中拉回现实。手机屏幕显示现在是七点二十五分,八点她有一节听力课,再赖床就要来不及了。

许释迅速起床洗漱出门，到了一食堂，这儿的人向来多，她随便拿了杯粥便匆匆往教学楼的方向走。

听力课在专门的语音教室上，教室坐得很满，前排几个同学在讨论上周的小测验。

老师端着保温杯踩点进来，打开电脑说一会儿要做听力练习。

不知道他是从哪里找来的材料，难度很大，语速快到好多单词都听不出来是什么，让人忍不住怀疑吐字清晰是不是犯法。

许释原本还有些昏昏欲睡，这会儿也硬是被这材料折磨得精神起来，半秒也不敢分心。

九十分钟结束，她的脑袋被知识点塞得要炸开。

她抱着课本从教室里面出来，孙若刚好在隔壁教室上课，跑过来挽上她胳膊，说中午想吃二食堂的鸡公煲。

两人刚从楼上下来，孙若突然推了下许释的胳膊，朝不远处抬了抬下巴。

"快看。"

许释的目光跟过去，台阶上的人穿着一件黑色卫衣，银质镜框反着淡淡的金光，身形挺拔落拓，手里拿着《逻辑学》课本。

是朱俊昊。

上次被拒绝后，他最初还联系过许释几次，后来看她态度冷淡，便不再主动说话了。

"找你的吧？"孙若贴在许释耳根子旁边问。

许释摇头："不太可能。"

话音刚落，一道甜腻的女声从身后传来："你来啦。"

女生径直跑到朱俊昊身边亲昵地挽上他的胳膊，白色裙摆与男生的黑衣紧密贴在一起，形成一抹鲜明的对比色。

朱俊昊接过她手里的包，在她头顶揉了把，两个人嬉笑着说了些什么，一起离开。

"那不是新传院的学姐吗？"孙若认出那个女生，"他们这是在一起了？"

"好像是这样的。"许释平淡地接话。

"什么鬼！"孙若脸皱得像个包子，表情嫌弃，"他之前不是在追你吗？"

"被我拒绝了。"

"那也不能这么快就和别人搞在一起啊！"孙若愤愤不平，"这不是渣男是什么？"

"你这么激动干什么。"许释笑了下，"我们认识的时间本来就没多久。况且谁会一直喜欢同一个人啊。"

说完这话，许释自己愣了好几秒。

是啊,谁会一直喜欢同一个人啊。

刚到图书馆坐下,许释就看见辅导员发来的消息,说是有个表格需要她过去填一下。

她只好折回学院,忙到十一点半才出来。

肚子"咕咕"叫了两声,许释决定先去食堂买饭。

站着排队的工夫,她忽然想起来早上那个梦,再加上昨晚没和姥姥说上话,她总觉得有些不踏实,随手拨通了姥姥的电话。

电子女声提醒她"您拨打的电话无人接听"。

吃过午饭后,许释又打了一次。

还是无人接听。

她心中莫名生出些许不安,转头给舅舅打过去,提示音响起不过几秒便戛然而止。

电话被挂断了。

焦灼感像是碳酸气泡一样越蓄越大,许释像无头苍蝇一样,从通讯录里翻出舅妈的号码,拨过去的时候手都在发抖。

同样被挂断。

她一遍又一遍地给舅舅打着电话,终于在第六次的时候被接通。

听筒里传来的声音很嘈杂,许释还捕捉到几句医生护士的叮嘱声,她的心脏倏地被什么东西揪住。

"舅舅。"她深吸一口气,勉强维持着理智,"你在哪儿?"

大概是知道瞒不住了,舅舅长叹一口气:"释释,姥姥她……现在在医院。"

许释脑中紧绷着的那根弦断掉了。

似是浑身脱力般,她不受控制地向一旁倒去,多亏她眼疾手快扶住了书桌,不然肯定会摔倒。

"什么时候的事?"

"释释你先别急。"舅舅先安慰她的情绪,然后解释,"昨天傍晚,你舅妈下班后到姥姥那里给她送换洗衣物,看时间还早,便留下来陪她聊了会儿天。

"你舅妈看她门口的柜子有些乱,想过去帮她收拾一下,谁知身后突然传来一声闷响。

"她吓了一跳,连忙回头,发现你姥姥已经晕倒在地上没了意识,就连忙叫救护车送去了医院。"

许释:"医生怎么说?"

"突发性脑溢血,从到医院后你姥姥便一直昏迷没有意识,因为她年纪大了,医生不建议我们动手术,暂时采取保守治疗。"

许释眼眶酸胀得难受,但没有流泪,她用力咬了咬牙根,从喉咙里逼出几个字:"我现在就订票。"

"释释!"舅舅和她讲道理,"之所以昨晚没有告诉你,就是因为你一个人在那么远的地方,匆匆忙忙地赶回来不安全,我们不放心。

"听话,你就留在学校,该上课就去上课,该做什么做什么,姥姥这边有我们。"

"不行。"许释眼睛通红,"我马上就回去。"

后来,即便是过了很久,许释仍然觉得那天发生的一切都特别没有真实感。

挂断电话后,她立刻买了最近的一趟航班,也顾不上收拾行李,和辅导员请过假便打车往机场赶。

飞机穿过云层升上几万米高空,许释靠在窗户上,凌乱的长发散乱在耳边,看着窗外的建筑物逐渐变小,最后成为不可分辨的缩影,橙色的光晕染在她柔和的轮廓上,她漆黑的睫毛被泪水沾湿,无声地流着眼泪。

两个小时的航程,她不断在心里祈祷:姥姥,你可千万不能有事。

傍晚五点,飞机落地沈城机场。

回安尧最近的一趟火车在一个半小时之后,许释一分钟都不想浪费,准备在机场外面找车送自己回去。

外面暴雨瓢泼,天空阴暗得像是被洒上一层浓墨,摇曳的树影像是鬼魅,狂风将机场的玻璃门拍得砰砰作响。

雨点密密麻麻地砸下来,许释没有带伞,身上那件白色卫衣湿漉漉地贴在皮肤上,浅蓝色牛仔裤也被打湿。但她像是没感觉,四处询问有没有回安尧的车,却四处碰壁,那些车都一早被预订了出去。

她无助地在雨中奔波了十五分钟,终于在角落找到一辆可用的车。

司机看出她的急迫,坐地起价:"五百。"

就算是春运期间,从沈城回安尧也只需要两百块。

许释犹豫了下,司机却散漫地开口:"到底坐不坐?不坐的话我可找别人了。"

许释咬咬牙:"好。"

雨幕将窗外的景象冲刷成一片模糊,高架上有些拥堵,许释急切道:"师傅,麻烦您能再快点吗?我真的很急。"

"小姑娘。"司机在后视镜里瞥了她一眼,态度有些敷衍,"路上堵成什么样子你也能看见,这可不是我说快就能快的。"

握在手里的手机屏幕突然亮起,幽微的荧光照在许释脸上。

是陈嘉秽发来的消息。

姐:姥姥刚才醒了,也有意识了。

姐:别急,休息几天肯定会好起来的。

这两条短信像是给许释打了一针镇静剂。

她最后是晚上九点到的医院，鼻腔里充斥着消毒水气味，大厅里人来人往，但却没有一点活气。

许释的头发乱糟糟地贴在脸上，身上的衣服干了又湿，身上的每一个毛孔好像都渗着寒气。她气喘吁吁地跑到护士站："您好，请问张迎梅在哪个病房？"

护士低头看向手里的记录本："在312。"

许释丢下一句谢谢，转身便往楼上跑，中途不小心撞到过路的人，在嚷骂声中道歉，然后继续向前。

那条走廊长得仿佛看不见尽头，她觉得好像有一只手掐在自己脖子上，压抑得她有些喘不上气。

不知过了多久，她终于看见了"312"这个数字。

许释放慢脚步，想着姥姥肯定不想看见自己这副狼狈的样子，她用手扯了扯自己发皱的衣襟，又用手机屏幕当镜子，挤出一个勉强的笑容。

然而，就在这一秒，病房里面突然爆发出一声悲痛的嘶吼。

"妈！"

哐当一声，手机从许释手里滑落，砸在了冰冷的地面上。

世界好像在这一刻消了音。

护士的交谈声，连续不断的哭声，窗外肆虐的风声，都在这一刻飞速离她远去。

许释茫然地走到病房门口，越过层层人群，看见了病床上的姥姥。

她身上插着各种各样的管子，脸上和嘴唇没有一丝血色，皮肤干瘪得像是上千年的枯树，但表情很安详。

好像她只是陷入了一场沉睡。

外面的天色阴沉了几分，走廊里的窗户不知怎么开了，雨丝斜斜地落进来，拍打在她的脸颊上。

带有温度的水珠顺着下颌滑落，分不清是雨还是泪。

这场雨应该是不会停了。

这世上又少了一个爱她的人。

3

这是许释第一次直面死亡。

准备后事的流程很复杂，舅舅的意思是让许释先回家休息一下，许释却摇了摇头："让我陪姥姥走完最后一段路吧。"

舅舅在她肩膀上拍了拍，其实他也很低落，可还是要强撑着，不能让这个家塌下来。

"其实从某种意义上讲，这不算是什么坏事。姥姥年纪大了，生老病死是命中注定的事，谁都有那么一天，我们改变不了这个事实。"

许释抿着唇，艰难地点点头："我明白，就是……太突然了。"

从姥姥晕倒入院到离开，前后不过一天的时间。

"姥姥虽然走得急，但没什么痛苦，只是——"舅舅停顿几秒，"她有些不放心你。"

"她说对不起你妈，也对不起你。"舅舅的声音里多了几分哽咽，"这么多年让你们吃了许多苦。"

许释垂在身侧的手指蜷了下，低声道："我再去和姥姥说几句话。"

舅舅点头："去吧。"

白色盖布被掀开一角，许释半蹲下身子，攥着姥姥干瘪的手。太平间本就冷得瘆人，姥姥身上更是早就没了温度。许释只能紧紧握着，试图让自己的体温传到她身上。

"姥姥。"她哽咽着开口，"我还是来晚了一步，你有没有怪我呀？"

许释偏头，把脸贴到姥姥的手心里，眼眶酸得发痛："我们不是约定好了吗？暑假回来的时候，你给我包我最喜欢的芹菜饺子，我给你讲我写的小说。

"姥姥你骗人。

"你说过，撒谎鼻子可是会变长的。"

温热的液体从眼角溢出，滴在许释蓝色的牛仔裤上，留下一片小小的痕迹。

她用力地吸了吸鼻子，缓了好久才继续说："你应该是去找姥爷了吧，他离开的这些年，你嘴上怪他无情无义，抛下一家老小撒手人间，可心里还是挂念的吧。

"在那边要好好的，不要担心我，我会照顾好自己的。"

…………

火化结束后，姥姥的骨灰被带回老家，按照她生前的意愿，与姥爷合葬在一起。

葬礼那天是个阴雨天，天空被密布的乌云笼罩着，空气里满是潮湿陈旧的尘腥味，雾霭滂沱，风声呼啸，好像也在为这场告别伤感。

许释一身黑衣，似是和这种蔽不见日的天融为一体。

葬礼上来了很多人，姥姥为人善良，除去亲戚家属，还有不少邻里朋友过来吊唁。

陈月琴却始终没有出现。

许释无法想象，到底是怎样的仇恨，能让人对自己生身父母的离开也无动于衷。

陈嘉秽在旁边哭得喘不上气，而许释只是站在墓碑前，静静地看着上面那张黑白遗照。这照片还是两年前春节，他们一家人围在桌边吃团圆饭时拍的。

葬礼结束后，宾客们先后离开。

许释缓缓走到墓碑前，屈膝蹲下身子，笼罩在阴影当中，显得脆弱又无助，原本清澈的双眸此刻布满了红血丝。

她的手指在碑角上蹭了蹭，几度哽咽，好一会儿终于从喉咙里发出几个音节。

"姥姥。"

她的声音很轻，像飘在天空中的羽毛。

"这次我真的要走了哦。

"不过别担心，我会回来看你的。

"一定会的。"

世间的轮回更迭从不会停止，星河依旧流转，太阳照常升起，生活也还是要继续。

陈嘉秽很忙，葬礼结束后第二天便离开回去了沈城。

舅舅舅妈也被派到外地出差。

而许释在姥姥生前的房子里躺了整整三天。

她不吃不喝，像一具被挖空了血肉的躯壳，灵魂早已飘散，只剩下最后一口气。

被子上好像还残留着姥姥的气息，许释紧紧把被子抱在怀里，像个执拗的孩子，怎么都不肯松手。

只有这样，她才能勉强找到一点安全感。

与姥姥的那些过往像是老电影般，一幕幕在她眼前自动播放着。

房间里的灯始终没有开过，她就在这片黑暗混沌中独自消磨了几十个小时。

第四天，许释终于撑不住了，高烧不退，脑袋像是被灌了糨糊，昏昏沉沉得连睁眼的力气都没有。

她强撑着从床上下来，到抽屉里翻出一板没过期的退烧药，按说明吃了。

药劲很快上来，她在床上迷迷糊糊地昏睡过去，做了一个很长的梦。

梦里，她回到了那个兵荒马乱的雪季，姥姥生病入院，陈月琴不肯看望，她因此和陈月琴吵了一架。

她赌气逃出家门，外面飞雪冰封，呼出的白气不断在空中散开，路边的便利店一首接着一首地放着歌曲。

她像是游离在世界之外，拐过一条巷子，抬头却看见魏宴然的身影。

他站在昏暗的巷口深处，身后便是低矮的石墙，周遭光线昏沉乌沌，一切景象都被寒气模糊掉，只有他的样子那样清晰。

他的轮廓，他的眉眼，他修长而分明的指节，全都清晰地浮现在她眼前。

他浑身上下透着的那股散漫劲让人移不开眼，目光交错的刹那，时间仿佛跟着静止下来。

空气里混入一股若有似无的雪松气味，她的心脏"怦怦"加速跳动，手指在衣袖上缠了一圈又一圈，她终于下定决心朝他走去。

睫毛被冬雪氤出一层白雾,这次是她主动开口。

"魏宴然,你带我走好吗?"

他只是低着眼,眸光很暗地看着她。

风一股接着一股地从两人中间穿过,带走全部的体温,她往外套里缩了缩,终于等到了他的反应。

他摇了摇头,礼貌地说了一句"抱歉"。

身上忽然传来一阵失重感,许释从梦中惊醒过来。

烧退了一些,但她身上还是没力气。

想起刚才那个梦,她怅然若失。

攒了许久的眼泪,终于在这一刻爆发出来,溃不成军。

五月,许释回到京南。

离开不过一周,京南已经完成一次季节交换,街旁梧桐树枝繁叶茂,蝉鸣声不绝于耳。教学楼后的晚樱大簇盛开,花瓣呈烈粉色铺进视线里,太阳渐渐西斜,晚霞如火地映衬在后面,惊艳又浪漫。

许释坐在窗边背单词,无意抬头向外一瞥,手里的笔尖跟着停顿。

樱花树下有一对情侣正在拍照,男生个子很是高挑,身上只有一件白色T恤,光是背影就觉得干净阳光。他轻轻搂着女孩的肩膀,宠溺与柔情几乎要从眼中溢出来。

许释一时有些失神。

"释释?"孙若突然碰了碰她肩膀,"你看什么呢?"

"没什么。"许释收回视线,像是自言自语,"夏天要到了。"

"是啊。"孙若点头,"京南的夏天来得一向早。

"相比冬天,我还是喜欢夏天,衣柜里的小裙子终于可以拿出来穿了。

"释释,你喜欢夏天吗?"

许释摇头:"不喜欢。"

他们就是在夏天分开的。

孙若看着她,还想再说些什么,最后还是没有开口。

这次回来后,许释话突然少了很多,有时和她说话,要过好久她才会给出一点反应。她的脸色看起来也憔悴了不少,人也瘦了一大圈,经常对着空气发呆。孙若和谈茜她们想方设法地逗她开心,但她表面上弯唇笑着,眼里却一丁点笑意都没有。

七月初,京师迎来暑假。

许释和学校申请了留宿,在京南一家媒体公司里找了份运营的实习工作。虽然和她学的专业没什么关系,但许释一直对这方面感兴趣,做起来不至于太枯燥无聊。

晚上从公司出来已经是七点了，长街灯火喧嚣，霓虹晃眼，丰富奢靡的夜生活才刚刚开始。

忙了一天，她有些累，步履沉重地进了地铁站，后背贴在冰冷的墙上，机械女声播报下一趟地铁还有两分钟进站。

大城市果然是不一样的，不似安尧，晚上六点路边的小店便已经关门，七点之后更是连公交车也看不见一辆。

但她常常问自己，现在这真的是自己想要的生活吗？

无形的风迎面吹来，地铁进站。

摇摇晃晃一个多小时，许释从大学城站出来了。

香气从旁边的美食街飘散出来，她晚上只在公司楼下的便利店里吃了个饭团，食欲现在倒是被勾了出来。

她在卖梅花糕的小摊子前停下，要了一份豆沙馅的。

晚风徐徐吹过，手机突然响起，许释拿出来，看见是赵思萱打过来的。

"喂？"

"释释！"赵思萱的声音里带着哭腔，每个音节都带着委屈。

许释吓了一跳："在呢，你这是怎么了？"

周围声音很吵，她快速结了账，提着袋子往旁边安静的地方走："先别哭，你慢慢说。"

赵思萱的声音断断续续，带着些许嘶哑："我和梁远森分手了。"

"啊？"许释愣了片刻，"怎么回事？是吵架了吗？"

"不是，我……我看见他和其他女生抱在一起了。"

这周三是梁远森的生日。

赵思萱早就和他约好今年生日要一起过，结果梁远森他们学院突然安排了一个课程实习，要多在学校留半个月。

他耐心地和赵思萱解释这件事，赵思萱倒也没生气，只是抱怨学校没有人情，又说回来后给他补上一次庆祝。

但是两个人已经大半年没见过面了，赵思萱思来想去，决定给他一个惊喜，偷偷买了去连城的车票。

她是上午十一点下的高铁，又坐了一个小时地铁，两条腿蜷得有些发麻。

等终于站在海大门口时，她从口袋里拿出手机，给梁远森发消息。

萱：你在哪儿呢？

这个时间的阳光很毒，灼灼地炙烤在皮肤上，没过几分钟就能出一身汗。

赵思萱等了十多分钟还没收到消息，索性拨了通电话过去。

无人接听。

她抿抿唇，抬脚进了学校。

海大校园面积大，赵思萱从小方向感就不好，在里面晕头晕脑地转了许久，也没找到化科院的位置。

奔波了一上午,她的嘴唇干涩得仿佛要裂开,转去便利店里买了一瓶水,仰头猛灌下去几口,才继续沿着地图往前走。

前面不远处是篮球场,此起彼伏的呐喊声碰撞在一起,飞奔而过的身影带起一阵若有似无的风。

赵思萱随意往里面瞥了几眼,指甲忽然戳到掌心,不疼,但是心跟着缩了下。

她在里面看见了梁远森的身影。

他穿着一身黑色球衣,额前的几缕碎发被汗水打湿,露出的手臂线条紧绷而流畅,身后印着白色的阿拉伯数字"13"——

那是他最喜欢球星的号码。

红褐色的球被抛出,在天空中划出一道完美的抛物线,稳稳当当进到篮圈里。

一个很完美的三分球。

周围出现几声呐喊尖叫,赵思萱脸上也多了几分激动的神情,她拿起手机,对着他的身影拍了张有些模糊的照片。

哨声响起,半场结束,所有人中场休息。

梁远森抬手抹掉额头上的汗,懒懒散散地往长椅走。

赵思萱故意绕到他看不见的方向,准备从后面蒙上他的眼睛,让他猜猜自己是谁。

然而,她刚走到球场中央,一抹艳丽的色彩从她身边掠过,径直跑到梁远森身边,将手中的矿泉水瓶递给他。

梁远森熟捻地接过,女生的胳膊顺势缠上他的脖颈,他没有推开。

两道身影相拥在一起。

赵思萱的手指忽然脱了力,手机砸在墨绿色地面上,屏幕上立刻多了一道裂痕。

就像这段感情一样。

赵思萱好像是跋山涉水看了一场笑话,而她是这个笑话里最可悲的那部分。

她开始思考,他们之间到底是什么时候出的问题。

是上次吵架,她话说得太重了吗?

还是说上次纪念日,她送的礼物不够好?

有些隐藏在黑暗中的事情,一旦露出了端倪,就会像蝴蝶效应一般,牵扯出许许多多的是非。

她忽然想起来几个月前,自己过生日那天,整整一天,她只在早上收到了他的一句祝福。

第二天他解释说,他昨天一直泡在实验室里。

那天对着蜡烛,她许了什么愿来着?

她许愿能和梁远森岁岁年年。

他那个时候在干什么呢？

她不敢想。

还记得刚上初中那会儿，她性子算不上好，总是被班上人欺负。

梁远森知道了之后，也顾不上什么风度，帮着她一个一个地找那些女生出气算账。

这是他们认识的第多少年？

第十五年。

赵思萱弯腰捡起手机，轻轻抚去上面的尘土，踉踉跄跄地站起来，没再往球场里多看一眼。

好像有什么东西被杀死了。

她的眼泪一滴滴地往下砸，带着满身狼狈，带着这十五年来的回忆，一步步地走出这偌大的校园。

她买了最近一趟的高铁，回去的路上，眼泪就没有停下来过。

十五年的感情，为什么说没就能没了呢？

到最后，她已经没有力气再流泪了，打开手机，点开置顶联系人，指尖颤抖了很久，消息才发送出去。

萱：我们分手吧。

半个小时后，她收到了梁远森的回复。

只有一个字：好。

她的心脏好像被什么狠狠挖下去一块。

也许他早就想分手了吧，不然怎么一句挽留的话都没说。

许释听完之后沉默了很久。

她和梁远森认识也有五年的时间了，曾经一度坚信他们俩会走到最后，却怎么也想不到会发生这样的事情。

原来并不是像小说里写的那样。

原来青梅竹马也会输给天降。

"思萱，你先别伤心。"许释不怎么会安慰人，来来回回也只是那几句话，"还会遇见更好的。"

"什么好不好的。"赵思萱哭得嗓子发哑，"我算是看透了，爱情这种东西，怎么都是靠不住的。"

人们说失恋就像是得了一场重病，无论病得多么严重，总有一天会痊愈。

后面很长一段时间里，赵思萱清掉了朋友圈里的一切，彻底消失在大家的视线当中。

大二的课业远比想象中忙碌许多，许释分流时选择了法语，每天被各种复杂的变位折磨得头疼。

也是那个时候，她开始频繁地做梦。

短短一周，她连续梦见了魏宴然三次。

之前她在网上看见过一种说法，如果你频繁地梦见一个人，说明他正在遗忘你。

所以魏宴然，你是要忘了我，对吗？

又是一个难眠的夜晚，许释在床上辗转反侧，一直到凌晨两点才勉强睡下。

然而没过多久，她便被梦逼着醒过来。

梦里，她回到了安尧高中，魏宴然穿着黑色卫衣站在体育馆的楼梯上，阳光从玻璃窗透进来照在他身上，一个模样清秀的女生站在两阶台阶之下，看起来是在和他表白。

粉红色的情书被捏得有些发皱，女生不太敢直视他，只是红着脸说喜欢他，问他能不能做自己的男朋友。

梦里的许释就站在一旁，呆呆愣愣地看着这一切。

等了很久也没收到答复，女生有些尴尬，红晕从脖子蔓延到耳后。

然后，魏宴然终于有了反应，他抬起头，看向不远处的许释，勾了勾手指，神情里还带着几分倦意，声音一如既往的低沉而磁性："过来。"

许释乖乖地走到他身边。

他忽然握住了她的手腕，然后看向眼前那个女生。

"抱歉啊。"

话虽如此，声音里却不见什么歉意。

他捏了捏许释的手指，像是在把玩什么珍贵的宝物。

"我喜欢的是她。"

未等到女生的反应，他偏头看向许释，低低地笑了下。

"你要不要做我女朋友？"

许释刚要回答，一阵风从两人之间横亘而过，将她从梦境中抽离出来。

她抬手摸了摸脸，上面的眼泪还没干。

手机屏幕显示现在是凌晨四点，天还没亮，宿舍中一片漆黑。

这种巨大的落差感像是悬在头顶的刀，一遍遍地落下来，叫她粉身碎骨。

这些梦把她折磨得实在痛苦，许释想了很久，觉得解铃还须系铃人，是不是她加回魏宴然，这种现象就能好一点了。

然而她把那个熟悉的微信号反反复复在聊天框里输入了许多次，还是没有勇气添加。

一直磨蹭到傍晚，几个室友叫了外卖，一边追剧一边吃着炸鸡，许释坐在自己的位子上，看着眼前的屏幕一点点变暗，然后在熄灭的前一秒又按亮。

她告诉自己，加就加吧，反正他大概率不会同意。

指尖终于落在了"添加"上面，直到申请成功的页面弹出来，她其实还有些没缓过神来。

然而半分钟不到，叮咚一声，手机屏幕亮起。

2021 年 10 月 15 日晚上 18:45。

我是 1
以上是打招呼的内容
我通过了你的朋友验证请求，现在我们可以开始聊天了。

许释盯着这一长串消息，整个人毫无征兆地发起抖来。

室友发现她的不对劲，关切地看过来："释释，你不舒服吗？"

许释用力掐了掐掌心，摇头："我没事。"

那一整个晚上，他们谁都没有和对方说话。

许释翻了他的朋友圈，和从前一样干净，只有一条内容，是半个月前发出来的。

他说，为什么沈城没有秋天。

原来他去了沈城读书。

朋友圈里没有那个女生的痕迹，许释想，过了这么久，大概他们已经分手了。

那几天她难得睡得安稳，也没有再做梦。

就这样过了一周，许释发现自己还是克制不住和他说话的欲望。但她又怕这样会扰了他的生活，无端惹得他心烦。

一黑一白两个小人在她耳边打架，后来她干脆自暴自弃，想着人总要为自己活一回，为什么要一直考虑他的感受。

许释平躺在床上，双手捧着手机，终于在聊天框里打下一条消息。

Sun：最近还好吗？

他回得很快。

1：挺好的。

1：去上海读书了吗？

许释看着这行字，眼眶不自觉地开始发酸。

在之前那段短暂的和好时光里，她和他提起过自己的理想，说想去上外，想读翻译。

原来他还记得。

许释揉揉眼睛，告诉他自己在京南，读了法语。

1：法语？听起来就挺难的。

许释说是。

话题好像到此就戛然而止，许释还想说些什么，但又觉得说什么都不太合适。

她去看了沈城的天气预报，上面提醒后天会迎来大幅度降温，还有可能会下雨。

她切回微信，告诉魏宴然注意保暖，照顾好自己。

等他回消息的时候，许释胡思乱想了很多。但直到她迷迷糊糊几乎要睡着的时候，手机才终于振动。

1：嗯。

1：谢谢。

许释盯着那句谢谢，心口好像被塞上了一团湿棉花。

看来他是真的一点也不在乎了。

不然怎会说出这样客气又生疏的话。

4

上了大学后，许释养成了写笔记时听歌的习惯，外界那些琐碎纷扰的声音被隔绝掉，留她一人清静。

阳光被切割成无数碎片落在宽敞的阶梯教室里，许释坐在窗边的位置，身上一件白色绒线毛衣，圆领平纹，乌黑柔顺的长发在身后松松地绑成低丸子头，露出一张干净柔和的脸。

可仔细看，那双澄澈盈盈的杏眼里还带着几分倔。

一片枯黄的梧桐叶从枝头无声落下，耳机里刚好放到五月天的《温柔》，低醇磁性的男声唱道："不打扰，是我的温柔。"

许释手中的笔尖一顿。

自从上次那番客套的寒暄后，她没再去打扰过魏宴然。

两人默默躺在对方的联系列表里，成了那个最熟悉的陌生人。

但是谁都没有注意到，这段时间，许释发朋友圈的频率明显高了很多，她开始晒自己吃过的美食，看过的风景，读过的书。

上次大一年级的迎新晚会，她被学姐拉着去做主持人，五官被妆容修饰得更加精致，淡金色的晚礼服衬得她的纤腰盈盈不经一握，脚下是一双银色高跟鞋，细细的带子缠在脚踝上。

晚会结束后，她带着满身疲惫回到宿舍，学姐给她发了不少照片过来，都是刚刚在台上拍的。

她窝在凳子上，挑了几张好看的传到朋友圈里。

班长给她点了个赞，在下面留言：最近很活跃啊。

许释自嘲地勾了勾嘴角，没有回复。

她只是想让魏宴然看看，他不在的这几年，自己过得很好。

她只是想让他知道，自己没那么差劲。

像是一种无声的较量。

下午第二节是选修课,孙若昨天晚上通宵赶了两个论文,又上了一上午的专业课,整个人像是被抽了魂儿一样,刚到教室就直接睡在了桌子上。

"释释。"孙若的声音里都透着很重的倦意,"要是一会儿叫到我,你记得把我弄醒。"

许释点点头:"好。"

老师是个五十多岁的中年女人,讲课语调拖且慢,像是村里老人总喜欢唱的那种催眠曲,没过多久,教室里就倒下了一大片。

后来,她干脆把课本扔到了一边,开始讲自己年轻时在俄罗斯留学的故事,讲自己多么厉害。

许释背了两页单词,心思有些散,拿起搁在一旁的手机,下意识点开朋友圈刷新了下。教学楼这边的校园网简直不要太糟,左上角的彩色小圈转了好久才加载出新的内容。

入眼的是两张风景照,傍晚时分的火烧云瑰丽壮阔,如血色一般铺满整个天空,像是精妙绝伦的油画。

许释的指尖忽然一顿,这是魏宴然发的。

她重新点开那张照片,放到最大,隐约看见右下角是一栋办公楼,上面镀金大字写着"沈城安得综合物流中心"。

这照片……应该是他在学校里面拍的吧。

她眨了眨眼,指腹在手机侧边来回摩挲了几下,退出微信,点开手机里面的地图软件。

犹豫了好一会儿,她在顶端的搜索框里输入刚才那个地点。

地图很快跳转出来,物流中心附近只有一所学校——

沈城城市建设职业技术学院。

高三后的几次模拟考,许释有偷偷关注过魏宴然的成绩,确实达不到本科的分数线。

所以他应该就在这所学校吧。

屏幕一点点暗下去,倒映出一张安静的面孔,许释觉得自己这种固执劲儿挺可笑的,就算知道他在哪所学校,又有什么用。

难不成还像高中那样,不管不顾地跑着穿过大半个县城,只为了碰运气远远看一眼他的背影吗?

那一年犯的傻,现在还要再来一次吗?

月底的时候京南下了一场雪,不大,地面上就薄薄一层,但孙若和谈茜两个人还是兴高采烈地出门打雪仗去了。

许释一个人在宿舍里,正对着老师留的论文发愁,文档里面的字打了又删,好半天也没写完一行。

　　手机忽然振动了下,她按亮屏幕,看见是网易云音乐推送过来的年终报告,今年霸占她常听榜单第一名的还是七修远那首《读者》。

　　系统给她定义的标签是"民谣爱好者"。

　　许释捏着手机,又顺着很久以前的消息列表,找到了魏宴然的主页。

　　他的主页一向是对外开放的,许释在听歌排行那个板块点了下,"最近播放"的列表弹了出来。

　　一长串英文歌名让她一时没有反应过来。

　　她的鼻尖忽然一酸,立马把手机关上扣放到一旁,用手撑着桌面,胸口上下起伏着。

　　原来他已经不喜欢听民谣了。

　　原来他已经向前走了。

　　只有她一个人留在原地,听从前的歌,想从前的事,喜欢从前的人。

　　今年春节来得早,许释一月初便回到了安尧。

　　第二天早上,她买了一束花,独自一人回到老家来到姥姥的墓碑前。

　　自从圣诞节后,安尧便陷入了漫长的雪季,天空整日被乌黑的云层覆盖,朦胧雾气笼罩在周围,让人不自觉感到压抑。

　　可那天的天气出奇得好。

　　阳光给纯白的世界蒙上一层金黄色的滤镜,麻雀在树枝上蹦来蹦去,上面的浮雪簌簌落到地上。

　　许释穿着一件黑色大衣,半蹲下身子把花放在墓碑前,弯了弯嘴角。

　　沉默片刻,她缓缓开口:"姥姥,我来看你啦。

　　"快一年的时间,这还是我第一次回来看你,你可不要生我的气呀。

　　"这段时间我各个方面都过得很好,你千万不要担心我哦。

　　"你呢?在那边过得好吗?"

　　照片上的老人笑得依然那么慈祥,和记忆中的模样没有半分区别。

　　许释抬手抚了抚碑角,心口像是被细小的针刺了下,漫出说不尽的酸涩。

　　有风吹过,雪粒落在她的睫毛上,她眨了眨眼:"就是……就是我有点想你。

　　"真的好想你。"

　　除夕夜,许释是在舅舅家过的,四口人聚在一起虽算不上热闹,但总归有家的温馨。

　　吃过晚饭后,许释被舅舅舅妈拉到桌上打麻将。

　　她推托了几次,但架不住舅妈的热情邀请。

　　"就随便打打。"舅妈把人按在椅子上,"输了算你舅舅的。"

那晚陈嘉秽的手气好得过分，连续赢了好几把，差点把舅舅的钱包掏空。

前前后后打了两个多小时，许释到里屋把手机的充电线拔下来，看见消息栏显示微信有"99+"条新消息，点进去发现高中班级群不知怎么活跃了起来。

她看了好久，最后班长说大家许久没见了，要找个时间聚一聚。

同学聚会最后定在了正月初五。

许释本来不打算去，后来还是赵思萱说想去玩玩，让她陪着自己，她这才答应下来。

两个人约好在安尧高中门口碰面。

都说分手换风格，和梁远森断了之后，赵思萱变了很多，一头及腰的长发被剪到肩膀，妆容也变得更浓，黑色风衣配上高筒靴，她本就高瘦，加上这一身搭配，远远看去倒有几分生人勿扰的冷漠。

两个人打车去了酒店，在包厢门口刚好碰见沈浩。

看见许释的时候，他眼睛亮了下："学霸，好久不见啊。"

随后，他又有些担心地说："你怎么穿这么少？安尧的冬天可不比京南，别冻感冒了。"

赵思萱搂着许释肩膀，装模作样地咳了两声："差不多行了啊，这还有个活人呢。我穿得还没有释释多呢，你怎么不关心关心我？"

沈浩笑笑，对着她说了句很典型的直男发言："赵大小姐记得多喝热水。"

大小姐翻了个白眼，拐着许释进去。

他们订的是个大包，里头彩灯流转，影影绰绰的光晃得人睁不开眼。

男生们围着长桌推杯换盏，寒暄叙旧，从前天看的球赛聊到昨晚输掉的游戏，再聊到高中追过的女生，"中二"起来和从前一个样。

女生们聚在一起讲着八卦，互相好奇对方的口红色号，时不时还要展示一下自己刚弄的新年美甲。

门骤然被打开，走廊光线涌入，大家循声看过来。

"沈浩你可来晚了啊！要罚酒三杯！"体委扯着嗓门喊。

"滚远点，老子明明踩点来的。"沈浩可不吃他那套。

"学霸也来了。"他们又把目光放到许释这边，"两年不见，越来越漂亮了啊。"

许释面子薄，也不知道该接什么，只能浅浅地笑了下。

"少理这帮人。"班长从沙发上起来，"释释，来这边。"

许释跟着赵思萱坐下来，包厢里空调温度开得很高，她脱下外套放到一边。

"想什么呢？"赵思萱凑到许释耳边。

许释摇头："没什么。"

"沈浩是不是还喜欢你啊？"赵思萱小幅度地捅了捅她胳膊，"今晚他都看你好多次了。"

许释手里捧着一杯度数不太高的酒抿了一小口："你别瞎说了。"

"我是认真的。"赵思萱往男生那边看了看,"我觉得沈浩这人真挺不错的,深情又专一。"

"可我没那个想法。"

"难不成你还要继续在魏宴然身上浪费时间吗?"赵思萱一语点破关键。

许释没再接话。

都是成年人了,不比高中那会儿放不开,没过多久,就有人张罗要玩点有意思的,活跃一下气氛。

但能玩的项目就那么多,最后还是逃不过真心话大冒险。

桌上有现成的转盘道具,规则也简单,指针在谁面前停下,谁就要摇骰子,单数真心话,双数大冒险。

体委第一个中招。

骰子哗啦啦在桌上转了几圈,最后停在"4"上。

不知道谁出的损招,让他和沈浩面对面坐着,深情对视五分钟。最后差点把沈浩看吐,说一年之内再也不想看见体委这张脸了。

头开得好不好,决定了游戏后面玩得有没有劲。

接下来几局中招的都是男生,惩罚方式一个比一个离谱。

体委连输了三次,有些不服气,非说班长针对他,嚷嚷着下把要亲自拨转盘。班长也没拦着。

许释当时正在看宿舍群里面的消息,等再反应过来的时候,指针已经慢悠悠地在她面前停下了。

愿赌服输,许释伸出手,纤细的手指扣在外面摇了摇骰子,最后出来个"2"。

大冒险。

场面安静了几秒,一圈人僵着脸面面相觑,一时不知道该说些什么。

许释主动开口解围:"没事,大家正常提要求就好。"

众人憋了半天,最后是一个男生打破了沉默:"那就给你前男友打通电话吧。"

话音刚落,赵思萱立马飞了个眼刀过去,不太满意:"能不能给自己积点德?你这什么破惩罚。"

许释愣了下。

过了好久,她僵硬地扯了扯嘴角:"我没谈过恋爱。"

"啊?"有几个人反应特别大,"惊讶"两个字明晃晃地写在脸上,"都上大学了,你还没谈过恋爱?还有以前九班那个男生,你们毕业后没在一起吗?"

许释苦笑了下:"我们真的没谈过。"

"行了行了。"班长连忙接过话茬,"这局就罚酒一杯,可以吧?"

"可以可以!"

许释拿起面前那杯酒,仰起头一口气喝光了。这杯酒比之前的烈,她的喉咙和胃像是被蓄了团火,火辣辣地痛。

游戏继续,许释却没了心情,她从沙发上站起来,贴在赵思萱耳边说:"我去趟洗手间。"

赵思萱瞥了她一眼,似乎不怎么放心:"我陪你一起?"

"不用。"她笑,"我很快就回来。"

在包厢门被关上的那一刻,许释突然觉得身上所有的力气都被抽空了,她摇摇晃晃地走到洗手间,拧开水龙头接了捧水拍在脸上。

刚才那短短几句话又把她拉回到从前。

原来比分手更伤人的是,他们明明那么亲密,却从来没在一起过。

她从口袋里抽出一张纸巾将脸上的水擦掉,等情绪平复得差不多了,才抬脚往外走。

长廊里的光线昏暗,许释脑袋空空不知道在想什么,忽然听见附近拐角处传来一个女人的声音——

"你再给我一次机会好吗?我保证,这次我一定会好好和你在一起的。"

女人的请求太过卑微,许释脚步不受控制地停下来,扭头,朝着声音的方向看了眼。

那边的光线比这里还要昏暗许多,她隐隐约约只能分辨出有两道身影,一男一女,看不清他们的面孔。

许释本不是个喜欢偷听别人讲话的人,但今天不知道是怎么了,她站在原地没有动。

男生的语气满是不耐烦:"我和你之间早就没有可能了。"

"你真的不喜欢我了吗?"女生带着哭腔说话。

"不喜欢,只是看见你这张脸,我都觉得讨厌。"

许释心口一紧,本能地对那个女生生出几分同情。

手机振动了下,赵思萱问她什么时候回来。

许释刚要打字,只听那女生哭得更凶,说出的每个字都在声讨对方:"魏宴然,你说谎!"

许释的脑子仿佛短路了片刻。

那女生刚刚喊的是谁?

魏宴然?

她放轻脚步往里面挪动了一段距离,两个人的面孔也像从迷雾中拨出那般,一点点展露在她的面前。

是两张熟悉的面孔。

曲惠和魏宴然。

但他们两个怎么会纠缠在一起?

许释还来不及思考,就看见曲惠揪着魏宴然的袖口,歇斯底里地质问:"你当年不就是因为和我置气才去接近许释的吗?你怎么可能不喜欢我!"

许释双腿一软,跌坐在地上。

手机脱手砸在大理石地面上,摔得面目全非。

5

人常常要用一生来治愈原生家庭的伤痛。

自魏宴然有记忆起,父母之间的关系就很差,每次见面都少不了一顿争吵。

魏父常年在外做生意,每年回家的次数屈指可数,几乎没怎么参与过他的童年。

那个时候的他还很天真,以为只要自己乖乖听话,努力表现得像个好孩子,就能换来家庭关系的和睦,也能换来爸爸妈妈的喜爱。

所以从进入小学那天开始,他对自己的要求就非常严格,其他小朋友放学在楼下玩弹珠的时候,他背着书包在不同的课外班之间奔波。

刚开始确实是有效果的,四年级那会儿,他在市里的奥数比赛中拿了一等奖。那天魏父刚好回安尧处理工作,他兴高采烈地把奖状拿给魏父看。

西装革履的男人刚刚结束一场电话会议,严肃冷峻的眉宇有些许舒展,他笑着摸了摸魏宴然的头,夸了句儿子真棒。

魏父这句鼓励说得并没什么真心,就好像在街边遇见不懂事的小孩,随手施舍了一块糖。

但那块糖却在年幼的魏宴然心中甜了很久。

他觉得自己的想法是正确的,学习越来越刻苦,像是不知疲倦的机器人。

老师赞他刻苦懂事,亲戚邻里把他当作榜样来教育自家的孩子。

2014年,魏宴然升入安尧一中,被分到初一(5)班。

那年小升初考试他拿了全县第一的好成绩,进班第一天就被老师大夸特夸,整整半节课才停下来。

许是这次考试真的给魏父长了脸,那段时间他回家的频率很高,和魏母也很少争吵,一家人甚至心平气和地坐下来吃了几顿饭。

离开之前,魏父答应他,如果他期末取得了不错的成绩,就带着他到沈城的游乐场玩。

这一承诺对魏宴然来说实在是从天而降的惊喜,他仿佛正在经历一场艰难漫长的马拉松,只要坚持下来,终点线那里就会有数不尽的财宝和恩赐。

魏宴然把自己逼得更紧,哪怕有一点松懈,都会自责好久。

在这种巨大的压力下,他的精神出现了问题,半夜总是睡不着觉,上课时注意力也很难集中起来。

但他根本不敢把这些异常告诉父母。

他怕让他们失望,怕他们会就此抛下自己。

就这么浑浑噩噩地度过了半个学期，那次被他寄予厚望的期末考，终究还是一团糟，他直接掉出了年级前三十。

期待已久的奖励变成了一堆泡沫，魏宴然带着成绩单回家的那天，心情非常忐忑，进门之前甚至在发抖。

他以为父母会因为这次考砸而生气，会和其他家长一样，质问他为什么成绩下滑得这样厉害。

但根本不是这样。

那晚他们又大吵了一架，客厅里的花瓶瓷器全被砸在了地上，男人的辱骂声、女人的哭喊声像是千斤重的石头，又像是一把利刃，一下又一下地扎在他心房，留下密密麻麻的伤痕。

在一次又一次的失望中，他意识到自己做什么都是徒劳。

这个家里根本没有人在意他。

那个时候初二刚刚开学两个月，五班班主任突发奇想制订了一项帮扶政策，让好学生和差学生结成一对一学习小组。

魏宴然阴错阳差地和曲惠分到了一起，两人成为同桌。

在此之前他们并没有什么交集，魏宴然只知道她是自己班上的同学，长得漂亮，但成绩很差。

曲惠性格开朗，搬过去第一天便要了魏宴然的联系方式，两个人也一点点熟悉起来。

她问的问题大多都很简单，随便套用几个公式就可以算出来，但魏宴然每次都会耐心地给她讲解，直到她搞懂。

有一次曲惠因为上课迟到被老师批评了一顿，心里的气正没地方撒，碰巧魏宴然要给她讲前一天的作业。于是她拿他当出气筒，像个故意耍脾气的小孩，作对似的说自己听不懂他讲的内容。

而魏宴然只是叹了口气，将草稿纸翻到新的一页，又换了一种新的方法继续给她讲解。

曲惠用手撑着下巴，目光有一搭没一搭地落在他身上。

教室里的暖气开得很足，魏宴然身上只穿了一件黑色连帽卫衣，冬日的阳光比以往都柔和，偏爱般地落在他的身上，留下一半阴影。

少年虽还没有完全长开，但个子已经快窜到一米八，侧脸线条流畅却不硬朗，反而多了几分青春期特有的青涩。

视线再往下，他捏着水笔的指节干净而修长，骨骼感很强，像是什么浑然天成的艺术品。

"听懂了吗？"魏宴然突然转过头，两人目光相碰。

"听懂了。"刚才那点不痛快早已耗尽，曲惠勾着笔，不紧不慢地转了几圈，随口说道，"大学霸你好厉害。"

"啊？"

没想到她会说这个，魏宴然愣了下。

曲惠被他这反应逗笑，瞥见他耳尖有些红。

啧，一个大男生，怎么这么不经逗。

想要恶作剧的心思不知怎么就被挑起，曲惠忽然往他身边凑了凑，故意压低声音："学霸，你是不是从没给女生讲过题？"

两人之间的距离实在有些近，女生身上淡淡的玫瑰气味萦绕在鼻腔里，细软发丝也垂落在他手背上，蹭得有些痒。

魏宴然无意识地吞咽了下，喉结旁的黑痣跟着起伏，声线里带着几分不太自然的紧张："……没有，怎么了？"

曲惠只是勾唇笑了笑："果然。"

他皱眉："果然什么？"

"没什么啊。"

魏宴然长相出众，学习成绩也不错，在年级里算是小有名气。

周一升旗仪式上，他站在主席台上做国旗下讲话。

曲惠和几个其他班的朋友因为没穿校服被罚站在最后，话题自然地转移到他身上。

"这就是你那新同桌啊？长得不错啊。"

"他？"曲惠抬了下眼，"人无聊得很。"

"人家学习成绩那么好，眼光肯定高得很，怎么可能瞧上咱们这种坏学生。"

演讲结束，台上人倾身鞠躬，转身往右侧台阶走，挺拔的脊背仿佛新生的松柏，额前碎发在光下镀上一层暖色。

曲惠看着那道身影，用手拨了下耳边碎发，淡淡接话："是吗？"

"不过你这么漂亮……说不定会有希望。"

曲惠绛红色的唇微微勾起，嗤笑一声。

"怎么，不想试试？"

"我有说过？"曲惠扭头看她一眼，"不就交个朋友，试就试。"

"可以啊。"朋友撞了下曲惠的肩膀，"一个月，搞不定请吃饭。"

曲惠朝朋友打了个响指。

周三下午的体育课，两圈热身跑后老师宣布自由活动，曲惠跑到综合楼二楼窗口，双手撑着栏杆，操场里的画面尽收眼底，但她只锁定了一人。

像是盯好目标的猎人。

她看着魏宴然走到教学楼后的一处死角，那里没有监控，是学生们的宝地。

猎人当然不能放过这个时机，她从楼梯上下来，循着他进到那处隐蔽地方。

"大学霸。"

女声像是夏日里被融化的棉花糖，丝丝缕缕地扯着糖丝。

魏宴然下意识僵了几秒，转过身，看见曲惠就站在几米之外的地方，绸缎似的黑发散在身后，被风吹得微微扬起，唇上一层薄薄的水红唇釉，在光下亮晶晶的。

她几步上前，扬了扬手："要不要我带你去玩点别的？"

她带着他在郊区灯塔上见证一整场日落，带着他在风雪中奔跑，在废旧车站中穿梭。

也是那年冬天，魏父魏母终于决定放弃这段维持了十几年的感情，选择离婚。

那晚安尧下了很大一场雪，魏宴然放学后失魂落魄地走在街上，曲惠追上他的脚步，问他要不要和自己这个坏学生做朋友。

魏宴然抬眸看向她。

天色早已变得昏暗，街边昏黄的路灯将两个人的身影拉得很长，雪花从他们中间飘过，有几粒落在她的睫毛上。

魏宴然说好。

即便成绩一落千丈，他也丝毫不在意了。

可是新鲜感早晚会过去，曲惠渐渐暴露了本性，又开始和其他人玩在一起。他们之间的友情早就像是攥在掌心里的散沙，他越用力，失去得就会越快。

来年春天，果然，曲惠和他说了再见。

…………

魏宴然消沉了很长时间。

2017年秋，魏宴然升入安尧高中，同时，还有好久不联系的曲惠。

开学不到两个月，魏宴然发现曲惠和自己最好的朋友逐渐熟络了起来。

他气急败坏地把曲惠堵在楼梯口，问她这是什么意思。

曲惠满不在乎："能有什么意思？"

魏宴然的声音发抖，手也在抖，说话时哑得像是被沙砾碾过："你是不是故意的。"

"故意什么？故意刺激你吗？看着身边的朋友一个个离开，你是不是很挫败？"她拍拍他的脸。

仇恨就像是长了触手的怪物，总会吞噬掉人们的理智，做出一些疯狂的举动。

魏宴然决定要报复曲惠。

第一件事，先去接近她身边的人。

他不动声色地观察了一周，最后把目光放在了曲惠的同桌——许释身上。

他制订了一系列接近许释的方法，正愁无处施展，直到那天早上，他因为身体不适，到学校的时间比平时晚了一点，抬眼便撞见小姑娘抱着值周本，呆呆愣愣地站在楼下。

他靠近她，向她说出那句蓄谋已久的话：

"高一（9）班，魏宴然。"

远处包厢的门开开合合，人群的喧闹声时隐时现，光滑瓷洁的米色地砖洇上几滴水迹，将眼前这荒唐的一切缩成倒影。

许释的手撑在冰冰凉的地面上，但又觉得自己好像浮在空中，像是断了线的气球，无依无靠，只能由着风将她吹散。

冷汗涔涔地从她额头往外渗，打湿了她额前的碎发，她的眼眶也被温热液体盈满，视线逐渐失焦。

魏宴然狭长的双眸中压着浓墨一般的阴沉，仿佛狂风暴雨将要袭来一般。

曲惠还想说些什么，就被魏宴然打断。

"闭嘴！"

"怎么？"曲惠睁大眼和他对峙，"敢做不敢当是吗？你把她害得多惨你自己心里不清楚吗？"

话音落下，魏宴然怔然片刻，眼前不自觉浮现出女孩那双蓄满泪水的杏眼。

她泛红的眼圈像是被洇上一层血色，每一滴眼泪都在控诉着他的罪行，像是淬炼后的利刃，凌迟在他身上。

见他这副样子，曲惠以为自己的机会来了，声调忽然软下来，扯着魏宴然的衣袖，往他怀里靠。

"其实你还是在意我的对吗？当年的事情是我不好，那个时候我太年轻也太幼稚了，没有认清自己的感情，才会一次又一次地伤害你。"

魏宴然冷冷地斜了她一眼，好似受够了这一切，抬手捏上曲惠的下颌，将人推着抵在后面的墙上。

曲惠白皙的皮肤上很快留下一圈红印。

魏宴然一字一句地警告，声音冷得像是腊月寒冬里的凛风："很久之前我就告诉过你，我和你这辈子都没有可能了。"

他居高临下地睨着眼前的女人："另外，我和她之间的事情，你没资格议论。"

曲惠："我没资格？难不成你喜欢上她了？"

魏宴然将人甩到一旁，像是多看一眼都恶心："我喜欢谁都不会喜欢你，死心吧。有些话我只说最后一次，以后你最好别再出现在我的眼前，相安无事对你我都有好处，你要是再来打扰，别怪我对你不客气。"

他转身想走，也是在那一刻，他看到了不远处眼圈发红、浑身颤抖的许释。

对上他的目光后，她撑着地面踉跄着站起来。

她无声地看完了这场闹剧，却觉得，她才是这出戏里最可笑的部分。她以为的满腔深情，她以为的怦然心动，到头来只是一场他亲手编织出来的美梦。

许释哭着哭着忽然就笑了出来。

"许释!"

还没走出两米,有人在身后喊她。

熟悉的声音让她下意识停住脚步,但短暂的不清醒后,她带着满脸泪痕,加快脚步继续向前。

不料一只冰凉的手忽然覆上了她的手腕,她下意识挣脱,对方却攥得更紧,让她半步都动弹不得。

"魏宴然,你放开我!"嗓子像是被糊上一层泡沫,又黏又腻,每个字都说得很艰难,许释用力吸了吸鼻子,不让眼眶里的泪水掉下来。

"许释,你听我说。"

许释回过头,那张让她魂牵梦萦的面孔此刻就在身后,他的气息有些不稳,是因为心虚吗?

是啊,做错事被发现怎么可能不心虚呢。

她的眼泪终究还是不受控制地决了堤,莹长的睫毛上沾满泪痕,仿佛是被雨水打湿的蝴蝶羽翼。

"我听你说什么?"

她自嘲地勾了勾嘴角,泪水滑进嘴角,咸且涩。

"魏宴然,你想让我听你说什么?"

"听你告诉我你是怎样一步一步利用我的,还是听你说我这人有多好骗,你随便撒撒诱饵我就心甘情愿地上了你的钩?"

看着许释挂满泪水的面孔,魏宴然沉默了片刻,语气放得很缓:"事情不完全是这样的,我承认当初确实是因为——"

似乎他自己也没法坦荡地回忆那些不堪,话只说了一半,他便无可奈何地叹了口气。

"对不起,都是我——"

"你觉得道歉能解决一切问题是吗?"许释打断他,一滴眼泪滴在他的手背上,像是喷发出的火山熔浆,噬咬着他的皮肤。

那些辗转反侧的夜,那些反反复复擦掉的眼泪,那些撕心裂肺的瞬间……到底怎样才能弥补呢?

许释哭得有些喘不上气来,嗓音也变得嘶哑,走廊里面并没有暖气设施,冷风肆虐地灌着,像是有千万把刀刮在脸上。

魏宴然心疼地皱起眉头,抬手想帮她擦掉脸上的泪,但还没有触碰到,许释就执拗地偏开了头。

"魏宴然,你知道吗?其实我从前根本不喜欢听民谣,是因为想和你找到更多话题,才撒谎说自己喜欢。"

"没想到后来听得多了,真的喜欢上了,还像染了毒药一样,怎么都戒不掉。"

"还有,其实我从小就不能吃辣。但高二那年,晚饭期间我总是往学校对面那家麻辣烫店跑，不是因为别的，只是因为你经常去那里，而我——"

她用力吸了吸鼻子，说出的每一个字都很艰难，好像不太想这样没出息地承认："我想多看你几眼。"

"从出生开始，我的爸爸妈妈就不喜欢我，他们嫌我是女孩，是赔钱货，将来注定要嫁到别家，所以他们有一点不顺心的地方就会拿我出气。"

许释伸手往下扯了扯衣领，露出来的锁骨下面有一块红色的疤痕，是金鱼的形状，她在上面点了点，断断续续地继续说："这块疤，是我五岁那年，他们在家里打牌，把我一个人扔在沙发上玩，一个女人过来倒水，结果却失手把烧得滚烫的水洒在了我的身上。

"我当时哭得很凶，但妈妈也只是不在意地用冷水随便帮我冲了冲，后来因为处理不及时，伤口发炎化脓，高烧三天都没有退，我差点丢掉半条命。

"小时候我很喜欢跳舞，但是家里不同意我学这个，坚持按照他们的想法把我送去学钢琴，好在弹琴的过程没有那么枯燥，我慢慢也喜欢上了这项特长。

"初二那年，我代表学校到市里面参加辩论赛，每天晚上都要在学校里加训两个小时，放学的时候天已经完全黑了，其他同学的家长都会在校门口等他们，关切地问他们累不累，但我只能背着书包一个人走回家，到家后甚至没人给我留晚饭。

"有一天晚上，从学校出来的时候已经快要八点了，我饿得有些头晕，就在街边的小摊子上买了一个烤红薯，结果没走出多远，在巷子里面遇见了一群抽烟的小混混，我当时害怕极了，转身拼了命地跑，连红薯什么时候从口袋里掉出去了都不知道，回家和他们提起这件事，他们却在责怪我为什么要浪费钱买红薯。"

她抽抽噎噎地说了很久，像是讲给他听，更像是在陈述自己悲惨的经历。

魏宴然的心口一阵绞痛，突然生出一种强烈的自责。

"我知道我这个人性格不好，自卑还敏感，很容易多想，也很在意别人对自己的看法，哪怕是随便说出来的一句话，无意的眼神，都会让我分析很久。

"和我这样的人相处很累，所以我从不强求谁留在我的身边。

"从小到大没什么人真正对我好过，直到高一那个时候遇见你，我是真的以为——"

许释抬眼看着他，哭得更凶："我真的以为你是上天派来救我的那个人，是我生命中的那道光。"

——我以为你是我的救赎，可没想到，你是让我坠落的深渊。

"你不理我的那段日子，我每天都在哭，整晚整晚地睡不着觉，我不明白，当初明明是你先招惹我的，为什么又不要我了，为什么看见我的眼泪还能无动于衷。

"我好像把一辈子的难过都用完了。"

她曾经像个顽固的小孩一样,满世界寻找他离开的答案,现在终于找到了。

当时发生的一切甚至还清晰地烙印在她的脑海里,魏宴然生病休养在家,曲惠在那个节骨眼转学。

原来是她没有继续利用下去的价值了,所以可以像丢垃圾一样丢掉。

许释的心像是被沙砾碾过,留下细细密密的伤痕,她擦了擦眼泪,摇摇颤颤地向后退了一步。

"魏宴然,你可以不喜欢我,但为什么要骗我,为了和她置气而选择接近我——"她近乎歇斯底里地吼着,"你有没有考虑过我的感受?"

她的眼底是散不尽的红,所有理智尽数迸发成碎片:"我呢?我到底做错了什么?"

为什么要用装出来的偏心给她打造一座牢笼。

短暂的爆发后,她的情绪再次跌落谷底,哭得不像样子,肩膀抖得厉害,嘴唇被咬出一道血色,声音也奄奄一息:"魏宴然,我想问问你,你对我……"

"算了。"她摇摇头,在这种情况下,还能费力向他挤出一个笑容,"魏宴然,我以后不会再缠着你了,也希望你不要再出现在我的世界中。"

许释越过魏宴然,与他擦身而过,意外发现赵思萱站在十几米之外的地方。

她不知道赵思萱是什么时候出来的,只知道赵思萱的眼圈很红,望向她的那双眼睛蓄满了泪水,满是心疼与难过。

许释的眼眶再次变得湿润。

她动了动唇瓣,却发现自己根本发不出什么声音,最后只能朝赵思萱笨拙地比了个口型:"我没事。"

赵思萱小跑着到许释的身边,用指腹拂去她脸上的泪痕:"我们走吧。"

外面不知什么时候又飘起了雪,赵思萱在打车软件上叫了辆车,上面显示还有十五分钟到达。

两个人站在台阶上,她突然转过身,用自己的羽绒服将许释裹起来。

许释呜咽了声:"我真的没事。"

"傻瓜,和我逞什么强。"赵思萱轻轻抚着她的头发,在她耳边低语,"想哭就哭吧,我帮你挡着,没人能看见,哭花脸了也不怕。"

"我就是……就是有点难受。"

"我知道。"

"你说他之前明明对我那么好,为什么这一切都是个骗局?我就那么不值得被人喜欢吗?"

"这不是你的错,是他浑蛋。"

许释忽然想起了很多事情。

想起魏宴然十八岁那年,她替他许下的那八个愿望。

想起去年春天,她被孙若拉着去鸡鸣寺,在漫天樱花下,她跪在佛祖面前,祈求他岁岁平安。

想起数不尽的夜晚,她沿着那条熟悉的路走到他家楼下,盯着那个小小的窗口,仰头看到脖子酸痛,还是不肯收回视线。

终究是错付了。

街对面的商场换了一首新的音乐。

> 天真以为是他的独特品位
> 殊不知是他难以言喻的对决
> 子母画面分割上演谍对谍
> 而谁是谁
> 对于第三人称的角度而言
> 也明白其实每个人都有缺陷
> 不自觉遮掩,多少也算自然的行为
> …………

许释的意识渐渐飘远,心脏处传来不规律的绞痛,她闭上眼睛,身体跟着下沉……

她倒在了这片雪地中。

6

"先天性心脏病?医生你搞错了吧?这种病不都是在小时候查出来的吗,可她都已经二十了!"

赵思萱难以置信地质问。

沈浩在她肩膀上按了下:"你先别急,让医生说。"

"也有很多人是在成年之后才检查出来的。"医生盯着手里的报告单,脸色不是很好,"她有没有什么家族病史?"

赵思萱停顿了下,声音越说越小:"我记得许释之前说过,她外公是因为心脏病去世的。"

医生点点头:"你们家属要做好准备,她的情况有些糟糕。"

赵思萱瞳孔缩了下。

"她的心衰已经到了三级,此外还有严重的抑郁症和焦虑症,精神状态非常不稳定。"医生看着右上角年龄那一栏,非常同情,"这些病都是长年累月发展出来的,她应该经常失眠疲惫,这些她从来没和你们说过吗?"

"她这个年纪应该还在上大学吧。"医生推了推眼镜,拿出长辈的口吻,"你们这群孩子不要仗着年轻就随便糟蹋身体,要学会适当排解压力,等过几年各种毛病找上来了,后悔都来不及。"

"她这个病。"沈浩的声音哑得厉害,"很严重吗?"

"三级已经接近晚期了。"医生叹了口气,"这个病本身就是无法完全治愈的,只能在平时生活中多加注意,积极配合医院的治疗,保持心态良好。"

两个人沉默地从诊室里面走出来。

赵思萱靠在墙上,捂着脸小声哭了起来。

"是我不好……高中那会儿她就总是头晕,每次课间操跑步回来都累得不行,那个时候我只以为她是低血糖,还有上个学期,她和我说总是心脏疼,我却没放在心上。

"我知道这些年她心里一直有个坎过不去,但她总是告诉我过得很好很开心,我也没往那个方向想。

"都是我……平时对她关心太少了。"

"思萱。"沈浩突然打断她,"这些都不怪你。"

"怎么会这样啊?"赵思萱低着头,手握成拳在墙上用力砸了两下,"她才刚刚过完二十岁生日!"

还有三年许释就要毕业了。

她明明可以有一个很美好的未来。

她已经承受了那么多苦难,为什么上天还要和她开这样的玩笑。

许释是半夜恢复意识的。

她做了一个挺长的梦。

从那个雪天第一次和魏宴然相识,到他在体育馆里教她打篮球,到那个夜晚他带她去山上看星星,到他跑来电影院给她送了很大一包零食,到他给她点的那首《鸽子》……一帧一幕好似走马灯般在许释眼前闪过。

直到刚才在酒店的走廊里,她眼泪糊了一脸,朝着魏宴然,把这些年的委屈和不甘全部吼了出来。

可她的心还是好痛。

这辈子都没这样痛过。

许释挣扎着醒过来,心口好像被人压了块石头,呼吸有些艰难。几缕碎发搭在眼皮上,蹭得发痒,她下意识抬手要揉,手却忽然被人攥住。

"你别乱动。"

许释扭头,看见了站在床边的赵思萱,她另一只手捂在输液软管上,额前的头发很乱,眼睛里满是红血丝。

应该是哭过。

"渴不渴?要不要给你弄点水喝?"

许释摇摇头:"不渴。"

"有没有觉得哪里不舒服?"

"没有不舒服。"许释声音很小,"就是觉得好累。"

"累了就再睡会儿。"赵思萱伸手帮她掖好被角,"睡吧,我就在这儿陪着你。"

"思萱。"许释停了两秒,"我是不是生病了?"

赵思萱的神情有片刻僵硬,但很快就调整好了。

"别瞎想。"她伸手捏了捏许释的脸,"你就是最近一段时间太累了,好好休息几天就没事了。"

许释攥着她的手,突然开口:"我姥爷是因为心脏病去世的。"

许释的语气很平静,好像已经预感到一切。

赵思萱的眼泪不听话地往下砸,明明生病的是许释,可她却泣不成声,到最后反倒是许释晃了晃她的胳膊:"别哭啦,我这不是还好好的。"

"没事的。"赵思萱用力吸了吸鼻子,"医生说了,只要咱们积极配合治疗,很快就能好起来的。"

许释没说什么,只是眼睫眨了眨。

她看着房间里的布景,深夜的医院总是静悄悄的,随处可见的白色好像硬生生将周遭的温度降下去十摄氏度。

她长长地舒了口气,忽然觉得身子变得很轻。

那些烦恼的事情离她很远很远,有种说不出的解脱。

她记得小时候看那些清宫剧,满朝群臣总是祝福皇上万岁。碰见老人过生日,大家也总是说福如东海寿比南山。

那个时候她就不是很理解,活那么长真是一件好事吗?

她从前设想过,觉得活到六十岁就足够。

现在看来……这个目标有些难以实现。

倒说不上悲痛,只是有些遗憾,有些风景,她还没来得及看。

第二天下午,许释执意出了院,手术实在是一笔大开销,她选择药物治疗。

而生病这件事,她也没有和舅舅一家讲起。

这些年她已经给他们添了不少麻烦,如今还是别让他们跟着操心比较好。

最近几天都没怎么好好吃饭,路过菜市场的时候,许释进去买了些自己喜欢吃的食物。但回家后坐下来没吃几口,她就觉得浑身没劲,手也开始跟着抖。

她只好回到床上,睡得昏天昏地。

最后她是被外面的敲门声喊醒的。

许释踩着拖鞋下地开门,发现赵思萱站在门外,手里还拎着一个银色的小行李箱。

"你怎么来了?"

"没人照顾你我不放心。"她自顾自地进了屋,扭头朝许释笑笑,"我和爸妈说过了,这段时间我搬过来陪你住。"

许释愣了一秒,眼眶有些热。

"你是不是傻呀？放着家里的大房间不住，来我这小地方吃苦。"

"没办法呀。"赵思萱把行李箱放好，过去把许释抱在怀里，"我就是想和你待在一起。"

许释："可你这样我心里会过意不去的。"

"傻瓜。"赵思萱拍拍她的背，"都这个时候了，和我客气那么多干什么。"

这个假期许释难得过得很轻松。

白天她们一起吃饭，一起做作业，赵思萱大学学的是生物专业，每天最大的乐趣就是拿一堆叫不上名的虫子图片来吓唬许释。

一天下午，许释背完单词后伸了个懒腰，赵思萱突然把一张鲨鱼图片递到她眼前。

"让我考考你。"她神秘兮兮地指着鲨鱼的鱼鳍，"这个部位是哪儿？"

许释："啊？这不就是鱼鳍吗？"

"错！"赵思萱在身前比了一个大大的叉。

"那是？"

许释本以为有什么更加专业的术语，刚准备虚心请教，结果下一秒，赵思萱挽上她的胳膊，欠兮兮地说："这个是'鲨臂'。"

许释无言，有被冒犯到。

赵思萱还从家里的仓库翻出一架陈旧的电子琴带了过来，是小时候赵父心血来潮买回来给她陶冶情操的，可惜她没什么音乐天赋，学了三个月就放弃了。

空闲的时候，她就缠着许释教自己弹琴，说是开学后要给室友们露一手。

晚上的时候，她们就挤在那张狭窄的单人床上，窗外的月光影影绰绰地照进来，皎洁又柔和。

她们总是聊起高中那段时间，那些昏昏欲睡的自习课，上课偷偷传过的字条，体育课上玩过很无聊的小游戏，还有那些做不完的试卷。

好像一切都发生在昨天。

昏昏欲睡的时候，许释突然开口："思萱。"

"嗯？"

"就算我的生命明天就会走到尽头，我也没什么不满足的了。"

"不许说不吉利的话。"赵思萱翻了个身，在一片黑暗中抱住她，"咱们的日子还长着呢。等我结婚那天，你可一定要来给我当伴娘啊。"

许释的鼻尖不知怎么就有些酸，但还是强撑着笑意："你先找到男朋友再说。"

"小瞧我是不是？"赵思萱拧她胳膊，"就本小姐这条件，追我的人都能排到法国！"

三月初，许释回到京南。

经过一个假期的休养,她的情况有所好转,没那么容易感到疲惫。于是课余时间她仍会去奶茶店兼职,给自己挣些药钱。

除此之外,她还当起了家教。

孙若远方亲戚家的妹妹上小学,数学成绩不太好,想找个老师带一带。许释高考数学发挥得极好,孙若便把她介绍了过去。

亲戚住在外地,课程采用线上的方式,省去了来回通勤的麻烦。

四月二十三日,是赵思萱的生日。

许释在商场买了一个很可爱的小夜灯,亲手包装好寄到了她的学校。

赵思萱把自己的生日蛋糕拍照发了过来,让她猜猜自己许了什么愿。

许释猜了半天都没猜对。

萱:笨蛋,我希望我们许释能健健康康、开开心心。

五月,许释和同学组队参加了两场翻译比赛,得奖后把奖状晒在朋友圈里,大家都来恭喜她。

也是那个月,她突然接到了一通陌生电话。

是许康安打来的。

自他和陈月琴离婚之后,许释没再收到过他的消息。

他找许释的目的很简单。

向她要钱。

虽然数额不是很大,只要两千块,可那几乎是许释一个月的兼职工资。

许释问他要钱干什么,他振振有词地说自己是她爸,养了她那么多年,现在要点回报不算过分。

想起他断掉的那半条腿,许释终究还是没能狠下心,给他转了两千块过去。

正是因为这个,那月她不得不停了药。

七月,一场流感加重了许释的病情。

最后一场考试,她直接倒在了考场里面。

再次醒来的时候已经是两天后,守在床边的是沈浩。

知道许释病发的消息,他立刻买票飞来了京南,甚至还放弃了两门考试。

许释不想亏欠他太多,想劝他回去,但她疼得半个字也说不出来。

"我知道你要说什么。"沈浩把输液的速度调慢了一点,"但这一次,无论怎样我都不会离开。"

许释皱了皱眉,眼泪顺着眼角滴到白色的枕头上。

那几日她的状况很不好,呼吸非常困难,闻到食物的味道就觉得恶心,全身上下水肿严重。她每天躺在病房里哪儿都不敢去,甚至不敢拿起手机,怕在屏幕上看见自己那副憔悴的样子。

她就像是一朵即将凋零的花,由着自己这么枯萎。

但沈浩不允许。

为了哄她开心,他每天都会到附近的花店挑一束鲜花,笑着插到床边柜上的花瓶里,说只有最漂亮的女孩才能够得到这束花。

他还跟着网上的教程自学做营养餐,到处托关系联系心内科的专家,向他们请教怎样才能够减缓患者的痛苦。

连续下了三天雨后,京南难得迎来一个好天气,阳光透过玻璃窗照进来,将那些潮湿腥尘的气息悉数拂去。

床头放着的那束向日葵开得正盛,在光线下金灿灿的,生机盎然。

护士进来给许释换药,她的血管本就细,加上最近一段时间连续输液,淤血还未散尽,小护士连续扎了两次都没找准位置。

看着她手背上那一片触目惊心的青紫色,沈浩心口疼了下,说出的话有些冲:"怎么回事啊?要是做不好就换个人过来。"

"沈浩。"

许释朝他使了个眼神,又对着小护士扯了扯嘴角,露出一个笑容:"别听他瞎说,你慢慢来,不要紧。"

好在第四次终于成功。

一瓶水吊完,沈浩问她要不要到楼下透透气,许释应了。

医院楼后的梧桐树郁郁葱葱,淡粉色的合欢花像灯笼似的一簇簇挂在绿叶里,远远望去像是绯红的云霞,街上行人来来往往,推着三轮车的小贩们顶着太阳叫卖,吆喝着梅花糕五元一个。

许释穿着病号服坐在长椅上,随手翻了翻朋友圈,看见魏宴然两天前分享了几张照片。

他穿着款式简单的白色T恤,外面是一件蓝白条纹衬衫,黑发被风吹得有些凌乱,姿态懒散地站着,身后那块蓝色的牌子上写着"把爱留在青岛"。

原来他去旅游了啊。

沈浩拿着从便利店买来的水在许释面前蹲下,拧开后递到她手旁:"看什么呢?"

"没什么。"许释关掉照片,停了几秒又继续说,"忽然有点想去看海。"

"好啊。"沈浩笑了下,"等你身体好一点,我陪你一起,再叫上赵思萱和班长怎么样?高考结束的那个暑假光在家里闷着,都没来一场轰轰烈烈的毕业旅行。你还有什么想去的地方吗?正好最近没事干,我做做攻略。"

"沈浩。"许释低垂双眸,"我这个病……"

"当然能治好了。"他急着打断许释的话,"你看你最近气色不是好多了吗?所以说别瞎想,现在你的任务就是告诉我想吃什么想玩什么,我通通能帮你实现。"

许释破涕为笑:"你是哆啦A梦吗?"

"被你猜中了。"沈浩挑眉,"如果你愿意的话,我就是你的哆啦A梦。"

"可你也有自己的事情要忙啊。"

"现在什么事能有你重要？"

起风了，许释别在耳后的发丝滑落下来，蹭在鼻尖上有些痒，沈浩伸手帮她拢好，忽然开口："许释……"

"嗯？怎么了？"

他咽了下口水，紧张得不太明显："你要不要试着……和我谈恋爱？"

许释愣了下。

"这么多年了，我想我的心意你多少也都能猜到一点。"

"以前那会儿是我太胆小了，总是不敢和你说。"他没头没脑地笑了下，"其实现在我也没有很勇敢，但总觉得应该和你说清楚。

"我喜欢你，一直就喜欢你，我知道我不够优秀，各方面都配不上你，我嘴也笨，说不出什么辞藻华丽的情话，但我可以保证，我会对你很好的。

"反正你现在也没有男朋友……要不就和我试试？"

空气安静了好久，许释微微抬眼，打量着眼前这个人。

他穿着干干净净的白色T恤，头发有些长，这段时间为了照顾她，人消瘦了不少，下颌线条越发凌厉。

"你不用感到很为难。"沈浩扯唇朝她笑了笑，"我尊重你的一切决定，喜欢你本来就是我的事情，如果这份喜欢反而变成了你的负担，那才真会让我自责。"

许释垂在身侧的手微微收紧，心情杂乱得要命，她动了动唇瓣，不太忍心地开口："沈浩，对不起。"

她的眼睫无措地抖着："我这个人是破碎的，喜欢我的人要一片一片地把我捡起来拼好，会很累，你值得更好的。"

"而且……"好像是在湖面上掷下了一颗石子，她原本平静的情绪泛起阵阵涟漪，有些哽咽，她小声说，"我还没完全放下他，如果和你在一起，那对你太不公平了。"

即便是一场骗局，但她不能否认，那年魏宴然的确确拉过她一把，也确实为她带来过短暂的快乐。

九月，许释升入大三。

学院开始统计到巴黎交换的名单，许释作为班级前几名，毫无疑问地得到了机会。

晚上洗漱过后，宿舍四人靠在椅子上闲聊，孙若一边敷面膜一边和她说："释释，等你去了法国，能不能帮我带点东西回来啊？我看中了好几个法国的化妆品，可是找不到靠谱的代购。"

许释笑了下："当然可以啊。"

熄灯之后，她对着漆黑的房间发了好久的呆，心脏又开始痛了，也不知道她还能不能撑到那个时候。

十月，许康安再次找上她。

这次他要的钱更多，已经到了五位数。

许释没再心软，拒绝了他的要求。

半个月后，她收到了安尧那边的消息，说许康安在外面赌牌欠了很多钱，不知道躲到哪儿了，追债人正在四处寻找他的下落，甚至还闹到了舅舅那里。

许释给舅舅打了个电话，但他只是让她好好学习，不要多想。

十一月底，许释再次住进了医院。

负责她的护士纪和她差不多大，刚在这儿实习了几个月。许释托她帮自己买了很多信纸，闲来无事的时候就会在病床上写信。

写好之后，再麻烦她帮自己寄出去。

沈浩和赵思萱都在医院陪护她，快到新年的时候，赵思萱坐在床边给她削苹果，问她想不想回安尧。

许释摇摇头，说今年不回去了，安尧的冬天实在是太冷了。

十二月二十九日，许释在病房里过了生日。

赵思萱从商场里给她买了一个蛋糕，沈浩把生日帽戴在她头上，催她许愿。

跳动的烛光照在女孩脆弱的面孔上，许释想起雪莱在《西风颂》写下的那句话：冬天到了，春天还会远吗？

她希望自己能等到下一个春天。

2022年的最后一天，许释心脏病突发，体内多器官衰竭，从抢救室出来后被送进 ICU 病房。

醒来的时候，时间已经过了零点。

新的一年到了。

许释的脸色苍白得像是一张纸，她朝着守在床边的两个人笑了笑，因为发不出什么声音，只能艰难地比口型。

她说：新年快乐。

赵思萱摇了摇她的胳膊，问她有什么新年愿望。

许释沉默了一会儿，说想给陈月琴打个电话。终究是血浓于水，在鬼门关走了一遭，她想知道陈月琴这些年过得好不好。

冷冰冰的机械音从听筒里传出，没过多久却被挂断。

许释又打了一次。

这次那人接通了。

然而"妈"还没说出口，陈月琴的声音脆生生地传进耳朵："你打电话来做什么？是不是想管我要钱？我没有钱给你，从我和你爸离婚那天开始你就不归我管了，以后别再打过来了。"

话音未落，听筒那边有一道稚嫩的声音，"咿咿呀呀"地喊着什么，陈月琴立马换了一副声调，带着几分宠溺："聪聪乖，妈妈这就过来。"

许释的手指陡然僵了下，手机砸在地上，电话同时被切断。

为什么。

她问自己为什么。

明明她也是陈月琴的孩子，为什么陈月琴不曾给过她半分偏爱。

也许从她出生那天开始，一切便都是错的。

半夜三点，许释从梦中惊醒。

旁边的赵思萱立马睁开眼："怎么了？是哪里不舒服吗？我帮你叫医生。"

许释扭头看她，眼圈很红："思萱，我梦见姥姥了，梦见她怪我为什么要考到这么远的地方，连她最后一面都没见上。"

赵思萱轻轻抚着她的头发："别瞎想，梦都是反的，姥姥怎么可能怪你。"

"不是。"许释执拗地摇摇头，"姥姥真的在怪我，她说想我了，让我快点过去找她。

"我也好想她。"

新年的余温还未散去，许释看向窗外，远处依稀可见灿烂盛大的烟花。

她忽然想起来那年除夕，自己也曾看过这样一场烟花。

坠落的烟火在天空留下浅浅的痕迹，少年的笑脸再次浮现在眼前，她拿起手机，拨通了那个熟悉的号码。

"喂？"熟悉而低沉的声音从听筒中传来。

"魏宴然。"许释的声音很轻，"我只有一个问题想问你。

"这么多年，你到底对我有没有过一点喜欢？"

"许释，对不起。"他的话好像是未燃尽的烟烫在许释心口上，"我从来没有喜欢过你。"

"好。"许释眨了眨眼，迟缓好久才说完接下来的四个字，"新年快乐。"

电话被挂断，许释缓缓闭上眼睛，悠扬的歌声从远方飘进病房里。

> 后来我的生活还算理想
> 没为你落到孤单的下场
> 有一天晚上梦一场
> 你白发苍苍说带我流浪
> 我还是没犹豫
> 就随你去天堂
> 不管能怎样，我能陪你到天亮
> …………

魏宴然，可我还是喜欢你。
只不过我没力气继续喜欢下去了。
凌晨五点二十分，京南下了新年的第一场雪。
那个最怕冷的女孩，终究没能等到春天。

番外一 未说的话

深夜的医院从来不会安静。

有人在为新生庆祝,有人在为离别痛哭。

每个角落都充斥着呻吟和叹息,他们祷告的内容并不相同,但背后的悲戚绝望却是相同的,像是狂风暴雨袭来前的天空,阴沉压抑,让人喘不上气来。

或许命运本身就是一座牢笼,每个人都像是困在玻璃瓶中的飞蛾,不顾一切地想要朝着瓶外的火苗飞奔而去,跌跌撞撞,最后落得满身伤痕。

病房被浓重的悲伤笼罩着,赵思萱趴在床边,眼泪糊了一脸,几乎要哭昏过去。

医生过来确认了许释的死亡时间,护士推着许释去往楼下的太平间,沈浩把赵思萱扶起来,跟在护士的身后。

太平间里的温度很低,头顶的白炽灯晃得瘆人。

小护士和许释相处也有半年多的时间,同样很舍不得,路上一直在流眼泪。

临走前,小护士叫住赵思萱,从口袋里掏出一沓很厚的信纸。

"这都是她留下来的东西。"小护士哽咽着,"一部分是给你和这个男生的,另一部分……都是住院这段时间她让我帮忙寄出去的,可不知道是不是地址出了问题,这些信全部被退了回来……看她状况越来越差,我也不忍心告诉她,只能偷偷替她保存下来,现在还是都交给你们吧。"

赵思萱擦了擦眼泪:"谢谢。"

泪水将视线模糊掉大半,赵思萱垂眸看向手里的信封,淡黄色牛皮纸上,一封写着"思萱收",一封写着"沈浩收",另一封写着"表姐收",其余的每一封,都用干净工整的字体写着"魏宴然收"。

她慢慢蹲下身子,将白布掀开一角,轻轻攥着许释早已冰凉的手。

"释释……"赵思萱的眼泪止不住地往下掉,说出来的每一个字都好像刀刃割在喉咙上，"你怎么这么傻啊。"
"你说他干了那么多对不起你的事情，你怎么还是忘不掉呢？"
"这些信我会替你转交给他的，你放心。"
…………

三天后，许释的葬礼在安尧举行。
作为她生前最好的朋友，赵思萱主持了这场葬礼。
陈月琴和许康安全都联系不上，亲人只有舅舅一家到场，但是有不少同学朋友过来吊唁。
葬礼上啜泣声不断，陈嘉秽脸上的妆都哭花了。
赵思萱将许释给她留下的那封信拆开，里面是一张淡绿色的信纸，入眼是熟悉的字迹，但又和平时不太一样，好像写下的每个字都花了很大的力气。

思萱：
　　当你看见这封信的时候，我肯定已经在另一个世界了。
　　从小到大我都没什么朋友，所以能遇见你，是我这辈子最幸运的事情（没有之一）！
　　我不在的日子里，你要好好吃饭，不要总是为了减肥节食，那样对身体不好。也不要总是为了脸上的痘痘烦恼，无论怎样，在我心里你都是最漂亮的公主！
　　过去这一年多的时间里，你在感情上受了很大的伤害，我特别心疼。我相信，以后你一定会遇见一个很棒很棒的人，他会全心全意地对你好，不辜负你的喜欢。
　　我很少对你说谢谢，因为觉得那样实在是过于客气，但现在我还是想和你说一次。
　　谢谢你，选择我成为你的朋友。
　　只是好遗憾，我还是食言了，没能作为伴娘陪你出嫁，不要怪我哦。

　　　　　　　　　　　　　　　　　　——永远爱你的许释

一滴滴眼泪在纸上洇开，留下点点痕迹，赵思萱用力吸了吸鼻子，看着墓碑上那张笑颜如花的面孔，喃喃道："傻瓜，我怎么会怪你。"
能做你的朋友，也是我这辈子最幸运的事。
所以下辈子，下下辈子，无论重来多少次，我还是会做你的朋友。

葬礼结束之后，沈浩在墓前停留许久。

他缓缓蹲下身子,从口袋里掏出一个黑丝绒盒子,里面躺着一枚款式简单的素戒。

"这枚戒指是我高考后买的,本来想找个合适的机会送给你,可是……"他叹了口气,把戒指取出握在自己掌心,语气缓缓,"那就当作你还陪在我身边好不好?"

没有人回答他。

沈浩抬手抚在她的照片上,像是在抚摸一件珍宝:"阿释,和你讲一个小秘密哦,其实我初中时就认识你了,但你肯定记不清了,初三那年,我就在你隔壁的班级。"

那是初三报到的第一天,沈浩跟几个朋友到球场上疯玩了大半个上午,身上的篮球服汗湿了一大片。

走廊里挤满了穿着校服的学生,未拆封的新教材成山似的堆在办公室门口,沈浩抓着半瓶冰水,外套随意搭在肩膀上,吊儿郎当地往班级走。

忽然身后传来一股不轻不重的力道,有人撞到了他的肩膀。

他还没反应过来是怎么一回事,一道温软的声音传来,连声说着抱歉。

沈浩回头,看见台阶下面的小姑娘。

高马尾,一身干净的蓝白校服,散发着好闻的洗衣粉香气,盈盈杏眼清澈得仿佛藏了一汪水,皮肤白皙,没有一丝瑕疵,像是博物馆里珍藏起来的白瓷釉。

她纤细的指节不安地抓着书包带子,柔柔地又说了几句对不起。

沈浩愣了几秒,扯唇朝她笑:"没事。"

许释点点头,看时间马上要来不及了,加快脚步朝上面走。

然而沈浩的目光一直黏在她身上,直到看着她走进初三(8)班的教室。

就在他隔壁。

从前沈浩从不相信一见钟情之说,但自从遇见许释的那天开始,他信了。

初三整整一年,他都悄悄关注着许释,对她的了解也越来越多。

原来世界上真的有这样的女孩,她安静又努力,笑起来的时候眉眼弯弯,仿佛从天而降的天使。

他知道她成绩很好,一直稳定在年级前十,但体育成绩很差,为了顺利通过体育加试,她每天下午小课间都要到操场上训练。

而体育神经发达、体测常年满分的沈浩也放弃了原本的篮球活动,下午第二节课的下课铃响起后,便会跟着她的脚步一起来到操场,做那些简单无聊的热身项目。

只为了能多看她几眼。

在读初三之前,沈浩的成绩很差,基本在年级三百名左右徘徊,考上安尧高中的概率只有芝麻那么大。

可那一年,他仿佛开了挂一般,成绩不断上升,最后中考时奇迹般地考进了年级前一百，顺利被安尧高中录取。

身边兄弟打趣他学海无涯回头是岸，只有沈浩知道他做的这一切到底是为了什么。

他想和她在同一所学校。

所以熬再多夜、吃再多苦，他都觉得值得。

哪怕继续做默默无闻的陌生人，哪怕只是远远看着，哪怕只是和她擦肩而过，对他而言都像是上天赐予的恩惠。

但更幸运的是，他们被分到了同一个班级。

沈浩知道她性子安静，有些敏感，所以不敢盲目把自己的想法告诉她，怕这样会吓到她。

最后，他选择做一个默默守护她的同学。

…………

风渐渐停了。

沈浩从回忆中抽离出来，缓缓闭上眼睛，喉结滚了滚，忍着鼻尖的酸意，语气故作轻松："你是不知道，去安尧高中报到那天，看见我和你的名字在同一张名单上，我高兴地绕着操场跑了十几圈。

"记得那天你和我说，你这个人是破碎的，喜欢你的人要一片一片把你捡起来拼好，会很累。

"可我还没来得及告诉你，我最擅长的就是拼图游戏了，况且我这么喜欢你，我有信心能把你一点点拼好，把你受过的所有伤全都治愈。"

阴沉许久的天在这一刻放晴，阳光从乌云后拨弄而出，将周围的雪粒照得晶莹洁白。

男人在墓前沉默了许久，仿佛与周遭这种清冷安静融为一体。

一滴炽热的泪滴在雪地上，留下一个清晰的小印记，沈浩有些哽咽，从喉咙里滚出一句话："其实我有些后悔。

"如果我能勇敢一点，早点把我的想法告诉你，是不是一切都会变得不一样了？"

"阿释。"他的目光始终没有离开那张照片，指腹在那枚银戒上轻轻抚摸，"如果真的有来生——

"和我在一起好吗？"

番外二

匆匆那年

/ 他的回忆 /

"假如我年少有为不自卑,懂得什么是珍贵——"

"嘀嘀!"低沉富有磁性的歌声戛然而止,红色指示灯在漆黑狭小的房间里快速闪动两下,伴随着微弱且不连贯的电流声,桌子上那台老旧的音乐播放器再次罢工。

卧室重新恢复安静。

窗边的深棕色窗帘没有拉严,外头皎洁的雪色与月光顺着缝隙挤进来,不均匀地铺在桌面上。

厚重的课本还未合上,而桌前的男生已经昏睡过去,低领卫衣露出一截颀长的脖颈,右手握着那种超市里最便宜的黑色水笔,笔尖划出一道道断断续续的鬼画符。

旁边的手机忽然振动了下,桌前的人被惊醒。

关闹钟的动作几乎已经成为肌肉记忆,他有些烦躁地在头发上顺了把,缓了两三分钟才撑着桌面直起身子,后脊与椅背重重一靠。

屏幕被按亮,淡淡的荧光照在他高挺的鼻梁上,魏宴然看了眼上面的时间,凌晨五点二十一分。

房间里没有供暖设施,沈城的温度直逼零下二十五度,白气在呼吸间从鼻腔中飘出。

还是困。

魏宴然起身到卫生间拧开水龙头,冷水哗哗冲下来,他捧了一把拍在脸上,终于清醒了一点。

他双手撑在两侧的白瓷案板上,水珠顺着下颌滑落,刚才那一觉他睡得实在不踏实,做了一个很长的噩梦。

梦见了许释。

梦里他们不知怎么来到一片悬崖旁边,许释站在悬崖边,静静地看着他,眼神里带着几分留恋。

他刚要开口喊她的名字,她脚下那方土地却迅速分崩离析起来,她清澈的眸子里写满恐慌,无措地喊着自己的名字。

魏宴然伸手想要拉她,但还是晚了一步,最后眼睁睁地看着她坠入深渊。

"哗——"

水池里的水被他放掉,魏宴然将脸上残留的水痕擦干,转身到客厅给自己冲了一杯咖啡。

清苦的味道迅速蔓延开来,丝丝缕缕的热气飘散在空中,魏宴然回到书桌前,拿起微信,下意识点开置顶联系人的朋友圈。

最后一条停留在几个月前,画面上的女孩参加了一场他叫不上名字的比赛,捧着奖杯站在人群中央,舞台顶光灯落在她的身上,给她的眉眼蒙上一层暖意。

他又往下翻了翻,看见她晒出的成绩单,说六级成绩出来了,侥幸考了六百多分,也算是没给外语生丢人。

不知道看了多久,他关上手机,将目光重新放在眼前的书本上。

他们之间的距离好像越来越远了。

但没关系,那才是她应该有的生活。

她的人生本就要繁花似锦,要光明磊落。

魏宴然收回那些乱七八糟的想法,伏案继续复习。

为了备战半年后的考试,他报了个辅导班,寒假也留在沈城。

最后一节课结束是上午十一点,沈城又飘起了雪,天空也阴沉沉的,乌云像是厚厚的棉被覆盖在上面。

早上没来得及吃饭,魏宴然决定去对面便利店随便找点吃的,马路中央的指示灯显示红色,数字刚刚走过"59",他只好站在街口等待。

"嗡嗡!"口袋里的手机响了两下。

魏宴然按亮屏幕,上面显示李奇发过来一条新消息。

李奇高考时候发挥得不错,分数线刚好过一本,最后去了连城警察学院,混得倒还不错。

虽然两人不在同一个城市,但他们之间一直还有联系。

魏宴然点开微信。

LQ:宴哥,你听说了吗?许释去世了。

北风凛冽,雪粒漫天飞舞,远处商场门口的霓虹灯刺入眼底,男生僵在原地,黑发被吹得凌乱不堪,寒气将他浑身上下的每一寸感官全部包围起来。

时间就这样停留了五分钟。

红绿灯不知交替多少次,魏宴然想是不是自己最近一段时间过于劳累,眼前已经出现了幻觉。

他艰难地打下一句话。

1：你说什么？

LQ：你不知道啊。

LQ：我们班有个女生高中不是二班的吗，我刚刚看她发朋友圈说节哀，以为是她家里出了什么事，后来才知道是许释。

LQ：葬礼就是今天，在安尧举行。

短短三句话像是淬了火的刀一样割在魏宴然的身上，让他皮开肉绽，每一处都泛着痛。

他不信邪地找到许释的号码拨过去，等待接通的时间里，他甚至想好要怎样解释这通无厘头的电话。

但是那句冰冷的"对不起，您拨打的电话暂时无法接通"将他狠狠拽回现实。

她再也不会接通了。

魏宴然是下午两点三十分回的安尧。

他赶到墓地的时候，周遭宾客已散去，迎接他的只有一座冰冷的墓碑。

照片上的女孩和记忆中那个身影渐渐重合起来，她的笑容依旧那样干净温暖，像是一朵纯白的茉莉花，却永远被定格在黑白照片上。

他大脑中的某根神经好像断掉，双腿不受控制地发软，直直地跪在地上。

沈浩处理完最后的事情，回来看见魏宴然的身影，几步冲上去攥住他的衣领，血压一瞬间飙升："你来这儿干什么！"

"我来……"眼泪无声滑落，魏宴然动了动嘴唇，但嗓子好像被什么东西糊住，竟半个字也说不出来。

沈浩额头上的青筋暴起，将人按在雪地里，居高临下地看着魏宴然，眼中的寒光渐渐汇聚成恨意喷涌而出，毫不犹豫地出拳砸在他脸上："你还嫌害她害得不够惨吗？"

魏宴然什么都没说，也没有任何反抗，由着他打。

沈浩想起高一的时候，偶然有一次在楼梯口撞见许释和魏宴然走在一起。

她偏头看着魏宴然，女孩的眼睛很亮，像是藏匿着一整个星空，脸上的笑容像是四月的春风一般和煦温柔，能遣散一整个寒冬的温暖。

可那笑容并不是因为他产生的。

他的心里好像被打翻了五味瓶，嫉妒越来越深，但沈浩告诉自己，没关系，只要她开心就好。

但不知从哪天开始，他发现她不再笑了。

她开始偷偷在班级抹眼泪，眼中的那束光也消失得无影无踪。

原先那个明媚活泼的女孩就像是失去养分的花，一点点枯萎败落。

再后来,他在赵思萱口中知道了他们之间发生的一切。

他真的恨。

恨不得将魏宴然粉身碎骨。

他捧在手心小心守护了多年的女孩,为什么一次又一次地被这个人伤害。

像是被洒下一瓶催化剂,多年来的愤怒和怨恨在这一刻发酵到顶峰。沈浩骨节攥得作响,一拳比一拳用力,魏宴然脸上很快就见了血。

"沈浩!"

赵思萱看见眼前扭打的两个人,连忙过来拉架。

"沈浩,你先住手!"赵思萱不知道用了多大力气才把两人分开,她的目光扫了扫,魏宴然身上挂了不少彩,沈浩这边倒是分毫未伤。

沈浩冷眼瞪着魏宴然,眼圈发红,胸口剧烈起伏着,显然是没发泄完:"你来这儿到底想干什么!"

魏宴然踉跄着从地上站起来,眼泪和嘴角的血混在一起:"我就是想来看看她。"

"想来看她?"

赵思萱走到他面前,眼睛哭得有些肿:"人都不在了你来还有什么用?装出一副深情的样子给谁看?为了感动自己吗?

"你知不知道她在生命的最后一刻还在想着你,她用尽最后一丝力气给你打电话,你却说你从来都没喜欢过她。

"你为什么不能骗她一下,让她安安心心地走。"

她颤抖着从口袋里拿出那些未寄出去的信,声线支离破碎:"这些都是她写给你的。"

"魏宴然。"赵思萱抓着他的衣袖,"现在许释已经不在了,你放过她好吗?算我求你。"

"对不起。"魏宴然接过那些信,泛黄的信封上落下几滴泪痕,"是我对不起她。"

"说对不起还有用吗!"血气上头,沈浩重新揪起他的衣服,手背青筋蜿蜒,"你的对不起就能把她换回来吗?

"你为什么不陪着她一起去死?"

魏宴然摇摇头:"我不配。"

"你明明不喜欢她,为什么还要来招惹她。"沈浩忽然脱力般地跌坐在地上,像个无家可归的孩子,不知道是在声讨魏宴然还是在怪罪上天,"你把她还给我好吗?还给我⋯⋯"

"我⋯⋯"

魏宴然低下头,用只有自己才能听见的声音哽咽着:"我没有不喜欢她。"

人们说天才和疯子只有一线之隔，爱与恨同理。

带你上天堂的人，也终将拉你入地狱。

魏宴然对曲惠就是这样。

他恨她恨到理智全失，不惜一切代价地想要报复她。

所以即便他心中确实有过犹豫，最后还是按照计划一点点地接近许释。

月考结束后，他拿走许释的试卷，又托人找来她的联系方式，怕太过唐突会激起她的疑心，便随口扯谎让她给自己讲题。

刚开始确有成效，某天放学后，曲惠在班级门口拦住他，扯着书包带子问他这样有意思吗，是不是存心恶心自己。

看她漂亮的眉头微微皱起，气急败坏写在眼里，魏宴然觉得真是解气。

他有模有样地学着她从前的话，说这是我自己的事情，和你有什么关系。

感情这种事实在很难讲清，两人也不知道暗中在较什么劲，好似原始丛林中两头发了疯的狮子，互相伤害，互相发泄。

在巷口撞见许释那次，他刚刚和曲惠大吵一架。

那晚夜风很燥，他们并肩坐在原木亭榭里，魏宴然偏头看着许释安静柔和的面孔，好似有羽毛刮过心底，蹭在神经末梢上，勾扯出全身的痒意。

但他并未去思考这些异常到底代表着什么。

直至寒假过去，曲惠受了委屈，转头好声好气地求他帮自己一把。

那张梨花带雨的面孔毫无保留地撞进他眼底，那一刻不知怎么了，他只觉得无比恶心。

他嫌恶地把人推开，告诉她以后别再来烦自己，而后像个孤魂野鬼一样在街上漫无目的地游荡，脑子里想的却都是许释。

也是在那个时候，他忽然意识到，自己心里那簇熄灭了很久的火光不知什么时候重新燃了起来。

他发现自己真的挺在意许释的。

他喜欢故意开玩笑逗她，然后看她瞪着眼装出一副凶巴巴的样子；喜欢看她慢慢吞吞地吃东西，腮帮子一鼓一鼓，像是囤食的小仓鼠；还喜欢她望向自己时满眼藏着星河。

但每每想起这份几乎让他上瘾的情感是源自于对另一个女生的仇恨，他就会不受控制地心慌。

他只能更用力地对她好，看她有一点不开心就要变着法地哄，什么稀奇古怪的想法都愿意满足她。

但曲惠转学前找过他一次，说她马上就要离开这座城市了，他以后没必要再利用许释演戏给她看了。

魏宴然冷冷地睨着她，让她少自作多情，他的一举一动和她没有任何关系。

曲惠嗤笑了一声："我只是好心提醒你，魏宴然，她可是曾经考过年级第一的人，你要是真有良心，就该离她远点。"

就好像遭受酷刑晕厥过去的犯人被兜头浇下一盆冷水，原本已经愈合的伤口再次皮开肉绽，剜刀般地痛。魏宴然这才恍然想起，这段时间许释心情一直低落，就是因为成绩频频下滑。

他前天也听同学提起，说她母亲到学校大闹了一场，究其原因，不过是不满意她最近一段时间的学习状态。

她是因为他才变成这样的吗？

肯定是。

他已经踏上这条不归路了，再没有回头的机会，但她不行。

利用她本就该千刀万剐，怎么能让她再因为自己断送掉大好前程。

不能，绝对不能。

他狠下心不再和她说话。

接下来的考试，许释成绩显著提升，让他更加坚定了自己的想法。

这样做就是对的，他们本就不是同一条路上的人。

长痛不如短痛，也许她一时难以接受，会伤心崩溃，但总有一天她会释怀的，只不过是时间问题。

魏宴然冷静地思考了很多，他约许释见面，告诉她以后别再联系，但转过身听见女孩压抑的哭声，仿佛有成千上百只蝼蚁在他的心脏上噬咬着。

那感觉，真是比死还叫他难受。

两人偶尔在学校里擦肩而过，他尽量让自己装作面无表情，等到女孩的身影马上要消失在余光里，才敢回头望一眼。

她十八岁生日那天，他提前订了生日蛋糕，天还没亮便去了学校，一路走来黑发被吹得凌乱，冷白指节染上些许绯红，冻得发僵。

教室的灯没有开，银白色的路灯灯光穿过玻璃落在少年青涩的面孔上，如蜉蝣掠过。

地下书箱里的课本整整齐齐码着，桌角上贴着便笺，上面是她清秀小字写下的课表。他伸手细细摩挲着，仿佛她写字时的指腹留下的余温还在上面。

不知过了多久，他很轻地说了一句"十八岁生日快乐"。

....

至于高三那次短暂的和好，其实他并没有思考太多，只是算着前后已经过去一年多的时间，她应该放得差不多了，所以想知道她最近过得好不好。

听她讲起自己的理想，说想去上海，想学外语，未来想做一名同声传译，他心中的负罪感终于少了一些，那块悬着的石头也终于落地。

她的未来已经很清晰了。

可与此同时，他的心脏好像是被戳破了一个口子，一种叫作自卑的情绪倾泻下来，将它填满。

他知道自己一辈子都没有可能追上她的脚步，所以后来他再次选择了放手。

那张让她误会的照片其实是个乌龙，女生虽然和他同班，但两人并没有什么交集，只不过是住在同一个小区，那晚他出门到超市买东西，刚好遇上她也要去，便一起走了一段路。他根本不知道那照片是什么时候拍的，更没想到女生会配上那样暧昧的文字发在动态里。

而他从前荒废的那些年在高考中也终于得到了报应，他惨淡的分数只够去沈城的职业学院，身边的同学基本都是来混日子的，他也跟着醉生梦死。专业是他随手填上去的，他根本没有兴趣，老实上了没两个星期，便跟着狐朋狗友到处疯玩。

日子就这么浑浑噩噩地过。

十月下旬，他和室友一起出去给另一个学院的朋友庆生，那晚大家玩得都很尽兴，到最后都有了醉意。

他晃晃悠悠地回到宿舍，拿出手机，发现微信上多了一条好友申请。

看清头像的那一刻，他的热泪瞬间涌了出来。

不知是不是酒精作祟，麻痹了他的神经，还是说真的是太想她了，所幸借着醉意放纵一把，他同意了她的申请。

但他又实在不知道该说些什么，只敢从朋友圈偷偷关注她的生活。

那次在酒店，魏宴然没想到会被曲惠缠上，更没想到会撞见许释。

他自知给她的伤害很深，也曾看着她绝望不能自拔，所以本打算将那个秘密烂在肚子里，直到他生命终止的那一刻。

可意外总是来得猝不及防。

他自虐般地听她讲述着曾经遭遇的一切，却也只能无力地说着抱歉，因为他觉得自己亏欠了太多，多到这辈子也弥补不完。

后来她回到京南，魏宴然从她朋友圈发的状态猜测她过得还不错。

大概四月的时候，他还去学校偷偷看过她。

京师的校园很大，四月春意正浓，教学楼后的玉兰大簇大簇地盛开着，如天边的云霞一样热烈，梧桐絮随风飘扬，落在他的肩膀上，也落在他的额头上。他走在图书馆后的学院路上，随处可见背着书包脚步匆匆的学生，不远处的月亮湾绿草如茵，郎朗读书声敲打着他的耳膜。

落差往往是在比较中产生的。

他在校园里游荡了大半天，终于在下午三点看见了许释的身影。

她应该刚刚结束一节专业课，手里捧着厚厚的课本，裙摆上的碎花跟着香樟树叶一起揉进他眼里，微风轻拂，那股熟悉的茉莉花气味也被送进他的鼻腔。

身旁两个女生挽着她的胳膊，三人说说笑笑，脚步轻快。

魏宴然不自觉跟上她们的步伐，但没走出多远，一个模样斯文的男生迎面走来，鼻梁上的银色镜框将斜射而下的光线切割成碎片，精准地晃进他的眼底，像是刺进来一把刀。

男生脸上挂着温和的笑意,俯身不知和许释说了什么,她点点头,转身和室友告别。

魏宴然脊背僵直地站在原地,血液倒流,冷气从毛孔中汩汩向外散发。

看来她已经放下了。

但不知怎么,看见眼前的场景,他心底还是莫名泛酸。

他想如果当年自己试着拼搏一把,是不是今天站在她身边的人就是他了……忽地一阵风吹过,倒叫他醍醐灌顶,嘴角扯出一个自嘲的笑。

先离开的人哪有资格后悔。

大三上学期,和他一起在音乐社待过的学长介绍他去了一家叫"Summer"的酒吧当驻场歌手。

酒吧并不大,但地理位置极佳,在市中心的商业街,晚上生意很好。

这算是他多年来的梦想,魏宴然很珍惜这个机会。

那两个月他大部分时间都泡在酒吧,因为长相出众,嗓音条件也不错,没多久便吸引了一小批粉丝,还有一些人专门赶过来,指名道姓让他上台。

就在老板准备和他签长期合同的时候,他却突然辞掉了这份工作。

老板问他为什么。

他淡淡地答:"想回去继续读书。"

"哎呀,读那么多书有什么用。"老板拍拍他的肩膀,一副过来人的模样,"你在我这儿好好干,挣得不比那帮研究生少。"

魏宴然最后还是回了学校,报了那一年的专升本考试。

宿舍环境实在不适合备考,他在学校后面的小巷里租了一间平房,房子是一间废弃工作室改造的,白色墙皮成块脱落,里面只有一张床和一张书桌,采光很差,只能靠着白炽灯照明。因为沈城冬季多雪,房间内还散发着浓重的霉味。

好在租金还算便宜。

备考那段时间他真的是很忙也很累,即便他曾经是个好学生,但伤仲永的故事人人皆知,天才也会泯然众人矣。

就在接到许释电话的前四个小时,一条噩耗从家里传出——

母亲病重。

病是半年前查出来的,为了让他能够在学校安心生活,母亲一直瞒着没有告诉他。

为了治病,家里的积蓄已经被花光大半,能变卖的东西大多被卖掉。而父亲早已组建了新的家庭,怎会关心前妻的死活。

整个家庭的重担刹那间压到了魏宴然的身上,好似千斤重。

他对着空荡的房间坐了很久,甚至有那么一瞬间想,大概这就是自己的报应。

人总要为自己做过的错事付出代价。

"嗡……"

电话声划破深夜的寂静,一道无数次出现在梦中的声音此时就在耳畔。

许释问他有没有喜欢过自己。

短短的几秒里,魏宴然脑海中闪过很多光景。

五年了,横亘在他们之间的时间居然已经有这么久。

人生又能有几个五年。

况且从一开始就是错的,那不如就这样一刀两断,让她彻底释怀吧。

这场荒谬的感情,是时候结束了。

银色月光沿着窗棂挤进这个只有十几平方米的小房子里,魏宴然瘫坐在书桌前,透明玻璃上倒映着他的面孔,神色悲伤难挨,瞳孔里倒映着无奈与心酸。

他喉结滚动,低低地说:"许释,对不起。

"我从来没有喜欢过你。"

/ 她的回忆 /

那是阴雨连绵的第三天,十一月快要过去一半,安尧却迟迟没能迎来冬天。

楼前梧桐树的叶子零零散散早已掉光,青石板路上枯枝遍布,干燥凛冽的寒风吹过,发出窸窸窣窣的声音,像是一副被蓄意破坏的油画,褪去浓墨重彩的修饰,视线所及皆是荒凉。

下课铃声盘旋回荡在校园上方,最后两道选择题还没讲完,数学老师掐着试卷,顺理成章地多拖了五分钟。

好不容易熬到解放,教室里的气压依然很低,期中考试的成绩刚刚下发,市里出题的难度比平时高,大部分人考得都不理想,恹恹地趴在桌面上对着可怜的分数发愁长叹。

许释发挥得还算稳定,年级总排名第四,她把几道错题整理好,拿出下一节的课本准备预习,坐在前面的女生侧身转头:"阿释。能不能把你的英语卷借我看一下?早上对答案的时候我不在班级。"

"等下哦。"

许释放下手中的笔,从书桌里面找出试卷:"给你。"

"谢谢啦。"

女生拿着两张试卷仔细对比,将几处简单的错误改掉,最后只剩下完形填空的第三小题,她看了好久都没懂,眉心不自觉皱在一起,牙齿犯难地咬住唇肉。

许释看出她眼神里的苦恼,凑过去主动开口解释:"这里要联系上下文来看,前面那句话用了'if',所以这一句要选虚拟语态。"

女生似懂非懂地点点头,肩膀下沉,有点泄气:"阿释,你好厉害啊。这次考试的题目这么难,你居然只扣了五分,真的好佩服你。"

许释抿了下唇，从小到大她很少听到夸奖，乍然有些无措，第一反应是摆手反驳："没有……"

"哎呀，你就不要谦虚了。"女生亲昵地捏了捏她的脸颊，"我要是能有你一半聪明，我妈都得去庙堂里拜个三天三夜。"

许释很慢地弯起眼睛，温声说了句"谢谢"，又拍拍她的肩膀安慰道："慢慢来，以后如果遇见不会的题目，我们可以一起讨论。"

"真的吗？"女生语调激昂，"那太好啦。"

…………

九点二十五分，第二节课准时结束，许释将练习本折好放进书包，今天刚好是周一，三个年级要到操场上参加升旗仪式。

她起身拿起椅背上的校服外套，有个男生从教室前门探出头，音量拔高几个度："许释和彭嘉瑶在吗？高老师让你们去下办公室。"

高芮是初二（8）班的语文老师，同时也是她们的班主任。

许释以为她叫自己是说期中考的事，这次她诗歌部分答得不太好，有几个比较低级的失分点，导致分数不是很高。

逆着人群走到三楼西侧，许释深吸一口气平复心情，推开办公室的门。彭嘉瑶来得比她早，两个人的目光隔空相碰，不约而同看见了彼此的紧张和迷茫。

高芮放下手中的教案，从旁边拉开两把椅子，声音很温和："你们先坐。"

大概是感受到她们身上那种紧绷感，她推推眼镜笑了下："不用这么紧张，不是叫你们来训话的。"

桌角书堆的最上方静静躺着两本证书，红色封面上嵌着烫金字体，高芮伸手拿下来："上学期那个征文竞赛的结果出来了，咱们一中只有你们两人获奖。

"按照往年的经验，复赛将在明年三月举行，这个竞赛的含金量还是很高的，入围作品会统一在杂志上刊登，对你们未来升学有很大帮助。

"除此之外，主办方这次还会举办冬令营，时间就在这个寒假，地点是京北。"

高芮抽出两本宣传手册分别递给她们："具体的活动安排上面写得很清楚，我简单看了一下，到时会有很多学科名师过去开讲座，分享学习和写作技巧，最后几天还可以到京大参观游学。"

高芮前年刚从大学毕业，拒绝了好几份名企offer（录用信），义无反顾地回到安尧建设家乡，思想上比其他老师更加开明："我个人觉得这是个非常不错的机会，女孩子还是要多出去见见世面，不能总局限在课堂上学的知识。"

"不过最终还是你们自己做决定。"她顿了下，脸上笑容仍然亲切，"入营是需要缴纳报名费的，往返路费也要自己承担，你们可以先回去和家里商量一下，周五之前给我答复，这样可以吗？"

两个人一起点点头。

中午放学的时候，天空飘起了蒙蒙细雨，许释早上出门时忘记带伞，只能

· 322 ·

把校服外套遮在头顶匆匆回家。

气温骤降几度,鼻间气息腥咸潮湿,凉意顺着手臂向上攀附,迫使她不得不加快脚步。楼道里光线模糊昏暗,声控灯不知坏了多久,物业负责人踢皮球般来回推卸责任,谁都不肯找人维修,墙皮因为年头久远斑驳发霉,台阶上的泥水脚印同样凌乱。

好不容易进了家门,里面静悄悄一片,陈月琴和许康安都不在,她实在没什么胃口,随便到厨房里煮了袋泡面,吃完把碗洗干净收拾好,才回到房间。

许释原本想利用午休时间将下个单元的单词背完,但她前天晚上看书做题熬到深夜,早上起得又太早,前前后后睡了还不到五个小时,这会儿难以自抑地生出困意,蜷在床上迷迷糊糊便进入梦乡。

就这样不知过了多久,半梦半醒间,许释听到外面有什么杂音,不太舒服地皱了下眉,撑着床沿强行坐直身子。睡意还没完全消散,她整个人都有点发蒙,好久才反应过来,是陈月琴和许康安回来了。

他们正在吵架。

这种场景几乎每天都在上演,而且根本不需要理由,也许上一秒两人还在心平气和地吃饭,下一秒就能暴躁蛮横地朝地上摔碗。

半个小时转瞬即逝,这场闹剧还是没能结束。

距离上课只剩下十五分钟,许释不想迟到,硬着头皮把门拉开,刺耳字句也在这一刻钻进耳膜——

"我做这一切还不是为了你们许家?为了你那个好女儿!"

"我女儿?你还好意思提起这个?我爸妈一心想要抱孙子,要知道是个女儿,当年就应该直接去医院打掉!只赔不赚的玩意儿,留着也就是个拖累!"

"生男生女又不是我能决定的!只能怪你自己没用!"

…………

许释觉得头顶正悬着一把尖锤,一下一下凿进她的脑髓。

陈月琴偏头发现她的存在,瞥了眼墙上的时钟,没什么好气地呛她:"你自己看看几点了?整天磨磨蹭蹭的,也不知道遗传谁。"

许释一言不发地往外走,却又被她叫住:"期中考试的成绩出来没?"

"出来了。"许释垂着头,眼帘压得很低,声音也小,"班级第一,年级第四。"

陈月琴对这个成绩其实是满意的,说出口的却是:"也就仗着这次考试的题目简单,不然像你这么笨的人,怎么可能考这么多分。"

"别抱有侥幸心理。"她翻翻白眼,轻嗤一声,"下次可不一定会有这种好运气。"

眼眶酿出几分酸涩,密密麻麻像是针扎,许释没有反驳,只是麻木地点头:"知道了。"

下午第二节是体育课。

常规的热身活动结束后，老师宣布全体解散。

外面的雨已经停了，许释抱着膝盖，独自一人坐在操场旁边的看台上。

口袋里有什么东西戳到皮肤，她伸手拿出来，发现是那本淡黄色的宣传手册。视线落在最后一页，右上角的位置，白色小字写着报名费 2400 元。

她嘴角抿到发白，手指也局促地攥紧，刚准备叠好放回去，眼前忽然落下一道阴影，彭嘉瑶过来坐在她身边，和她讨论起冬令营的事："阿释，你准备参加吗？"

许释支吾片刻，没想好该怎么回答，索性将问题抛回去："你呢？要去吗？"

"当然啦。"彭嘉瑶家庭条件不错，平时文具都是买的书店里最贵的那种，"我妈妈本来也打算寒假带我去京北旅游，刚好顺路。我叔叔在京北有一座很大的庄园，你要是去的话，我们可以一起去玩呀。"

空气安静几秒，许释嘴角扯出僵硬的笑："我应该不去了。"

"啊？"彭嘉瑶愣怔了下，"不去了吗？"

许释不由自主地回想起中午那些话，指尖深深掐进掌心，"嗯"了声，随便找了个借口，尽量让自己的表情没那么奇怪："寒假我有其他事情要做，时间刚好冲突。"

"那好吧。"彭嘉瑶语气很是遗憾，"只能我自己去啦。"

橙黄光线从树影里钻出，翻飞蝴蝶般落在纤细指尖，阳光很暖，可许释觉得好冷。

冷到她浑身止不住地发颤。

她小心翼翼地把那个宣传册收好，像在收藏一个遥不可及的美梦，然后起身离开操场，朝着教学楼的方向走去。

东侧楼梯的长廊两旁展示着校内书画比赛的获奖作品，许释心不在焉地扫过几眼，转身走到二楼拐角，脚步却猛然顿住。

三级台阶之外明晃晃坐着一道身影，那是个极其没有安全感的姿势。男生没有穿校服，身上只有一件黑色卫衣，肩胛平直挺阔，却又略显单薄，清瘦手臂环绕过膝，头颈弧度埋得很低，颈椎处的骨节向外突起。其他班级都还在上课，讲课声和读书声朗朗交错，可许释还是能分辨出细微的哽咽声。

他是在哭吗？

许释不自在地眨了眨眼，从口袋里找出一包干净的纸巾，本能地想要开口给他，但两秒后又止住动作。

有那么一瞬间，她在对方身上看见了自己的影子。

难过、无助、狼狈，心里还倔强地守着一份自尊。

她想他肯定不想被打扰，不想被窥见那些伤痕。

下课铃刚好在这个时候响起，犹豫片刻，她将喉咙里那些安慰悉数咽下，动作很轻地将纸巾放在他旁边,然后悄悄退远,打算从另一侧楼梯回班。

走出没有几步,许释回过头,逆光让视线变得模糊,那个身影也变得虚幻,她在心里默默祈祷一句。

陌生人,不要再难过了。

祝你每天快乐。

走廊尽头,初二(5)班的班牌银光淡淡,许释莫名停下脚步,抬头多看了几眼。

脊背猝不及防传来一阵痛意,两个女生挽手从教室里出来,没注意到她的存在,就这么直直撞在一起。

"长没长眼睛?"先开口的是左边那个女生,语气不耐烦到极致,"在别人班门口挡着干什么。"

许释连忙让到一边,慌慌张张地道歉:"对不起啊。"

女生哼了句没再理会,扭过头关切地询问:"有撞疼你吗,惠惠?"

被叫作"惠惠"的女生揉着肩膀,娇气地瞪了许释一眼:"疼死了。"

许释对上她的眼神,女生穿着一件贴身短衫,酒红色衬得皮肤雪白,长发披散垂落,有着不属于这个年纪该有的妩媚和明艳。

"真的不好意思……"

许释垂眼盯着衣角,纤长浓密的睫毛不住地颤抖,像是被淋湿的蝴蝶羽翼,声音细小小的,几乎要淹没在空气中。

"算了。"女生不满地翻了个白眼,绕过她径直离开,"真晦气。"

距离上课只剩下三分钟,走廊里渐渐变得安静,许释慢了半拍愣在原地,那两人的对话不偏不倚飘进耳朵。

"今天都已经13号了,有人是不是要请客吃饭了?"

"你急什么,离约定的日子不是还有一周吗?而且最后结果还不一定是什么呢,我感觉我马上就要成功了。"

"真的假的?"对方话语里的诧异藏都藏不住,"你可以啊,魏宴然那么高冷的人,年级里出了名的难搞,之前那么多女生想接近他都没成功,居然能被你搞定。"

"那当然了,也不看看我是谁。"

"是是是,我们家惠惠这么漂亮,哪个男生能扛得住啊。"

…………

曲惠在楼梯口看见魏宴然的时候,同样也很意外。

最初她以为是自己看错了,仔细确认后才发现真的是他。

"小怡。"她扯了扯身边人的袖口,扬眉朝对方使了个眼神,"你先回班吧。"

小怡瞬间明白,暧昧地撞了下她的胳膊,笑起来:"等你好消息哦。"

曲惠嫌她话多,用目光噌她一眼:"快回去。"

"魏宴然。"

曲惠走过去叫魏宴然的名字，语气里的惊讶恰到好处："你怎么在这儿啊？上节课一直没看见你，我都要担心死了，还以为你出什么事了呢。"

魏宴然没有接话，情绪糟糕得要命。

他中午无意撞破父母的对话，隐约听他们提起"离婚"两个字，并且从那些话语里不难听出，他们谁都不想要他，都认为他是累赘。

在那个懵懂青涩的年纪，他并不明白感情走到尽头需要好聚好散，只知道自己的家在破碎边缘，他这么多年的努力隐忍，终是徒劳一场。

他很快就会被抛弃。

曲惠显然也发现了眼前人的不对劲，蹲下身，不确定地试探："你……心情不好？"

可她实在不擅长安慰人，看见旁边放着一包纸巾，她顺手拿起来问："你要纸吗？"

魏宴然还是不说话。

曲惠对他本就没什么真心，全靠那个赌约撑着，仅存的耐心也被接连的冷场消耗干净，她很识趣地没再继续："那我把纸放在这里喽。"

"对了。"她善意提醒最后一句，"下节是赵魔头的课，你最好还是不要翘掉。"

赵魔头是五班的生物老师，平时要求很严厉，处罚手段也变态，就连曲惠这种坏学生都不会轻易去惹。

十分钟的课间休息时间很快过去。

魏宴然整理好情绪，若无其事地回到班级，身旁的曲惠左手撑着下巴，右手拿着支自动铅笔，百无聊赖地在纸上涂涂画画。

那包纸巾还攥在掌心，他偏头盯着她看了数秒，撕下一张蓝色便笺，笔尖与纸张摩擦出沙沙声。

最后一笔结束，他把那张便笺推到曲惠面前。

少年字迹利落地写着：

晚上放学有时间的话，我请你吃个饭吧。
谢谢你的纸巾。

番外三 山水别相逢

又是一年六月，校园里的香樟树越发茂盛，油绿色的叶子散发着草木香气。

红砖路面上洒落着星点石砾，校园广播站里的歌曲换了一首又一首，黑色学士服被风扬起一角，快门声与欢呼声此起彼伏，共同演绎着青春这首赞歌。

转眼就到了毕业季。

悠然长夏，红日蝉鸣，许释已经离开一年半了。

赵思萱大四那年获得了保研资格，留校攻读生物制药方向的研究生，好不容易得到 gap year（自由年）的机会，她倒是没闲着，在首都找了份实习工作，提前体验了朝八晚六的打工生活。

班长毕业后没有继续读研，在一众 offer（工作邀请）里挑了最满意的那个。但理想很丰满，现实很骨感，入职不过三个月，各种加班潜规则把她折腾得心力交瘁，于是她毅然决然辞职，回家成了一名待业人员。

万物更新迭代的速度越来越快，刚买的手机没几个月又出了新的型号，上个月爆火的短视频 BGM 下个月已经淹没在时代浪潮中，就连校门口奶茶店推送的招牌都一个接着一个地换。

唯有安尧这座小县城好像被上帝按下了暂停键，还保持着原来的风貌，傍晚六点街上已经看不见营业的商场，甚至公交车都被缩减了几辆。

腊月二十七，赵思萱交完最后一份报表，结束了旧一年艰难坎坷的打工生涯。

冷风呼呼吹，首都街头年味还算浓，她乘了三站地铁回到自己租的小公寓里。

卧室有些乱，桌上、床上都散乱着东西，昨晚她实在太困，行李收拾到一半就放弃了挣扎。此时她把最后几件衣服塞进银色皮箱里，用手按着才勉强拽上拉链，捞起手机叫了辆出租车，下午两点直奔高铁站。

昏昏欲睡近三个小时，高铁在沈城站停下。

行李箱轮子在地上骨碌碌转着，在外读书这些年，赵思萱早已体会过春运的疯狂，但看着眼前乌泱泱的人群，她还是忍不住小声抱怨。

沈城站前年重新修过，里面地形复杂得跟迷宫似的，赵思萱在里面晃悠了十多分钟，终于找到西出口的位置。

年底黑车尤为猖狂，赵父担心宝贝女儿被人贩子拐去，一早说要来接她。

不想在外面白白受冻，赵思萱准备先问问他车到哪儿了，手刚摸进口袋里，身后不知从哪儿忽然传来一股猛力，撞得她跟跄了下，手机差点飞回去。

"对不起——"

赵思萱皱眉回头，听见这声音却是脊背一僵，抓着行李杆的手指下意识收紧，指腹泛起白色。

周围人来人往，但他们好像被隔绝在这个空间之外。

"好久不见。"

最后是梁远森先开的口。

赵思萱就那么看着他，忽然意识到这是他们分手的第三个年头了，他还是和从前一样，冬天的时候不喜欢穿棉服，只穿一件黑色冲锋衣，头发比记忆中剪短了许多。

之前她从朋友那里听说过，他分分合合换了几次女朋友，最后也没有定数，考研也一败涂地，正在准备二战。

赵思萱的脑子里不受控制地蹦出一个词——

恍然隔世。

她嘴角僵硬地扯出一个笑容，努力让自己的语气轻松起来，也回一句好久不见。

"最近——"

"都挺好的。"赵思萱急着打断，又朝他晃了晃手机，"我还有事，先走了。"

她加快脚步从出站口离开，熟悉的干冷空气扑面而来，眼前莫名多了层雾气。

一定是因为这天气太冷了。

她还记得毕业前吃散伙饭的那天，大家在玩真心话大冒险，她不幸输掉一局，选择了真心话。

有人问她还会想起前男友吗。

她的指尖在酒杯上轻轻敲了敲，笑得洒脱，说当然不在意了。

可为什么再次见面，还是这样狼狈。

折腾到家已经是晚上九点，奔波一天累得都要散架，赵思萱撑着一口气把行李收拾好，倒头钻进了被窝。

第二天早上，她是被闹钟喊醒的，匆匆化了个妆，没来得及吃早饭便出了门。

高中那帮同学也许久没见了，这几年大家忙着考研忙着找工作，身影遍布五湖四海，刚出校的那份年少热血早已被消磨得所剩无几，只留下被社会压榨后的无奈与心酸。

这天阳光很好,雪粒像是碎钻一样泛着莹莹的光,山野间弥散着白色的雾气,偶尔有麻雀掠过枝头,惊动点滴碎雪。

赵思萱俯身将提前买好的花放在墓前,照片上的女孩笑颜依旧,像是淙淙流淌的春日溪水般流淌过每个人的心头,散尽寒冬的凛冽。

风声呼啸而过,几个人静静地站着,有一搭没一搭地讲着近段时间身边发生的事,就好像在和一位久未谋面的老友叙旧。

县里去年重新修了这条山路,一路走下来倒还算顺畅。

山里温度低,班长搓了搓冻僵的手,偏头问:"沈浩呢?好长时间没有他的消息了。"

空气默了好一会儿,赵思萱轻叹一口气,白雾打着旋儿飘散在空中:"他去法国了。"

"法国?"班长愣了下,想了半天也没想明白,"他去法国干什么?"

"他说想替她看完那些没来得及看的风景。"

两人皆是一顿。

就在许释离开的那年夏天,沈浩独自一人去了青岛。他坐在海边的沙滩上,无名指上那枚银戒反着光。

后面一年,他自学了法语,毕业后便去了巴黎。

他在塞纳河边替她看了一场日落,在埃菲尔铁塔上俯瞰整座城市的面貌,在圣心教堂聆听古老悠扬的钟声。

在协和广场散步的时候,一只蝴蝶突然落在了他的戒指上。

男生眸光柔和下来,薄唇微启,喃喃自语:"阿释,是你回来了吗?"

十年生死两茫茫,不思量,自难忘。

…………

午后安尧又飘起了雪,浑河边一座破旧的小房子里,仅存的几件家具已经被搬空。

昏昏暗暗的光线里,男生穿着一身黑衣,额发已经有些长,微微遮住眼睛。

时间总是在无声无息中改变着一切,刚刚经历一场白事,少年的青涩已经褪去,五官轮廓被磨得多了几分沧桑。

他从抽屉里拿出一张信纸,纸张被折叠翻看过很多次,边角处已经微微泛黄。

入眼是熟悉的字迹。

魏同学:

见字如晤。

想了很久还是不知道用什么样的称呼叫你比较合适,思来想去,还是叫你魏同学吧。

今天是2022年12月12日，也是你的二十一岁生日。

先和你说一句生日快乐。

……大概这是我最后一次祝你生日快乐了。

这段时间我总是睡不着觉，心口很疼，胳膊和腿肿得也厉害，我想我剩下的时间可能不多了，所以给你写下这封信。

春去秋来，大抵时间真的如白驹过隙，转眼间我们已经认识五年了。

认识你那年我十六岁，那是我人生中最快乐的一年，好像所有美好的回忆都被留存在那一年，留在了那年的冬天和春天。

其实想来有些荒唐，我们相处的时间前后不过半年，你说我怎么就那样固执地追逐你的脚步，你到底哪里让我这么在意呢？

我也说不清楚（笑）。

你不知道吧，高二那年我养成了写日记的习惯，这习惯现在听起来有些幼稚，但我真的很喜欢。

那时候你不肯理我，我只能把想对你说的话都写下来，不知不觉也写了很厚一本。

有人说日记里的爱无解，确实是这样，那些记载了我心事的日夜，你从来也不会知道，你也从未给我机会让我真正走近你。

刚到京南的那段时间，我非常不习惯，经常一个人坐在楼下偷偷抹眼泪，那个时候我就在想，魏宴然你在哪儿呢？

也是那个时候，我忽然意识到，我们彻底失去了联系，我甚至连你去了哪座城市都无从所知。

你知道吗，相比于你的样貌，我更熟悉你的背影，高中时我总是远远跟在你的身后，即便不戴眼镜，我也能确定哪个是你。

高中课间操，二班和九班之间明明隔了那么远的距离，但我总能一眼看见你。

2018年的时候，你给我发过很多语音消息，我都放了收藏夹里，这么多年反反复复听了许多次。

我这个人有些小气，看见你和其他人说笑的时候，我心中会酸涩会猜忌，会想为什么我无法靠近你。

考试无聊的时候，我会习惯性地在草稿纸上写你名字的缩写"wyr"。

看见你一个人坐在教室吃早饭，我会莫名心酸，想去陪陪你。

知道你睡眠轻，所以总在想你今天睡得好不好。

听见别人提起你的名字，我会不自觉放慢脚步。

我偷偷关注你的网易云，听你听过的歌，那首《读者》被我循环播放了四年。

这都是我干过的傻事。

我总是想，要是能回到十六岁就好了，那年的我开朗且无畏。

其实我还可以厚着脸皮纠缠你，但我实在是太累了，也没有那么多精力坚持下去。

我时常问自己有没有后悔遇见你，在这一刻，我清晰地认识到，我并不后悔，只不过横亘在我们中间的那座山太过巍峨，我们谁都翻不过去。

所以就这样算了吧。

来生，我不要再遇见你了。

以后的日子，祝你平安喜乐，万事胜意。

从今往后，山南水北，你我别再相逢。

——你的睡不醒同学

"嗞嗞——"

沉睡许久的播放器突然接通，音乐继续——

假如我年少有为不自卑，懂得什么是珍贵

那些美梦，没给你，我一生有愧

魏宴然站在窗边，看着雪花洋洋洒洒落下，天色黯淡，一如他的眸色。

雪越下越大，并没有停下的意思。

那年冬天安尧好像也下了这样一场雪，积雪压断枝头，雪雾弥散，穿着红衣的少女天真烂漫。

恍惚间，他好像又听见了她的声音。

"你好呀，我叫许释。

"许愿早点释怀的意思。"

番外四 如果有来生

六月盛夏，烈日灼灼。

燥热如同凶兽来势汹汹，青绿枝叶都被抽空活力，恹恹地垂在玻璃窗外，蝉鸣声起伏交错，不知几时才能停息。

午后难得有风吹过，阵阵绿浪浮动翻涌，广播站正在循环播放那首《耿》，校园里到处弥散着浓重的毕业气息。

许释把最后一本书从书架上拿下，是她大一时读过的《小王子》，许久未看，书上落了薄薄一层灰，她的手指挪动着轻轻摩挲，耳边歌词刚好播到那句——

"又是一年盛夏，会偶尔想我吗？"

某些尘封在脑海里的回忆被唤醒，如洪水般涌来。

是啊，居然又是一年夏天了。

还记得那个时候，她总是期待夏天能来得快一点，憧憬和那个人并肩走在树荫下，一起看日落吹晚风，在熙攘喧闹的夜市分享冰激凌，在昏暗巷口挥手说着明天见。

可他们从未一起迎来夏天。

这一切终究只能是她的幻想，是七年来在梦里才会出现的画面。

许释眨眨眼睛，努力让思绪从往事中挣脱出来。

宿舍门被推开，热浪争先恐后地涌进来，孙若把手中的材料放到桌上，偏头扫了眼，纳闷道："释释，你回来怎么没开空调啊？"

许释"啊"了声，无辜地笑笑："我给忘了。"

孙若捞起一旁的遥控器，将冷气开到最足，仰靠在椅背上："怎么偏偏选了今天拍毕业照！这鬼天气简直能热死人，恐怕到时候照片还没拍完，我的妆都已经花得差不多了。"

许释拍拍她的肩膀安慰："但总比下雨天好。"

孙若想起来上一届的学姐拍照那天碰上暴雨倾盆,头发、衣服都湿了大半,前后拍了十分钟不到,却弄得满身狼狈。她瞬间知足起来,咽下抱怨,从抽屉里拿出包薯片:"她们俩去哪儿了啊?怎么还没回来?"

"好像是去图书馆还书了。"许释终于收拾好东西,"我发个消息问问。"

下午两点,外院全体毕业生齐聚在京师图书馆前,为四年的本科生涯添上最后一个句号。

许释站在第二排中央,墨色长发衬着她本就白皙的肌肤如同瓷釉般光洁细腻,一对杏眼盈盈如水,说不出的澄澈干净,粉色领口露出精致深陷的锁骨,学士服下藏着她柔软而纤细的身形。

经验丰富的摄影师举着相机,指挥他们站好位置,语调拔高:"大家都笑一笑,看我这里。"

"我们再来一张啊,这次动作可以随意一点。"

"三、二、一!"

快门定格的刹那,大家不约而同将学士帽抛起,高声喊着"毕业快乐",灿烂又耀眼的笑容洋溢。

孙若抓紧时间在旁边补妆,谈茜不老实,抱着她胳膊装作可怜兮兮地问:"怎么办啊若若,这么快就毕业了,我舍不得和你分开。"

"谈茜你少来啊。"另外一个室友冯澜实在看不下去,打了个哈欠嫌弃道,"你们俩都留在本校读研,就连导师和研究方向都一模一样,不出意外的话,未来三年每天都要见面,最多暑假分开两个月,在这儿演什么难舍难分。"

谈茜不在意地笑起来:"我这不是想渲染一下毕业气氛嘛。"

"倒是你。"冯澜碰了碰许释的胳膊,语气倏地降下来,"签证手续都办好了吗?"

许释眉眼微弯,点头回答:"都办好了。"

"机票买了吗?什么时候走?"

"订了9月13号的机票,上午十一点从上海起飞。"

停顿几秒,冯澜想到新的问题:"那房子呢?提前租好了吗?你申请的那所学校可不提供宿舍。

"是整租还是合租啊?合同仔细看过了吗?租房时一定要小心谨慎,多和房东交流沟通,摸清对方的人品底细,千万别被人骗了。"

冯澜像个长辈一样喋喋不休,忽然又想起之前在网上看过的新闻,越想越觉得害怕,眉心紧紧皱在一起,神情逐渐变得严肃:"不要为了省钱就去租那种郊区的房子,也不要……"

"澜澜。"许释明白她是不放心自己,琥珀色眼瞳中漾开笑意,"放心吧,一切都安排好了。"

冯澜拉住她的手,眼圈酸涩泛红,努力抑制住喉间的哽咽:"怎么可能放心啊,你说你留在国内和我们一起读研不好吗,非要一个人跑到法国去。"

一年前的秋天,许释自愿放弃学院里的保研名额,决定到巴黎继续完成学业。

"其实我也不清楚自己是怎么想的。"蓝黑衣角随风晃动,擦过纤瘦脚踝,许释轻咬下唇,语速很慢,如潺潺流水般轻缓,有股说不出的情绪,"可能就是想出去看看,想换一种新的生活方式,也让自己换一种心情。"

她不想继续困在往事里作茧自缚了。

她想试着走出去。

"好啦。"她抬手揉揉冯澜的眼角,温声细语地安慰着,"我又不是在法国定居,很快就会回来的,想我了就给我打电话呀。"

冯澜伸手将她抱住,下巴埋进她颈窝里:"你身体不好,在外面要好好照顾自己。"

许释摸摸她的头发,像在安慰一个伤心的小朋友:"我会的。"

"哎呀,先不说这些不开心的了。"孙若去捏她们俩的脸,恰到好处地将这个伤感话题终止,"晚一点还要去院里参加典礼,咱们得抓紧时间多拍几张照片。"

几人吵吵闹闹拍了半个多小时,许释不太耐热,坐在一旁的台阶上休息。

她的额头上浮着薄薄一层汗,乌黑细软的发丝绕缠过脖颈,她用手轻轻别到耳侧,放空地半仰起脸,脊背抵在沁凉栏杆上,看着叶隙里跳跃斑驳的光圈。

半分钟过去,眼前压下一道颀长身影,熟悉的声线从她头顶传来:"这位同学,怎么一个人在这里发呆?"

许释回过神,沈浩不知什么时候出现在她面前,骨节分明的手里握着一瓶可乐,汩汩向外散发凉气。

他这一路应该走得很急,气息还未能喘匀,胸腔起伏的弧度也大,额前的碎发被汗水浸湿,身上那件白T恤却依然清爽干净,漆黑的眸子里松散带笑,怀中还抱着一束纯白的栀子。

"怎么?"

见她没有反应,沈浩下意识地伸出手想要去弹她额头,但动作到一半又止住,只是懒洋洋地笑,睫毛在眼下打出一层阴影:"高兴傻了?"

许释摇摇头,还是那副怔怔的样子:"你怎么过来了?"

"这么重要的日子,"他把可乐的瓶盖拧松,递过去让她解暑,"我怎么能缺席。"

许释小口小口地喝着,身体里的燥热被抚平。沈浩又将那束花递给她:"阿释,毕业快乐。"

"谢谢呀。"

许释不想辜负他这番好意,没有推托,笑着将那束花接过,幽微淡香混着清风扑鼻而来,她看到花束里插着一张白色卡片,上面的黑色小字工整干净,很明显是沈浩的字迹,一笔一画为她写下祝福语。

她低头轻嗅,又听见沈浩再次开口:"其实我还有另外一份礼物要送给你。"

许释抬头:"什么?"

空气突然变得沉寂,沈浩敛去表情中的不正经,目光沉沉地落在她身上,右手伸进衣服口袋抽出红棕色的证件本,那是他去法国的护照和签证。

许释呼吸微滞,眸光愣怔,脊背似被击中般僵直,很久才找回自己的声音:"沈浩。"

思绪像是团纠缠不清的乱麻,她眼睫轻颤,视线移向旁侧,拢着花束的手指松开又收紧,关节都被逼出几分灰白,语气犹如绽放燃尽后的烟花,一寸寸弱下去:"我不想,也不值得你这样做。你应该清楚的,我一直都把你当作——"

"阿释。"沈浩打断她后半句话,风吹乱他微长的发挡住眉目,他的神色不明,低沉的嗓音里有难以察觉的颤抖,"我明白,我都明白。

"但我想说的是,这一切和你都没有关系,你不用感到有压力。

"你就当我是自私吧。"

沈浩挺阔落拓的身影明明置于光下,却给人落寞颓败的错觉,他自嘲地扯起嘴角,喉结晦涩滚动:"我这个人没什么出息,也没什么追求,更谈不上什么理想。

"我不需要你给我爱,也不会随意打扰你的生活。"他深深吸了口气,好像在笑,又藏着些许无奈,"就是想离你近一点。

"而且每个人都有选择生活方式的权利。"

这是他亲手为自己选定的宿命与结局,所以无论怎样,他都心甘情愿,永远不会后悔。

八月末,许释回到安尧,和过往的一切告别。

一年多没有回来,小县城里还是老样子,低矮陈旧的楼群,废弃颓圮的工厂,年迈的老人为了维持生计,不得不推着货车走街串巷。

天空被雾灰色的云层遮盖,空气中有潮湿的尘腥,风声与车马喧嚣搅在一起,酝酿密谋着一场急雨。

许释带着鲜花和糕点,独自一人来到墓地,这里的荒芜一眼望不到尽头,静寂像是会吃人的魔兽。她停在最里面那排,缓缓蹲下身子,将手里的东西摆好。

照片上的老人笑容依然温和,眉目里盈满慈爱,许释手指轻轻拂过碑角:"姥姥,好久没来看你了,最近过得还好吗?"

她出门时忘记添件外套,薄软的长裙布料抵不住潮凉,反勾出她的单薄与脆弱，她抱着手臂瑟缩了下，嘴角挤出浅淡笑意："我这边一切都好，舅舅他们也很好，你可以放心。

"我下个月就要去法国读研了，可能又要有很长一段时间没法回来，你千万不许和我生气啊。"

"大家都觉得我该留在国内。"

许释想起自己决定放弃保研资格的那天，系里面的老师轮番找她谈话，语重心长地劝她慎重，不要浪费这次机会，身边一些同学朋友也替她惋惜，毕竟按照她的成绩，去国内顶尖高校完全不是问题。

"但我从来没觉得后悔，我想姥姥你肯定也会支持我的。"

小时候陈月琴对她管教严格，她只有过年时才能回姥姥家，小村庄并不大，零零散散住着五六户人家。吃过年夜饭后，邻里聚在一起闲聊，难免会对孩子们的未来指点规划，七嘴八舌地教导他们做大官赚大钱，将来一定要出人头地。

只有姥姥会笑眯眯地摸着她的头发，告诉她不用顾虑那么多，想做什么就去做什么。

"只要是我们阿释喜欢的就好。"

所以十八岁那年，她一意孤行来到京南，而二十二岁这一年，她决定去看更遥远的风景。

许释鼻尖控制不住冒出酸意，眼前水蒙蒙地似坠入迷雾，她抬手用袖口擦干湿热："在外面我会好好照顾自己的，就不要替我操心啦。"

…………

从墓园出来的时候是下午三点，天色似乎更暗沉了一点，路边行人脚步匆匆，只有许释不紧不慢。

忙碌整天滴水未进，她绕路去了高中时最常去的那家便利店，玻璃门上的宣传广告已经褪色泛黄，收银台旁的关东煮正飘着鲜香。

想喝的草莓牛奶不巧卖完，许释仰头踮脚，从货架上层拿下一罐"北冰洋"汽水。

还记得很多年前，这是她最不喜欢的口味。

后来因为那个人，为了能离他更近一点，她尝试着委屈自己，久而久之竟养成一种习惯。

门口的电子音打断回忆，机械而冰冷的"欢迎光临"传来，许释转身准备付款，不经意间抬眼看去，却如同被定格一般，怎么都移不开。

好似电影中的经典桥段，许久不见的那张面孔，如今就这样毫无防备地出现在她眼前。

许释用力咬了下唇肉，血液的咸腥和刺痛一齐蔓延。

不是梦境，他真实存在。

· 336 ·

魏宴然穿着一件黑色卫衣，领口处的抽绳系得松垮，露出的锁骨深陷嶙峋。

相比于上一次见面，他好像又瘦了许多，头发也要更长一点，眉眼中的锋芒与凌厉削减，年少的青涩悉数滤去，沉淀出些许疲惫与沉稳。

心室感一瞬间蔓延开来，仿佛被无形的手扼住，一下一下攥得许释的心脏生疼。

喉咙漫出几分哽咽，她干涩地眨了下眼，转角突然跑出来一个男孩，手里扯着两袋零食，脚步不稳地撞到她身上。

对方看起来不过八九岁，力气却大得过分，许释整个人猝不及防地重重跌坐下去，脚踝袭来一阵痛意，手中的饮料也摔落在地，金属罐身磕碰发出尖锐脆响，遮掩的幕布似被撕破一道口子，那道视线还是不可避免地看向这里。

男孩家长听到声响，慌忙从后面跑过来，摁着自家的罪魁祸首鞠躬连声道歉。

许释摆手说没事，顶着痛感想要起身，白瓷地面俨然如同一面暗镜倒映着她的狼狈，也让她看清那道颀长身影正一步步朝这里靠近。

她的肩膀猛然塌陷下去，把头埋得更低，祈祷他不要发现这样窘迫的自己。

然而事与愿违。

"许释？"

记不清已经多久没听过他的声音，还是混着沙砾般低沉磁性，仅仅是叫出她的名字，都会叫她输得一败涂地。

角落里的休息区，魏宴然把买来的碘伏和棉签放在桌面："摔到哪儿了？我看看。"

许释头颔低垂，露出一截纤瘦的脖颈，肩膀拘谨绷直，克制住声线里的颤意："不严重，就不麻烦你了。"

魏宴然垂眸看着女孩的发顶，有那么一瞬间，他太想抬起手去触碰，但又被仅存的理智叫停。

他没有多坚持，慢步坐到她对面的位置。

气氛不知沉默了多久，只剩墙上的钟声嘀嘀嗒嗒，许释抿紧嘴角，盯着棕色桌面上的斑纹出神。

她想是不是他们分别的时间真的太久，久到再次重逢时，连最简单的寒暄都如此艰难，成为遥不可及的妄谈。

生疏，试探，他们共同陷进别扭的怪圈。

"你……"

单个字音打破静寂，魏宴然嗓音沙哑了许多，思来想去还是最保守的问题："最近怎么样？"

"挺好的。"

许释仍低垂着睫,努力让自己的反应不太奇怪,中规中矩地给出答案,却再也说不出其他字句,叫人怀疑是不是语言系统出了问题。

"许释。"

魏宴然又叫她的名字,尾音压得很轻,漆黑瞳孔落在她的侧脸:"对不起。"

时间好像静止了。

许释的鼻尖不禁发酸,想起晚八点电视台常放的爱情剧,男主角总是在女孩被伤透心后才追悔莫及,愧疚自责地说自己错了,真的对不起。

接下来的桥段,她应该歇斯底里地控诉,把这些年的难过委屈全都讲给他听,然后怪他心狠,怨他凉薄无情。

可这样又有什么用呢?

不过是闹剧一场,落得两败俱伤。

而且在这段自欺欺人的关系里,她从来没被放到主角的位置。

许释很轻地牵了下嘴角,告诉他们没关系,过去的事就不要再提。

她的语气太过平静,仿佛横亘在他们之间的七年灰飞消匿。

但是真的都过去了吗?

她自己也讲不清楚。

那些辗转反侧也想不出答案的问题:为什么能心安理得地欺骗,为什么离开后还优柔寡断,为什么没有感情却能伪装出那么多喜欢……但在看见他的这一刻,她全都已经失去了兴趣。

魏宴然看着她渐渐泛红的眼眶,心口传来难以言喻的钝痛,他徐徐鼓起勇气:"其实我——"

"魏宴然。"

许释终于抬眼,同他对视时,她忽然想起很多年前,她就是这样义无反顾地跌进这双深不见底的眼,像是跳进了万丈深渊。

"我马上就要出国了。"

魏宴然怔忪半晌,很快又整理好情绪:"是去那边读书吗?"

许释淡淡地应了声,没有更多回应。

压抑了整天的暴雨终于倾盆而下,急躁的雨滴串成线,尖锥般带着穿透一切的力度,在地上砸出密密麻麻的水花。

但更像是砸在他们心里,所及之处遍布伤疤,平稳的喘息都被压榨。

玻璃窗上挂满水痕,空气里腾起潮湿,雨声总是能吞没一些东西,也能勾起许多情绪。

收银员理好货物,随手将柜台上的沙漏摆件倒扣,然后拨开旁边的圆形开关,店里的音响开始运转。

魏宴然扬唇笑起来,叠声替她高兴:"挺好的,挺好的,你成绩那么好,应该出去看看。"

"在外边要好好照顾自己。

"祝你前程似锦，平安遂意。"

许释盯着那瓶沙漏，看着里面的最后一缕沙流尽，像是某种暗示，她的声音轻如羽毛落地："那你还有其他话想对我说吗？"

她觉得自己是个彻头彻尾的赌徒，哪怕是在家徒四壁的前一秒，还在穷凶极恶地拼命加注。

背景音乐放到熟悉的那首，歌词分外清晰——

"自尊常常将人拖着，把爱都走曲折。"

"许释。"

魏宴然的声线变得更沉，一如外面的雷雨天气，每一个字都似软刀子般割在她心里："以后不要再遇见我这样的人了。"

死刑宣判，她彻底出局。

指尖陷进掌心掐得生疼，热泪一瞬间盈满眼眶，许释强忍着痛苦，点头应允："好。"

帆布鞋落在地面，在眼泪滑落的前一秒，她离开得悄无声息。

隔着混沌朦胧的雨幕，魏宴然看着那道瘦小的身影，用无声的唇形，将未说完的话语继续——

"其实我是真的喜欢你。"

许释，你可能永远不会相信，我是真的喜欢你。

我对你的那些好，对你的关心在意，早已褪去了利用的外壳，只剩满腔真心。

可是他们之间的阴错阳差实在太多，他用谎言强行闯入她的世界，现在又用谎言将自己从她的生命中抽离。

不是所有相爱都能换来结果，爱本就是无解的命题。

也许这才是最好的结局。

她该是一艘远航的船，他不能做困住她的港湾。

离开安尧那天，外面一如既往地飘起蒙蒙细雨，许释撑着雨伞，路过一中门外，青灰色房檐下，她意外看见十六岁的自己。

女孩穿着一身干净的蓝白校服，黑发高高拢成马尾，袖口裤脚都被打湿，眼角眉梢里却满是欣喜。

她恍然间回忆起，那一年初夏，也是这样一场雨，她粗心忘记带伞，躲在狭窄处和魏宴然求助，他简单回复一句好，她便满心期待地等待。

她明明那么讨厌雨天。

只因为能见到他，所以淋雨也变成了好天气。

同样也是那一年，学校里流行起一款软件，叫给未来写封信。

十六岁的许释满怀少女心事，致信长大后的自己，问她经年过去，她和他是否有个圆满的结局。

六年的时光蹉跎已逝,二十二岁的许释走上前,将手中的伞递给十六岁的自己。

"抱歉。"她没头没脑地开口,眼眶微湿,回应那封遥远的来信,"还是让你失望了。

"回家吧。"

这场雨不会停,那个人,她也不要再等了。

后记

我曾经以为你是我的救赎,最后却发现,你是让我坠落的深渊。

和他认识的时候,我刚刚过完生日。

记忆里,那年老家下了很大一场雪,硬生生把教学楼前那棵活了很多年的老榆树的树枝压断了好几根。

听老一辈人说过,老家已经很多年没有下过这样大的雪了,到处都是白茫茫一片,吸进去的每一口气都带着北方特有的干燥冷冽,寒风像是利刃刮在脸上,真的很疼。

那是一个再平常不过的早上,我抱着值周本站在楼下,身上穿着那件不太好看的红色校服。因为忘记戴围巾,我只能像乌龟一样把脖子缩进衣领,站在原地不停跺脚。

过了十多分钟,就在我准备回班的时候,他出现了。

两条原本平行的人生轨迹就这样有了交点。

那时候他对我真的非常好,好到像是我做的一场美梦。

我的成长环境有些复杂,性格也敏感自卑,和他认识的时候,刚好是我人生中最糟糕最黑暗的一段时间。

从小到大,我没做过什么叛逆的事情。

和他做朋友是我最疯狂的一次决定。

他真的很喜欢和我打语音电话。有一次深夜,家里人已经睡下,我睡不着,躲在房间里和他聊天,怕惊醒其他人,所以声音压得很低很低。

他打趣我,说为什么每次和他聊天都像做贼。

聊的内容我已经记不太清,只知道那晚我的嘴角一直没有放下来过,说的每一个字都带着少女时代的天真烂漫，带着和他相处时的雀跃与欢欣。

但最后还是被家长发现了。

看到我半夜戴着耳机鬼鬼祟祟，妈妈问我在干什么。

我慌慌张张地说在听歌。

那个时候他们管我管得很严，当场收走了我的手机，我只来得及将通话静音，并没来得及挂断。

第二天，我偷偷拿回手机，发现他给我发了好多消息，傻等了一个多小时才挂断。

我和他说明情况之后，他一直自责，说都是他的错，不该那么晚还打电话给我。

后来一次小假期，我一个人在家好无聊，给他发消息问他在干什么，他说在和朋友们打球。我随口抱怨几句，说闷在家里好没意思，没过几分钟，我便接到了他的电话。

听筒里杂音很多，有其他人交谈嬉笑的声音，还有他很轻很轻的呼吸声。

我大脑有一瞬间的空白，竟忘了问他打电话过来干什么。

后来还是他先开的口。

他的声音很好听，半笑不笑地问我怎么这么长时间都不说话，是不是傻了。

我这才呆呆愣愣地接话，问他什么事。

他说让我收拾收拾准备出门，一会儿过来接我。

我又是一怔，问他不是和朋友们在一起吗？

他说不和他们玩了，来陪我。

那天我们在商场里那种自助点唱机里唱歌，唱到一半的时候，他忽然摘了耳机往我这边靠，温热的气息就洒在我耳畔，弄得我浑身有一种说不出的痒。

他小声告诉我，他妈妈刚才在外面看着我们。

我下意识地睁大眼睛，迟钝了好一会儿，想回头又不太敢，只能拍着他胳膊抱怨，问他刚才怎么不告诉我。

他笑了笑，满脸不在乎："怕什么，我妈又不是不认识你。"

我抿着唇不知道该说些什么，脑子像是被塞了一团麻。

我们算是"小镇做题家"，因为学校师资力量不够，只能延长学习时间，那个时候我经常要熬到深夜，第二天早上天还没亮，又背着书包去上学，所以我大部分时间都很困。

"睡不醒"就是他给我起的绰号。

我们之间还发生过很多很多琐碎的事。

那个时候，我真的相信我能打破偏见，好学生和坏学生怎么就一定道不同不相为谋。

我也曾心存幻想，想他万一某天突然悔悟，决定为了我拼命努力一次，也不是没有可能。

浪子回头金不换，学海无涯，回头是岸。

为了帮他提升成绩，我将知识点整理成好几本笔记，课间的时候，悄悄溜到他班上，塞到他的书桌里。

可我们还是分开了。

疏远来得不明不白，他没有给过我任何理由，只记得那天他说，我们就到这儿吧，别再联系了。

我总觉得他对我是不同的，因为他曾经看向我的目光是那样赤诚热烈，说出的话是那样包容宠溺。

怎么可能说放下就放下？

我想不明白。

所以我像个赖皮的孩子般满世界寻找答案，一次又一次地质问他到底发生了什么，为什么要这样对我。

纠缠到最后还是无果，两相生厌。

我时常问自己，喜欢到底是什么。

是那些让我辗转反侧的夜晚，是发不出去的长篇大论，是聊天框中的提示"你还不是对方好友"。

是人群中一眼便能看见他的背影，是歇斯底里流过的眼泪，是梦里看见他的面孔便不愿醒来。

我实实在在地恨过他，那个时候我天天都在哭，真的太恨了，恨他为什么那样辜负我，恨他为什么看见我绝望崩溃的样子还能无动于衷。

明明是他先来招惹我的，为什么又不要我。

好像一辈子的恨都在那个时候用光了。

和他分开之后，我变得更加多愁善感，有时候听到某首歌曲，都会难过到掉眼泪。

毕业之后，我去了一个离家很远的城市，和他很长时间没再联系过。

我以为换一个新的环境，自己的状况会好一点。

但是并没有。

我开始频繁地梦见他。

准备动笔写下这个故事，是2022年初夏。

那段时间我生了一场很严重的病，整天恹恹的，没什么精神，情绪也跟着变得敏感，做什么事都没有力气，整天躺在床上。

我不是许释，我没有赵思萱，也没遇见沈浩。

周围朋友对这段感情大多不太理解，说他那样差劲的一个人，根本不值得我喜欢这么久。

可能真的是长大了，不断与人相识也与人分散，我渐渐明白人生本就是一场孤独的旅途。

我不再要求身边的人与我感同身受,也学会把所有感受藏在心里。

但那些梦实在太折磨人了,很多次我真的觉得,自己撑不下去了。

后来想了很久,我告诉自己,不如写下来吧,就当作给那段青春一个交代,写完也许就释怀了。

这个故事基本没有写大纲,因为那些情节实在刻骨铭心,即便过了很久,当时的每一个细节还是历历在目。

连载期间很多个夜晚我都睡不着觉,也有过心软的瞬间,想着要不要给他们一个圆满的结局。

但好像,从我给男女主角定好名字的那个瞬间,他们之间就注定了是一场悲剧。

许愿早点释怀,许释。

总角之宴,言笑晏晏,魏宴然。

语文课上学起《氓》,读到那句"女之耽兮,不可说也",我心中有根弦好似被轻轻拨动了下,感慨万千的同时也在嘲笑自己作茧自缚。

少女时代犯过的傻实在太多,我曾倔强地认为,只要我足够真诚,有足够的耐心,就一定能让他看见我的好。

为了他,我什么都可以不要。

那年我心比天高,认为爱比什么都重要,就算朋友劝我,我也坚定地往南墙上撞。

但有些人,你注定是得不到的。

就好像赵思萱与梁远森,大家都好奇说为什么青梅竹马最后会落到这个地步,梁远森是不是也有什么难言的苦衷。

其实他没有。

世间本就没有那么多美满,情人难免会分散,人们总是习惯给对方找理由,在自欺欺人中为他开脱。

但不爱了就是不爱了,走到尽头时你回头看,细节里就藏着答案。

后来的许多年里,我也遇见过一些人,他们都很像他,可谁都不是他。

曾经沧海难为水,除却巫山不是云。

最后许释写给魏宴然的那封信,也是我写给他的。

不出意外,他永远也不会知道。

写下这段话的前一天,我听说他交了新的女朋友。忽然想起那年,他一边摸我的头,一边笑着说永远不会离开我。

困住我青春的人,始终没有回头看我一眼。

很久之前我在网上看见过一句话:你生命中出现的每一个人,不是恩赐,就是劫难。

他是恩赐也是劫。

现在还是有人问我，已经释怀了吗？

我说也许没有吧，但是不重要了。

时至今日，我仍然相信这个世界上存在着那样一个人，他会带着干净纯粹的爱向你走来，像四月迎面而来的微风，又像盛夏淙淙流淌的溪流。

我希望每个女孩都能遇见真诚的人。

就算遇不到也没有关系，要学会好好爱自己。

山川辽阔，冰河壮丽，这世上还有很多风景等着我们去看。我们没必要做娇艳的玫瑰，只要你喜欢，你可以做山间掠过的清风，可以做夜空中闪耀的繁星，哪怕只是一颗微不足道的石子，也会被阳光晒得滚烫。

要记住，你才是自己人生的主角。

山水別相逢